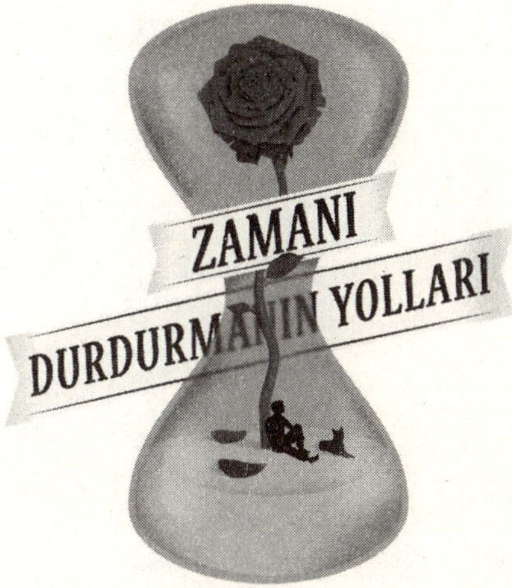
ZAMANI
DURDURMANIN YOLLARI

ZAMANI DURDURMANIN YOLLARI

MATT HAIG

Çeviri: Kıvanç Güney

domingo

domingo

ZAMANI DURDURMANIN YOLLARI
MATT HAIG

Özgün ismi: How to Stop Time

Bu kitabın Türkçe yayın hakları AnatoliaLit Telif Ajansı aracılığıyla Canongate Books Ltd.'den alınmıştır.

Türkçe yayın hakları:

Domingo, Bkz Yayıncılık markasıdır.
Sertifika No: 46105

Çeviri: Kıvanç Güney
Editör: Algan Sezgintüredi
Özgün kapak tasarımı: Peter Adlington
Kapak uyarlama: Betül Güzhan
Sayfa uygulama: Bahadır Erşık

ISBN: 978 605 198 056 0

I. Baskı: Ekim 2018
XVIII. Baskı: Şubat 2024
Deniz Ofset Matbaacılık
Maltepe Mah. Hastane Yolu Sok. No: 1/6 Zeytinburnu İstanbul
Tel: (0212) 613 30 06 • Sertifika No: 48625

Bkz Yayıncılık Ticaret ve Sanayi Ltd. Şti.
Harbiye Mah. Cumhuriyet Cad. Pak Apt. No: 30
Kat: 1 Daire: 3 Şişli İstanbul
Tel: (212) 245 08 39
e-posta: domingo@domingo.com.tr

www.domingo.com.tr

Andrea'ya

Hendrich'in bir asırdan fazla bir zaman önce New York'taki dairesinde söyledikleri aklıma gelip duruyor.

"İlk kural, âşık olmayacaksın," demişti. "Başka kurallar da var ama esas kural bu. Âşık olmak yok. Âşık kalmak yok. Aşk hayalleri kurmak yok. Bu kurala bağlı kalırsan sorun çıkmaz."

Kıvrılan puro dumanının arasından kasırgada köklerinden sökülmüş ağaçların yattığı Central Park'a dikmiştim bakışlarımı.

"Bir daha âşık olacağımı sanmıyorum," demiştim.

Şeytanca sırıtmıştı Hendrich. "Güzel. Yemek yemeyi, müziği, şampanyayı, ekimde nadir görülen güneşli öğleden sonralarını sevmene izin var elbette. Şelale manzaralarını, eski kitapların kokusunu da sevebilirsin ama insanları sevmeyi aklına bile getirme. Duydun mu beni? Sakın insanlara bağlanma ve tanıştıklarına karşı olabildiğince az şey hissetmeye çalış. Yoksa yavaş yavaş aklını yitirirsin..."

BİRİNCİ BÖLÜM

Mayıs Sinekleri Arasında Bir Yaşam

Yaşlıyım.

Söylemem gereken ilk şey bu. En inanmayacağınız şey. Beni görseniz büyük ihtimalle kırk yaşında olduğumu düşünür ve çok yanılırdınız.

Yaşlıyım. Bir ağacın, bir Ming istiridyesinin, Rönesans döneminde yapılmış bir tablonun olabileceği kadar yaşlıyım.

Bir fikir vermesi için: Dört yüz küsur yıl önce, 1581 Mart'ının üçünde, eskiden evim olan küçük bir Fransız şatosunun üçüncü katında, annemle babamın yatak odasında doğmuşum. Yılın o zamanı için sıcak bir günmüş herhalde, annem dadısından bütün pencereleri açmasını istemiş.

"Tanrı sana gülümsedi," derdi annem. Ama yaşasa tebessümünün, Tanrı varsa tabii, o günden bugüne kaş çatmaya dönüştüğünü eklerdi herhalde.

Annem uzun zaman önce öldü. Diğer yandan ben, ölmedim.

Anlayacağınız, bir rahatsızlığım var.

Uzun süre hastalık gözüyle baktım ama hastalık doğru sözcük değil aslında. Hastalık, durumun kötüleşmesini ve eriyip bitmeyi çağrıştırıyor. Rahatsızlığım olduğunu söylemek daha doğru. Nadir ama eşsiz değil. Başınıza gelene kadar varlığını bile duymadığınız türden.

Resmi tıbbi yayınlarda geçmiyor. Resmi bir adı da yok. Saygın bir doktor tarafından, ilk kez 1890'larda "Anageria" ("anaceriya" diye okunuyor) adı verildi ama sonradan anlayacağınız nedenler yüzünden, bu isim hiçbir zaman yaygınlaşmadı.

•

Ergenlikte başlıyor. Sonrasındaysa eh, pek bir şey olmuyor. "Mustaripleri" başlangıçta rahatsızlığı fark etmezler. Sonuçta insanlar sabah kalkıp aynaya baktıklarında, önceki gün gördükleri yüzün aynısını görürler. Günler, haftalar hatta aylar boyunca gözle görülür bir değişiklik olmaz.

Fakat zaman geçtikçe, yaş günlerinde ve başka yıldönümlerinde yaşlanmadıklarını fark etmeye başlarlar.

Aslında yaşlanma durmaz. Devam eder. Sadece çok daha yavaştır. Anageria olanların yaşlanma hızı farklılık gösterebilmekle birlikte genel oran on beşe birdir. Bazıları on üç ya da on dört yılda bir yıl yaşlanır ama bende bu süre on beş yıla yakın.

Yani ölümsüz değiliz. Zihnimiz ve bedenimiz olduğu gibi kalmıyor. Yalnızca sürekli değişen bilimin geldiği son aşamadaki bilgilere göre, yaşlanma sürecinin farklı unsurları –moleküler bozulma, bir dokudaki hücreler arasında çapraz bağlanma, (en önemlisi çekirdek DNA'sındaki olmak üzere) hücresel ve moleküler mutasyonlar– bizde farklı bir zaman ölçeğine göre gerçekleşiyor.

Saçlarım ağaracak. Dökülebilirler de. Kireçlenme ve işitme kaybı da ihtimal dâhilinde. Yaşlandıkça yakını iyi görememeye başlayabilirim. Sonunda benim de kas kütlem ve hareket kabiliyetim azalacak.

Anageria'nın bir tuhaflığı, bağışıklık sisteminizi güçlendirmesi ve sizi (hepsinden olmasa da) birçok virüs ve bakteriden koruması ama sonunda bu bile azalmaya başlıyor. Bilimsel kısmıyla sıkmayayım şimdi ama görünüşe göre kemik iliğimiz en iyi yıllarımızda normalden çok daha fazla kan yenileyici kök hücre –akyuvarlara dönüşenlerden– üretiyor ama bu durumun bizi yaralanmanın veya kötü beslenmenin etkilerinden korumadığını ve ebediyen sürmediğini belirtmekte fayda var.

Yani beni sonsuza kadar cinsel gücün doruklarında yaşayacak seksi bir vampir olarak hayal etmeyin. Gerçi dış görünüşünüze göre Napolyon'un ölümüyle Ay'a ilk kez ayak basılması arasında yalnızca on yıl geçtiğinde, sonsuza kadar burada kalacakmışsınız gibi gelebileceğini de söylemem gerekiyor.

İnsanların bizden habersiz olmasının nedenlerinden biri, çoğunluğun buna inanmaya hazır olmaması.

İnsanların kendi dünya görüşlerine uymayan şeyleri kabul etmemeleri kuraldandır. Kolayca, "Ben dört yüz otuz dokuz yaşındayım," diyebilirsiniz ama genellikle alacağınız cevap, "Kafayı mı yedin?" veya "Ölü müsün yani?" olacaktır.

Bilinmememizin bir başka nedeni, korunuyor olmamız. Bir çeşit örgüt tarafından. Sırrımızı keşfeden ve buna inanan hemen herkes, kısa hayatlarının daha da kısaldığını fark etme eğilimi gösterir. Yani tehlike yalnızca sıradan insanlar değil.

Tehlike aynı zamanda içimizde.

Sri Lanka, üç hafta önce

Chandrika Seneviratne, tapınağın yüz metre kadar gerisinde, bir ağacın altında, gölgede yatıyordu. Kırışıklarla dolu yüzünde karıncalar geziniyordu. Gözleri kapalıydı. Tepedeki yaprakların hışırdadığını duyup başımı kaldırdım ve yargılayan gözlerle bana bakan bir maymun gördüm.

Tuk-tuk sürücüsüne tapınağa gidip maymunlara bakmak istediğimi söylemiştim. Adam yüzünde hemen hiç tüy olmayan bu kızıl-kahverengi türün rilewa maymunu olduğunu söylemişti.

"Soyları tükenmek üzere," demişti sürücü. "Çok azı kaldı. Yaşadıkları yer burası."

Maymun fırlayıp gitti. Yaprakların arasında kayboldu.

Eline dokundum. Soğuktu. Yaklaşık bir gündür orada yattığını ve kimsenin onu görmediğini tahmin ettim. Elini tutmaya devam ettim ve ağladım. İçimdeki duyguları tanımlamak zordu. Pişmanlık, rahatlama, üzüntü ve korku karışımı bir dalgaydı kabaran. Chandrika sorularımı cevaplayamayacağı için üzgündüm. Ama onu öldürmek zorunda kalmadığım için de rahatlamıştım. Ölmesi gerektiğini biliyordum.

Rahatlama başka bir şeye dönüştü. Belki gerilimden, güneşten ya da kahvaltıda yediğim Sri Lanka usulü yumurta yüzünden kusmaya başladım. Aklımdaki düşünce o anda netleşti. *Artık böyle devam edemem.*

Tapınakta telefon çekmediğinden Hendrich'i aramak için eski bir kale-kent olan Galle'deki otelime dönünceye, cibinliğimin altına kıvrılıp sıcaktan yapış yapış bir halde hiçbir işe yaramadan yavaşça dönen tavan vantilatörüne gözlerimi dikinceye kadar bekledim.

"Yapman gerekeni yaptın mı?" dedi Hendrich.

Yarı yalan söyleyerek, "Evet," dedim. Sonuçta istediği olmuştu. "Öldü." Sonra her zaman sorduğum soruyu sordum. "Onu buldun mu?"

"Hayır," dedi, her zamanki gibi. "Bulamadık. Henüz."

Henüz. Bu söz insanı asırlarca oyalayabilirdi. Ama bu kez içimde yeni bir özgüven vardı.

"Hendrich, lütfen artık. Sıradan bir hayat istiyorum. Bu işi yapmak istemiyorum."

Bezgince iç çekti. "Seni görmem lazım. Uzun zaman oldu."

Los Angeles, iki hafta önce

Hendrich Los Angeles'a dönmüştü. 1920'lerden beri orada yaşamadığı için yeterince güvende olduğunu, yaşayan hiç kimsenin onu hatırlamayacağını düşünüyordu. Brentwood'da, Albatros Cemiyeti'nin merkezi işlevini gören büyük bir evi vardı. Brentwood onun için mükemmel bir yerdi. Yüksek çitlerle duvarların ve çalıların arkasına gizlenmiş kocaman evlerle dolu, sokaklarında yaya ya da başka şey hatta ağaç bile olmayan, steril denebilecek kadar kusursuz görünen, ıtır kokulu bir diyardı.

Dizüstü bilgisayarı kucağında, büyük havuzunun kenarındaki şezlongda oturan Hendrich'i görünce afalladım. Aslında eski Hendrich'ten pek farkı yoktu ama değişikliği fark etmemek mümkün değildi. *Gençleşmiş* görünüyordu. Hâlâ yaşlı ve romatizmalıydı ama son yüz yılki halinden çok daha iyiydi.

"Selam, Hendrich," dedim, "iyi görünüyorsun."

Zaten bildiği bir şeyi duymuş gibi başını salladı. "Botoks. Bir de alnımı gerdirdim."

Şaka yapmıyordu. Bu hayatında emekli estetik cerrahtı. Güya emekli olduktan sonra Miami'den Los Angeles'a taşınmıştı. Böylece buralarda hiç eski müşterisi olmaması sorununu bertaraf etmişti. Adı Harry Silverman'dı. ("Gümüş Adam. Beğenmedin mi? Yaşlı bir süper kahraman gibi. Zaten öyle sayılırım.")

Boş şezlonga oturdum. Hizmetçisi Rosella günbatımı renklerinde iki içecek getirdi. Hendrich'in elleri dikkatimi çekti. Yaşlı görünüyorlardı. Yaşlılık lekeleri, gevşemiş bir cilt, çivit rengi damarlar. Yüzler ellerden daha kolay yalan söyleyebiliyor.

"Yalancı iğde. Manyak bir şey. Tadı bok gibi. İç bak."

Hendrich'in müthiş tarafı, zamana her zaman ayak uydurabilmesiydi. Hep öyleydi sanırım. 1890'lardan beridir öyle olduğu kesin. Herhalde asırlar önce lale alıp satarken de öyleydi. Çok tuhaf. Hepimizden daha yaşlıydı ama her daim zamanın ruhunu yakalayabiliyordu.

"Kaliforniya'da," dedi Hendrich, "yaşlı görünmenin tek yolu, gençleşiyormuşsun gibi görünmek. Burada kırk yaşından sonra alnını oynatabilenlere şüpheyle bakılıyor."

Birkaç yıl Santa Barbara'da yaşadığını ama orada biraz sıkıldığını anlattı. "Santa Barbara güzel yer. Trafiği biraz yoğun bir cennet gibi. Ama cennette hiçbir şey olmuyor. Tepelerden birinde oturuyordum. Her gece Santa Barbara şarabı içiyordum. Ama kafayı yemek üzereydim. Sürekli panik atak yaşıyordum. Yedi asırdan fazla zamandır hayattayım ama bir kez olsun panik atak geçirmemiştim. Savaşlara, devrimlere şahit oldum. Bana mısın demedim. Ama Santa Barbara'daki konforlu villamda kalbim deliler gibi atarak, kendimi vücudumun içinde hapsedilmiş gibi hissederek uyanmaya başlamıştım. Fakat Los Angeles başka bir âlem. Los Angeles beni anında sakinleştirdi, inan bana..."

"Sakinleşmek. Güzel olmalı."

Hendrich gizemli bir sanat eseriymişim gibi bir süre beni inceledi. "Sorun nedir, Tom? Beni çok mu özledin?"

"Onun gibi bir şey."

"Ne oldu? İzlanda o kadar kötü müydü?"

Sri Lanka'daki kısa göreve gitmeden önce sekiz yıl İzlanda'da yaşamıştım.

"Çok yalnızdım."

"Toronto'dan sonra biraz yalnız kalmak istediğini sanmıştım. Gerçek yalnızlık insanların arasında olmak, demiştin. Üstelik biz zaten buyuz, Tom. Yalnızız."

Sonraki cümle altından yüzerek geçeceğim bir şeymiş gibi derin nefes aldım. "Ben artık öyle olmak istemiyorum. Ayrılmak istiyorum."

Fazla bir tepki gelmedi. Hendrich gözünü bile kırpmadı. Eğri büğrü ellerine, şişik eklemlerine baktım. "Ayrılmak diye bir şey *yok*, Tom. Bunu biliyorsun. Sen bir albatrossun. Mayıs sineği değilsin. Albatrossun."

Bu isimlerin arkasındaki fikir basitti: Eskiden albatrosların çok uzun yaşayan yaratıklar olduğu zannedilirdi. Gerçekteyse yalnızca altmış yıl kadar, mesela dört yüz yaşına kadar yaşayabilen Grönland köpekbalıklarından, beş yüz yıldan daha uzun bir zaman önce kurulan Ming Hanedanlığı'yla aynı yaşta oldukları için bu adı alan Ming istiridyelerinden çok daha kısa yaşıyorlar. Neyse işte, bizler albatrostuk. Kısaltılmışını söylersem "alba"ydık. Dünyadaki diğer insanlarsa mayıs sinekleriydi. Yaşamları bir günle beş dakika –alt türlerinden biri– arasında değişen, kısa ömürlü su böcekleri.

Hendrich sıradan insanlardan daima mayıs sineği diye söz ederdi. Bu terminolojiyi –benim de içime işlemiş olan bu terimleri– gün geçtikçe daha gülünç bulmaya başlamıştım.

Albatroslar. Mayıs sinekleri. Tam bir saçmalıktı.

Hendrich onca yaşına ve zekâsına rağmen aslında olgunlaşmamıştı. Hâlâ çocuktu. İnanılmaz derecede yaşlı bir çocuk.

Başka albalarla tanışmanın bunaltıcı yanı buydu. Özel olmadığımızı fark ediyordunuz. Bizler süper kahraman değildik. Yalnızca *yaşlıydık*. Hendrich'inkine benzer durumlardaysa kaç yıl ya da kaç asır yaşadığınız fark etmiyordu çünkü daima kendi kişiliğinizin parametreleri dâhilinde yaşıyordunuz. Zaman ve mekân bunu değiştiremezdi. Kendinizden asla kaçamazdınız.

"Açıkçası bunu saygısızlık olarak algılıyorum," dedi Hendrich. "Senin için yaptığım onca şeyden sonra."

"Benim için yaptıklarını takdir ediyorum..." Duraksadım. Benim için tam olarak ne yapmıştı? Verdiği sözü hâlâ yerine getirmemişti.

"Modern dünya *nasıl* bir yer, farkında mısın Tom? Artık hiçbir şey eskisi gibi değil. İstediğin gibi adres değiştirip adını yerel kilise listesine yazdıramıyorsun. Senin ve öteki üyelerin güvenliğini sağlamak için *ne kadar* para harcadığımı biliyor musun?"

"İyi işte, sayemde tasarruf edersin."

"Başından beri gayet açık davrandım: Bu tek yönlü bir yol—"

"Girmeyi benim seçmediğim bir yol."

Hendrich pipetten gelen tatla yüzünü buruşturdu. "Hayat da böyle bir şey değil mi? Beni dinle, çocuk—"

"Artık pek çocuk sayılmam."

"Bir seçim yaptın. Doktor Hutchinson'la görüşmek senin seçimindi—"

"Başına gelecekleri bilseydim asla öyle bir seçim yapmazdım."

Hendrich pipetle içeceğin içinde daireler çizdikten sonra bardağı yanındaki sehpaya bırakıp romatizması için aldığı glukozamin takviyesine uzandı.

"Öyleyse seni öldürtmem gerekecek." Şaka yaptığını göstermek için gıdaklamayı andıran kahkahalarından birini attı. Ama şaka değildi. Tabii ki değildi. "Bir anlaşma yapalım, ben de taviz vereyim. Sana tam olarak istediğin gibi bir hayat vereceğim -nasıl bir hayat istersen- ama her zaman olduğu gibi, sekiz yılda bir benden bir telefon gelecek ve bir sonraki kimliğini seçmeden önce senden bir şey yapmanı isteyeceğim."

Bütün bunları daha önce de duymuştum elbette. "Nasıl bir hayat istersen" sözü asla gerçekleşmezdi. Hendrich bana birkaç seçenek sunardı, ben de aralarından birini seçerdim. Onun kulaklarıysa verdiğim cevaba fazlasıyla aşinaydı.

"Ondan hiç haber var mı?" O ana dek yüzlerce kez sorduğum bir soruydu ama hiç bu kadar zavallı, bu kadar umutsuz çıkmamıştı sesim.

Hendrich içeceğine baktı. "Yok."

Normalden biraz daha çabuk cevap vermesi dikkatimden kaçmadı. "Hendrich?"

"Hayır. Hayır, daha bulamadım. Ama ne diyeceğim, yeni üyeler bulma oranımız inanılmaz arttı. Geçen yıl yetmişi geçtik. İlk zamanları hatırlıyor musun? Bir yılda beş kişi bulsak bayram ederdik. Onu hâlâ bulmak istiyorsan böyle bir zamanda ayrılmak için delirmiş olman gerekir."

Havuzdan gelen hafif bir şapırtı duydum. Ayağa kalkıp havuzun kenarına gidince, su filtrelerinden birinin önünde umutsuzca yüzmeye çalışan küçük bir fare gördüm. Diz çöküp hayvancağızı avcuma alarak dışarı çıkardım. Kusursuz biçilmiş çimlere doğru kaçtı.

Avcundaydım, biliyordu. Elinden canlı kurtulmamın imkânı yoktu. Olsa bile, kalmak daha kolaydı. İnsanı rahat ettiren bir yanı vardı kalmanın; sigorta gibi bir şeydi.

"İstediğim hayatı mı?"

"İstediğin hayatı."

Hendrich öyle bir adamdı ki şaşaalı ve pahalı bir şey isteyeceğimi düşünüyordu, eminim. Amalfi Sahili'ndeki bir yatta ya da Dubai'deki bir gökdelenin teras katında yaşamayı falan isteyeceğimi. Ama bu konuyu düşünmüştüm ve ne isteyeceğimi biliyordum. "Londra'ya dönmek istiyorum."

"Londra'ya mı? Büyük ihtimalle orada değil, biliyorsun."

"Biliyorum. Ama orada yaşamak istiyorum. Kendimi yeniden evimde hissedebilmek için. Öğretmen olmak istiyorum. Tarih öğretmeni."

Hendrich güldü. "Tarih öğretmeni. Nasıl yani, lisede falan mı?"

"İngiltere'de 'ortaokul' deniyor. Ama evet, lisede tarih öğretmenliği yapmak istiyorum. İyi olur bence."

Hendrich gülümseyerek hafiften kafası karışmış, ıstakoz yerine tavuk ısmarlamışım gibi bana baktı. "Mükemmel. Tamam. Yalnız önce birkaç şeyi halletmemiz lazım..."

Hendrich konuşmaya devam ederken, ben de farenin çalılığın karanlık gölgelerine dalarak özgürlüğe doğru gözden kayboluşunu izledim.

Londra, şimdi

Londra. Yeni hayatımın ilk haftası.

Oakfield Okulu, müdürün odası.

Normal görünmeye çalışıyorum. Zorlanıyorum. Geçmiş içimden fışkırmaya çalışıyor.

Hayır.

Çoktan fışkırdı. Geçmiş hep burada. Oda hazır kahve, dezenfektan, akrilik halı kokuyor ama bir de Shakespeare posteri var. Her yerde gördüğümüz portresi. Açık alın, soluk ten, bir müptelanın boş bakışları. Shakespeare'e hiç benzemeyen bir resim.

Dikkatimi tekrar müdüre, Daphne Bello'ya veriyorum. Turuncu halka küpeler takmış. Siyah saçlarının arasında tek tük beyazlar var. Gülümseyerek bana bakıyor. Hüzünlü bir tebessüm. Kırk yaşından küçük birinin yüzünde göremeyeceğiniz türden. İçinde hem hüznü, hem başkaldırıyı hem de mizah duygusunu barındıran türden.

"Ben bayağı bir zamandır buradayım."

"Öyle mi?" diyorum.

Uzakta bir polis sireni gitgide hiçe karışıyor.

"*Zaman*," diyor Daphne, "tuhaf bir şey, değil mi?"

Kâğıt kahve bardağını dikkatle ağzından tutarak bilgisayarının yanına koyuyor.

"En tuhafı," diyerek onaylıyorum.

Daphne'den hoşlanıyorum. Bu görüşmeden hoşlanıyorum. Yeniden burada, Londra'da, Tower Hamlets'te olmak hoşuma gidiyor. Sıradan bir iş için görüşme yapmak da. Kendimi bir kez olsun *sıradan* biri gibi hissetmek öyle harika ki.

"Otuz yıldır öğretmenim. Yirmisi burada geçti. İnsan düşündükçe bunalıyor. Onca zaman. Öyle yaşlıyım ki." Tebessümünü bozmadan iç çekiyor.

İnsanların bunu söylemesi bana hep komik gelmiştir.

"Hiç göstermiyorsunuz," demek âdetten; öyle diyorum.

"Seni dilbaz! Bonus puan kazandın!" Daphne tam iki oktav yükselen bir kahkaha atıyor.

Kahkahanın Santa Lucia'dan gelmiş (Daphne'nin babası oralı), uçarak pencerenin ötesindeki gri gökyüzüne yükselen, görünmez ve egzotik bir kuş olduğunu hayal ediyorum.

Daphne, "Ah, senin gibi genç olmak vardı," diyerek kıkırdıyor.

Gülünç sayıyı vurgulayarak, "Kırk bir yaş genç sayılmaz," diyorum. *Kırk bir yaş. Kırk bir. Ben kırk bir yaşındayım.*

"Gayet iyi görünüyorsun."

"Tatilden yeni döndüm. Belki ondandır."

"Güzel bir yer miydi?"

"Sri Lanka. Evet. Güzeldi. Denizdeki kaplumbağaları besledim..."

"Kaplumbağa mı?"

"Evet."

Pencereden dışarı bakıp bir grup gürültücü, üniformalı öğrenciyi oyun alanına doğru götüren bir kadın görüyorum. Durup öğrencilere dönerek duyamadığım bir şeyler söyleyince yüzünü görüyorum. Gözlük takmış, üzerinde kot pantolonla rüzgârda hafifçe uçuşan uzun bir hırka var ve saçını kulağının arkasına atıyor. Öğrencilerden birinin dediği bir şeye gülüyor. Gülünce yüzü ışıyor ve bir an büyülenmiş gibi oluyorum.

"Ah," diyor Daphne, nereye baktığımı gördüğü için utandığımı hissederek. "Fransızca öğretmenimiz Camille. Onun gibisi yoktur. Çocuklar ona bayılır. Onları sürekli dışarı çıkarır... Açık havada Fransızca dersleri. Burası böyle bir okul işte."

"Zannediyorum ki burada müthiş işler başarıyorsunuz," diyerek tekrar konuya dönmeye çalışıyorum.

"Deniyorum. Hepimiz deniyoruz. Kimi zaman yenilgi kaçınılmaz olsa da. Başvuru formunda beni kaygılandıran tek şey bu. Referansların müthiş. Hepsini kontrol ettim..."

Rahatlıyorum. Referansları kontrol ettiği için değil, telefonlara bakacak ya da e-postalara cevap yazacak birileri olduğu için.

"...ama burası Suffolk'taki bir taşra okulu değil. Burası Londra. Tower Hamlets."

"Çocuklar her yerde aynı."

"Ve hepsi müthiş çocuklar. Ama burası farklı bir bölge. Buradakiler aynı ayrıcalıklara sahip değil. Senin oldukça korunaklı bir hayat yaşamış olduğundan endişeliyim."

"Bilseniz şaşardınız."

"Buradaki öğrencilerin çoğu, bırak tarihi, güncel olaylarda bile zorlanıyor. Onlar için bir tek kendi dünyaları var. Esas sorun ilgilerini çekebilmek. Tarihi nasıl yaşayan bir şey haline getireceksin?"

Bundan daha kolay bir soru olamazdı. "Tarihi yaşayan bir şey haline getirmeye gerek yok. Tarih *zaten* yaşayan bir şey. Tarih biziz. Siyasetçiler, krallar ve kraliçeler değil. Tarih herkestir. Her şeydir. Şu kahvedir. Kapitalizmin, imparatorluğun, köleliğin tarihini sadece kahveden söz ederek bile anlatabilirsiniz. Burada oturup kâğıt bardaklardan kahve yudumlayabilin diye dökülmüş kan ve çekilmiş sefalet akla ziyandır."

"Beni içeceğim şeyden soğuttun."

"A, affedersiniz. Demek istediğim şu: Tarih her yerdedir. Sorun insanların bunu fark etmesini sağlamak. Tarih, bir yeri anlamanızı sağlar."

"Doğru."

"Tarih insanla ilgilidir. Tarihi herkes sever."

Daphne bana şüpheyle bakarken, yüzü boynuna gömülüyor ve kaşları havaya kalkıyor. "Emin misin?"

Hafifçe başımı sallıyorum. "Yapılması gereken, söyleyip yaptıkları ve gördükleri her şeyin şimdiye kadar söyleyip yapılan ve görülenler sayesinde gerçekleşebildiğini anlamalarını sağlamak. Shakespeare'in sayesinde. Şimdiye kadar yaşamış herkesin sayesinde."

Pencereden dışarı bakıyorum. Üçüncü kattayız ve manzara, Londra'nın gri çisentisine rağmen hoş. Kim bilir kaç kez önünden geçtiğim, George döneminden kalma eski bir binayı görüyorum.

"Şurası, şuradaki bina. Bir sürü bacası olan. Eskiden tımarhaneydi. Şurası da," diyerek daha alçak, başka bir tuğla binayı gösteriyorum, "eskiden mezbahaydı. Oradan eski kemikleri alıp porselen yaparlardı. İki yüzyıl önce oradan geçseydik eğer, bir yanda toplumun deli ilan ettiği insanların iniltilerini, öteki yanda sığırları duyardık..."

Geçseydik, yapsaydık, etseydik.

Doğudaki sıra evlerin arduvaz çatılarını gösteriyorum.

"Sylvia Pankhurst ve kadınlara oy hakkı isteyenler tam şurada, Old Ford Caddesi'ndeki bir fırında buluşurdu. Altın rengi harflerle "KADINLARA OY HAKKI" yazılmış koca tabelayı görmemek mümkün değildi. Eski kibrit fabrikası da oraya çok yakındı."

Daphne bir şeyler yazıyor. "Gördüğüm kadarıyla müzikle de ilgilisin. Gitar, piyano *ve* keman çalıyorsun."

Bir de lavta, diyemiyorum. *Mandolin. Ut. Kaval.*

"Evet."

"Martin'i rezil edeceksin."

"Martin?"

"Müzik öğretmenimiz. Yazık. Umutsuz vaka. Üçgen zili bile zor çalar. Ama kendini rock yıldızı zanneder. Zavallı Martin."

"Müziği severim. Çalmayı da severim. Ama öğretebileceğim bir şey değil. Müzik hakkında konuşmakta hep zorlanmışımdır."

"Tarihin aksine, ha?"

"Tarihin aksine."

"Şimdiki müfredata da hâkim görünüyorsun."

"Evet," diyerek kolayca yalan söylüyorum. "Tamamen."

"Üstelik hâlâ genç sayılırsın."

Omuz silkerek duruma uygun olduğunu zannettiğim bir yüz ifadesi takınıyorum.

"Ben elli altı yaşındayım. Kırk bir gençtir diyorsam bana inanmalısın."

Esas elli altı genç.

Seksen sekiz genç.

Yüz otuz bile genç.

"Ben epey *yaşlı* kırk birlerdenim."

Daphne gülümsüyor. Tükenmez kaleminin arkasına basıyor. Sonra tekrar basıyor. Bunların hepsi birer an. İlk basışı, arada duruşu, ikinci kez basışı. İnsan yaşadıkça, zorlaşıyor. Anları yakalamak. Gelip geçen kısacık anları. Geçmiş ya da geleceğin dışında bir şeyde yaşayabilmek. Sahiden burada olmak.

Sonsuzluk, demiş Emily Dickinson, şimdilerden oluşur. Peki, insan yaşadığı anda olmayı nasıl başarabilir? Öteki şimdilerin hayaletlerinin araya girmesini nasıl önler? Kısacası, nasıl yaşayabilir?

Aklım dağılıyor.

Son zamanlarda çok sık olmaya başladı. Söz edildiğini duymuştum. Öteki albalardan. Yaşamını yarıladığında, düşünceler çok fazla gelmeye başlıyor. Anılar şişme yapıyor. Baş ağrıları artıyor. Bugün baş ağrım fena değil ama yine de var.

Odaklanmaya çalışıyorum. Birkaç saniye önce görüşmeden keyif aldığım o öteki şimdiye tutunmaya çalışıyorum. Görece sıradanlığın tadını çıkardığım. Ya da hayalinin.

Sıradan diye bir şey yok.

Benim için yok.

Odaklanmaya çalışıyorum. Başını bu kez daha yavaşça, sanki açıklamadığı bir şeye karşı iki yana sallayıp gülücükler saçan Daphne'ye bakıyorum. "Evet, Tom, senden ve başvurundan çok etkilendiğimi söylemeliyim."

Tom.

Tom Hazard.

Adım –esas adım– Estienne Thomas Ambroise Christophe Hazard'dı. Başlangıç noktası buydu. Sonradan çok, pek çok ad taşıdım ve birçok şey oldum. Fakat Londra'ya ilk dönüşümde, fazlalıklardan hemen kurtulup yalnızca Tom Hazard oldum.

Şimdi bu ismi yeniden kullanınca, kendimi gerçekten eve dönmüş gibi hissediyorum. İsim kafamın içinde yankılanıyor. *Tom. Tom. Tom. Tom.*

"Aradığımız her şey sende var. Ama olmasaydı bile işi alırdın."

"Ah, öyle mi? Neden?"

Daphne kaşlarını kaldırıyor. "Başka başvuran yok çünkü!"

Buna ikimiz de biraz gülüyoruz.

Ama kahkahaların ömrü, mayıs sineklerininkinden daha kısa oluyor.

Çünkü Daphne hemen ardından, "Ben Chapel Sokağı'nda oturuyorum. Orası hakkında da bir şeyler biliyor musun acaba?" diye soruyor.

Tabii ki biliyorum ve soru beni soğuk bir rüzgâr gibi ayıltıyor. Başım daha şiddetli zonklamaya başlıyor. Gözümün önüne fırında patlayan bir elma geliyor. Buraya dönmemeliydim. Hendrich'ten bunu asla istememeliydim. Rose'u, onu son görüşümü, umutsuzlukla dolu, kocaman gözlerini düşünüyorum.

"Chapel Sokağı. Bilmiyorum. Hayır, hayır, maalesef, bilmiyorum."

"Sorun değil." Kahvesini yudumluyor.

Shakespeare posterine bakıyorum. Eski bir dost gibi bakıyor bana sanki. Resmin altında ona ait bir söz var.

Ne olduğumuzu biliyoruz ama ne olabileceğimizi bilmiyoruz.

"İçimde sana dair iyi bir his var, Tom. Hislerimize güvenmeliyiz, değil mi?"

Asla güvenmediğim tek şey hisler olmasına rağmen, "Herhalde," diyorum.

Gülümsüyor.

Gülümsüyorum.

Ayağa kalkıp kapıya doğru yürüyorum. "Eylül'de görüşürüz."

"Hah! Eylül. Eylül. Su gibi akıp geçer. Zaman yani. Yaşlanmanın bir başka şeyi de bu. Zaman hızlanıveriyor."

"Keşke," diye fısıldıyorum.

Ama Daphne duymuyor çünkü o sırada, "Bir de çocuklar," demekle meşgul.

"Efendim?"

"Çocuklar yüzünden de zaman daha hızlı geçiyor sanki. Benim üç tane var. En büyüğü yirmi iki yaşında. Geçen yıl mezun oldu. Daha dün Lego'larıyla oynuyordu, bugün yeni dairesinin anahtarlarını alıyor. Yirmi iki yıl göz açıp kapayıncaya kadar geçti. Senin var mı?"

Elim kapı kolunda. Bu da bir an. Ve içinde binlerce faklı an, acıyla canlanıyor.

Doğruyu söylemekten kolay olduğu için, "Hayır," diyorum. "Yok."

Daphne bir an ne diyeceğini bilemiyor sanki. Yorumda bulunacağını zannediyorum ama onun yerine, "Görüşürüz, Mr. Hazard," diyor.

Aynı dezenfektan kokusuyla kaplı koridora çıktığımda, duvara dayanmış, dua kitabı okuyan eski rahipler gibi büyük bir bağlılıkla telefonlarına bakan iki çocuk görüyorum. Arkama baktığımda, Daphne'nin gözleri bilgisayarında.

"Tamam. Görüşürüz."

Daphne Bello'nun ofisinden ve okuldan çıkarken hem yirmi birinci hem de on yedinci yüzyıllardayım.

Bir iki kilometre uzaktaki Chapel Sokağı'na doğru yürürken –bahis bayiileri, kaldırımlar, otobüs durakları, beton aydınlatma direkleri, üstünkörü yapılmış graffitilerle dolu bir yol– transa girmiş gibiyim. Sokaklar fazla geniş geliyor. Chapel Sokağı'na geldiğimde elbette bildiğim bir şeyle karşılaşıyorum: Eskiden kalma hiçbir bina yok; yerlerine 1800'lerde yapılan yüksek, kırmızı tuğlalı, yapıldıkları dönem kadar ağırbaşlı binalar kondurulmuş.

Eskiden küçük ve terk edilmiş bir kiliseyle bekçisinin olduğunu hatırladığım köşede artık bir KFC var. Kırmızı plastik, bir yara gibi zonkluyor. Gözlerimi kapayıp yürümeye devam ederek evin ne kadar uzakta olduğunu hissetmeye çalışıyor ve yirmi adım kadar sonra duruyorum. Gözlerimi açınca asırlar önce geldiğim eski evle hiçbir benzerliği olmayan, yarı müstakil bir evle karşılaşıyorum. İşaretsiz kapısı mavinin modern bir tonuna boyanmış. Pencereden salon ve bir televizyon görünüyor. Biri televizyonda bilgisayar oyunu oynuyor. Ekranda bir uzaylı patlıyor.

Başım zonklarken kendimi bitkin hissediyor; geçmiş, havayı seyreltebilecek ya da yerçekimi kanunlarını etkileyebilecek bir şeymiş gibi, geri çekilmek zorunda kalıyorum. Bir arabaya hafifçe yaslanıyorum ama alarmı ötmeye başlıyor.

Acı dolu bir çığlık misali, sanki ta 1623'ten gelen bir gürültü koparken geçmişten de böyle kolayca kurtulabilmeyi dileyerek evden hızlıca uzaklaşıyor, sokaktan çıkıyorum.

Londra, 1623

Hayatımda bir kez âşık oldum. Galiba bu beni, bir bakıma romantik biri yapıyor. İnsanın tek bir gerçek aşkı olacağı, sonrasında hiçbir şeyin onunla boy ölçüşemeyeceği fikri. Güzel bir fikir ama asıl gerçek, dehşetin ta kendisi. *Sonradan* yıllar boyu o yalnızlığı göğüslemek. Hayatınızın amacı yok olmuşken var olmaya devam etmek.

Benim hayatımın amacıysa bir süreliğine Rose'du.

Ama o gittikten sonra iyi anıların çoğu son anının gölgesinde kaldı. Aynı zamanda korkunç bir başlangıç olan sonun. Onunla geçirdiğim o son günün. Çünkü onu görmek için Chapel Sokağı'na gittiğim o son gün, sonraki asırlarda yaşanan birçok günü belirleyen gündü.

Böyle...

Kapısının önünde duruyordum.

Kapıyı tıklatıp beklemiş, tekrar tıklatmıştım.

Sokağın köşesinde önünden geçtiğim bekçi bana doğru geliyordu.

"O ev işaretli, delikanlı."

"Evet. Biliyorum."

"İçeri girmemelisin... Güvenli değil."

Elimi kaldırdım. "Uzak dur. Ben de lanetlendim. Daha fazla yaklaşma."

Yalandı tabii ama etkili oldu. Bekçi gözle görülür bir telaşla hemen geri çekildi.

"Rose," dedim kapının önünden. "Benim. Benim. Tom. Az önce Grace'i gördüm. Nehrin orada. Burada olduğunu söyledi..."

Biraz zaman geçtikten sonra içeriden sesi geldi. "Tom?"

O sesi duymayalı yıllar olmuştu.

"Ah, Rose, aç şu kapıyı. Seni görmem lazım."

"Yapamam, Tom. Hastayım ben."

"Biliyorum. Bana geçmez. Aylardır vebalıların içinde dolaşıyorum ama nezle bile olmadım. Haydi, Rose, aç kapıyı."

Açtı.

Karşımda koca bir kadın vardı. Aşağı yukarı aynı yaştaydık ama şimdi o ellisine merdiven dayamış biri gibi görünürken, ben hâlâ ergenlik çağındaki bir delikanlı gibiydim.

Yüzü kül gibiydi. Bir haritadaki bölgeler misali lekelerle kaplıydı. Onu yatağından kaldırdığım için kendimi suçlu hissettim ama beni gördüğüne sevinmiş gibiydi. Yatağa dönmesine yardım ederken, kesik kesik konuştu.

"Hâlâ çok genç görünüyorsun... Gencecik bir delikanlısın... Daha çocuk sayılırsın."

"Alnımda küçük bir çizgi çıktı. Bak."

Elini tuttum. Çizgiyi göremiyordu.

"Çok üzgünüm," dedi. "Sana gitmeni söylediğim için çok üzgünüm."

"Sen doğru olanı yaptın. Varlığım bile sizin için tehlikeliydi."

Belki gerek yok ama yine de söylemem gerek: Buraya yazdığım sözlerin o gün söylenen sözlerle aynı olduğundan emin değilim. Büyük olasılıkla değiller. Ama ben böyle hatırlıyorum ve tek yapabileceğimiz, gerçekliğin kendisinden çok gerçekliğe dair anılarımıza sadık kalmaktır ki o da tam aynı şey olmasa bile gerçeklikle yakından ilintilidir.

Yine de sonrasında tamı tamına şunu söylediğinden gayet eminim: "Her şeyi çevreleyen bir karanlık var. Korkunç bir coşku bu." O an Rose'un yaşadığı dehşeti içimde hissettim. Galiba aşk için ödediğimiz bir bedel bu: Diğerinin acısını kendi acımız gibi yaşamak.

Rose'un bilinci gidip geliyordu.

Hastalık neredeyse her dakika ilerlemeye devam ediyordu. Rose o an benim tam zıddımdı. Hayat benim önümde neredeyse sonsuz uzaklıktaki bir noktaya doğru uzanıp giderken, onun sonu dörtnala yaklaşıyordu.

Evin içi karanlıktı. Bütün pencerelere tahtalar çakılmıştı. Ama sırılsıklam geceliğinin içinde yatarken yüzünün beyaz mermer gibi parıldadığını, tenine yayılan kırmızı-gri lekeleri görebiliyordum. Boynunda yumurta iriliğinde yumrular vardı. Onu bu halde görmek korkunçtu, tecavüze uğramak gibi bir şeydi.

"Yok bir şey, Rose. Yok bir şey."

Kafatasının içinde bir şey varmış, dışa doğru yavaşça basınç yapıyormuş gibi, gözleri korkuyla açılmıştı.

"Sakin ol, sakin ol... Her şey düzelecek..."

Söylenebilecek en saçma şeydi. Hiçbir şeyin düzeleceği yoktu.

Rose hafifçe inledi. Vücudu acıyla kasılıyordu.

"Gitmelisin." Sesi kupkuruydu.

Eğilip alnından öptüm.

"Dikkatli ol," dedi.

"Bir şey olmaz." Aslında bunun doğru olup olmadığından emin değildim. Doğru olduğunu zannediyordum ama dünyada henüz kırk iki yıl geçirmiş (Rose'un beni ilk gördüğünde yakıştırdığı yaştan, on altıdan biraz büyük gösteren) biriyken, çok da emin değildim. Umursamıyordum. Ondan ayrı geçen yıllarda hayat değerini yitirmişti.

Rose'u 1603'ten beri görmemiştim ama aşk hâlâ taptaze, hâlâ çok güçlüydü ve artık bana acı veriyordu. Hiçbir fiziksel acının boy ölçüşemeyeceği kadar büyük bir acı.

"Mutluyduk, değil mi, Tom?" Bu kez Rose'un yüzünde belli belirsiz bir tebessüm vardı. Çok eskilerde kalmış bir salı sabahında, elimizde ağır su kovaları, mutlu mesut sohbet ederek Oat Barn'dan geçişimizi hatırladım. Rose'u vücudu acıyla değil, zevkten kasılır, kız kardeşi uyanmasın diye sessiz olmaya çalışır, neşeyle gülümserken hatırladım. Bankside'dan dönerken yürüdüğüm, sokak köpeklerinden kaçıp çamurlara bata çıka kat ettiğim o uzun yolda beni avutan tek şeyin eve ulaştığımda onu göreceğimi bilmek olduğu, amacımın bu olduğu günleri hatırladım.

Onca zaman, onca sohbet, *her şey*, en basit ve temel gerçeğe indirgenmişti.

"Mutluyduk… Seni seviyorum, Rose. Öyle çok seviyorum ki."

Onu kollarıma alıp tavşanlı börek ve biraz kiraz yedirmek, iyileştirmek istiyordum. Çok acı çektiğini ve artık ölmek istediğini görebiliyordum ama bunun ne anlama geldiğini bilmiyordum. Dünyanın dönmeye nasıl devam edeceğini bilmiyordum.

İstediğim başka bir şey de vardı. Ondan duyabilmeyi çok fazla istediğim bir cevap.

"Sevgilim, Marion nerede?" diye sordum.

Uzun uzun baktı yüzüme. Kendimi korkunç bir habere hazırladım. "Kaçtı…"

"Ne?"

"Senin gibiydi."

Sindirebilmem biraz zaman aldı.

"Büyümesi durmuş muydu yani?"

Rose iç çekişler, öksürükler ve inlemelerin arasında çok yavaş konuşabiliyordu. Bir şey demesine gerek olmadığını söyledim ama kendini söylemek zorunda hissediyordu. "Evet. Yıllar geçtikçe, hiç değişmediğini fark etmeye başladılar. Yeniden taşınmak zorunda kalabileceğimizi söyleyince çok canı sıkıldı. Derken Manning geldi—"

"Manning mi?"

"O gece kaçtı, Tom. Peşinden koştum ama yer yarılıp içine girmişti sanki. Bir daha dönmedi. Nerede olduğunu, iyi olup olmadığını bilmiyorum. Onu aramalısın. Ona göz kulak olmalısın… Yalvarırım güçlü ol, Tom. Onu bul. Ben iyiyim. Kardeşlerimin yanına gidiyorum…"

Kendimi hiç bu kadar güçsüz hissetmemiştim ama ona her şeyi, gelecekte güçlü ve mutlu olacağım masalını bile vermeye hazırdım.

"Güçlü olacağım, Rose'um."

Nefesi cılız bir esinti gibiydi. "Olacaksın."

"Ah, Rose."

Adını söylemeye, adını duymasına ihtiyacım vardı. Onun yaşayan bir gerçeklik olarak kalmasına ihtiyacım vardı.

Bizler zamanın bendeleriyiz ve zaman artık gitmemizi buyuruyor...

Ona bir şarkı söylememi istedi. "Kalbinden ne geçiyorsa."

"Kalbim çok üzgün."

"O zaman hüzünlü bir şey söyle."

Lavtamı almaya yeltendim ama o yalnızca benim sesimi istiyordu ve çıplak sesim, Rose'un yanındayken bile gurur duyduğum bir şey olmadığı halde onun için söyledim.

Gülüşü neşemi artıran ilkbahar,
Kaş çatışı kara kışlar...

Rose zar zor, hafifçe gülümserken bütün dünyanın avuçlarımdan kayıp gittiğini hissettim ve gittiği yere onunla birlikte gitmek istedim. O yokken tuhaf ve anormal varlığımı nasıl sürdüreceğimi, kendim olmaya nasıl devam edebileceğimi bilmiyordum. Ondan ayrıyken yıllar boyunca var olmuştum ama o kadardı işte. Yalnızca bir varoluş. Sözsüz bir kitap.

"Marion'ı bulacağım."

Duymak istediği son şeyi duymuş gibi gözlerini kapadı.

Teni bir ocak göğü kadar griydi.

"Seni seviyorum, Rose."

Ağzında, soluk ve çatlak dudaklarının arasında belli belirsiz bir aralanma, ufacık bir tepki görmeyi bekledim ama artık hiç kıpırdamıyordu. Kıpırtısızlığı korkunçtu. Tek hareket edenler, uçuşan toz zerrecikleriydi.

Tanrı'ya el açtım, yalvar yakar pazarlık ettim ama Tanrı pazarlığa oturmadı. Tanrı inatçı, sağır ve kayıtsızdı. Rose ölür, ben yaşamaya devam ederken açılan karanlık ve dipsiz bir kuyunun içine düştüm ve asırlar boyu düşmeye devam ettim.

Londra, şimdi

Kendimi hâlâ bitkin hissediyorum. Başım zonkluyor. Yürüyorum. Yürümenin Chapel Sokağı'ndaki anıları yatıştıracağını düşünüyorum. Panzehire doğru yürüyorum: Hackney'ye. Well Yolu'na. Artık Well Sokağı deniyor. Araya bizi ayıran acılı, vebalı yıllar girmeden önce Rose'la birlikte yaşadığımız ilk yer. Kır evleri, ahırlar, ambarlar, küçük göl ve meyve bahçeleri çoktan gitmiş. Artık bana tanıdık gelmeyen sokaklarda yürüyüp üzeri asfaltlanmış anıları aramanın sağlıklı bir şey olmadığını biliyorum ama görmem lazım.

Yürümeye devam ediyorum. Bunlar Hackney'nin en işlek sokaklarından olsa gerek. Otobüsler ve alışveriş yapanlar gelip geçiyor. Bir telefoncunun, bir rehincinin ve sandviççinin önünden geçiyorum. Derken yolun karşı tarafında görüyorum; eskiden yaşadığım yer orası olmalı.

Şimdi kırmızı tuğladan penceresiz bir bina. Önünde mavi-beyaz bir tabela var. HACKNEY HAYVAN KURTARMA HİZMETLERİ. Hayatınızın silinip gittiğini hissetmek iç karartıcı. Bir bankomatın yanındaki duvara yaslanmanızı gerektirecek, şifresini sizden gizlemeye çalışan yaşlı adamdan özür dileyip onu soymayacağınızı açıklamanıza rağmen, hâlâ emin olamayan adamın ters bakışlarına maruz kalmanıza neden olacak kadar iç karartıcı.

Bir adamın, Staffordshire teriyeriyle binadan çıkışını izliyorum. Sonra ne yapabileceğimi anlıyorum. Geçmişimle nasıl biraz olsun barışabileceğimi.

Yolun karşısına geçip içeri girebilirim.

İçerideki diğer bütün köpekler havlıyor. Ama bu, küçük gelen sepetinin içinde öylece uzanmış. Safir gözlü, gri ve tuhaf bir yaratık.

Köpeğin böyle modern bir şatafat için fazla asil, yanlış zamana düşmüş bir kurt olduğunu hissediyorum. Onu anlayabiliyorum.

Yanında hiç dokunmadığı bir çiğneme oyuncağı var. Açık sarı lastikten yapılmış bir kemik.

"Cinsi nedir?" diye soruyorum köpek barınağında çalışan gönüllüye (yaka kartında "Lou" yazıyor). Lou kolundaki egzamalı yeri kaşıyor.

"Akita," diyor. "Japon. Zor bulunan bir tür. Biraz Sibirya Kurdu'na benziyor, değil mi?"

"Evet."

Hatırlayabildiğim kadarıyla, tam orası. İçinde üzgün görünen bu güzel köpeğin olduğu kafes, tam odanın olduğu yer. Yatak odamızın.

"Kaç yaşında?" diye soruyorum Lou'ya.

"Bayağı yaşlı. On bir. Ona bir ev bulmakta zorlanmamızın nedenlerinden biri bu."

"Neden burada peki?"

"Kurtarıldı. Bir dairenin balkonundaymış. Oraya zincirlemişler. Durumu çok kötüydü. Bakın." Köpeğin kalçasındaki, artık hiç tüy çıkmayan, kızıl-kahverengi bir yara izini gösteriyor.

"Sigara yanığı."

"Depresyona girmiş gibi."

"Evet."

"Adı nedir?"

"Adını öğrenemedik. Biz Abraham diyoruz."

"Niçin?"

"Onu bulduğumuz binanın adı Lincoln Tower'dı."

"Hım," diyorum. "Abraham. Yakışmış."

Abraham ayağa kalkıyor. Yanıma gelip açık mavi gözleriyle bir şey anlatmak ister gibi bana bakıyor. Köpek almak gibi bir niyetim yoktu. Bugünkü planlarım arasında böyle bir şey yoktu. Buna rağmen kendimi, "Tamam. Benimle geliyor," derken buluyorum.

Lou şaşkın bakıyor. "Ötekileri görmek istemiyor musunuz?"

"Hayır."

Lou'nun kolundaki –kıpkırmızı ve sulu– lekeler gözüme çarpıyor ve birden soğuk bir kış gününe, öteki hastalarla birlikte heyecanla Doktor Hutchinson'ın teşhisini beklediğim bekleme odasına dönüyorum.

Londra, 1860

Tipi vardı. Görece yumuşak geçen, sıcaklığın mevsim normallerinin üzerinde olduğu bir dönemin ardından, ocak ayının son birkaç gününde hava hızla soğumuştu. Napolyon fıkralarının anlatıldığı, borsa skandalının yaşandığı, pazarcıların mallarını donan Thames Nehri'nin üzerinde sattığı Don Panayırı'nın son kez yapıldığı 1814'ten beri Londra'da böyle soğuk görmemiştim.

O günlerde olduğu gibi şimdi de neredeyse dışarı çıkar çıkmaz yüzünüzü hareket ettirememeye başlıyordunuz. Adeta kanınızın donmaya başladığını hissediyordunuz. Blackfriars Caddesi'ne kadar üç kilometre yürürken neredeyse hiçbir şey göremiyordum ve bir tek aydınlatma direkleri, bir zamanlar epey modern görünen siyah ferforje sokak lambaları bana rehberlik ediyordu. Doktor Hutchinson'ın o sırada çalıştığı hastane, Londra Bulaşıcı Olmayan Deri Hastalıkları Teşhis ve Tedavi Kutanöz Enstitüsü, Blackfriars Caddesi'ndeydi. Viktoryen standartlara göre gayet akılda kalıcı bir adı vardı.

Bende cilt hastalığı yoktu tabii. Bir yerimde kızarıklık falan yoktu. Kaşıntım yoktu. İki yüz yetmiş dokuz yaşında olduğum halde cildimin asırlarca genç görünmesi dışında bir sorunum yoktu ama zaten bütün vücudum asırlarca genç geliyordu bana. Keşke zihnim de otuz yaşındaki birininkiymiş gibi gelebilseydi.

Doktor Hutchinson'la temasa geçmemin nedeni benimkine benzeyen, aslında tam zıddı olan, "progeria" adlı bir hastalığı keşfetmiş ve araştırıyor olmasıydı.

Sözcük Yunancada yalnızca *önce* değil aynı zamanda *erken* anlamına gelen "pro" ve *yaşlanma* anlamına gelen "geras" sözcüklerinden türetilmiş. Erken yaşlanma. Özü bu. Bebek doğuyor ve daha yürümeyi bile yeni yeni öğrenirken belirtiler başlıyor. Çocuk büyüdükçe bu belirtiler daha ürkütücü bir hal alıyor.

Bunlar arasında yaşlanmayla ilgili olanlar da var: saç dökülmesi, kırışıklık, kemik zayıflığı, belirginleşen damarlar, eklemlerde zorlanma, böbrek yetmezliği ve sıklıkla görme kaybı. Bu çocuklar genç yaşta ölüyor.

Bu talihsiz çocuklar hep vardı. Ancak hastalık, saçları dökülen ve deri atrofisi olan altı yaşındaki bir çocuk sayesinde Doktor Hutchinson tarafından tanımlanıncaya kadar resmen kabul görmemişti.

Dolayısıyla onu görmeye giderken makul ölçüde iyimserdim. Bana yardım edebilecek biri varsa oydu. Son zamanlarda cidden zorlanmaya başlamıştım. Son iki yüz yılın çoğunu Londra'da ve bütün ülkede gezerek, Marion'ı arayarak, bazen ona benzettiğim birilerini görüp kendimi gülünç durumlara düşürerek geçirmiştim. Bilhassa York on the Shambles'ta, nereli olduğunu sorduğum için karısına asıldığımı zanneden sarhoş bir ayakkabı tamircisinden yediğim dayağı hiç unutamam. Para kazanmam gerektiğinde lavta çalıyor, birileri şüphelenmeye başladığında çekip giderek kimlik değiştiriyordum. Hiç toplu param olmuyordu. Kazandığım para kiraya ve biraya harcanıyor, su gibi akıp gidiyordu.

Arayışımda bütün umudumu yitirdiğim zamanlar çok olmuştu. Yalnızca kaybolan birini değil, kaybettiğim başka bir şeyi, anlamı da arıyordum. Bir amaç arıyordum. İnsanların yüz yıldan fazla yaşamama nedeninin buna uygun olmamaları olduğunu anlamıştım. Yani psikolojik olarak. Sanki *tükeniyordunuz.* Geriye devam etmenizi sağlamaya yetecek kadar bir benlik kalmıyordu. Kendi düşüncelerinizden sıkılıyordunuz. Hayatın kendini tekrarlayışından. Bir süre sonra görmediğiniz hiçbir gülücük, bir jest kalmıyordu. Dünya düzenindeki her değişiklik önceki değişiklikleri hatırlatıyordu. Haberler haber olmaktan çıkıyordu. "Haber" sözcüğü komik gelmeye başlıyordu. Her şey bir döngüydü. Yavaşça dönerek geçmişe doğru giden bir döngü. Defalarca, tekrar tekrar aynı hataları yapmaya devam eden insanlara duyduğunuz hoşgörü azalmaya başlıyordu. Bir zamanlar nakaratını çok sevdiğiniz ama artık her duyduğunuzda kulaklarınızı parçalamak istediğiniz bir şarkıyı sonsuza kadar dinlemek gibi bir şeydi bu.

Tüm bunlar kendinizi öldürmek istemeniz için yeterliydi. Bazen bu arzuyu gerçeğe dönüştürmeyi düşünüyordum. Rose'un ölümünden sonraki yıllarda, kendimi sık sık bir eczaneye girmiş, arsenik almayı düşünürken bulurdum. Son zamanlarda yine böyleydim. Köprülerin ortasında duruyor, yok olmayı hayal ediyordum.

Rose'la anneme verdiğim sözler olmasa büyük ihtimalle yapardım da.

Rahatsızlığımı sevmiyordum.

Yalnızlaştırıyordu beni. Herhangi bir yalnızlıktan değil, insanın içinde çöl rüzgârı gibi uğuldayan yalnızlıktan söz ediyorum. Yalnızca sevdiklerimi değil, kendimi de yitirmiştim. Onlarla birlikteyken olduğum insan artık yoktu.

Hayatım boyunca yalnızca üç kişiyi doğru dürüst sevmiştim: Annemi, Rose'u ve Marion'ı. İkisi ölmüştü; birinin hayatta olmasıysa sadece bir olasılıktı. Çapa görevi üstlenecek bir sevgi olmayınca, oradan oraya sürüklenir olmuştum. İki kez denize açılmış, kendimi içkiye vermiştim ve devam edebilmemi bir tek Marion'ı, bu arada belki kendimi de, bulabilme umudu sağlamıştı.

Tipinin içinde yürüyordum. Akşamdan kalmaydım. Akşamdan kalma olabilmem epey zordu ama bunun için hiçbir gayretten kaçınmıyordum. Şehir kar yüzünden flulaşmış, Monet'nin yakında yapacağı bulanık Londra manzaraları gibi görünüyordu. Hıristiyan Misyonu'nun önünde yemek bekleyen kasketli, eski püskü, üzerlerine oturmayan takımlar giymiş adamlar dışında, etrafta kimseler yoktu. Hiç kıpırdamadan sessizce duran, umutsuz, soğuktan kaskatı kesilmiş adamlardı bunlar.

Bu yürüyüşü boşa yapıyor olabileceğimin farkındaydım. Ama başka ne yapabilirdim? Doktor Hutchinson'ı görmek için sabırsızlanıyordum çünkü rahatsızlığımın ne olduğunu söyleyebilecek tek kişi oydu.

Havaya bakılırsa orada olup olmayacağından bile emin değildim.

Hastaneye girer girmez bir hemşire, Miss Forster, doktorun *her zaman* orada olduğunu söyledi.

Miss Forster, şüphesiz daha önce pek çok kişiye söylediği gibi, "Hayatında bir gün bile işe gelmediği görülmemiştir, diyebilirim," dedi. Tertemiz kepi ve önlüğüyle öylesine bembeyaz ve el değmemiş bir hali vardı ki tipiden yapılmış bir şey gibi görünüyordu. "Bugün şanslısınız," dedi. "Londra'daki herkes en ufak bir kırgınlıkta Doktor Hutchinson'ı görmek istiyor sanki." Beni şöyle bir süzerek ne gibi bir cilt hastalığım olduğunu anlamaya çalıştı.

Miss Forster'ın peşinden üç kat merdiven çıktım. Kırmızı kadife kaplı, yüksek arkalıklı pahalı koltuklarla dolu, ipek duvar kâğıdıyla kaplı duvarlarından birinde görkemli bir duvar saatinin asılı olduğu, güzel döşenmiş bir odada beklememi söyledi. "Şu an yanında biri var," dedi, kiliselerde duymaya alışkın olduğumuz saygı dolu bir fısıltıyla. "Bayağı bir beklemeniz gerekebilir, Mr. Cribbs."

(Plymouth'taki eski bir içki arkadaşımın anısına adım Edward Cribbs'ti.)

"Beklemek uzmanlık alanımdır," dedim.

Miss Forster içtenlikle, "Pekâlâ, bayım," diyerek yanımdan ayrıldı. O odada birlikte beklediğim, yüzleri korkunç kızarıklık ve morluklarla dolu insanları hatırlıyorum.

"Dışarısı feci, değil mi?" dediğim kadının yüzü morumsu mavi bir lekeyle kaplıydı.

(Dört asırdır hiç değişmeyen bir şey varsa o da İngilizlerin sessizlikleri havadan söz ederek doldurma merakıydı ve orada yaşadığım zamanlarda ben de bundan muaf değildim.)

Kadın, "Evet, bayım," dedi ama sözü uzatmadı.

Sonunda yanında oturduğum kapı açıldı ve dışarı bir erkek hasta çıktı. İyi giyimli, hafif züppe bir adamdı ama yüzü minyatür sıradağlara benzeyen pütür pütür, kabarık kızarıklıklarla kaplıydı.

Adam bana, "İyi günler," deyip bütün yüzüne yayılan bir tebessümle bakarken, içeride bir mucize yaşadığı (ya da yaşama vaadini aldığı) belliydi.

Bekleme odalarına has sessiz bir miskinliğin içinde saatin tiktaklarını dinleye dinleye sonunda sıram geldi.

Odaya girdiğimde, ilk gözüme çarpan şey Doktor Hutchinson'ın kendisi oldu. Jonathan Huthinson'ın görünümü çok etkileyiciydi. Neredeyse bütün erkeklerin etkileyici görünebildiği bir çağ için bile fazlasıyla heybetliydi. Uzun boylu, şık giyimliydi ve upuzun bir sakalı vardı. Özellikle sakalı insanda hayranlık uyandırıyordu. Ne Yunan filozoflarınkine ne de adaya düşmüş kazazedelerinkine benzeyen, üzerinde dikkatle düşünülüp önceden planlanmış, gitgide daralıp seyrelerek sonunda incecik ve bembeyaz bir çizgiye dönüşen, belli belirsiz yokluğa karışan bir kuyruk gibiydi. O sakalda faniliğin bir metaforunu görmeme yol açan, belki de o sabah yaşadığım yoğun duygulardı.

"Benimle görüşmeyi kabul ettiğiniz için teşekkür ederim," dedim ve der demez pişman oldum. Çaresiz biri gibi göstermiştim kendimi.

Doktor Hutchinson cep saatine baktı. Görüşme sırasında bunu birkaç kez daha yapacaktı. Büyük ihtimalle zamanı dert ettiği için değil. Daha çok bir alışkanlık gibiydi. Aslında yaygın bir alışkanlık sayılırdı. Bugünkü insanların cep telefonlarına bakıp durmaları gibi.

Doktor Hutchinson dimdik yüzüme baktı önce. Masasındaki bir mektubu aldı. Benim yazdığım mektuptu. Bölümler okumaya başladı.

"*Sayın Doktor Hutchinson,*" derken sesi Porto şarabı gibi tok ve kuruydu, "*çalışmalarınızın büyük bir hayranıyım ve vücudun zamanından önce yaşlanmasına neden olan, sizin keşfettiğiniz yeni hastalıkla ilgili makalenizi okudum... Benim de buna benzer fakat –bilakis– daha da anlaşılmaz olan bir rahatsızlığım var... Bana öyle geliyor ki dünyada bunun açıklamasını yapabilecek ve ömür boyu süren bir sırrı çözebilecek tek insan sizsiniz...*"

Mektubu dikkatle katlayıp bir kenara koydu. Sonra dikkatle beni inceledi.

"Yanaklarınızdan kan damlıyor. Cildiniz sağlıklı bir adamın cildi."

"Sağlığım yerinde. Vücudum sapasağlam. Çoğu insandan daha sağlıklıyım."

"Sorununuz nedir?"

"Anlatmadan önce kimliğimin gizli kalacağına dair garanti istiyorum. Bulgularınızdan kaynaklanan bir keşif yaptığınız ve makale yayımladığınız takdirde ismim hiçbir yerde yer almayacak. Bu çok önemli. Garanti veriyor musunuz?"

"Elbette. Şimdi merakımı uyandırdınız işte. Bana sorununuzu söyleyin."

Söyledim. "Ben yaşlıyım," demekle yetindim.

"Nasıl—"

"Göründüğümden daha yaşlıyım."

Bir anlığına duraklamakla beraber, sonunda anlamış göründü. Ardından sesi değişti. Kendinden o kadar emin çıkmamaya başladı. Sormaya korktuğunu görebiliyordum ama o soruyu sormak zorundaydı. "*Ne kadar* yaşlısınız?"

"Mümkün olandan fazla," dedim.

"Mümkün olan, şimdiye kadar olmuş her şeydir. Bilimin amacı, olasılık sınırlarının nerede sona erdiğini bulmaktır. Bunu başarabildiğimizde -ki mutlaka başaracağız- artık büyü ve boş inançlar olmayacak, yalnızca *gerçek* olacak. Bir zamanlar, üzerinde yaşadığımız kürenin düz olmaması imkânsızdı. Doğadan beklentilerimizin doğru olduğunu kanıtlamak ne bilimin ne de tıbbın işidir. Bilakis." Uzun uzun bana baktı. Sonra öne doğru eğilip fısıldadı. "Bozuk balık."

"Anlayamadım."

Arkasına yaslanıp dudaklarını büzdü. Mahzun bir hali vardı. "Bozuk balıkla cüzzam arasındaki bağlantıyı görebilen yok ama öyle. Çok fazla bozuk balık yerseniz, cüzzam olursunuz."

"A," dedim. "Bilmiyordum."

(Elbette şimdi, yirmi birinci yüzyıldayken, bozuk balık yemenin cüzzama neden olmadığını rahatça söyleyebilirim ama iki yüz yıl sonra bozuk balık yemenin cüzzama neden olduğunun kanıtlanabileceğini ve Doktor Hutchinson'ın haklı çıkabileceğini bilecek kadar uzun yaşadım. Ben çocukken, bilim camiasından olmayan sıradan insanlar hâlâ dünyanın düz olduğuna inanıyorlardı çünkü gezindikleri zaman gördükleri şey buydu. Derken dünyanın aslında küre olabileceği fikrine ısınmaya başladılar. Ama geçen gün WH Smith'te *New Scientist* dergisini karıştırırken o sayının bütünüyle "holografik prensip" denen bir şeye ayrıldığını gördüm. Teorinin akıl uçuklatıcı kısmı, bütün evrenin kozmolojik ufuktaki iki boyutlu bilgiden ibaret ve üç boyutlu gördüğümüzü zannettiğimiz her şeyin aslında üç boyutlu filmlerdeki gibi bir yanılsama, yani her şeyin bir simülasyon olabileceğini ima etmesi. Yani dünya [ve her şey] cidden de düz olabilir. Ama olmayabilir de.)

Doktor Hutchinson, "Söylesenize," diyerek havada kalan soruyu hatırlattı. Soruyu cevaplamam gerektiğini biliyordum. "Kaç yaşındasınız?"

Söyledim. "Bin beş yüz seksen bir yılının üç Mart'ında doğmuşum. İki yüz yetmiş bir yaşındayım."

Gülmesini bekledim ama gülmedi. Uçuşan kar taneleri zihnimdeki girdabı yansıtırcasına pencerenin önünde dans ederken, uzun, çok uzun baktı bana. Gözlerini kocaman açtı ve alt dudağını çekiştirdi. Sonra şöyle dedi: "Pekâlâ. Anlaşıldı. Konu netliğe kavuşmuş oldu. Artık işe girişebilir ve size teşhiş koyabilirim."

Gülümsedim. İyiydi bu. Ben de yalnızca teşhis konmasını istiyordum zaten.

"Fakat gerekli yardımı almak için Bethlem'a gitmek zorundasınız."

Oradan geçtiğimi hatırlıyordum. İçeriden gelen boğuk çığlıkları duyduğumu. "Bethlem Hastanesi'ne mi? Yani... Bedlam'a mı?"

"Aynen öyle."

"Ama orası deliler için."

"Tımarhanedir, evet. Gerekli yardımı oradan alabilirsiniz. Şimdi lütfen, bugün başka randevularım da var."

Başıyla kapıya işaret etti.

"Ama—"

"Lütfen, size Bethlem'a gitmenizi tavsiye ediyorum. Bu… Sanrılarınıza iyi gelecektir."

Zamanın en moda filozofu hâlâ (ve yalnızca) hayatta olan Arthur Schopenhauer'dı. Muhtemelen tavsiye edilir değildi ama yazdıklarını çok okurdum. Kendinizi melankolik hissederken Schopenhauer okumak, üşüdüğünüzde soyunmak gibi bir şeydi. Ama o an aklıma bir cümlesi geldi.

Herkes kendi görüş mesafesini dünyanın sınırları zanneder.

Doktor Hutchinson'a gelirken bilimdeki en geniş görüş mesafesine sahip, rahatsızlığımı anlayabilme olasılığı en yüksek adama geldiğimi düşünmüştüm ve bu inancın avuçlarımdan kayıp gittiğini görmek üzücüydü. Bizzat umudun ölümüydü. Demek bütün görüş alanlarının dışındaydım. Görünmez adam gibi bir şeydim.

Bu yüzden bir anda hareketlendim. Cebimden madeni bir para çıkardım.

"Şuna bakın. Şu paraya bakın. Elizabeth döneminden kalma. Bakın. Baksanıza. Onları terk etmek zorunda kaldığımda, bana kızım vermişti bunu."

"Antika bir para. Arkadaşlarımdan birinde de Sekizinci Henry zamanından kalma gümüş bir para var. Yarım groat* deniyor galiba. İnanın bana, o arkadaşım Tudorlar zamanında yaşamadı. Ayrıca ondaki para bundan çok daha zor bulunan bir şey."

"Ben deli değilim. Yemin ederim. Uzun zamandır hayattayım. İngilizler Tahiti'yi bulduğunda da vardım. Kaptan Cook'la tanıştım. Lord Chamberlain'in Adamları'nda** çalıştım… Lütfen

---

* 15 ila 17. yüzyıllarda İngiltere ve İrlanda'da kullanılmış, ederi önceleri dört, sonraları sekiz peni olmuş bir para birimi. (*e.n.*)

** Shakespeare'in oyunlarının çoğunu oynamaları için yazdığı, döneminin en ünlü kumpanyası. (*ç.n.*)

efendim, bana söylemek zorundasınız. Sizi görmeye gelen başka biri oldu mu? Bir kız... Kadın... Aynı rahatsızlıktan söz eden... Adı Marion ama başka bir isim de kullanıyor olabilir. Farklı bir kimlik altında yaşıyor olabilir. Hayatta kalabilmek için sık sık—"

Doktor Hutchinson artık cidden kaygılanmış görünüyordu. "Lütfen, gidin. Kendinizi kaybetmek üzeresiniz."

"Tabii ki kaybederim. Bana yardım edebilecek tek kişisiniz. Kendimi anlamam lazım. Neden böyle olduğumu anlamak zorundayım."

Bileğine yapıştım. Deliliğim bulaşıcı olabilirmiş gibi, eli öylece kasılıp kaldı.

"Karakola bir taş atımı mesafedeyiz. Kendi başınıza gitmezseniz yardım çağırırım ve sizi buradan polisler götürür."

Gözlerim dolmuştu. Doktor Hutchinson bulanıklaşarak kendisinin hayaletine dönüştü. Gitmem gerektiğini biliyordum. En azından bir süreliğine bu umuttan vazgeçmem gerektiğini biliyordum. Böylece ayağa kalkıp onu başımla selamlayarak, tek bir söz daha etmeden çekip gittim ve kendimi, geçmişimi, bir otuz yıl daha sır olarak sakladım.

Londra ve St Albans, 1860-1891

Doktor Hutchinson'la ilk görüşmemden sonra her zamanki kederli, yerinde duramayan, kaygılı ve umutsuz halimin ötesinde bir ruh haline geçtim. Artık hiçbir şey hissetmiyordum. Hiçbir şey hissetmemeye başladığımda acıya dair adeta özlem duymaya başladım; acı çektiğinizde, en azından yaşadığınızı anlıyordunuz. Mücadele etmeyi, zorla hayatın ve gürültünün içine dalmayı denedim. Yeni müzikhollerden birkaçına tek başıma gittim, her seferinde en öne yakın bir yerde, gürültünün ve kahkahaların ortasında oturdum, güle oynaya şarkılara eşlik ettim, salonu dolduran neşeyi biraz olsun hissetmeye çalıştım. Ama olmuyordu.

Böylece 1880 yılının kavurucu bir ağustos gününde Whitechapel'dan St Albans'a kadar yürüdüm. Londra üstüme üstüme gelmeye başlamıştı. Çok fazla anı vardı. Çok fazla hayalet vardı. Yine başka biri olmanın zamanı gelmişti. Yaşamımı birbirlerinin içine giren, birbirlerini kendi içlerine kapayan, önceki yaşamların dışarıdan görünmediği ama yine de orada olduğu Matruşka bebekler gibi algılıyordum galiba.

Yıllar boyu işin sırrının üst üste yeni zırhlar geliştirmek olduğunu düşünmüştüm. Hareket etmeyi, değişmeyi, toplumun gözünde farklı bir şeye dönüşmeyi sürdürmek.

St Albans, Londra'dan çok uzak olmasa da yeterince uzaktı. Benim için İngiltere'deki herhangi bir yerin olabileceği kadar yeni bir yerdi ve orada nalbant olarak işe girdim. İnsanlar 1880'lerin başlarını fabrikaların olduğu, dumanlarla kaplı bir sanayi dönemi gibi düşünür ama bütün çağlarda olduğu gibi o çağ da birçok dönemin birbirine geçtiği bir atlıkarınca gibiydi. Modernizm kükreyerek ilerlese bile geçmiş kalır ve yankılanmaya devam eder. Yani atlarla at arabaları hâlâ vardı ve nalbantlar her zamanki kadar meşguldü.

Ama St Albans'ta işler daha da kötüye gitti. Bazen kendimi tamamen kaybediyor, nerede olduğumun, hatta hiçbir şeyin farkında olmadan, ocağın turuncu alevine bakakalıyordum. Patronum Jeremiah Cartwright arada bir beni dirseğiyle dürtüp ya da sırtıma bir şaplak atıp "bulutlardan aşağı" inmemi söylüyordu.

Bir seferinde, tek başımayken, bir şeyler hissedebilmek için umarsız bir işe kalkıştım. Kolumu sıyırıp alevlerin içinde nal haline getirilmş kor bir demir parçasını aldım ve sol kolumun iç tarafına bastırıverdim. Tenim tıslayıp kızarırken demiri orada tutup gözlerimi yumdum ve dişlerimi iyice sıkarak içimden yükselen çığlığı bastırdım.

Yarım bir tebessüme benzeyen o yara izi hâlâ duruyor ve ona her bakışımda garip bir rahatlama hissediyorum. Ama böylece dikkatli olmamı gerektiren bir şey daha çıkmış oldu. Gizlemem gereken. Kimliğimi gizlememi engelleyen, ayırt edici bir iz.

İşe yaradı sanırım. Acıyı hissettim. Acı beyin zonklatan bir yoğunlukta geldi ve içimde haykırdı. Var olmam gerektiğini anlamış oldum çünkü acının hissedilebilmesi için yaşayan bir varlığa –bir *benliğe*– ihtiyaç vardı. Bu bilgide bir çeşit güvence, kendi gerçekliğimin bir kanıtı vardı.

Ama hâlâ deli olmadığımın kanıtlanmasını istiyordum.

Derken bir gün aklıma bir fikir geldi. Şuydu: Belki de kanıt bendeydi. Delil bendim ve kanıt, zamandı.

Böylece delili son bir kez Doktor Hutchinson'a göstermeye karar verdim.

Londra, 1891

Doktor Hutchinson kim olduğumu bilemezdi. Randevu listesinde adımı görüp beni hatırlayamazdı çünkü onu son görüşümde Edward Cribbs'tim ama şimdi gençliğimden beri ilk kez gerçek ismime dönmüştüm. Yani gerçek ilk adıma. Adım Tom'du. Huguenot Hazard'ın ya da sıkıcı Smith'in yerineyse daha sembolik bir soyadı olan Winters'ı seçmiştim.

Sıcak bir gündü –haziranın dördüydü– ve şehre (hem kendisi hem de atları) asık suratlı patronum Jeremiah'ya ait bir at arabasıyla gitmiştim.

Londra Bulaşıcı Olmayan Deri Hastalıkları Teşhis ve Tedavi Kutanöz Enstitüsü artık Londra Cildiye Kliniği olmuştu ama onun dışında hemen her şey hatırladığım gibiydi. O güzel mobilyalar, üç kat merdiven. Doktor Hutchinson'ın muayenehanesi bile hemen hemen aynı ama biraz fazla kalabalık ve karışıktı. Masasının üzeri kâğıtlar ve kitaplarla dolup taşmıştı, deri koltuğunda bir yırtık vardı. Aslında temelde aynı yerdi ama üzerinden kasırga geçmiş gibi görünüyordu.

Doktor Hutchinson da çoğu insan gibi çevresinden çok daha önce yaşlanmıştı. Eskiden gayet seçkin bir görünümü olan sakalı seyrelip ağarmış, bir tutam kalmıştı. Gözlerinin beyazı sararmış, elleri romatizmadan boğum boğum olmuş, yaşlılık lekeleriyle kaplanmıştı. O şarap gibi dolgun ses artık hırıltılı nefes alışlarla birlikte çıkıyordu. Kısacası, sıradan bir insandı ve zaman yapacağını yapmakla meşguldü.

"Peki, Mr. Winters. Gördüğüm kadarıyla sizinle ilgili hiçbir notum yok." Odaya girdiğimden beridir başını kaldırmamıştı. Gözleri masasındaki kâğıt karmaşasındaydı.

"Randevuyu alırken bilgi vermemiştim."

O zaman bana baktı. İlk olarak pek temiz olmayan giysilerimle kararmış ellerimi fark etti ve büyük ihtimalle benim gibi pejmürde kılıklı birinin muayenehanesinde ne işi olduğunu merak etti.

"Ödemeyi aşağıda hallettim," diyerek boğazımı temizledim. "Şu an beni hatırlayıp hatırlamadığınızı merak ediyorum."

Başını kaldırdı. Gözlerime baktı.

"Sizi ilk görmeye gelişimde, Edward Cribbs ismini kullanıyordum. Bu adı hatırlıyor musunuz? Hatırladınız mı? Bana tımarhaneye gitmemi tavsiye etmiştiniz."

Nefesinin hırıltısı arttı. Deri koltuğundan kalkıp yaklaştı. Burnumun yirmi beş santim uzağında durdu. O yaşlı gözlerini ovuşturdu.

Bir fısıltı. "Hayır."

"Hatırladınız, değil mi? Hatırlıyorsunuz. Görebiliyorum. Otuz bir yıl önceydi."

Neler olduğunu anlayabilmek için dağ tırmanmış gibi, nefes nefeseydi. "Hayır. Hayır, hayır, hayır. Olamaz. İllüzyon olmalı bu. Maskelyne veya Cooke olmalısın sen." (Maskelyne ve Cooke o sıralarda Londra'da bir dizi gösteri yapan, zamanın sihirbaz ikilisiydi.)

"Emin olun benim, efendim."

"Aklımı yitiriyorum herhalde."

Kendi akıl sağlığını benim gerçek olmamdan daha kolay sorgulayabilmesi sinir bozucuydu.

"Hayır, efendim, inanın bana, yitirmiyorsunuz. Size söz ettiğim rahatsızlık, rahatsızlığım, yılların akıp gitmesini yavaşlatan, bir lütuf gibi gelen ama aynı zamanda bir lanet olan bu rahatsızlık... Gerçek. Ben gerçeğim. Hayatım da gerçek. Bunların hepsi gerçek."

"Hayalet değil misin yani?"

"Hayır."

"Aklımın bir oyunu değil misin?"

"Hayır."

Uzanıp yüzüme dokundu.

"Ne zaman doğmuştun?"

"Bin beş yüz seksen bir yılının üç Mart'ında."

"Bin beş yüz seksen bir." Bunu soru olarak değil, anlaşılması için söylenmesi gereken inanılmaz bir şey gibi tekrarlamıştı. "Bin beş yüz seksen bir. Bin beş yüz seksen bir. Büyük Londra Yangını'nda sen seksen beş yaşındaydın—"

"O sıcağı hissettim. Kıvılcımlar tenimi yaktı."

Şimdi bana bambaşka bir gözle, kendisi bir paleontolog, bense çatlamaya hazır bir dinozor yumurtasıymışım gibi bakıyordu. "Vay, vay, vay. Bu her şeyi değiştirir. *Her şeyi.*

"Söylesene, bir tek sen mi varsın? Sana benzeyen başka birine rastladın mı hiç? Bu… Rahatsızlığı yaşayan?"

"Evet!" dedim. "Kaptan Cook'un ikinci seferinde tanıştığım bir adam vardı. Pasifik Adaları'ndan. Adı Omai'dı. Eşi bulunmaz biriydi; çok iyi dost olduk. Bir de… Kızım Marion var. Onu çocukluğundan beri hiç görmedim. Aynı rahatsızlığın onda da olduğunu bana annesi söyledi. Normal büyümesi on bir yaş civarında durmuş."

Doktor Hutchinson gülümsedi. "Akıl almaz bir şey bu."

Anlaşılmanın ruha demir attıran sevincini hissederek gülümsedim ben de.

Doktor Hutchinson'ın cesedi on üç gün sonra Thames'te yüzerken bulununcaya dek o sevinç içimde kaldı.

Londra, şimdi

Hâlâ başım ağrıyor.

Bazen geçer gibi oluyor, bazense ondan başka hiçbir şey kalmıyor ve acı her seferinde anılarla örtüşüyor. Baş ağrısından çok hafıza ağrısı. Hayat ağrısı.

Ne yaparsam yapayım, tam geçmiyor. Her şeyi denedim. İbuprofen aldım, litrelerce su içtim, lavanta kokulu banyolar yaptım, karanlıkta yattım, yavaşça daireler çizerek şakaklarımı ovdum, yavaş nefes aldım, lavta müziği dinledim, kumsaldaki dalgaların sesini dinledim, meditasyon yaptım, gevşetici yoga videosu alıp kendi sesimden nefret edene kadar "*Güvendeyim, kendimi rahatça bırakabilirim*" olumlamasını tekrarladım, televizyon karşısında bomboş oturdum, kafeini bıraktım, dizüstü bilgisayarımın parlaklığını azalttım ama bu ağrı gölge kadar inatçı, gitmiyor.

Gereğince denemediğim tek şey, uyumak. Yıllardır gitgide artan bir uyku sorunum var.

Dün gece uyuyamadığım için kaplumbağalarla ilgili bir belgesel izledim. En uzun yaşayan tür kaplumbağa değil ama en uzun yaşayan türlerden biri onlar ve bazı kaplumbağalar "yüz seksen yıldan daha uzun" yaşayabiliyor. Tırnak işareti içinde yazdım çünkü mayıs sineklerinin bu türden ortalamaları hep yanlış çıkıyor. Köpekbalıklarında ne kadar yanıldıklarına bakın. Ya da işte, insanlarda. Dünyada beş yüzüncü yaş günü yaklaşan en az bir kaplumbağa olduğuna bahse girerim.

Esas canımı sıkan, insanların kaplumbağa olmamasıydı. Kaplumbağalar yaklaşık iki yüz yirmi milyon yıldır burada. Triyasik dönemden beri. Çok da fazla değişmiş değiller. İnsanlarsa onlara kıyasla çok kısa bir zamandır burada.

Ayrıca haberleri açıp bir sonuca varmak için dahi olmak gerekmiyor: Çok fazla zamanımız kalmadı. İnsanın diğer alt türleri –mesela Neandertaller, Asya'daki Denisova insanları, ödünç alınmış takma isimleriyle Endonezya'daki "hobbitler"– uzun vadede bir halt beceremediğimizi kanıtladılar; büyük ihtimalle biz de beceremeyeceğiz.

Mayıs sinekleri için hava hoş. En fazla otuz ya da kırk yıl daha yaşayacağınızı bilirken fazla bir sorun yok. O zaman küçük düşünmek kolay. Sabit bir bayrağı, sabit bir duruşu olan sabit bir ülkedeki sabit bir şey olduğunuzu hayal etmekte zorlanmayabilirsiniz. Bunların bir *anlamı olduğunu* düşünebilirsiniz.

Ne kadar uzun yaşarsanız hiçbir şeyin sabit olmadığını o kadar anlıyorsunuz. Yeterince uzun yaşayan herkes bir gün sığınmacı olacak. Milliyetlerinin uzun vadede pek bir şey ifade etmediğini herkes anlayacak. Dünya görüşlerinin sarsıldığını ve çürütüldüğünü görecek. İnsanı olmayı tanımlayan şeyin *insan olmak* olduğunu bir gün herkes anlayacak.

Kaplumbağaların milliyeti yok. Bayrakları da. Stratejik nükleer silahları da. Kaplumbağalarda terörizm, referandumlar, Çin'le yapılan ticaret savaşları yok. Spor salonunda dinledikleri Spotify listeleri yok. Kağlumbağa imparatorluklarının yükseliş ve çöküşlerini anlatan kitapları yok. Kaplumbağalar internetten alışveriş yapmıyor, kasiyersiz kasaları kullanmıyor.

Başka hayvanların *ilerlemediği* söylenir. Ama insan zihninin de ilerlediği yoktur. Bizler hep o aynı yüceltilmiş şempanzeleriz, sadece silahlarımız gitgide büyüyor. Her şey gibi kuanta ve parçacıklardan oluştuğumuzu anlayacak bilgiye sahibiz ama buna rağmen kendimizi içinde yaşadığımız evrenden ayırabilmek, kendimize ağaçlardan, kayalardan, bir kediden ya da kaplumbağadan öte bir anlam yükleyebilmek için elimizden geleni yapıyoruz.

Bense burada, aklım insani korkular ve acılarla dolu, kaygıdan göğsüm sıkışarak, önümde daha ne kadar gelecek kalmış olabileceğini düşünüyorum.

Bugünlerde üç saat uyuyabilirsem kendimi şanslı sayıyorum. Eskiden olsa Teskin Edici Şurup alırdım –Hendrich'in tavsiye ettiği bir çeşit öksürük şurubu karışımıydı– ama Teskin Edici Şurup'ta morfin vardı ve afyon türevlerini yüzlerce yıl önce yasaklayıp şurubu piyasadan kaldırdılar. Artık Beecham'ın Night Nurse'üyle yetinmek zorundayım ama o da hiçbir zaman tam işe yaramıyor.

Doktora gitmem gerekirdi elbette ama gitmedim. Albatros Cemiyeti'nin kurallarından biriydi. Doktor yok. Ne olursa olsun. Doktor Hutchinson yüzünden duyduğum suçluluk duygusu bu kurala uymamı kolaylaştırdı. Tümör olabileceğini düşündüm ama şimdiye kadar bir albada tümör çıktığı görülmemiştir. Hem zaten olsa bile çok yavaş büyüyecekti. En azından ortalama bir insan hayatı kadar daha yaşayacaktım. Ama hayır, belirtiler tümör belirtilerine benzemiyordu bile.

Her neyse, yeni işime başlamadan bir gün önce baş ağrım yine tuttu işte. Biraz su içip tahıl gevreği yedikten sonra Abraham'ı yürüyüşe çıkarıyorum. Bütün gün divanın kolçağını kemirdi durdu ama onu yargılayacak değilim. Yeteri kadar derdi var zaten.

Sorunlarımı çok fazla düşünmemek için sorunlu bir köpeğe ihtiyacım varmış herhalde. Akitalar Japon dağları için yaratılmış olduklarından, onun daha asil bir hayat için yaratılıp doğu Londra'nın kiriyle pasının, beton sokaklarının ortasına düşmüş bir çeşit yoldaş olduğunu biliyorum. Halıya işeyip divanı parçalamasına şaşmamak gerek. Bu hayatı o istemedi ki.

Egzoz dumanları yüzümüze vururken, Abraham'la birlikte yürüyoruz.

Bir bahisçinin önünden geçerken, "Eskiden burada kuyu vardı," diyorum. "Erkekler pazar günleri kiliseden çıktıktan sonra şurada, tam şurada skittles* oynarlardı."

Yanımızdan geçen, pantolonunun paçalarını kıvırmış, üzerine bol bir "The Hundreds" tişörtü giymiş genç, on yedinci yüzyılda

---

* Bovlingin atası, genellikle sokakta oynanan bir oyun. (*ç.n.*)

eteğinin altına fırfırlı çorap giyip dolaşan Londralı delikanlıların uzak ve kayıtsız bir yankısı gibi. Çocuk başını telefonundan kaldırıp alaycı ve onaylamayan gözlerle bana bakıyor. Onun için kendi kendine konuşan, bir tahtası eksik, Londralı yalnızlardan biriyim. Belki de pazartesi ders vereceğim öğrencilerden biridir.

Yolun karşısına geçiyoruz. Üzerine reklam asılmış bir elektrik direğini geride bırakıyoruz. KULÜP MUM IŞIĞI. *Londra'nın içki yasağı temalı en ünlü barında Kükreyen Yirmileri yeniden yaşayın.* Başımın ağrısı artarken gözlerimi kapıyorum ve içimden öksürük misali bir anı yükseliyor; omzumda bir yabancının eli, Paris'teki piyano bar Ciro's'da "Sweet Georgia Brown"ı çalıyorum.

Parka giriyorum. Yıllardır hiç piyano çalmadığımı fark ediyorum. Çoğu zaman aramıyorum da. Piyanonun baştan çıkarıcı ve güçlü bir uyuşturucu gibi olduğuna, sizi darmadağın edebildiğine, ölmüş duyguları uyandırıp kaybolmuş benliklerin içinde kaybolmanıza neden olabildiğine kendimi uzun zaman önce ikna ettim. Eşiğinde durduğunuz bir sinir krizi gibi. Bir gün tekrar çalar mıyım, bilmiyorum. Kayışı tasmadan çıkarınca, Abraham yanımda kalıp özgürlük kavramıyla ne yapacağını bilemiyormuş gibi şaşkın bakıyor bana.

Onu anlayabiliyorum.

Parka bakınırken, yanında duran Bichon Frise cinsi köpeğinin kakasını eline geçirdiği torbayla dikkatle yerden alan bir adam görüyorum. Sincabın teki düzensiz zikzaklar çizerek bir kayın ağacının gövdesinden yukarı fırlıyor. Abraham koşarak uzaklaşıyor.

Onu o anda fark ediyorum.

Az ötedeki bir banka oturmuş kitap okuyan bir kadın. Kadını tanıyorum ki bu pek sık olan bir şey değil. Artık insanlara pek dikkat etmiyorum. Yüzler bulanıklaşarak birbirine karışıyor. Ama bu kadının Daphne'nin penceresinden gördüğüm kadın olduğunu hemen hatırlıyorum. O Fransızca öğretmeni. O gün olduğu gibi, kendinden başka hiç kimseye benzemiyor. Bu kadar kalabalık bir türden olup kendine has olabilmek kolay iş değil. Kadının tarzı var. Onlar da güzel ama giydiklerinden (fitilli kadifeden blazer, kot pantolon, gözlük) söz etmiyorum. Kitabı banka bırakıp parka göz gezdirişindeki rahatlıktan söz ediyorum. Hafifçe yanaklarını şişirip havayı üflemesinden ve gözlerini kapayıp başını yan yatırarak güneşi davet etmesinden. Başımı çeviriyorum. Parktaki bir kadına bakan bir adamım. Herhangi biri olabilirim. Artık 1832 yılında değiliz.

Ama sonra, tam başımı çevirirken, kadın bana sesleniyor.

"Köpeğiniz çok şekermiş." Fransız aksanı var. Yeni Fransızca. Evet. Kesinlikle gördüğüm kadın bu. Abraham'ın koklaması için elini uzatıyor. Abraham minnetle yalayıp üstüne bir de kuyruğunu sallıyor.

"Takdis edildin."

Sonra bana bakınca biraz rahatsız oluyorum. Biraz fazla uzun bakıyor. Çok çekici olduğum için gözlerini benden alamadığını düşünecek kadar kibirli değilim. Zaten en azından bir yüz yıldır bana *o şekilde* bakan olmadı. Yirmili yaşlarda gösterdiğim ve acımı bir yara izi gibi üzerimde taşıdığım 1700'lerde sık sık uzun ve cilveli bakışların hedefi olurdum ama artık öyle bir şey olmuyor. Hayır. Kadının bana bakma nedeni farklı ve bu durum canımı sıkıyor. Belki okuldayken o da beni görmüştür. Evet. Öyle olmalı.

"Abraham! Abraham! Gel, oğlum! Gel!"

Köpek koşup bana geliyor ve kayışını taktıktan sonra yürüyüp giderken, kadının gözlerini ensemde hissediyorum.

Eve dönünce, yedinci sınıfların ders planına bakmaya başlıyorum ve aydınlığı azaltılmış monitörde karşıma çıkan ilk konu, müfredata dâhil olduğunu zaten bildiğim, "Tudor İngiltere'sinde Cadı Mahkemeleri".

Bu işi yapmamın bir nedeni olduğunu anlıyorum. Tarih öğretmeni olmayı niçin istediğimi. Geçmişi ehlileştirmeye ihtiyacım var. Zaten tarih, tarihi anlatmak ve öğretmek bu demek. Onu kontrol altına almanın ve düzenlemenin bir yolu. Evcil bir hayvana dönüştürmenin. Ama yaşadığınız tarih, bir kitaptan ya da ekrandan okuduğunuz tarihten farklı ve geçmişteki bazı şeyler evcilleştirilemez.

Aniden beynime bir sancı saplanıyor.

Kalkıp mutfağa doğru gidiyor ve kendimi Bloody Mary hazırlarken buluyorum. Sade. Kereviz sapsız. Bazen işe yaradığı için biraz müzik dinliyorum. Çaykovski'nin Altıncısı'na, Billie Holiday'e, Spotify'daki denizci şarkıları listeme boş verip Don Henley'nin daha dün (aslında 1984'te) yazdığı "The Boys of Summer"ı tercih ediyorum. Bu şarkıyı –seksenlerde, Almanya'da– ilk duyduğumdan beri sevmişimdir. Neden, bilmem. Yüzyıllar sonra yazılmış olmasına rağmen bana çocukluğumu hatırlatır hep. Annemin söylediği, İngiltere'ye taşındıktan sonra söylemeyi tercih ettiği dokunaklı Fransız şansonlarını hatırlatır. O hüzünlü, özlemli şarkıları. Bu arada baş ağrım devam ederken, John Gifford'ın uzun zaman önce bunun sonsuz katı bir acı hissetmiş olması gerektiğini düşünüyorum. Gözlerimi kapıyor ve anıların havayı seyreltebilecek bir güçle geri geldiğini hissediyorum.

Suffolk, İngiltere, 1599

Hatırladıklarım bunlar. Annem yatağımın yanında oturmuş, kiraz ağacından yapılmış lavtasını çalarak Fransızca şarkılar söylüyor, parmakları tellerin üzerinde bir şeyden kaçar gibi hızla koşturuyordu.

Normalde müzik onun için bir kaçıştı. Annemin en sakin zamanları usulca bir *air de cour* söylediği zamanlardı ama o akşam canını sıkan bir şey vardı.

Şarkıları birer hayal ya da anıymışçasına gözlerini kapayarak çok güzel söylerdi ama o gün gözleri açıktı. Alnında diklemesine bir çizgi, bana bakıyordu. O çizgi babamı ya da Fransa'daki sorunları düşündüğünde belirirdi hep. Şarkıyı yarıda kesti. Lavtayı bıraktı. Lavtayı ona Rochefort Dükü ben bebekken hediye etmişti.

"Hiç değişmiyorsun."

"Anne, lütfen. Yine başlama."

"Yüzünde tek bir sakal bile yok. Artık on sekiz yaşına geldin. Ama aynı beş yıl önceki gibisin."

"Görüntümü değiştiremem ki anne."

"Zaman senin için durmuş gibi sanki Estienne."

Başkalarının yanında Thomas olsam da evdeyken bana hâlâ Estienne diyordu.

Kendi kaygımı gizleyip onu rahatlatmaya çalıştım. "Zaman durmadı. Güneş hâlâ doğup batıyor. İlkbahardan sonra yine yaz geliyor. Benim yaşımdaki herkes kadar çok çalışıyorum."

Annem saçımı okşadı. Onun için hâlâ göründüğüm yaştaki bir çocuktum.

"Artık kötü şeyler olmasını istemiyorum."

İlk anılarımdan biri zihnimde belirdi: Babamın Reims yakınındaki bir savaş meydanında, bir top güllesiyle öldüğünü öğrendiğimiz gün, annemin Fransa'daki büyük evimizin holüne asılı bir duvar halısına yüzünü gömüp acıyla inleyişi.

"Bana bir şey olmaz."

"Evet. Damlara saz döşeme işinden iyi para kazandığını biliyorum ama belki de Mr. Carter'ın yanından ayrılmalısın. Gifford'ların damına saz döşerken, seni herkes görüyor. Sonra laf oluyor. Artık herkes konuşmaya başladı. Burası köy yeri."

İşin garip tarafı, on üç yaşına gelinceye kadar çok hızlı büyümüş olmamdı. Anormal bir hızda değil ama ortalamanın üzerinde bir hızla büyüdüğümün herkes farkındaydı. Mr. Carter'ın bana iş vermesinin nedeni buydu. Yaşım küçük olduğu için bana daha az para veriyordu ama on üç yaşında bir çocuğa göre gayet uzun boylu, iri yarı, güçlü kuvvetliydim. Sorun yaratan şeyse böyle hızla büyüdükten sonra büyüme hızımın birdenbire neredeyse hiç değişmiyormuş gibi görünmeme neden olacak kadar yavaşlamasıydı. Bu yüzden büyük ihtimalle daha çok dikkat çekiyordum.

"Canterbury'ye gitmeliydik," dedim. "Ya da Londra'ya."

"Şehirler bana iyi gelmiyor, biliyorsun." Annem susup iç eteklliğini düzelterek biraz düşündü. Düşünürken onu izledim. Hayatının çoğunu Fransa'daki en güzel evlerden birinde geçirmiş olan annemin, İngiltere'nin bu ücra köşesindeki, şüpheci insanlarla dolu köyde, iki odalı bir kulübede yaşamak zorunda kalması haksızlık gibi geliyordu. "Belki de haklısın. Belki gitmeliyiz—"

Derken dışarıdan bir ses geldi. Korkunç bir çığlık.

Hemen pantolonumla ayakkabılarımı giyip kapıya doğru gittim.

"Hayır, oğlum, evde kal."

"Dışarıda acı çeken biri var," dedim. "Baksam iyi olacak."

Dışarı koştuğumda, gökyüzünün kırılgan bir ispinoz yumurtası maviliğine büründüğü, gün batımından sonraki ve geceden önceki o son an yaşanıyordu. Hava benim yaptığım gibi yapan, yolun ilerisindeki evlerinden dışarı fırlayıp neler olduğunu görmeye çalışan insanları görebileceğim kadar aydınlıktı.

Koşmaya devam ettim. Sonra gördüm.

Oydu.

John Gifford.

Oldukça uzakta olmasına rağmen onu tanımak kolaydı. Saman yığını gibiydi. Yürürken kolları yanlarına düşmüş, tuhaf bir şekilde, vücuduna eklenmiş ölü şeyler gibi sallanıyordu. İki kez feci şekilde kusarak yola ekşi kokulu birikintiler bıraktıktan sonra sendeleyerek ilerlemeye devam etti.

Karısı Alice ve üç çocuğu panik içindeki kuğu yavruları gibi peşinden gidiyor, çığlıklar atıyordu.

John Gifford çimenlik alana ulaştığında, bütün Edwardstone oradaydı sanki. Artık kanları görebiliyorduk. Kan kulaklarından akarken, bir öksürükle birlikte ağzından ve burnundan da boşanarak sakalından aşağı süzülmeye başladı. Gifford yere serildi. Karısı oracığa, yanına diz çökmüş, bir elini kocasının ağzına, ötekini kulağına bastırmış, akan kanları boş yere durdurmaya çalışıyordu.

"Ah, John, Tanrım, John. Ah, Tanrım... John..."

Kalabalığın içinde dua edenler vardı. Kimileri elleriyle çocuklarının, kollarıyla kendi gözlerini örtmüştü. Fakat çoğu büyülenmiş gibi, acımasızca olanları izliyordu.

"Şeytanın işi bu," dedi koca gözlü bıçak bileyicisi Walter Earnshaw. Yanımda duruyordu. Burnuma leş gibi şerbetçi otu ve bugün halitoz* dediğimiz şeyin kokusu geliyordu.

John Gifford şimdi yüzüstü yatmıştı ve kollarındaki gitgide azalan sarsılmaların dışında kıpırtısızdı. Sonra oracıkta, yeşilliğin, kana batmış kapkara çimenlerin üzerinde öldü.

Alice kocasının üzerine kapanır, o ani acıyla sarsılırken, köylülerin çoğu hissiz bir sessizlik içinde öylece durdu.

Bu kadar mahrem bir acıya tanıklık etmek hiç doğru gelmediği için arkama döndüm.

Ama tanıdık simaların önünden geçerken, fırıncının karısı Bess Small'un suçlayan gözlerle dik dik bana baktığını gördüm.

---

* Tıpta ağız kokusu. (*e.n*)

"Evet, Thomas Hazard, artık uzak dursan iyi olur."

O an ne demek istediğini anlayamadım. Ama çok geçmeden bunun bir uyarı olduğunu anlayacaktım.

Bir kez dönüp hâlâ bir tümsek halinde yatan, koca ölü elleri parlayan John Gifford'a baktım ve gökyüzünde dehşet dolu bir yüz gibi duran ayın bakışları altında yürümeye devam ettim.

Londra, şimdi

"Cadılar," diyorum öğretmen sesiyle. Yani aslında pek duyulmayan bir sesle.

Onca hayat içinden seçtiğim hayat bu işte. Onu duymazdan gelen on iki yaşındaki insanlarla dolu bir sınıfta duran adamın hayatı.

"İnsanlar bundan dört yüz yıl önce neden cadılara inanmak istemişti dersiniz?"

Sınıfı gözden geçiriyorum. Pis pis gülen, utanarak göz kaçıran, telefonlara bakan ya da bunların üçünü birden yapan yüzler. Saat 09.35. Derse başlayalı daha beş dakika oldu. Kötü gidiyor. Bu ders, bugün, bu iş. Hepsi kötü gidiyor.

Belki de öğretmenlik yapmak benim için yeni bir başlangıç değildi. Hayal kırıklığı dizisinin en yenisiydi belki.

Sri Lanka'ya gitmeden önceki sekiz yılı İzlanda'nın kuzeyinde, Kópasker diye bir balıkçı köyünün on beş kilometre kuzeyinde geçirdim. İzlanda'ya gitmek istememin nedeni, önceki sekiz yılı Toronto'da geçirmiş olmamdı. Toronto dünyadaki en harika ve en mutlu şehir ama buna rağmen –belki de bu yüzden– beni mutsuz etmişti çünkü orada da bir apartmanda oturuyor, kimseyle görüşmüyordum. Bir seferinde Blue Jays'in beyzbol maçına gitmiştim ama asla bağ kuramayacağım o kadar çok insanla çevrili olmak İzlanda'ya gitmek istememe neden olmuştu. İzlanda'da onca zaman yalnız yaşadıktan sonraysa tek istediğim sıradan bir hayattı.

Ama sıradan bir hayat mutluluğu garanti etmiyor. Ayrıca tabii ki bu da –öğretmenlik de– yalnızca *oyun*. Belki herkes *-miş gibi* yapıyordu. Belki okuldaki bütün öğretmen ve öğrenciler -miş gibi yapıyordu. Belki Shakespeare haklıydı. Belki de bütün dünya bir *sahneydi*. Oyun olmasa belki de her şey paramparça olacak.

Mutluluğun anahtarı kendin olmak değil. Ne demek o zaten? Herkesin birçok kendisi var. Hayır. Mutluluğun anahtarı, size en uygun yalanı bulmak.

O anda pis pis gülen on iki yaşındaki bu insanlara bakarken ise aklımda tek bir düşünce var: Yanlış yalanı seçtin.

"İnsanlar neden cadılara inandı?" diye soruyorum tekrar. Daphne koridordan geçiyor. Hızlı adımlarla yürüyüp giderken bana gülümseyip başparmaklarını havaya kaldırıyor. Ben de gülümsüyor ve çok keyif alıyormuş, yeni bir numara öğrenen en yaşlı köpek değil, doğuştan öğretmenmişim, bu işi daha önce de defalarca yapmışım gibi davranıyorum.

Sorumu tekrarlıyorum.

"İnsanların cadılığa inanmasına neden olan neydi?"

Ön sıradaki bir kız cevap vermek için el kaldırır gibi oluyor ama sadece esniyormuş.

Ben de kendi sorumu kendim cevaplıyorum. Bu konunun bana hatırlatacaklarını hatırlamamak için elimden geleni yapıyorum. Sesimdeki çatlakları sıvamaya çalışıyorum.

"İnsanlar cadılığa inandı çünkü böylece işleri kolaylaşıyordu. İnsanların bir düşmana değil, açıklamaya ihtiyacı vardır. Cehaletin kol gezdiği karışık zamanlarda, insanların cadılık gibi şeylere inanmaları işe yarar bir şeydir... Cadılara inananlar kimlerdi sizce?"

"Aptallar," diyor biri. Nereden geldiğini anlamakta zorlanacağınız bir mırıltıyla.

Gülümsüyorum. Dersin bitmesine elli beş dakika var.

"Böyle düşünmek normal. Ama hayır. İçlerinde her çeşit insan vardı. Kraliçe Birinci Elizabeth cadılara karşı bir kanun çıkarmıştı. Ondan sonra gelen Kral James kendini aydın olarak görüyordu ama onlar hakkında bir *kitap yazmıştı*. Yalan haberlere neden olan ilk teknoloji internet değildir, matbaadır. Kitaplar boş inançları pekiştirdi. Cadılara hemen herkes inanmaya başladı. Bütün ülkeyi dolaşıp cadıları arayan cadı avcıları vardı ve..." Ani ve keskin bir acıyla baş ağrım yoğunlaşıyor, beynimin derinliklerinden kafamın tümüne yayılıyor ve cümlenin ortasında, tehlikeli bir şekilde duraksamama neden oluyor.

Ön sıradaki esneyen kız kaygılı görünüyor. "İyi misiniz, efendim?"

"Evet, biraz başım ağrıyor, o kadar. Geçer şimdi."

Sonra başka biri. En arkaya yakın oturan başka bir kız: "Peki, birinin cadı olup olmadığını nasıl anlıyorlardı? Ne yapıyorlardı?"

Sorusu karanlık bir odada kanat çırpan bir karga gibi kafamın içinde dönmeye başlıyor.

Ne yapıyorlardı?

Ne yapıyorlardı?

Ne yapıyorlardı?

Suffolk, İngiltere, 1599

Annem de bütün ebeveynler gibi epey karmaşık ve çelişkili bir insandı. Ahlakçıydı ama bütün hazlara (yemek yemeye, müziğe, doğal güzelliklere) sofuluk derecesinde bir bağlılığı vardı. Fazlasıyla dindardı ama seküler bir şanson söylemek de onu dua etmek kadar rahatlatırdı. Doğayı çok sevdiği halde kaleden her ayrılışındaki gerginliği belirgin bir şekilde hissedilirdi. Kırılgandı ama sert ve inatçıydı. Bu tuhaflıkların ne kadarının acısından kaynaklandığını, ne kadarının doğuştan olduğunu hiç öğrenemedim. İngiltere'ye gelişimizden kısa bir süre sonra, "Dünyada bizim sevinç duymamız için yaratılmamış tek bir çim, tek bir renk yoktur," demişti bir seferinde. "Mösyö Cauvin böyle diyor."

Mösyö Cauvin'i sevmiyordum. Diğer bir deyişle, Calvin'i. Çünkü görünüşe göre bütün sorunlarımızın kaynağı oydu. Öyleydi de. Ama durumu kabullenmiştim. Sorunlarımızsa hızla daha da kötüye gidiyordu ve –gelip kapıyı tıklattıklarında– kaçabileceğimiz hiçbir yer olmadığını biliyordum. Dünyada bizim için güvenli olan hiçbir yer yoktu.

Cadı avcısının, o zamanki adıyla "şişçinin" adı, William Manning'di. Londralı, uzun boylu, iri bir adamdı. Saçları seyrelmişti ama geniş omuzlu ve güçlüydü, kasaplarınki gibi kalın elleri vardı. Yarı kördü ya da sol gözündeki katarakt yüzünden öyle görünüyordu. Köye geldiğini duymamıştık ama evin önünden dörtnala geçip doğuya doğru giden iki atın sesine uyandığımı hatırlıyordum.

Öteki atın üstündeki adam Sulh Hâkimi'ydi. Ona Mr. Noah dışında bir şey dendiğini duymamıştım hiç. İyi giyimli ve kendine centilmen havaları veren biriydi. O da uzun boyluydu ama teni kül rengiydi. Ölüm gibi. Kadavramsı (bu sözcüğü ancak iki yüz yıl kadar sonra öğrenecektim).

Namımız artık bütün bölgeye yayılmıştı ama kapıya sertçe ve hızlı hızlı vurulduğunu duyuncaya kadar ne kadar mühim olduğumuzun farkında değildik.

William Manning bileğimden yakaladı. Sert bir tutuşu vardı. Öteki eliyle, dokunmamaya özen göstererek, tenimdeki minicik ve pembe bir kabartıyı gösterdi.

"Şeytan'ın izi!" dedi Manning, kasvetli bir zafer hissiyle. "İşte bak, Noah."

Mr. Noah baktı. "Görüyorum. Çok tekinsiz bir şey."

Güldüm. Korkmuştum. "Hayır," dedim adamlara. "Pire ısırığı o."

Hâlâ on üç gösteriyordum. Benden bir delikanlının küstahlığını değil, bir çocuğun uysallığını bekliyorlardı. Manning gözlerinden ateşler saçarak bana baktı. Bunu anlatacak daha iyi bir deyim ne o zaman vardı ne de şimdi var. Ama tam o sırada dikkati anneme yöneldi.

"Soyun," dedi, alçak ve sert bir ses tonuyla. Ondan nefret ettim. O an. Önceden nefreti tam olarak bilmezdim. Babamı öldüren adamlara duyduğum soyut bir histi yalnızca. Ama o adamların neye benzediğini bilmiyordum. Nefretin bir yüze ihtiyacı vardır.

"Hayır," dedim.

Annemin aklı karışmıştı. Derken ne dendiğini anlayıp karşı çıkarak adamlara Fransızca küfürler etti. Manning kendine uzman havaları veren, annemin hangi dilde konuştuğunu bile anlamayacak kadar cahil bir adamdı.

"Şuna da bakın hele. Nasıl şeytan gibi konuşuyor. Kötü ruhları çağırıyor."

Tam o sırada kapının kapatılmasını istedi çünkü artık kapının önüne toplanmış yaşananları heyecanla izleyen -aralarında sevinçli, kınayan bir yüz ifadesiyle zavallı Alice Gifford'ın yanında duran Bess Small'un da olduğu- birçok köylü vardı. Mr. Noah kapıyı kapadı. Manning'le annemin arasında duruyordum. Manning hançerini çıkarıp boğazıma dayadı.

Annem soyundu. Ağlaya ağlaya. Kendi gözlerimin de yanmaya başladığını hissettim. Korku ve suçluluk duygusuyla. Hepsi benim suçumdu. Bedenimdeki tuhaflığın, vücudumun yaşlanamayışının suçuydu bunlar.

"Tek söz daha edecek olursan, Marbas'la ikiniz bir şey yapmaya fırsat bulamadan, cadı annen oracıkta öldürülür."

Marbas. Bütün hastalıkları iyileştirebilen iblis. Sonraki saatlerde, bu kâbus gün ilerledikçe, bu adı birçok kez duyacaktım.

Annem çıplak kalmıştı. Masayla teneke çorba kâselerinin orada. Manning'in gözlerinin bayram ettiğini, adamın kendi zaafı yüzünden annemden nefret ettiğini gördüm. Hançerinin ucunu annemin önce omzuna, sonra koluna, sonra göbek deliğinin yanına değdirip iterek tenini deldi. Minik kan topakları.

"Şu kanın koyuluğuna bakın, Mr. Noah."

Mr. Noah baktı.

Kanın rengi normaldi. Çünkü sıradan bir insanın kanıydı. Fakat Mr. Noah başka bir şey gördü ya da Manning'in otoriter tavrından etkilendiğinden, gördüğünü hayal etti. "Evet. Gayet koyu."

İnsanlar yalnızca görmeye karar verdikleri şeyleri görürler. Bunu daha sonra yüzlerce kez öğrendim ama o sırada benim için yeni bilgiydi. Annem hançerin her değişinde irkiliyor ama Manning'e sorarsanız numara yapıyordu.

"Nasıl da kurnaz, görüyor musunuz? Yüzündeki şu sahte acıya bakın. Anlaşılan, bir değiştokuş yapmış. John Gifford'ın alışılmadık bir şekilde ölmesi, oğlunun ebedi gençliğinin bedeli olmuş. Şeytanla alışveriş yapmış, bu kadın."

"Bizim John Gifford'ın ölümüyle alakamız yok. Damına saz döşenmesine yardım ediyordum. Hepsi bu. Annem onu tanımazdı bile. Zaten evden çıktığı yok. Lütfen, kesin şunu!"

Artık seyirci kalamazdım. Manning'in koluna yapıştım. Hançerin kabzasıyla başıma vurduktan sonra öteki eliyle boğazıma yapıştı ve annemin çığlıkları arasında kabzayı tekrar tekrar aynı yere vururken, kafatasımın yarılacağını sandım. Yere serildim.

Sersemlemiş bir halde, sesimi bile çıkaramadan, vücudumun on sekiz yaşında bir erkek kadar güçlü olabilmesini diledim.

Derken Manning bu kez annemin vücudunda, göbek deliğinin yakınında bir yerde, bir gezegenin üzerindeki küçücük bir aya benzeyen başka bir pire ısırığı gördü.

"Oğlandaki izin aynısı."

Annem titriyordu. Giysileri elinden alındıktan sonra konuşamaz olmuştu.

"Pireden!" derken sesim acılı, umutsuz ve çatlak çıktı. "Alelade bir pire ısırığı işte."

Kalkmak için avuçlarımı taş döşeli zemine dayadım. Ama enseme bir darbe daha aldım.

Sonra her şey karardı.

Bunu bazen rüyalarımda tekrar yaşıyorum. Divanda uyuyakalırsam o günü hatırlıyorum. Annemin tenindeki kanlı kabarcıkları, kapıdaki insanları hatırlıyorum. Manning'i ve yüzyıllar ötesinden beni sarsarak uyandıran ayağını hatırlıyorum.

Anlayacağınız, ondan sonra her şey değişti. Çocukluğum bu noktaya kadar mükemmeldi demiyorum ama artık sık sık *öncesindeki* o zamana geri dönmeyi istiyorum. Rose'la tanışmamın öncesine, anneme neler olacağını bilmediğim zamanın öncesine, önceye, önceye, önceye… Hayatın en başında, herkes gibi zamana tepki veren ve büyüyen uzun isimli küçük bir çocuk olan o kişiye tutunabilmeyi istiyorum. Ama önceye dönebilmenin hiçbir yolu yok. Geçmişle yapabileceğimiz tek şey, onu sırtımızda taşımak ve ağırlığının gitgide arttığını hissederken altında kalıp ezilmemek için dua etmek.

Londra, şimdi

Öğle teneffüsünde sokağın ilerisindeki süpermarkete uğrayıp kendime pastırmalı sandviç, tuzlu-sirkeli cips ve küçük bir şişe vişne suyu alıyorum.

Kasiyerin önünde sıra olduğu için normalde kaçındığım bir şeyi yapıp kasiyersiz kasayı kullanıyorum.

O ana kadar sürekli olduğu gibi, bu da kötü gidiyor.

Torbalama alanında yalnızca tarattığım şeyler olduğu halde sesten ibaret kadın "torbalama alanında tanımlanamayan ürün" olduğunu söyleyip duruyor.

"Lütfen bir görevliden yardım isteyin," diye de ekliyor uygarlığın robot geleceği. "Torbalama alanında tanımlanamayan ürün. Lütfen bir görevliden yardım isteyin. Torbalama alanında..."

Etrafa bakınıyorum.

"Merhaba! Pardon!"

Görevli falan yok. Tabii ki yok. Onun yerine hepsi Oakfield üniformalı (beyaz gömlekler, arada birkaç tane yeşil-sarı kravat), ellerinde kutu içecekler ve paketlenmiş yiyeceklerle sırada bekleyen bir grup yeniyetmenin bana baktığını görüyorum. Yeni öğretmen olduğumu anlayıp aralarında bir şey konuşuyorlar. Ardından gülüşmeler. En tanıdık his doluyor içime: yanlış zamanda yaşadığım hissi. Orada öylece durmuş, ekrana bakıp o sesi dinlerken başım ağrıyor ve içten içe Hendrich'in haklı olabileceğini düşünüyorum. Belki de Londra'ya dönmemeliydim.

Koridordan öğretmenler odasına yürürken gözlüklü kadına rastlıyorum. Parkta kitap okurken gördüğüm kadın. Daphne'nin anlattığı Fransızca öğretmeni. Bakış şekliyle beni rahatsız eden. Kırmızı pantolon, polo yaka siyah bluz ve düz rugan ayakkabılar giymiş. Saçlarını sıkıca arkada toplamış. Özgüvenli, medeni bir görünüşü var. Gülümsüyor.

"Seni görmüştüm. Parkta."

"Ha evet," diyorum, yeni hatırlamış gibi. "O sendin. Ben yeni tarih öğretmeniyim."

"Ne garip."

"Evet."

Gülüşü aynı zamanda bir kaş çatış, sanki aklını karıştırıyorum. Bu bakışı tanıyacak kadar uzun zamandır hayattayım. Ve ondan korkacak kadar.

"Merhaba," diyorum.

"Merhaba," diyor hafif Fransız aksanıyla. Ormanı hatırlıyorum. Annemin şarkısını. Gözlerimi kapıyorum ve bir akçaağaç tohumu masmavi gökyüzünden aşağı döne döne düşüyor.

Bildik bir klostrofobi hissi geliyor. Sıkışmışlık. Dünya hiçbir yere saklanamayacağım kadar küçükmüş gibi.

Bu kadar.

Kadının aklındaki şeyden kurtulabilirmişim gibi, yürüyüp gidiyorum.

Okuldaki ilk günümün ardından, Abraham'ın başı kucağımda, evde öylece oturuyorum. Abraham köpek rüyalarına dalmış uyuyor. İki an arasında takılıp kalmış titreşen bir görüntü gibi kıpırdanıp duruyor. Hafifçe inliyor. Hangi anıları yeniden yaşıyor acaba? Yatıştırmak için elimi üzerine koyup okşuyorum. Yavaş yavaş hareketsizleşiyor. Nefesi dışında hiçbir ses çıkarmamaya başlıyor.

"Yok bir şey," diye fısıldıyorum. "Yok bir şey, geçti, yok bir şey..."

Gözlerimi kapıyorum ve William Manning'i tepeme dikilmişçesine net görüyorum.

Suffolk, İngiltere, 1599

William Manning haşin bir yüz ifadesiyle kararan gökyüzüne bakıyordu. Her şey yalnızca bir gösteriymişçesine teatral bir tavrı vardı. Zaten her şeyin tiyatro olduğu çağın –Marlowe'un, Jonson'ın, Shakespeare'in döneminin– ruhu böyleydi. Adalet bile tiyatroydu. Ölüm bile. Özellikle de ölüm. Edwardstone'dan on beş kilometre uzaktaydık ama bütün köy oradaydı. On altıncı yüzyılda cadı mahkemelerinin gündelik olaylardan olduğunu düşünebilirsiniz. Öyle değildi. Cadı mahkemeleri nadir rastlanan eğlencelerdendi ve insanlar olayı izleyip yuhalamak, kötülüğün açıklanıp ortaya çıkarılabilir ve öldürülebilir bir şey olduğu bir dünyada kendilerini güvende hissedebilmek için kilometrelerce uzaktan gelirlerdi.

Manning benimle konuşurken, aslında kalabalığa da hitap ediyordu. Tam bir aktördü. Lord Chamberlain'in Adamları'ndan biri olabilirdi.

"Kaderini annen belirleyecek. Boğulursa masumiyeti kanıtlanacak ve yaşayacaksın. Boğulmaz, o sandalyeden canlı kurtulursa bir cadının dölü olarak sen de onunla birlikte darağacına gönderileceksin. Anladın mı beni?"

Lark Nehri'nin çimenlik kıyısında annemin yanında duruyordum ve onun gibi benim de ayak ve el bileklerim zincirlenmişti. Annem yeniden giyinmişti ve hava ılık olduğu halde ıslak bir kedi gibi sarsılarak titriyordu. Onunla konuşmak, onu avutmak istiyordum ama aramızdaki en ufak iletişimin şeytani güçleri çağırmak için dolap çevirdiğimiz ya da plan yaptığımız şeklinde algılanacağını biliyordum.

Fakat onu çekip nehrin kıyısına, sandalyeye daha da yaklaştırdıklarında, sözcükler ağzımdan dökülüverdi.

"Özür dilerim, anne."

"Kabahat sende değil, Estienne. Sen bir şey yapmadın. Esas ben özür dilerim. Benim suçumdu. Buraya gelmememiz gerekirdi. Bu yere asla gelmemeliydik."

"Seni seviyorum, anne."

Annem, "Ben de seni seviyorum, Estienne," derken ağlıyor, sesinde ani bir isyan yükseliyordu. "Ben de seni. Güçlü olmalısın. Baban gibi, sen de güçlüsün. Bana söz vermeni istiyorum: Yaşamalısın. Ne olursa olsun. *Yaşamak zorundasın.* Anladın mı beni? Sen özelsin. Tanrı'nın seni böyle yaratmasının bir nedeni var. Hayatının amacını bulmalısın. Yaşayacağına söz veriyor musun?"

"Söz veriyorum, anne. Söz, söz, söz..."

Onu tahta sandalyeye bağlamalarını izledim. Bacaklarını bitiştirip dizlerini ayırmayı reddederek kendini son bir kez boş yere savunmaya çalıştı. İki adam iki bacağından tutup onu geriye çekerek sırtını sandalyenin arkalığına bastırdı. Metal kayış sandalyeye takılırken, annem kıvranıp debelendi.

Onu havaya kaldırışlarını izleyemedim. Ama en yüksek noktaya ulaştığında, Manning halatı tutan darmadağın saçlı adama durmasını söyledi.

"Dur, kal orada..."

O zaman yukarı bakıp masmavi gökyüzünün önünde annemi gördüm. Başını öne eğdi ve bana baktı; o dehşet dolu gözler yüzyıllar sonra bile hâlâ aklımda.

Manning nehrin kenarına kadar giderek, "Başla!" dedi.

"Hayır!"

Gözlerimi kapadım ve suya çarpan sandalyenin sesini duydum. Sonra gözlerimi açtım. Annemin gözden yitişini, yeşil ve kahverengi bir bulanıklığa dönüştükten sonra tamamen yok oluşunu izledim. Nehrin yüzeyine hızla su kabarcıkları yükseldi. William Manning bütün bu zaman boyunca elini havaya kaldırıp parmaklarını açmış öylece tutarak, korkunç gevşeklikteki halatı tutan adama annemi çekmemesini bildirdi.

O etli ve kırmızı koca ele, o barbarın eline bakarak parmakların kapanması için dua ettim. Annem her hâlükârda ölecekti tabii. Buna rağmen -kendi hayatım da sallantıda olduğu halde- suyun altından canlı çıkmasını istiyordum. Annemin yeniden konuşmasını istiyordum. Onun sesini duyamadığım bir dünyayı hayal edemiyordum.

Sandalyeyle birlikte annemin sular damlayan ölü bedenini sudan çekip çıkardıklarında, bir sorunun cevabı nehirde sır olarak kalmıştı. Ciğerlerindeki havayı panik yüzünden mi yoksa kasten mi boşaltmıştı? Kendi hayatını benim için feda mı etmişti? Bilmiyordum. Hiçbir zaman da bilemeyecektim.

Ama annem, benim yüzümden öldü. Bense onun sayesinde hayatta kaldım. Ve verdiğim sözden yıllarca pişmanlık duydum.

İKİNCİ BÖLÜM
Amerika Denen Adam

Londra, şimdi

İşte buradayım.

Otoparktayım. Oakfield'daki ikinci günüm bitti ve şimdi de personel otoparkının yanındaki metal çite bağladığım bisikletimin zincirindeki kilidi açmakla meşgulüm. Bisiklet kullanıyorum çünkü arabalara oldum olası güvenmemişimdir. Yüz yıldır bisiklet kullanırım ve insanlığın gerçekten müthiş icatlarından biri olduğu kanısındayım.

Değişim bazen iyiye doğrudur bazen de değildir. Sifonlu modern klozetler kesinlikle iyiye doğru bir değişimdir. Kasiyersiz kasalarsa kesinlikle değiller. Bazı şeyler hem iyiye hem de kötüye doğru değişimdir. Mesela internet. Ya da dijital klavye. Hazır dövülmüş sarımsak. İzafiyet teorisi.

Hayat da böyledir. Kaybedecek bir şeyiniz yoksa değişiklikten korkmaya ya da ona kucak açmaya gerek yoktur. Değişim hayatın ta kendisidir. Değişmediğini bildiğim tek şeydir.

Camille'in arabasına doğru yürüdüğünü görüyorum. Parkta gördüğüm kadın. Dün koridorda da görüp pek konuşmamıştım. Sıkışmışlık hissine kapılmıştım; çekip gitmem gerekmişti.

Ama şu anda kaçış yok. Arabasına ulaşıyor. Ben kendiminkiyle uğraşırken, anahtarını kilide sokuyor. Göz göze geliyoruz.

"Merhaba."

"Ah, selam."

"Tarihçi."

Tarihçi.

"Evet," diyorum. "Kilidi bir türlü açamadım da."

"İstersen, ben bırakabilirim."

"Yok," diyorum çabucak. "Ben… Sadece…"

(Kaç yaşında olduğunuz hiç fark etmiyor. Havadan sudan konuşabilmek her zaman zor.)

"Tekrar karşılaştığımıza sevindim. Ben Camille. Camille Guerin. Fransızca. Yani Fransızcacıyım. Ayrıca Fransız'ım ama kim kendini milliyetini söyleyerek tanıtır ki? Yalnızca salaklar."

Neden bilmem ama kendimi hiç çekinmeden, "Ben de Fransa'da doğmuşum," derken buluyorum. Özgeçmişimde öyle bir şey yok ve Daphne yalnızca birkaç metre ötemizde. *Ne yapıyorum ben? Bunu bilmesini neden istedim?*

Okuldan başka bir öğretmen -henüz tanıştırılmadığım biri- çıkınca, Camille ona, "Yarın görüşürüz," diyor, benzer bir karşılık alıyor.

"Yani Fransızca biliyor musun?" diye soruyor Camille.

"*Oui*. Ama biraz eski bir Fransızca... *Un peu vieillot.*"

Camille başını yan yatırıp alnını kırıştırıyor. Bu bakışı biliyorum. Tanıma bakışı. "*C'est drôle. J'ai l'impression de vous reconnaître.* Seni nerede görmüştüm? Yani parkta gördüm ama daha önce de gördüğüme eminim artık."

"İkizlerimden biri olsa gerek. Nasıl bir yüzüm varsa herkes birilerine benzetiyor."

Gülümserken hâlâ kibar ama mesafeliyim. Bu sohbet beladan başka bir şey getirmez. Baş ağrıma iyi geldiği de söylenemez.

Camille, "Ben miyopum. Bu yüzden gözlük takıyorum. Ama bir seferinde bir test yaptırmıştım," derken son derece kararlı. "Testte 'süper hafıza' çıktım. Doğuştan gelen bir şeymiş. Temporal lobumdaki bağlantılarla ilgili. Görsel hafıza konusunda yüzde birin içindeymişim. Tuhaf bir beynim varmış."

Camille'in susmasını istiyorum. Görünmez olmak istiyorum. Saklayacak hiçbir şeyi olmayan normal bir insan olmak istiyorum. Başımı çeviriyorum. "Ne güzel."

"Fransa'ya en son ne zaman gittin?"

"Uzun zaman oldu," derken, beni 1920'lerden hatırlayacak kadar yaşlı olduğundan şüpheliyim. Kilidi açmayı beceriyorum. "Yarın görüşürüz."

Camille gülerek, "Bulacağım," diyor ve küçük Nissan'ına biniyor. "Seni mutlaka çözeceğim."

"Hah!" diyorum. Camille kapısını kaparken de şunu söylüyorum: "Sıçtık."

Camille yanımdan geçerken korna çalıp el sallıyor. Ben de el sallayıp bisikletle giderken, yarın okula gitmemenin ne kadar kolay olacağını düşünüyorum. Hendrich'le konuşup bir kez daha ortadan kaybolmanın. Ama bir yanım -ufacık ama tehlikeli bir yanım- beni nereden tanıdığını öğrenmeyi çok istiyor. Ya da belki yalnızca çözülmeyi isteyen ufacık bir yanım var.

Daha sonra, evdeyken, Hendrich arıyor.

"Ee, Londra nasıl?" diye soruyor.

Küçük IKEA yazı masasına oturmuş, asırlardır yanımda taşıdığım Elizabeth döneminden kalma paraya bakıyorum. Normalde kilitli plastik torbasının içinde, cüzdanımda durur ama şimdi masanın üzerinde. Solmuş kraliyet armasına bakarak Marion'ın parayı yumruğunda sıkışını hatırlıyorum. "İyi."

"Ya işin? Biraz... Yerleşebildin mi?"

Hendrich'in ses tonunda rahatsız edici bir şey var. Patronluk taslayan. "Yerleşebildin mi"yi hafiften eğlenirmiş gibi soruşunda. "Hendrich, kusura bakma ama başım ağrıyor. Orada henüz geç kahvaltı zamanı olduğunu biliyorum ama burada epey geç oldu ve sabah erken kalkıp yarının derslerini hazırlamam lazım. Artık cidden yatmak istiyorum, eğer—"

"Başın hâlâ ağrıyor mu?"

"Bazen."

"Olağan bir durum. Orta yaşlarımıza doğru hepimizde olur. Hafıza ağrısı. Dikkatli olman gerek. Modern yaşamın da katkısı var. Ekrana bakma süreni kısalt. Gözlerimiz yapay ışık için yaratılmadı. Hiç kimsenin gözleri buna uygun değil. Mavi dalga boyları yüzünden. Vücut ritmimiz bozuluyor."

"Hah. Tabii. Doğru ya. Vücut ritmi. Neyse, benim kapatmam lazım."

En fazla bir saniye sonra: "Buna nankörlük denir, biliyor musun?"

"Neye?"

"Son zamanlardaki tavrına."

Parayı torbaya koyuyorum. "Yok öyle bir şey. Tavır falan yapmıyorum."

"Son zamanlarda çok düşündüm."

"Neyi?"

"Başlangıcı."

"Neyin başlangıcını?"

"Bizim. Doktoru haber alışımı. Agnes'e telgraf çekişimi. Seni almaya gelişini. Seni ilk görüşümü. Bin sekiz yüz doksan bir. Çaykovski. Harlem. Sosisli. Şampanya. Ragtime. Bütün bunları. Sayemde bütün günlerin doğum günü gibi oldu. Bunu hâlâ yapıyorum. Daha doğrusu, yaşanabilecek en sıradan hayatı seçmekte bu kadar ısrarcı olmasaydın yapabilirdim. Marion'ı bulma saplantını aşabilseydin."

"O benim kızım."

"Anlaşılır bir şey. Ama şu haline bak. Sana yaşattığım şu hayatlara bak..."

Şimdi mutfaktayım. Telefonu hoparlöre aldım ve bir bardak su dolduruyorum. Üst üste büyük yudumlar alarak bütün suyu içerken, suyun altında son nefesini veren annemi düşünüyorum. Hendrich konuşmaya devam ederken gidip dizüstü bilgisayarımı açıyorum.

"Resmen senin iyilik perin olmadım mı? Atlara nal falan çakan bir Kül Kedisi'yken, şimdi geldiğin yere bak. Atlı araba, cam ayakkabı, istediğin her şey senin olabilir."

Facebook'a giriyorum. Orada kendime bir sayfa açtım. Facebook'ta sayfanızın olmaması, olmasından daha çok şüphe çektiği için Hendrich de bu fikre sıcak baktı (hatta onun, daha doğrusu kimliğine büründüğü emekli estetik cerrahın bile Facebook sayfası var).

Profildeki bilgiler uydurma tabii. Zaten doğum yılı olarak 1581'i seçemiyorsun.

"Sen beni dinliyor musun?"

"Evet, Hendrich, dinliyorum. Dinliyorum. Sen benim iyilik perimsin."

"Senin için endişeliyim. Cidden endişeliyim, Tom. Buraya geldiğinden beri düşünüyorum; sanki gözlerinde bir şeyler vardı. Beni endişelendiren bir şey. Bir çeşit hasret."

Yorgun bir kahkaha atıyorum. "Hasret mi?"

Derken bir şey fark ediyorum.

Facebook'tan biri arkadaşlık isteği göndermiş. Camille Guerin. İsteği kabul ediyorum. Sonra –Hendrich konuşmaya devam ederken– kendimi Camille'in sayfasına bakarken buluyorum. Fransızca, İngilizce, emoji karışımı paylaşımları var. Maya Angelou'dan, François Sagan'dan, Michelle Obama'dan, John F. Kennedy'den, Michel Foucault'dan alıntılar yapmış. Fransa'da Alzheimer için para toplayan bir arkadaşının bağış kampanyası sayfasının linkini paylaşmış. Birkaç kısa şiir yazmış. "Gökdelenler" ve "Orman" adlı iki şiirini okuyorum. Hoşuma gidiyor. Sonra adeta otomatik olarak fotoğraflarına tıklamaya başlıyorum. Onunla ve beni nereden tanıyor olabileceğiyle ilgili daha çok şey öğrenmek istiyorum. Belki bir albadır. Belki *uzun* zaman önce rastladığım biridir. Ama hayır. Resimlerine şöyle bir göz gezdirince, 2008 yılında Facebook'a ilk katıldığında, on yaş genç gösterdiğini görüyorum. Yirmilerinde gösteriyor. Yanında bir adam var. Erik Vincent. Yakışıklılığı sinir bozucu. Adam fotoğraflardan birinde nehirde yüzüyor. Birinde numaralı bir koşucu atleti giymiş. Resimlerde etiketlenmiş. 2011'e kadar neredeyse bütün profil fotoğraflarında var ama sonra 2014'e kadar hiç yok. Erik'e ne olduğunu merak ediyorum. Tekrar "Orman" şiirine bakıp ona adanmış olduğunu görüyorum. Profil sayfası artık yok.

Çözülmesi gereken tek bilmece ben değilim anlaşılan.

"Demir atamazsın, Tom. İlk kuralı hatırlıyorsun, değil mi, Tom? Sana Dakota'da söylediğim şeyi, ilk kuralı hatırlıyor musun?"

2015'te yüklenmiş bir fotoğrafta, Camille objektife hüzünle bakmış. Paris'teki bir sokak kafesinde oturmuş, önünde bir kadeh kırmızı şarap var. İlk gözlüklü resmi. Üzerindeki açık kırmızı hırkaya sarınmış. Akşamleyin havanın bu kadar serinlemesini beklemediği belli. Yüzünde bir tebessüm var ama zoraki.

"İlk kural," diyorum bezgin bir sesle, "âşık olmamaktır."

"Doğru, Tom. Olamazsın. Bunu yapmak büyük bir aptallık olur."

"Kabalık etmek istemem ama neden aramıştın? Bilmek iyi oluyor, role girmek açısından."

"Mayıs sineği rolüne mi?"

"Evet."

Hendrich içini çekiyor. Hafifçe hırlar gibi boğazını temizliyor. "Bir zamanlar bir ip cambazı tanımıştım. Mayıs sineğiydi. Adı Cedar'dı. Sedir ağacı yani. Tuhaf isim. Tuhaf adamdı. Coney Island'daki lunaparkta çalışırdı. Çok iyi bir ip cambazıydı. Bir ip cambazının iyi olduğu nasıl anlaşılır, biliyor musun?"

"Nasıl?"

"Hâlâ hayatta olmasından."

Kendi esprisine kendi güldükten sonra devam ediyor. "Her neyse, bana ipi kontrol altında tutmanın sırrını anlatmıştı. İşin sırrının gevşeyip aşağıdaki boşluğu unutmakta olduğunu söyleyenlerin fena halde yanıldıklarını söylemişti. İşin sırrı bunun tam aksi. İşin sırrı *asla gevşememekte*. İyi olduğuna hiçbir zaman *inanmamakta*. Demek istediğimi anlıyor musun? Sen mayıs sineği olamazsın, Tom. Asla gevşeyemezsin. Alttaki boşluk çok büyük."

Telefonu banyoya götürüp suya isabet ettirmeden, klozetin yan tarafını hedef alarak sessizce işiyorum. "Boşluk. Tabii ya. Beni neden aradığını hâlâ anlayabilmiş değilim, Hendrich."

Aynaya bakarken bir şey fark ediyorum. Sol kulağımın hemen üstünde, harika ve heyecan verici bir şey var. Beyaz bir tel! Daha ikincisi. İlki 1979'da çıkmıştı. 2100'e kadar saçlarım fark edilir derecede kırlaşabilir. Böyle bir değişim fark ettiğimde (yani hemen hemen hiç) müthiş bir heyecan duyarım. Sifonu çekmeyi sonraya bırakıp kendimi mutlu ve ölümlü hissederek banyodan çıkıyorum.

"Seni ne zaman istersem ararım. Sen de cevap verirsin. Yoksa endişelenirim. Endişelenmemi istemeyeceğini biliyorsun çünkü o zaman bir şeyler yapmak zorunda kalırım. Dolayısıyla çizmeyi aşma. Cemiyetin sana ne kadar yardımcı olduğunu unutma. Tamam, kızını bulmayı biz de isterdik. Ama başka şeyleri düşün. Bin sekiz yüz doksan birden önce yitip gitmiş biriydin. Özgür değildin. Seçme şansın yoktu. Kim olduğunu bile bilmeyen, aklı karışmış, kederli bir adamdın. Ben sana bir harita verdim. Kendini bulmana yardım ettim."

Kendimi bulamadım hâlâ, diyemedim. *Bulmanın yanına bile yaklaşamadım.*

"Bin sekiz yüz doksan biri hatırla, Tom. Asla unutma."

Telefonu kapayınca, dediği gibi yapıyorum. Camille'in fotoğrafına tıklayıp bir sonraki resme geçerken 1891'i, hayatımdaki bir devrin bitip başka bir devrin başladığı o anı düşünüyor ve anlamaya çalışıyorum. Bir tuzağın içine doğru mu yoksa özgürlüğe mi yelken açtığımı çözmeye çalışıyor, belki ikisinin de geçerli olabileceğini düşünüyorum.

Gökdelenler

Şiirleri
Yan yatırdığınızda
Çok
Uzaklardan Görünen
Minyatür
Şehirlere
Benzemeleri
Ne hoş.
Sözcüklerden
Yapılmış
Gökdelenlere.

Orman

Yavaşlamanı
Her şeyin
Yavaşlamasını
İstiyorum;
Bir andan
Bir orman yaratmak
Ve sen gitmeden önce
Sonsuza kadar
O ormanda yaşamak.

St Albans, İngiltere, 1891

Jeremiah Cartwright gökyüzünü okumuş ve kasvetli bir ciddiyetle yakında yağmur yağacağını, yollar hâlâ kuruyken demir almaya gitmesi gerektiğini söylemişti. Dönmesine daha bir saat vardı. Tek başımaydım ve tav ocağının başında durmuş, metalin önce kırmızı, sonra turuncu parlayışını izliyordum. Evet, hayatta olduğu gibi, demir tavında dövülür ama herhangi bir sıcaklıkta değil. Turuncunun iyice parlamasını, o çiğ ve pasparlak pembe-sarı turuncuya dönüşmesini beklemek gerekiyordu. *Dövme ısısı* buydu. Değişim ısısı. Sarı çok kısa sürede beyaza dönüşüyordu ve akkora dönüştüğü anda her şey bitmiş demekti; bu yüzden izlemek ve çok geç olmadan o anı yakalamak zorundaydınız.

Orada birinin durduğunu ancak metali alıp örse koyduktan ve dövmeye başladıktan sonra fark ettim.

Bir kadın. Tuhaf görünümlü bir kadın.

Onu ilk gördüğüm hali hâlâ dün gibi aklımda. Kırklarında görünüyordu.

Uzun eteğiyle bluzu siyahtı ve yüzü, geniş kenarlı bir şapkanın gölgesinde kalmıştı. Tav ocağının cehennem sıcağını bırakın, haziran sonundaki bir gün için bile fazlasıyla uygunsuz bir kılıktı. Yüzü gölgede kaldığı için, sol gözünün üzerinde simsiyah bir göz bandı olduğunu geç fark ettim.

"Merhaba. Nasıl yardımcı olabilirim?"

"Bunun tam tersinin geçerli olduğunu göreceksin."

"Efendim?"

Kadın kafasını salladı. Sıcak yüzünden biraz geride duruyordu. "Soru yok. Daha değil. İnan bana, merakın giderilecek. Benimle gelmelisin."

"Ne?"

"Burada kalamazsın."

"Ne?"

"Soru yok, demiştim."

Ne olduğunu anlamadan, küçük ahşap bir tabancayla göğsüme nişan aldı.

"Ne oluyor ya? Ne yapıyorsunuz?"

"Kendini bilim camiasına afişe ettin. Bir enstitü var... Anlatacak zamanım yok. Ama burada kalacak olursan öldürüleceksin."

Ocağın ısısı yüzünden sık sık ateşlenmişsiniz gibi, hezeyan benzeri şeyler yaşanırdı. Bir an uyanıkken rüya görüyor olabileceğimi düşündüm.

"Doktor Hutchinson öldü," dedi kadın. Sesi sakindi ama yalnızca bir gerçeği değil, aynı zamanda kaçınılmaz bir gerçeği açıklıyormuş gibi sertti.

"Doktor Hutchinson mı?"

"Öldürüldü."

Bu sözcüğü gürleyen ateşin sesiyle birlikte havada asılı bıraktı.

"Öldürüldü mü? Kim öldürdü?"

Kadın *The Times*'dan kesilmiş bir haberi bana uzattı.

Doktorun Cesedi Thames'te Bulundu.

Habere göz gezdirdim.

"Yaptığın hataydı. Rahatsızlığın için onu görmeye gitmemeliydin. Senin hakkında bir makale yazmıştı. Rahatsızlık hakkında. Ona bir isim vermişti. Anageria. Makale büyük ihtimalle yayımlanacaktı. Ama bu olamazdı. Kesinlikle. Yani maalesef cemiyetin başka seçeneği yoktu. Ölmesi gerekiyordu."

"Siz mi öldürdünüz?"

Kadının yüzü artık sıcaktan parlamaya başlamıştı. "Evet, başka hayatları kurtarmak için ben öldürdüm. Şimdi, benimle geleceksin. Dışarıda bir araba bekliyor. Bizi Plymouth'a götürecek."

"Plymouth'a mı?"

"Merak etme, eski günleri yâd edecek değiliz."

"Anlamıyorum. Kimsiniz *siz*?"

"Adım, Agnes."

Agnes çantasını açıp içinden bir zarf çıkardı. Zarfı bana uzattı. Çekici bırakıp zarfı aldım. Üzerinde isim, adres yoktu ama içindekiler mavi kâğıdı şişkinleştirmişti.

"Ne bu?"

"Biletin. Kimlik belgelerin."

Afallayıp kaldım. "Ne?"

"Yeterince uzun bir hayat yaşadın. Hayatta kalma içgüdün çok güçlü. Ama artık buradan gitmelisin. Benimle gelmek zorundasın. Araba bekliyor. Plymouth'tan Amerika'ya gideceğiz. Şimdiye kadar bilmek istediğin her şeyi öğreneceksin."

Sonra başka bir şey söylemeden dışarı çıktı.

Atlantik Okyanusu, 1891

Gemiler çok değişmişti.

Daha önce de denize açılmıştım ama denizdeyken kendinizi denizdeymiş gibi hissetmiyordunuz artık.

İnsanlığın gelişimi doğayla aramıza koyduğumuz mesafeye bağlıydı sanki. Artık Atlantik'te, *Etruria* gibi bir buharlı geminin içindeyken bile kendinizi Mayfair'deki bir lokantada oturur gibi hissedebiliyordunuz.

Birinci sınıftaydık. O günlerde birinci sınıf cidden birinci sınıf gibiydi ve en azından görüntüyü kurtarmanız gerekirdi.

Agnes bana yeni giysilerle dolu bir valiz vermişti ve üzerimde pamuklu kumaştan üç parçalı şık bir takım, boynumda fular vardı. Sinekkaydı tıraş olmuştum. Kadın beni usturayla kendisi tıraş etmişti ve bu arada boğazımı kesebileceği ihtimalini ciddi ciddi düşünmüştüm.

Lokantanın penceresinden ikinci sınıfta ya da kasara altında seyahat edenlerin eski püskü, daha geçen hafta benim de giydiğim türden giysiler içinde gezindiği veya küpeşteye yaslanıp Ellis Adası'yla Amerikan rüyalarının beklediği ufka doğru baktığı alt güverteleri görebiliyorduk.

Agnes'in tanıdığım bütün insanlar arasında tarif edilmesi en zor kişi olduğunu söyleyebilirim. Dobra bir karakter, ahlaksız alışkanlıklar ve kontrollü bir tavrın fazlasıyla nadir bir karışımından oluşuyordu. Ha, evet, bir de cinayet işleme potansiyeli vardı.

Hâlâ Kraliçe Victoria tarzı matem siyahlarına bürünmüştü ve baştan aşağı üst sınıftan bir hanımefendi gibi görünüyordu. Göz bandında bile bir zarafet vardı sanki. Ama içki –viski– seçimi o kadar ayrıksı değildi.

Adı –şimdiki adı– Gillian Shields'dı. Ama Agnes Wade olarak doğmuştu.

"Beni Agnes olarak düşün. Agnes Wade'im ben. Bu adı asla ağzına alma ama hep aklında olsun. Agnes Wade."

"Sen de beni Tom Hazard olarak düşün."

1407'de, York'ta doğmuştu. Benden en az bir asır büyüktü. Bu durum hem canımı sıkmış hem içimi rahatlatmıştı. Henüz bunca yıldır büründüğü kimliklerin hepsinden söz etmemişti ama on sekizinci yüzyılın ortalarında Amerikan sahillerinin meşhur korsanı Flora Burn olduğunu öğrenmiştim.

O tavuk yahni ısmarlamıştı, ben ızgara lüfer.

"Hayatında bir kadın var mı?"

Cevap vermekte tereddüt edince, sorusunu açıklama gereğini duydu. "Merak etme. O açıdan ilgimi çekmiyorsun. Fazla ciddisin. Ciddi kadınlar hoşuma gider ama –canım bir erkekle birlikte olmak istediğinde– şen şakrak olanları tercih ederim. Yalnızca meraktan sordum. Mutlaka biri olmuştur. İnsan biri olmadan bu kadar uzun zaman yaşayamaz."

"Biri vardı. Evet. Uzun zaman önce."

"Adı var mıydı?"

"Vardı. Evet. Adı da vardı." Benden daha fazlasını öğrenemeyecekti.

"Sonradan hiç kimse olmadı mı?"

"Oldu denemez. Hayır. Hayır. Kimse olmadı."

"Neden peki?"

"Öyle işte."

"Kırık kalbini iyileştirmeye mi çalışıyordun?"

"Aşk, acı demek. Sevmemek daha kolay."

Agnes başını sallayıp onaylayarak, söylediklerimin bir tadı varmış gibi yutkundu ve uzaklara baktı. "Evet. Evet, öyle. Aşk, acı demek."

"E," dedim, "Doktor Hutchinson'ı neden öldürdüğünü anlatacaktın?"

Agnes etrafa bakınıp üst sınıftan olduklarını kanıtlamak için kokanalar gibi giyinmiş ve baston yutmuş gibi oturan insanlara göz gezdirdi. "Yemek salonunda uluorta cinayet suçlamasında bulunmaman mümkün mü acaba? Ağzını sıkı tutma sanatını öğrenmelisin. Üstü kapalı konuşmayı. Gerçek bazen bükülmesi gereken düz bir çizgidir; şimdiye kadar bunu öğrenmiş olman gerekirdi. Hâlâ hayatta olman mucize."

"Biliyorum ama—"

Agnes gözlerini kapadı. "Büyümen lazım, tamam mı? Hâlâ çocuksun. Koca adam gibi görünüyor olabilirsin ama hâlâ şaşkoloz bir çocuksun ve acilen büyümen gerekiyor. Seni medenileştirmemiz lazım."

Kayıtsız tavrı beni afallatmıştı. "İyi bir adamdı."

"O bir adamdı. Hakkında bundan başka da bir şey bilmiyordun, değil mi? En iyi günlerini geride bırakmış, başkalarının acısı üzerinden şöhret kazanmaya çalışan bir doktordu. İlk gidişinde seni kolayca başından savıp kapı dışarı etmiş bir adamdı. Altmış sekiz yaşındaydı. Bitkindi. Tüvit takımlar giyen bir iskeletti. En iyi ihtimalle birkaç yıl daha yaşardı. Ama hayatta kalıp Anageria'yı bulan adam olarak nam salmak için bulduğu şeyleri açıklasa çok daha fazla zarara neden olacaktı. Yaşayacak uzun yılları değil, asırları olan insanların ölümüne yol açacaktı. Bütünün hayrına denen bir durum, anlıyorsundur herhalde? Birçok insanın hayatını kurtarmak için birkaç kişi ölebilir. Cemiyetin amacı da budur."

"Cemiyet, cemiyet, cemiyet... Cemiyetten söz edip duruyorsun ama hâlâ bir şey anlatmadın. Daha bu cemiyetin adını bile bilmiyorum."

"Albatros Cemiyeti."

"Albatros mu?"

Yemeklerimiz geldi.

"Başka bir arzunuz var mı?" diye sordu şık giyimli, saçı briyantinli garson.

"Evet, var." Agnes gülümsedi. "Toz olabilirsin."

Şaşkın görünen garson bir şey yapmış olmak için bıyığını düzeltti. "Nasıl isterseniz."

Kusursuz pişirilmiş balığıma bakarken, yüz yıldan fazla zamandır böyle bir şey yemediğimi bilen midem açlıkla guruldadı.

"Albatrosların uzun yaşadığı düşünülür. Biz de uzun yaşıyoruz. Hendrich Pietersen cemiyeti bin sekiz yüz altmış yedide, bizi –bizim gibileri, "albatrosları" ya da "albaları"– dışarıdan gelecek tehditlere karşı birleştirmek ve korumak amacıyla kurmuş."

"Kim bu Hendrich Pietersen?"

"Çok yaşlı ve çok bilge bir adam. Flandra'da doğmuş ama Amerika, Amerika olalı beri orada yaşıyor. Lale çılgınlığı zamanında çok para kazanmış ve New York daha New Amsterdam'ken oraya yerleşmiş. Kürk ticareti yapmış. Daha çok kazanmış. Sonunda servet yapmış. Emlak işine girmiş. Yapmadığı iş kalmamış. Amerika, Hendrich demektir. Cemiyeti bizi kurtarmak için kurdu. Bu bizim için bir lütuf, Tom."

Güldüm.

"Lütuf. Lütufmuş. Lanet desek?"

Agnes kırmızı şarabını yudumladı.

"Hendrich sana verilen armağanı takdir ettiğinden emin olmak isteyecektir."

"Benim için çok zor."

"Hayatta kalmak istiyorsan yapacaksın."

"Hayatta kalmak ne kadar umurumda, bilemiyorum, Agnes."

"Agnes değil," diye fısıldadı sertçe. Etrafa bakındı. "Gillian."

Çantasından bir şey çıkardı. Teskin Edici Şurup'la öksürük şurubu karışımı bir şey. Birazını viskisine döktü. Bana da teklif etti. Başımı iki yana salladım.

"Ne kadar bencilce davrandığının farkında mısın? Öteki insanlara bak. Şu yemek salonundakilere bir bak. Daha da iyisi, kasara altında seyahat eden bütün şu göçmenlere bak. Çoğu daha altmışına gelmeden ölecek. İnsanları öldürdüğünü bildiğimiz bütün o korkunç hastalıkları düşün. Çiçek, kolera, tifo hatta veba; salgını hatırlayacak yaşta olduğunu biliyorum."

"Hatırlıyorum."

"Bize bunların hiçbiri olmayacak. Bizim gibiler ancak iki şekilde ölebilir. Ya dokuz yüz elli yaş civarında uykumuzda ölürüz ya da kalbimize veya beynimize hasar verip çok fazla kan kaybetmemize neden olan bir saldırı yüzünden. O kadar. Öteki insani acıların tümüne karşı bağışıklığımız var."

Rose'un o son günde ateşle nasıl titrediğini, acıdan nasıl sanrılar gördüğünü hatırladım. Sonraki günleri, haftaları, yılları hatırladım. "Hayatımda kendi kafama sıkmayı var olmaya devam etme lütfuna yeğleyeceğim zamanlar oldu."

Agnes bardağını eline alıp Teskin Edici Şurup ve viski kokteylini hafifçe salladı. "Uzun zamandır hayattasın. Sırrımızın bilinmeye başlanmasının bir tek kendimiz için tehlikeli olmadığını şimdiye kadar öğrenmiş olman gerekirdi."

"Haklısın. Mesela Doktor Hutchinson'ın."

"Doktor Hutchinson'dan söz etmiyorum." Agnes karşı hamleyi yaparken bir kediden daha hızlıydı. "Başkalarından söz ediyorum. Annenle babandan. Onlara ne olmuştu?"

Hiç acele etmeden balığımı çiğnedim, yuttum, peçeteyle dudağımın kenarını sildim. "Babam Fransa'da dini yüzünden öldürüldü."

"Ah. Din Savaşları'nda mı? Protestan mıydı? Huguenot'lardan mı?"

Üç kez başımı salladım.

"Ya annen?" Agnes gözünü bana dikmişti. Beni mağlup ettiğini hissetmişti. Etmişti de galiba. Ona gerçeği anlattım.

"Görüyor musun? Cehalet bizim düşmanımızdır."

"Artık cadı olduğu için kimseyi öldürmüyorlar."

"Cehalet zamanla şekil değiştirir. Ama hep vardır ve her zaman için ölümcüldür. Evet, Doktor Hutchinson öldü. Ama yaşasaydı ve o makale yayımlansaydı, onun yerine sen ölecektin. Ve başkaları."

"Başkaları mı? Kim onlar?"

"Hendrich anlatır. Merak etme, Tom. Hayatın anlamsız değil. Bir amacın var."

Annemin buna –yaşam amacına– ihtiyacım olduğunu söyleyişini hatırlayarak leziz balığımı yerken, bu amacı bulmanın eşiğinde olabileceğimi düşünüyorum.

New York, 1891

"Şuna baksana," dedi Agnes, *Etruria*'nın üst güvertesinde yanımda dururken. *"Dünyayı Aydınlatan Özgürlük."*

Özgürlük Heykeli'ni ilk görüşümdü. Sağ elindeki meşaleyi havaya kaldırmıştı. O zamanlar bakır rengiydi ve parıl parıl, çok etkileyici bir görüntüsü vardı. Gemi limana yaklaştıkça, güneşin altında parlıyordu. Muazzam -destansı ve çok eski- görünen, sfenksler ve piramitlerle eşdeğer bir şeye benziyordu. Hayatım dünya küçüldükten, yeniden daha mütevazı bir yere dönüştükten sonra başlamıştı. Ama New York'un siluetine bakarken, dünyanın daha büyük hayaller kurmaya başladığını hissettim. Boğazını temizlediğini. Biraz özgüven kazandığını. Elimi cebime sokup Marion'ın parasına dokundum. Her zamanki gibi iyi geldi.

"Ben yakından da gördüm," dedi Agnes. "Duruyormuş gibi ama aslında yürüyor. Geçmişin zincirlerini kırarak ilerliyor. Köleliğin. İç Savaş'ın. Özgürlüğe doğru gidiyor. Ama sonsuza kadar o dondurulmuş anda kalmış. Bak, görüyor musun? Meşaleye bakmayı bırakıp ayaklarına bakar mısın? Hareket halinde ama hareketsiz. Daha iyi bir geleceğe doğru gidiyor ama henüz ulaşamamış. Senin gibi, Tom. Göreceksin. Yepyeni bir hayat seni bekliyor."

Başımı kaldırıp zarif korkulukları ve sivri üçgen çatıları olan, krem rengi taşlarla kaplı, görkemli, süslü püslü Dakota binasına baktım. Alışık olmadığım, yalnızca kendi hayatımda değil, dünyada da her şeyin çok hızlı hareket ettiği hissiyle başım dönüyordu. Birkaç saattir New York'taydım ama henüz bu his azalmış bile değildi. 1890'ların New York'unda bir şey vardı. Heyecan verici bir şey.

Havayla birlikte soluyormuş gibi hissettiğiniz, çok gerçek bir şey. Yeniden bir şeyler hissetmemi sağlayan bir şey.

Eşikte bir an duraksadım.

O an kaçsam ne olurdu? Agnes'i kenara itip parka girerek izimi kaybettirsem ya da 72. Cadde'de var gücümle koşup bir şekilde ortadan kaybolsam? Ama şehirdeki bütün o yenilikler cidden başımı döndürmüştü. Yokluğa karıştığım bütün o ölü yılların ardından, kendimi yeniden yaşıyormuş gibi hissetmeye başlamıştım bile.

Bir Amerikan Kızılderilisinin heykeli -Agnes ona "gözcü Kızılderili" diyordu- tepeden vakur gözlerle bize bakıyordu. 1980 yılında, São Paulo'da görevdeyken, küçük bir renkli televizyonun ekranında John Lennon'ın öldürüldüğü haberini izleyecektim. Haberde aynı bina gösteriliyordu ve Lennon orada öldürülmüştü. Binanın kapılarından içeri giren herkesi etkileyen bir laneti olabileceğini düşünmüştüm.

Kapıda dururken gergindim. Ama en azından bu da bir histi. Son zamanlarda bir şeyler hissettiğim o kadar nadirdi ki.

"Seni sınamıyormuş gibi göründüğü zamanlarda bile sınayacaktır. Bu görüşme baştan sona bir sınav olacak." Merdiveni çıktık. "İnsanları -yüzleri, hareketleri- onun kadar iyi okuyabilen birini tanımadım. Hendrich yaşadığı bu uzun hayatta doğaüstü denebilecek bir *yetenek* geliştirmiş."

"Ne yeteneği?"

Agnes omzunu silkti. "Kendisi yetenek diyor işte. İnsana dair bir yetenek. İnsanları anlama yeteneği. Görünüşe göre, beş yüzle altı yüz yaşları arasında, beynimizin kapasitesi normal insanların ötesinde bir noktaya ulaşıyor. Hendrich çok farklı kültürlerden o kadar çok insanla birlikte olmuş ki mimikleri ve vücut dilini müthiş bir beceriyle okuyabiliyor. Birinin güvenilir olup olmadığını hemen anlar."

Dakota binasının en üst katındaki Fransız tarzı daireye gelmiştik -o zamanlar Amerika'da "apartman dairesi" denmezdi- ve Central Park ayaklarımızın altındaydı.

"Buraya kendi bahçem gözüyle bakıyorum," dedi penceredeki uzun ince, kel, iki dirhem bir çekirdek giyinmiş adam. Elinde sımsıkı tuttuğu bir baston vardı. Henüz belini bükmemiş olan romatizması için ama biraz da gösteriş için.

"Çok etkileyici bir manzara," dedim.

"Evet. Her gün yeni bir bina dikiliyor. Otur lütfen."

Her şey çok zarifti. Zarif bir Steinway piyanonun yanında pahalı görünümlü, deri kaplı zarif bir divan vardı. Ayaklı lambalar, maun bir yazı masası, bir avize. Agnes divana kurulup masanın yanındaki bir koltuğa işaret etti. Hendrich masanın öteki tarafındaydı ama hâlâ ayakta duruyor, pencereden dışarı bakmaya devam ediyordu. Agnes hemen otursam iyi olacağını ima eden sert bir baş hareketi yaptı.

Bu arada Hendrich Central Park'a bakmayı sürdürdü.

"Nasıl hayatta kalabildin, Tom?" Yüzünü bana döndü. Yaşlı olduğunu fark ettim. Normal bir insan -Agnes'in duygusuzca dediği gibi, bir mayıs sineği- olsa yetmiş yaş civarında olduğunu tahmin ederdiniz. Şu anda, günümüzdeki enflasyonu da hesaba katarak, biraz daha yukarı çıkardınız. Seksen küsur derdiniz. Hendrich'i sonradan hiç o dönemdeki kadar yaşlı görmedim.

"Çok uzun bir hayat yaşadın. Duyduğum kadarıyla en iyi koşullarda yaşamış da sayılmazsın. Bir köprüden aşağı atlamana ne engel oldu? Sana bu gücü veren neydi?"

Hendrich'in yüzüne baktım. Yanakları sarkmıştı ve gözaltları öyle torbalıydı ki bana eriyen bir mumu hatırlattı.

Gerçek nedeni söylemek istemedim. Marion hayattaysa Hendrich'in bilmesini istemiyordum. Hiç kimseye güvenim yoktu.

"Böyle yapma, biz sana yardım etmek için buradayız. Bir şatoda doğmuşsun. Lüks içinde yaşamak için yaratılmışsın, Tom. Sana o hayatı geri vereceğiz. Kızını da."

Çevremdeki şeylerin üzerime doğru geldiğini hissettim. "Kızımı mı?"

"Doktor Hutchinson'ın raporunu okudum. Marion'dan da söz etmiş. Merak etme, onu arayacağız. Onu bulacağımıza dair sana söz veriyorum. Hayattaysa mutlaka buluruz. Bizim gibi olan herkesi bulacağız. Yeni nesiller geldikçe, onları da bulacağız."

Korkmama rağmen Marion'ı aramamda birilerinden yardım alabilme olasılığının beni heyecanlandırdığını da itiraf etmem gerekiyor. Birdenbire kendimi o kadar da yalnız hissetmemeye başlamıştım.

Hendrich'in masasında bir şişe viski vardı. İsteyip istemediğimizi sormadan hepimize birer bardak koydu. Zaten sinirlerimi yatıştırmak için içmeye ihtiyacım vardı.

Hendrich viskinin etiketini okudu. "Şuna baksana. 'Wexford Eski İrlanda Malt Viskisi. Geçmişten Gelen Bir Tat.' Geçmişten gelen bir tat! Benim gençliğimde viski diye bir şey yoktu." Ne aksanı olduğunu kestirebilmek zordu. Tam Amerikan sayılmazdı. "Ama sizden bayağı yaşlıyım."

Özlemle iç çekerek muazzam maun masaya oturdu.

"Ne tuhaf, değil mi? Yaşarken gördüğümüz onca şey. Benim listem oldukça uzun: gözlükler, matbaa, gazeteler, tüfekler, pusula, teleskop... Sarkaçlı saat... Piyano... İzlenimci tablolar... Fotoğraf... Napolyon... Şampanya... Noktalı virgül... Reklam panoları... Sosisli..."

Yüzümdeki şaşkınlığı görmüş olsa gerek.

"Doğru ya, Agnes. Zavallıcık hayatında sosisli yememiştir ki. Onu Coney Island'a götürmeliyiz. Buralarda daha iyisi yok."

Agnes, "Cidden öyle," derken, Hendrich'in yanında sertliğinden biraz yitirmiş gibiydi.

"Yiyecek bir şey mi bu?"

"Evet." Hendrich kuru kuru güldü. "Sosisli sandviç. Özel bir sosis. Dachshund sosisi. Küçük ve çok özel bir frankfurter. Cennet çöreği gibi bir şey. Uygarlığın geldiği son nokta... Flandra'da büyüdüğüm yıllarda günün birinde *sosisli* yiyeceğimi bilseydim. Ah!"

Garip bir durumdu. Okyanusu –üstelik arkamda bir ceset bırakarak– aşıp sosislerden mi söz edecektim yani?

"Haz. Esas amaç budur, değil mi? *İyi şeylerin* tadını çıkarmak... Güzel şeylerin. Yemek. İçki. Sanat. Müzik. Puro."

Masasından bir puroyla birlikte bir de krom çakmak aldı.

"Puro içer misin?"

"Tütün sevmiyorum."

Hayal kırıklığına uğramış gibiydi. Benim yerime Agnes'e bir tane verdi. "Göğsüne iyi gelir."

"Ben iyiyim," diyerek viskimi yudumladım.

Puroları yakarak, "Zevk veren şeyler," dedi. "Tensel hazlar. Hayatın başka bir anlamı olmadığını öğrendim. Bundan başka bir şey yok."

"Aşk?" dedim.

"Ne olmuş aşka?"

Hendrich, Agnes'e gülümsedi. Aynı tebessüm bana yöneldiğinde, içinde bir hınzırlık vardı. Konuyu değiştirdi. "Rahatsızlığın için bir doktora gitmen gerektiğini nereden çıkardın, bilemiyorum. Belki de cadılık gibi batıl inançlar artık o kadar yaygın olmadığı için zamanın uygun olduğunu düşünmüştün, öyle mi?"

"İnsanlara yardımı olur diye düşündüm. Bizim gibilere. Tıbbi bir açıklamanın."

"Agnes bunun niçin safdillik olduğunu izah etmiştir sanırım."

"Biraz, evet."

"Gerçek şu: Şu anda hiç olmadığı kadar çok tehlike var. Bilim ve tıpta kaydedilen ilerlemeler bize yarayacak ilerlemeler değil: Mikrop teorisi, mikrobiyoloji, immünoloji. Geçen yıl tifo aşısı bulundu. Bilmediğin şeyse aşıyı bulanların Berlin'deki Deneysel Araştırma Enstitüsü'nün çalışmalarından faydalandıkları."

"Tifo aşısı iyi bir şey değil mi yani?"

"Araştırma bizim hayatımız pahasına yapılıyorsa, hayır." Hendrich çenesini sıkarak öfkesini göstermemeye çalıştı. Agnes'in gergin sessizliği beni daha da endişelendirdi. Belki de masada bir silah vardı. Belki bu bir çeşit sınavdı ve geçemediğim için kafama kurşunu sıkacaktı.

Hendrich bu sözde kükürt tadı varmış gibi, "Bilim insanları," dedi, "bugünün cadı avcılarıdır. Cadı avcılarını iyi tanırsın, değil mi? Tanıdığını biliyorum."

"Tanımaz olur mu hiç?" diyerek onaylayan Agnes, ayaklı lambaya doğru ince bir duman üfledi.

"Ama bilmediğin bir şey var: Cadı mahkemeleri bitmiş değil. Yalnızca adları değişti. Bizler onların ölü kurbağalarıyız. O enstitü bizden haberdar." Masanın üzerinden bana doğru eğilip yeni bir *New York Tribune*'un üzerine bir kül düşürürken, gözleri puronun ucu gibi alev alevdi. "Anladın mı beni? Bilim camiasında bizden *haberdar olanlar* var." Tekrar koltuğuna oturdu. "Sayıları fazla değil. Birkaç kişi. Berlin'de. Bunlar bizimle birer insan olarak ilgilenmiyor. Hatta bizi insan olarak *görmüyorlar* bile. Bizden iki kişiyi esir aldılar. Laboratuvarlarında kobaylarla birlikte onlara da işkence yaptılar. Biri kadın, biri erkekti. Kadın kaçıp kurtuldu. Şu an cemiyetimizde. Hâlâ Almanya'da, Bavyera kırlarındaki bir köyde yaşıyor ama ona yeni bir hayat ve kimlik verdik. Ona ihtiyacımız olduğunda, bize yardım ediyor. Biz de ona yardımcı oluyoruz."

"Bilmiyordum."

"Bilmen gerekmiyordu."

Parkta birçok devrilmiş ağaç olduğunu fark ettim.

Pencerenin önüne bir kuş kondu.

Ne kuşu olduğunu anlayamadım. Buradaki kuşlar farklıydı. Soluk gri kanatları olan ufacık, gürbüz ve sarı bir şeydi; başını ansızın pencereye doğru çevirdi. Sonra öteki tarafa. Kuşları uçmuyorken izlemekten hiç bıkmazdım. Seri bir devinimden çok, kare kare resimler halinde hareketler. Kesik kesik. An an.

"Kızın tehlikede olabilir. Hepimiz olabiliriz. Birlikte hareket etmemiz gerekiyor, anlıyor musun?"

"Evet."

"Sana sormam gereken son bir soru var," dedi Hendrich, bir yudum viski aldıktan sonra.

"Sor tabii."

"Yaşamak istiyor musun? Yani, gerçekten? Hayatta kalmayı istiyor musun?"

Bu soruyu uzun zamandır ben de kendime soruyordum. Cevabım çoğu zaman evet oluyordu çünkü büyük ihtimalle hâlâ hayatta olan bir kızım varken ölmek istemiyordum ama yaşamayı cidden istediğimi söyleyebilmem de zordu. Rose'dan sonra iki seçenek arasında gidip gelen bir sarkaç gibiydim. Olmak ya da olmamak. Ama o şaşaalı dairede otururken, o sarı kuş hâlâ pencerede dururken, cevabı daha net görebildim. O yükseklikteyken, masmavi gökyüzü ve yepyeni, capcanlı bir şehir karşımdayken, kendimi Marion'a daha yakın hissediyordum. Amerika insanı gelecek zamanda düşündürüyordu. "Evet. Evet, hayatta kalmak istiyorum."

"Öyleyse hayatta kalmak için birlikte çalışmamız lazım."

Kuş uçup gitti.

"Tamam," dedim. "Tamam. Birlikte çalışalım."

"O kadar endişeli görünmene gerek yok. Tarikat falan değiliz. Amacımız hayatta kalmak, evet; ama hayattan zevk alabilmek için. Belki bir tek Afrodit dışında, tanrımız falan yok. Bir de Dionysos." Bir an hüzünlü göründü. "Agnes, sen Harlem'a mı gidiyorsun?"

"Evet. Eski bir dostu göreceğim ve kendimi uyuşturup bir hafta uyuyacağım."

Viski şişesi mücevher gibi ışıldıyordu. Bunu görmek Hendrich'i mutlu etti. "Bakın! Güneş çıktı. Parkta biraz yürüyüş yapsak mı?"

Yolumuzda köklerinden sökülmüş bir akçaağaç vardı.

"Kasırga," dedi Hendrich. "Birkaç hafta önce epey insan öldü, çoğu denizciydi. Park görevlileri temizlik işinde biraz yavaş davranıyor."

Dokunaçlar gibi yayılarak uzanan köklere baktım. "Şiddetli bir şeydi herhalde."

Hendrich bana bakarak gülümsedi. "Görülmeye değerdi."

Dağılmış toprağa ve yoldaki yapraklara baktı.

"Göçmenlik deneyimi. İşte şuracıkta. Rüzgâr gelip ansızın seni yerden kaldırıyor. Köklerin herkesin gözü önünde, tuhaf ve alışılmadık bir görüntü yaratıyor. Senin de köklerinden kopmuşluğun var, değil mi? Kendi köklerini kendin kopardın. Zorunlu kaldığın için tabii."

Başımı salladım. "Defalarca."

"Belli."

Bunu iltifat olarak almaya çalıştım. Kolay değildi.

"İşin sırrı dimdik durmaktır. Dimdik durarak nasıl hareket edilir, bilir misin?"

"Nasıl?"

"Kendini kasırgaya uydurman gerekir. Kendi fırtınan olmak zorundasındır. Aynı..."

Sustu. Metaforu bir yere gitmiyordu. Ayakkabılarının ne kadar parlak olduğunu fark ettim. Hiç öyle ayakkabı görmemiştim.

"Bizler farklıyız, Tom," dedi sonunda. "Ötekiler gibi değiliz. Geçmişi içimizde taşırız. Her yerde onu görürüz. Bazen bu tehlikeli olabilir ve birbirimize yardım etmemiz gerekir." Elini fazlasıyla mühim bir şey söyler gibi omzuma koymuştu. "Geçmiş asla yok olmaz. Yalnızca gizlenir."

Yavaşça akçaağacın etrafından dolaştık.

Manhattan az ötemizde, fırtına geçirmez yeni bir orman türü gibi yükseliyordu.

"Onların üzerinde olmalıyız. Anlıyor musun? Geleceğimizi kurtarmak için bencil olmak zorundayız." Paltolarına sarınmış, mahrem bir şakaya gülüşen bir çiftin yanından geçtik. "Hayatın değişiyor. Dünya değişiyor. Bunlar bize ait. Tek yapmamız gereken, mayıs sineklerinin bizi asla öğrenmemesini sağlamak."

Aklıma Thames'te süzülen bir ceset geldi.

"Fakat Doktor Hutchinson'ı öldürmek..."

"Bu bir savaş, Tom. Görünmez bir savaş ama yine de savaş. Kendimizi korumak zorundayız."

Şık takımlar giymiş, birbiriyle tıpatıp aynı bıyıkları olan iki adam siyah bisikletleriyle yanımızdan geçerken, Hendrich sesini alçalttı. Bisiklet tekerlerinin eşit boyutlarda olması bana çok modern bir gelişme gibi geldi.

"Omai kim?" diye fısıldadı Hendrich. Kaşları serçe kanatları gibi havaya kalktı.

"Efendim?"

"Doktor Hutchinson ondan da söz etmiş. Güney Pasifik'tenmiş. Kimdir o?"

Tedirgin bir kahkaha attım. Birinin en büyük sırrınızı bilmesi tuhaf bir histi. "Eski bir dostumdu. Geçen yüzyılda tanışmıştık. Bir süreliğine Londra'da kaldı ama bulunmak istemiyor. Onu görmeyeli yüz yıldan fazla zaman oldu."

"Peki," dedi Hendrich. "Peki."

Derken Hendrich ceketini kaldırıp iç cebinden iki tane bej renkli bilet çıkardı. Birini bana verdi.

"Çaykovski. Bu gece. Oda Müziği Salonu'nda. Şehirdeki herkes bu biletlerin peşinde. Büyük resmi görmen lazım, Tom. Bunca zamandır hayattasın ama hâlâ göremiyorsun. Ama göreceksin, göreceksin. Kızının iyiliği için. Kendi iyiliğin için. İnan bana, göreceksin..." Bana doğru eğilerek sırıttı. "Göremezsen de, ne diyeyim, kendini zamanın tamamen dışında kalmış bir halde bulabilirsin."

Kırmızı kadife kaplı koltuklara oturduk ve Hendrich'in yanında oturan bordo -karpuz kollu, yüksek yakalı, çan etekli, dekoltesi ağır işlemeli- elbiseli kadın kalkıp tuvalete gidince, Hendrich başını bana doğru eğip sezdirmeden salondaki ünlü birini gösterdi.

"Balkondaki adam... Dışarı sarkan... Yeşil elbiseli kadının yanındaki. Herkesin bakmıyormuş gibi yapıp baktığı..." Baykuş gibi yuvarlacık bir yüzü ve özenle şekillendirilmiş beyaz bir sakalı olan pembe yanaklı, güleç bir adam gördüm. "Andrew Carnegie. Sanayi devi. Rockefeller'dan daha zengin. Ayrıca daha cömert... Ama baksana haline, yaşlı bir adam işte. Daha ne kadar ömrü var dersin? Bir on yıl daha? Belki biraz daha fazla. Ama ülkedeki demiryollarını oluşturan raylardaki Carnegie çeliği o öldükten sonra da var olmaya devam edecek. Cebindeki bozuk paralarla yaptırdığı bu salon, kendisi toprağın altındayken de dimdik ayakta olacak. Zaten bu yüzden yaptırdı. İsmi gelecekte de uzun zaman boyunca anılmaya devam etsin diye. Zenginler böyle yapar. Hem kendilerinin hem de çocuklarının ömür boyu rahat edeceğini anladıktan sonra dünyaya bir miras bırakmak için uğraşırlar. Acıklı, değil mi? Dünyaya miras bırakmak. Ne saçma. Kendilerinin var olmayacağı bir gelecek için çalışıp didinmek. Dünyaya miras bırakmak nedir, Mr. Hazard? Bizim sahip olduğumuzun yanından bile geçemeyecek kadar anlamsız ve vasat bir şey. Çelik, para ve şık konser salonları insanı ölümsüz yapmaz."

"Biz ölümsüz değiliz."

Hendrich gülümsedi. "Bana baksana, Tom. Onunla aynı yaşta görünüyorum. Gerçekteyse henüz bebek bile değilim. İki bin yılında hâlâ burada olacağım."

Onu gücendirmeyi göze aldım. "Ama kendi içinde ne hissediyorsun peki? Yaşlı bir adam olarak birçok hayat boyunca yaşamak beni öteden beri korkutan bir şey."

Bir an için *cidden* gücendiğini zannettim. Görünmez bir sınırı aşmışım gibi geldi. Belki aşmıştım ama Hendrich buna rağmen gülümseyerek, "Hayat bir şekilde yaşanıyor işte," dedi. "Müziği duyabildiğim, istiridyeden ve şampanyadan zevk alabildiğim sürece..."

"Ağrın sızın falan yok mu yani?"

"Kemiklerim sızlıyor, evet. Bazen beni uykusuz bırakıyor. Üşütmeye ve ateşlenmeye karşı bağışıklığımı biraz da olsa yitirdim. Yaşlandıkça sen de fark edeceksin. Alba olmanın fiziksel üstünlüğü zamanla azalmaya başlıyor. Arada hasta oluyorsun. Gitgide onlara benzemeye başlıyorsun. Biyolojik kalkan iniyor. Ama acıyla aram iyidir. *Hayatta kalmak* için ödenen ufak bir bedel işte."

"Yaşamak en büyük ayrıcalık ve ben bu gezegendeki en ayrıcalıklı kişiler arasındayım. Sen gelecek milenyumda da epey uzun yaşayacaksın. Benden sonra. Agnes'ten sonra. Sen bir tanrısın, Tom. Kanlı canlı bir tanrısın. Bizler tanrıyız, onlar mayıs sineği. *Tanrısal varoluşunun* keyfini çıkarmayı öğrenmek zorundasın."

Tepesi açılmış narin bir adam yüzünde yoğun duygularla sahnenin ortasına doğru yürüdü. Seyircinin karşısında dururken yüzünde tebessüme benzer bir şey belirdi. Salonda bir alkış koptu. Adam bir süre boyunca sessizce durup bize bakmaya devam etti. Sonra da –adam Çaykovski'ydi– sahnedeki küçük kürsüye dönüp batonunu alarak havaya kaldırdı. Bir an öyle kaldı. Sihirli değneğini kaldırmış, büyü için gerekli enerjiyi çağıran eski bir büyücüye bakar gibiydik.

Salon sessizleşti. Hiç böyle bir sessizlik duymamıştım. Bütün salon nefesini tutmuş gibiydi. Gayet medeni ve modern bir histi. Hem seçkin hem de davetkâr, kibar bir toplu orgazm öncesindeydik sanki.

Zaman yavaşladı, o anda kaldık.

Derken müzik başladı.

Yıllardır müzikten keyif almamıştım. Bu yüzden koltuğumda otururken, her zamanki gibi beklentisizdim.

Trompetlerin ani patlamasının ardından kemanlarla çellolar bir süre yalnız kalarak incecik ve hafif bir gürültü yaptıktan sonra seslerini yükseltip bir çeşit senfonik fırtına yarattı.

Ve evet, ilk başta bir şey olmadı. Derken, her nasılsa müziğin içine giriverdim.

Hayır. İçine girmedim. Yanlış ifade ettim. Müziğin içine girilmez. Müzik zaten içimizdedir. Müzik yalnızca var olan şeyleri ortaya çıkarır, belki de içinizde olduğunu bilmediğiniz duyguları hissetmenizi sağlar ve her yeri dolaşarak bütün duyguları uyandırır. Yeniden doğmak gibi bir şeydir.

Bu müzikte öyle bir özlem ve enerji vardı ki. Gözlerimi kapadım. O an neler hissettiğimi yazarak anlatmam mümkün değil. Zaten müziğin var olma nedeni başka şekilde ifade edilemeyecek olanı anlatan bir dil olmasıdır. Tek söyleyebileceğim, kendimi yeniden capcanlı hissettiğim.

Trompetler, kornolar ve bas davulla birlikte gümbür gümbür gelirken, hissettiğim şey öyle güçlüydü ki kalbim hızlandı, başımın döndüğünü hissettim. Gözlerimi açtığımda Çaykovski'nin, elindeki batonla müziği, ortamda zaten var olan ve bulunup çıkarılması gereken bir şeymişçesine adeta havadan çekip aldığını gördüm.

Derken her şey bitti ve ünlü kompozitör adeta sönüverdi. Bütün salon ayağa kalkmış onu üst üste gelen dalgalar halinde bir alkışa boğarken, arada bir birileri "Bravo!" diye kükrerken bile yüzünde belli belirsiz bir tebessümle kısa bir reverans yaptı.

"Bir dağın tepesinden Brahms'ın üzerine işer gibi, değil mi?" diye fısıldadı Hendrich bir ara.

Bilemiyordum. Tek bildiğim, yeniden bir şeyler hissetmenin güzel olduğuydu.

Carnegie Music Hall ziyaretimizin satış taktiğine dâhil olduğunun o günlerde bile farkındaydım. Hendrich beni bu şekilde cemiyete çekiyordu. Yalnızca kızımı bulmayacak, bu arada bana iyi bir hayat da sunacaktı. Henüz nasıl bir işe bulaştığımı anlayabilmiş değildim ama her şey netleştiğinde ürünü çoktan satın almıştım. Daha doğrusu, Marion'dan söz ettiği andan itibaren satın alınmıştım. Şimdiyse Hendrich'in etkileyici reklamına inanmaya başlıyordum. Albatros Cemiyeti'nin yalnızca kızımı değil, kendimi bulmanın da bir yolu olduğuna.

O sohbet ertesi sabah Hendrich'in dairesinde şampanyalı kahvaltımızı bitirirken gerçekleşti. Hiç unutmadığım bir sohbet oldu. "İlk kural, âşık olmayacaksın," dedi Hendrich ve bir waffle kırıntısını masadan parmağıyla aldıktan sonra purosunu yaktı. "Başka kurallar da var ama esas kural bu. Âşık olmak yok. Âşık kalmak yok. Aşk hayalleri kurmak yok. Bu kurala bağlı kalırsan sorun çıkmaz."

Purosunun kıvrılan dumanını izledim. "Bir daha âşık olacağımı sanmıyorum."

"Güzel. Yemek yemeyi, müziği, şampanyayı, ekimde nadir görülen güneşli öğleden sonralarını sevmene izin var tabii. Şelale manzaralarını, eski kitapların kokusunu da sevebilirsin ama insanları sevmeyi aklına bile getirme. Duydun mu beni? Sakın insanlara bağlanma ve karşına çıkan insanlara karşı olabildiğince az şey hissetmeye çalış. Yoksa yavaş yavaş aklını yitirirsin..." Bir süre sustu. "Sekiz yıl; kural budur. Bir alba bir yerde bundan daha uzun kaldığında, işler sarpa sarmaya başlar. Buna sekiz yıl kuralı deriz. Sekiz yıl için güzel bir hayatın olur. Sonra seni bir göreve yollarım. Sonra da yeni bir hayatın olur. Hayaletlerin olmadığı bir hayat."

Ona inandım. Niye inanmayacaktım ki? Rose'dan sonra kendimi kaybetmemiş miydim? Bir bakıma hâlâ kendimi bulmayı beklemiyor muydum? *Güzel bir hayat*. Belki de mümkündü. Başı, sonu belli. Bir yere ait olduğun. Bir amaca sahip olduğun.

"Yunan mitlerini bilir misin, Tom?"

"Biraz."

"Ben Daidalos gibiyim. Minotauros'un hapsedildiği labirenti yaratan adam. Benim de hepimizi korumak için bir labirent kurmam gerekti. Yani bu cemiyeti. Daidalos'un derdi, bütün bilgeliğine rağmen insanların onu her zaman dinlememesiydi. Kendi oğlu İkaros da sözünü dinlememişti. Hikâyeyi bilirsin, değil mi?"

"Evet. İkaros'la ikisi şu Yunan adasından kaçmayı dener."

"Girit."

"Girit'ten. Evet. Ama kanatları balmumu ve tüyden yapılmıştır. Babası..."

"Daidalos."

"Babası oğluna güneşe ve denize fazla yakın uçmamasını, kanatlarının yanabileceğini ya da ıslanabileceğini söyler."

"Sonra da elbette ikisi birden olur. Çocuk güneşe fazla yaklaşır. Balmumu erir. Denize düşer. Şu an fazla yüksekte değilsin. Ama çok alçaklarda yaşamışsın. Bu bir denge işi. Ben sana dengeyi bulmanda yardım etmek için varım. Sen kendini nasıl görüyorsun, Tom?"

"İkaros değilim."

"Kimsin peki?"

"Zor bir soru."

"En önemli soru."

"Bilmiyorum."

"Hayatı izleyen biri misin yoksa hayata katılan biri mi?"

"İkisi de galiba. Hem izliyorum hem katılıyorum."

Hendrich başını salladı. "Neler yapabilirsin?"

"Ne?"

"Nereye kadar gittin?"

"Bütün dünyayı dolaştım."

"Hayır, yani *ahlaki* açıdan nereye kadar gittin? Neler yaptın? Kaç sınır aştın?"

"Neden soruyorsun?"

"Çünkü kuralların yapısı gereği özgür olman gerekiyor."

Huzursuz olmuştum. Şampanyamı yudumlamak yerine bu hisse güvenmem gerekirdi. "Ne yapmak için özgür olmalıyız?"

Hendrich gülümsedi. "Bizler çok uzun yaşıyoruz, Tom. Fazla uzun yaşıyoruz. Uzun ve gizli hayatlar yaşıyoruz. Ne gerekirse onu yapmalıyız." Tebessümü kahkahaya dönüştü. Kaç asırdır ağzında oldukları düşünülürse dişleri pek bozulmamıştı. "Şimdi, haydi bakalım, sosisli yemeye gidiyoruz."

Londra, şimdi

Çok uzun yaşıyoruz, Tom.

Kaliforniya'da bulunan bir *Pinus longaeva* çamının halkaları yoğun bir çalışmayla sayıldıktan sonra ağacın beş bin altmış beş yaşında olduğu anlaşılmış.

Bu ağaç benim için bile fazla yaşlı. Son yıllarda rahatsızlığım yüzünden ne zaman umutsuzluğa düşsem ve kendimi biraz daha ölümlü ve normal hissetmek istesem Kaliforniya'daki o ağacı düşünüyorum. O çam ağacı firavunlar zamanından beri hayatta. Truva'nın kuruluşundan beri var. Bronz Çağı'nın, yoganın başlangıcından, *mamutlardan* beri.

Ağaç orada, olduğu yerde sakin sakin durup yavaşça büyür, yaprak çıkarır ve yaprak döker, yine yaprak çıkarırken mamutların nesli tükendi, Homeros *Odysseia*'yı yazdı, Kleopatra saltanat sürdü, İsa çarmıha gerildi, Siddhārtha Gautama sarayından ayrılıp halkının acıları için gözyaşı döktü, Roma İmparatorluğu düşüşe geçip çöktü, Kartaca işgal edildi, Çin'de mandalar evcilleştirildi, İnkalar şehirler inşa etti, ben Rose'la birlikte kuyudan su çektim, Amerika kendi kendiyle savaştı, dünya savaşları yaşandı, Facebook icat oldu, milyonlarca insan ve başka türde hayvan ne yaptıklarını pek de bilmeden kısacık hayatlarını yaşayıp savaştı, üredi ve mezara gitti ama ağaç hep vardı.

Zamanın verdiği bildik bir ders bu. Her şey değişir ve hiçbir şey değişmez.

Sandalyelerine yayılmış kalemleriyle oynayan, çaktırmadan telefonlarını kontrol eden on dört yaşındaki yirmi sekiz çocuğun oluşturduğu bir grubun karşısında dikey bir baş ağrısı halinde duruyorum.

Zorlu bir grup ama asırlar boyu daha zorlularını da görmüşlüğüm var. Mesela Plymouth'taki Minerva Han'da, sarhoş denizcilerle hırsızlara, yersiz yurtsuzlara çalmaktan daha zor bir iş değil.

Her şey değişir ve hiçbir şey değişmez.

"Doğu Londra çok kültürlü bir yer çünkü başından beri böyleydi," diyerek Yirminci Yüzyıl Öncesi Göç konusuna odaklanan derse giriş yapıyorum. "Britanya'nın yerlisi diye bir şey yoktu. İnsanlar buraya başka yerlerden geldi. Romalılar, Keltler, Normanlar, Saksonlar. Britanya başından beri birçok yerden oluşan bir yerdi. Bugün 'çağdaş' göç olarak baktığımız şeyin bile çok uzun bir geçmişi var. Üç yüz yıldan daha uzun bir zaman önce burada, East India Company'nin gemilerinde işe girerek gelen Hintliler vardı. Sonra Almanlar, Rus Yahudileri ve Afrikalılar geldi. Fakat göçmenlik öteden beri İngiliz toplumunun bir parçası olduğu halde görünüm olarak farklı olan göçmenlere uzun zaman boyunca egzotik ve tuhaf şeyler gözüyle bakıldığı da bir gerçek... Örneğin, on sekizinci yüzyılda Pasifik Adaları'ndan Omai adında bir adam buraya gelmişti. Cook'un ikinci seferinde..." Biraz susuyorum. Geminin güvertesinde onunla, eski dostum Omai'la birlikte oturuşum ve kızımın verdiği parayı gösterip ona *para* sözcüğünü öğretişim geliyor aklıma. "Omai buraya geldiğinde, ona öyle eşsiz biri gözüyle bakıldı ki kral dâhil bütün ünlüler onunla tanışıp akşam yemeği yedi..." Bir alevin gölgesinde titreşen o yüzü hatırlıyorum. "Hatta zamanın en meşhur ressamı Sir Joshua Reynolds bir portresini yapmıştı. Bir süreliğine o da ünlü olmuştu. Omai..."

Omai.

Bu ismi uzun zamandır sesli söylememiştim. 1891'de Hendrich'le ondan söz edişimizden beri. Ama onu sık sık düşündüm. Başına neler gelmiş olabileceğini. Fakat şimdi onu düşününce başımın ağrısı azıyor sanki. Her şey döner gibi oluyor.

"O..."

Ön sırada oturan kızlardan biri, sakız çiğneyen Danielle alnını kırıştırıyor. "İyi misiniz, efendim?"

Biri gülünce, herkes gülmeye başlıyor. Danielle arkasına dönüyor. Neler olduğunu anlıyor.

Topla kendini.

Sınıfa gülümsemeye çalışıyorum. "İyiyim. İyiyim... Londra'nın özellikle bu bölgesi öteden beri göç almıştır. Örneğin, şu tarafta," diyerek batı tarafını gösteriyorum, "bin altı yüz ve bin yedi yüzlerde, Fransızlar vardı. Modern zamanlarda çok sayıda gelen ilk göçmenler onlardı. Hepsi Londra'da kalmadı. Birçoğu Canterbury'ye gitti. Kimileri kırsal bölgelere. Kent'e..." Susuyorum. Nefes alıyorum. "... Suffolk'a. Ama çoğu Spitalfields'a yerleşti ve orada gerçek bir topluluk oluşturdu. Buradaki ipek sanayisini onlar kurdu. Çoğu ipek dokumacılığı yapıyordu. İçlerinde ülkelerindekinden çok farklı koşullar altında, ansızın yepyeni bir hayat kurmak zorunda kalan birçok eski soylu da vardı."

Orta sıralardan birinde oturan bir oğlan var. Anton. Düşünceli ve ciddi bir havası olan sessiz bir çocuk. Elini kaldırıyor.

"Evet, Anton?"

"Buraya neden gelmişler? Yani madem ülkelerinde durumları o kadar iyiydi?"

"Onlar Protestan'dı. Huguenot denenlerden ama bu adı kendileri kullanmıyordu. Jean Cauvin'ın –John Calvin'in– öğretisine inanıyorlardı. O zamanlar Fransa'da Protestan olmak, İngiltere'de Katolik olmak kadar tehlikeli bir şeydi. Bunların birçoğu..."

Gözlerimi kapatarak bir anıyı geçiştirmeye çalışıyorum. Başımın ağrısı dayanılmaz hale geliyor.

Zayıflığımı hissediyorlar. Sınıfta yine gülüşmelerin dolaştığını duyuyorum.

"Birçoğu... Kaçmak zorunda kalmıştı."

Gözlerimi açıyorum. Anton gülmüyor. Hafif bir tebessümle beni destekliyor. Ama sınıfın geri kalanı gibi onun da aklımın *başka yerde* olduğunu düşündüğünden gayet eminim.

Kalbimin çılgın bir caz ritmi çaldığını hissederken sınıf yan yatmaya başlıyor.

"Bir saniye," diyorum.

"Öğretmenim?" Anton endişeli görünüyor.

"İyiyim ben. İyiyim. Yalnızca... Birazdan dönerim."

Sınıftan çıkıp koridorda yürümeye başlıyorum. Bir sınıfı geçiyorum. Bir sınıfı daha geçiyorum. Bir pencereden Camille'i görüyorum. Fiil çekimleriyle kaplı bir beyaz tahtanın önünde duruyor. Gayet sakin ve sınıfa hâkim görünüyor. Beni görünce gülümsüyor; o paniğe rağmen ben de ona gülümsüyorum.

Tuvalete giriyorum.

Aynada yüzüme bakıyorum.

Yüzümü gerçekten *göremeyecek* kadar iyi biliyorum. Aşinalık insanı kendine yabancılaştırabilir.

"Kimim ben? Kimim? Kimim?"

Yanaklarıma su çarpıyorum. Yavaş nefesler alıyorum.

"Benim adım Tom Hazard. Tom Hazard. Adım, Tom Hazard."

Bu isim bile o kadar çok şey ihtiva ediyor ki. Beni bu isimle çağıran herkesi, ismimi sakladığım herkesi içeriyor. Annemi, Rose'u, Hendrich'i, Marion'ı. Ama bir çapa değil. Çünkü çapa sizi bir yere sabitler. Bense hâlâ sabitlenmiş değilim. Sonsuza kadar bu şekilde hissederek hayatın içinde yelkenler fora gidebilmem mümkün mü? Gemilerin sonunda durmaları gerekir. Bir rıhtıma, limana, bilinen ya da bilinmeyen bir varış yerine ulaşmaları gerekir. *Bir yere* varıp orada durmaları gerekir. Yoksa gemi olmalarının ne anlamı kalır? Hayatımda birçok farklı kişiliğe, birçok farklı role büründüm. Bir kişi değilim. Tek bedene toplanmış bir kalabalığım.

Nefret ettiğim ve taptığım insanlara dönüştüm. Heyecanlı da oldum sıkıcı da; mutlu da oldum fazlasıyla hüzünlü de. Tarihin hem doğru hem de yanlış tarafında oldum.

Kısacası, kendimi kaybettim.

"Yok bir şey," diyorum yansımama. Omai'ı düşünüyorum. Keşke nerede olduğunu bilseydim. Bağlantıyı koparmasaydım, ortadan kaybolmasına izin vermeseydim. İnsanın bir dostu olmayınca, bu dünya çok ıssız bir yer.

Yavaş nefesler sayesinde kalp atışlarım yavaşlıyor. Kâğıt havluyla yüzümü kuruluyorum.

Tuvaletten çıkıp koridordan geri dönerken ileri doğru bakmaya, kendi sınıfıma dönerken Camille'inkine bakmamaya özen gösteriyorum. Zihninde yalnızca, mesela kırk yıllık anısı olan, kendini dağıtmamış, normal bir öğretmen gibi görünmeye çalışıyorum.

Sınıfa giriyorum.

"Kusura bakmayın," diyerek gülümsemeye çalışıyorum. Rahat davranmaya. Eğlenceli bir şeyler söylemeye. "Gençken çok uyuşturucu kullanmıştım. Arada hatırlatıyor kendini."

Gülüyorlar.

"Onun için, uyuşturucu kullanmayın. Sonra ıstıraplar içinde yaşayan bir tarih öğretmeni olmak zorunda kalabilirsiniz. Pekâlâ, derse devam..."

O gün Camille'i bir kez daha görüyorum. Öğleden sonraki teneffüste. Öğretmenler odasındayız. Avusturyalı olan ve Almanca öğreten, nefes alırken burnundan ıslık sesi çıkaran başka bir öğretmenle, Joachim'le konuşuyor. Ben tek başıma oturup çayımı içerken, Camille konuşmayı bırakıp yanıma geliyor.

"Merhaba, Tom."

"Selam," diyorum. Söylenebilecek bu en kısa sözcüğe tebessümlerin en belli belirsizi eşlik ediyor.

"Demin bir şeyin mi vardı? Sanki biraz..." Doğru sözcüğü arıyor. "Gergin görünüyordun."

"Başım ağrıyordu da. Bu aralar çok ağrıyor."

"Benim de."

Gözleri kısılıyor. Beni nereden tanıdığını çıkarmaya çalışıyor diye endişeleniyorum. Herhalde bu yüzden, "Hâlâ aynı," diyorum. "Başım yani. Bu yüzden yalnız oturuyordum."

Biraz bozulmuş ve ne yapacağını bilememiş gibi görünüyor. Başını sallıyor. "Ah, tabii. Neyse, umarım çabuk geçer. İlk yardım dolabında ibuprofen var."

Gerçeği bilsen hayatın tehlikeye girerdi.

"Ben iyiyim, teşekkürler."

Başımı çevirip gitmesini bekliyorum. Gidiyor. Öfkesini hissediyorum. Kendimi suçlu hissediyorum. Aslında hayır, bir tek o değil. Bir şey daha var. Bir çeşit hasret, uzun zamandır eksik olan bir şeye –bir duyguya– duyulan özlem. Camille gidip öğretmenler odasının öteki ucuna oturduğunda gülümsemiyor, bana bakmıyor ve bir şeyin başlamaya fırsat bulamadan bittiğini hissediyorum.

O gece Abraham'la birlikte parktan çıkmış, Fairfield Caddesi'nde yürüyoruz. Normalde bu yoldan gitmem. Londra'ya geldiğimden beri görmekten kaçtığım bir yer burası.

Buraya gelmekten kaçınmamın nedeni, Rose'a ilk burada rastlamış olmam. Chapel Sokağı ve Well Sokağı maceralarım bana çok acı verdi. Ama bunu aşmam lazım. Her şeyi aşmam lazım. Bugünlerde dendiği gibi "içimde bitirmem" lazım. Ama geçmiş asla bitmez. Yapılabilecek en iyi şey, onu kabul etmek. Ulaşmak istediğim nokta orası.

Fairfield Caddesi'nde, otobüs terminalinin aydınlık umutsuzluğunun önünde, elime geçirdiğim poşetle Abraham'ın kakasını alıp çöpe atıyorum. Londra'nın tarihi, sokaklarda görülen dışkıların sürekli ve kararlı bir şekilde azalması temelinde de anlatılabilir.

"Abraham, bunu sokakta yapman gerekmiyor, biliyorsun. Parka bu yüzden gidiyoruz. Hani, şu yeşil yer var ya, çimenlikli olan?"

Yürümeye devam ederken, Abraham bir şey anlamamış numarası yapıyor.

Etrafa bakınıyorum. Onu ilk nerede gördüğümü çıkarmaya çalışıyorum. İmkânsız ötesi. Hatırlamamı sağlayacak hiçbir şey yok. Chapel Sokağı ve Well Sokağı'nda da o zamanlardan kalma tek bir bina bile yoktu. Bir pencereden yan yana dizilmiş yürüme bantlarının üzerinde koşan insanlar görüyorum. Hepsi de başlarını kaldırmış karşılarındaki, televizyon ekranları olduklarını tahmin ettiğim şeylere bakıyorlar. Kimileri telefonlarına kulaklık takmış. Bir kadın koşarken iPhone'unu kontrol ediyor.

Artık mekânların insanlar için bir önemi yok. Odaklanılan şey, nerede olunduğu değil. Bugünlerde hiç kimse tam olarak bulunduğu yerde değil. En azından tek ayakları o uçsuz bucaksız dijital boşlukta.

Kaz kümeslerinin nerede olduğunu, Rose'un elinde meyve sepetiyle nerede durduğunu kestirmeye çalışıyorum.

Derken buluyorum.

Arabalar vınlayarak geçerken, bir an put gibi kalıyorum ve Abraham neler olduğundan habersiz, kayışı çekiştiriyor. Baş ağrısı bir tık artarken hissettiğim baş dönmesi bir tuğla duvara yaslanmama yetecek düzeyde.

"Bir saniye, oğlum," diyorum Abraham'a. "Dur bir saniye."

Derken anılar sel misali taşarak hücum ediyor. Başım sınıfta hissettiğimden daha da güçlü bir acıyla zonkluyor ve trafik gürültüsünün içindeki ani bir sessizlikte, bir an için bu yolun canlı tarihini, kendi acımın havada asılı kalmış tortusunu duyumsuyor, kendimi kaybetmiş ve kurtarılmaya hazır bir halde batıya doğru yürüdüğüm 1599 yılında hissettiğim kadar büyük bir bitkinlik hissediyorum.

ÜÇÜNCÜ BÖLÜM
Rose

Bow, Londra yakınları, 1599

Üç gündür neredeyse hiç durmadan yürümüştüm. Ayaklarım kıpkırmızı olmuş, su toplamış zonkluyordu. Orman yollarının ve anayolun kenarındaki çimenliklerde ancak kısa kısa uyumayı becerebildiğim için gözlerim kurumuş, göz kapaklarım ağırlaşmıştı. Hatta hiç uyumadığım bile söylenebilirdi. Lavtayı taşımaktan sırtım tutulmuştu. Üç gündür sadece böğürtlen ve mantar, bir de atıyla yanımdan geçerken halime acıyan bir şövalye yaverinin attığı bir parça ekmeği yemiştim ve hayatımda hiç bu kadar acıkmamıştım.

Ama bunların hiçbirini umursamıyordum.

Hatta zihnimi dolduran yoğun düşüncelerden kurtulabildiğim için bu durum işime geliyordu. O yoğunluk sanki zihnimden dışarı taşıyor ve otlarla ağaçları, derelerle çayları zehirliyordu. Ne zaman gözlerimi kapasam annemin o günkü halini, havaya kaldırılan sandalyede otururken rüzgârla bana doğru savrulan saçlarını görüyordum. Çığlıkları hâlâ kulaklarımda yankılanıyordu.

Üç gündür hayalet gibiydim. Edwardstone'a özgür bir adam olarak dönmüştüm ama orada kalamazdım. Oradakiler katildi. Hepsi katildi. Eve gidip annemin lavtasını almış ve biraz para var mı diye bakmıştım ama yoktu. Sonra da çekip gitmiştim. Koşmaya başlamıştım. Artık Edwardstone'da kalamazdım. Gifford'ın evinin oradan geçmek istemediğim gibi, bir daha Bess Small ve Walter Earnshaw gibilerin yüzlerini bile görmek istemiyordum. İçimdeki o dehşetten ve kaybolmuşluk hissinden, o sonsuz yalnızlıktan kaçmak istiyordum ama tabii ki kaçış yoktu.

Fakat artık Londra'ya yaklaşmıştım. Hackney köyündeki peltek bir adam Londra'ya gidiyorsam Bow'daki Fairfield Caddesi'nde kurulan Yeşil Kaz Panayırı'ndan geçeceğimi, orada yiyecek bir şeylerle birlikte "her türden şaklabanlığı" bulabileceğimi söylemişti. Şaklabanlıklar başlamıştı işte: İneğin teki yolun ortasında durmuş bön bön bana bakıyordu. Hayvanlarla insanlar arasındaki uçurumda kolayca kaybolabilecek bir şeyi anlatmaya çalışır gibi bir hali vardı.

Yürümeye devam ederek ineği geçtiğimde, iki yanımda birden evler belirdi. Başka köylerin aksine, evler yolun her iki yanında düz bir çizgi halinde aralıksız devam ediyordu. Aralarında neredeyse hiç boşluk yoktu. Artık Londra'da olduğumu anladım. İleride sokağı doldurmuş kalabalıklar gördüm.

Annemin kalabalıktan ne kadar nefret ettiğini hatırladım ve duyduğu korku, hayalet bir his gibi içimi kapladı.

Derken, yaklaştıkça gürültüyü de fark ettim. Satıcıların birbiriyle rekabet eden bağırış çağırışları. Birayla kafayı bulanların sarhoş kahkahaları. Türlü çeşit hayvanın homurtusu, böğürtüsü, tıslaması.

Gaydalar. Şarkılar. Keşmekeş.

Böyle şey görmemiştim daha önce. Tam bir kargaşaydı. Ruh halim gördüğüm manzarayı daha da çarpıcı kılıyordu.

O kadar çok insan vardı ki. Bir sürü yabancı. İnsanların kahkahaları kanat çırparak mağaradan fırlayan bir yarasa sürüsü gibiydi.

Kırmızı yanaklı yaşlı bir kadın bir tahtanın iki ucundan sarkan balık ve istiridye dolu iki küfeyi taşırken yük atları gibi oflayıp pofluyordu.

Derme çatma bir domuz ağılının yanında dövüşen çocuklar vardı.

Bir turta tezgâhı.

Ekmek tezgâhı.

Turplar.

Danteller.

Elinde kiraz sepetiyle dolaşan, en fazla on yaşında bir kız.

Yolun iki yanında da ızgara kaz satılan tezgâhlar.

Yerdeki su birikintisinin içinde yatan bir marul.

Yanımdan geçerken ayağa kalkmak için uğraşan bir sarhoşu göstererek eğlenen bir adam. "Sen bunu bir de iki tek daha attıktan sonra gör, evlat. Adam şimdiden boğazına kadar dolmuş."

Tavşanlar.

Birbirine kanat açarak tıslayan iki canlı kaz.

Yine domuzlar. Yine inekler. Sarhoşlar. Yine sarhoşlar.

Hırpani kılıklı yetim bir kızın yürümesine yardım ettiği, iyi giyimli kör bir kadın.

Sakat dilenciler.

Yolda gördüğü bir yabancıya yaklaşıp adamın apış arasını avuçlayarak teklifini fısıldayan bir kadın.

Bira tezgâhlarının etrafındaki yaygara ve telaş.

"Aşağı Ülke'den gelen dev"–diye bağırarak bu tuhaf şeyin reklamını yapıyordu adamın teki– ve "Batı'daki Ülke'den gelen cüce" yan yana durup etkiyi artırarak daha çok para çekmeye çalışıyordu.

Kılıç yutan bir adam.

Bir kemancı. Bir gaydacı. Usta parmaklarıyla "Üç Kuzgun"u çalarken bana şüpheli bakışlar atan bir flütçü.

Sonra o kokular: ızgara et, bira, peynir, lavanta, taze bok.

Başım yine dönmeye başladığı halde sendeleyerek ilerlemeye devam ettim.

Onca yiyeceğin kokusuyla karşılaşınca açlığım azaba dönüşmüştü. Kaz satılan tezgâhlardan birine gittim. Öylece durup ızgara et kokusunu içime çektim.

"Kaz ne kadar?

"Üç şilin, delikanlı."

Üç şilinim yoktu. Hiç param yoktu.

Geriye doğru sendeledim. Bir adamın ayağına bastım.

"Dikkat etsene, çocuk!"

Çocuk, çocuk, çocuk.

"Evet, çocuğum ben," diye bir şeyler geveledim, o günlerde on sekiz resmen orta yaş sayıldığı halde.

İşte o anda her şey dönmeye başladı.

Normalde gayet güçlüydüm. Biyolojimin birçok tuhaflığından biri de asla hasta olmamamdı. Hayatımda ne nezle ne de grip olmuştum. Hiç kusmamıştım. Hatta ishal bile olmamıştım ki 1599 yılında bunu söyleyebilenler inanılmaz derecede, şüphe çekecek kadar azdı. Buna rağmen o an kendimi berbat hissediyordum. Önceden yağmur yağmış ama artık güneş çıkmıştı ve gök masmaviydi. Lark Nehri'nin üzerindeki o aynı kayıtsız mavilikteydi. Sıcak da zaten feci olan yoğunluğun üzerine tuz biber ekti.

"Anne," diye mırıldandım sayıklar gibi. "Anne."

Kendimi ölecek gibi hissediyordum. O an ölmeye razıydım zaten.

Ama sonra onu gördüm.

Elinde bir sepet meyveyle durmuş, kaşlarını çatarak bana bakıyordu. Benimle yaşıt gibiydi ama o yaşını gösteriyordu. Uzun siyah saçları, deredeki çakıllar gibi parlayan gözleri vardı.

Sepetteki eriklere bakakalarak ona doğru yürüdüm.

Bedenimin içinde değilmişim gibi, tuhaf bir ruh hali içindeydim.

"Bir erik alabilir miyim?" diye sordum kıza.

Avcunu açıp bana uzattı. Manning'in annemi suyun altında tutmaları için havaya kaldırdığı ellerini ve açık parmaklarını hatırladım.

"Ben... Benim... Hiç..."

Önceden gördüğüm başıboş gezen ineğin kalabalığın içinde ilerlediğini gördüm. Gözlerimi kapadım ve annemin tahta sandalyenin ağırlığıyla havadan aşağı düştüğünü gördüm. Tekrar açtığımda, meyve satan kız bozulmuş, şaşkın ya da hem bozulmuş hem de şaşkın bir yüz ifadesiyle kaş çatarak bana bakıyordu.

Cadde daireler çizerek hızla dönerken biraz yalpaladım.

"Düzgün dur," dedi meyveci kız.

Bana söylediği ilk söz buydu.

Düzgün dur.

Ama duramadım.

Babam öldükten sonra annemin neden duvarlara dayanıp durduğunu artık anlayabiliyordum. Acı insanın dengesini bozuyor.

Önce her şey hafifledi, sonra karardı.

Derken -bir saniye ya da beş dakika sonra- kendimi yüzüstü yere serilmiş bulduğumda, eriklerle çevrili suratımın yarısı çamurlu bir su birikintisine gömülmüştü. Eriklerin çoğu da çamura batmıştı. Gelip geçenlerin ayakları altında kalanlar vardı. Köpeğin teki bir tanesini yemeye başlamıştı.

Yavaşça ayağa kalktım.

Bir grup çocuk gülüşerek benimle alay ediyordu.

Kız dizlerinin üzerinde oraya buraya atılarak eriklerden kurtarabileceği kadarını kurtarmaya çalışıyordu.

"Özür dilerim," dedim.

Çamurlu bir erik alıp yürümeye başladım.

"Hop! Hey! Hop! Sen!" Kız omzuma yapıştı. Öfkeden burun delikleri açılmıştı. "Yaptığın şeye bak!"

Yeniden bayılacak gibi oldum ve daha fazla hasara sebep olmamak için durmamaya karar verdim.

"Dur dedim! Öyle çekip gidemezsin!"

Çamurlu erikten bir ısırık aldım. Kız kuş hızıyla atılıp eriği elimden alarak çamurun içine attı.

"O sepette benim bir haftalık kazancım vardı. En az bir hafta. Şimdi Mr. Sharpe'a satmadığım meyvelerin parasını vermek zorunda kalacağım."

"Mr. Sharpe?"

"O yüzden parasını versen iyi edersin."

"Hiç param yok ki."

Kızın yüzü utanç ve öfkeyle kızarmıştı. Para konusu aklını karıştırmış gibiydi. Bunun nedeni belki de üstüm başım kirli olduğu halde etraftakilerin çoğuna kıyasla iyi giyimli olmamdı. İngiltere'ye taşındığımızdan beridir durumumuz epey bozulmuştu ama annem olabildiğince asil görünmemiz için elinden geleni yapmıştı. Geriye dönüp baktığımda, Edwardstone'daki pejmürde köylülerle uyum sağlayamamış olmamızın birçok nedeninden birinin de bu olduğunu görüyorum. Esas neden olmasa da.

"Şunu," dedi kız, sırtımdaki lavtayı göstererek.

"Ne?"

"Onu bana ver. Böylece ödeşmiş oluruz."

"Olmaz."

Yerden koca bir taş aldı. "İyi o zaman, sen nasıl benim sepetimi kırdıysan, ben de onu kırarım."

Ellerimi kaldırdım. "Hayır! Hayır."

Yüzümde gördüğü bir şey tekrar düşünmesine neden oldu herhalde. "Karnını doyuramıyorsun ama bir lavtayı dert ediyorsun."

"Annemindi."

Yüzü yumuşadı, öfke bir kez daha şaşkınlığa dönüştü. "Annen nerede?"

"Üç gün önce öldü."

Kız kollarını kavuşturdu. Evet. On sekiz, on dokuz yaşlarında görünüyordu. Üzerindeki sıradan beyaz elbise, köylülerin deyimiyle "fistan" ve boynuna yanlamasına, sol taraftan düğümlenerek bağlanmış o basit, kırmızı mendil hâlâ dün gibi aklımda. Pürüzsüz teni –o kalabalığın içindeki insanlarda nadir rastlanacak bir özellikti bu– ve sağ yanağındaki biri diğerinden küçük olan, bir gezegenin yörüngesindeki aya benzeyen iki beniyle burnunun üzerindeki çillerden oluşan küçük takımyıldızı dün gibi aklımda. Siyah saçlarının yarısı beyaz bir başlığın içine sokulmuş, yarısı serbest kalıp dağılmıştı.

Kaşlarının çoğu zaman çatık durduğu belliydi ama dudak kenarlarında da sürekli belirmeye hazır bir gülücük, kafasının içindeki hoşgörüsüz bir otorite tarafından sıkı denetim altında tutuluyormuş gibi titreşip duran, hınzır bir parıltı vardı. Boyunun uzunluğu da dün gibi aklımda. Fiziksel açıdan da "yetişkin" olduğumda benden kısa olacaktı ama o sırada çeyrek baş uzundu.

"Öldü mü?"

"Evet."

Başını salladı. Ölüm şaşılacak bir şey değildi. "Başka kimin var peki?"

"Bir tek ben varım."

"Nerede yaşıyorsun?"

"Artık hiçbir yerde."

"Evin yok mu?"

Başımı iki yana sallayarak o utancı hissettim.

"Çalıyor musun?" Sırtımdaki lavtayı işaret etmişti.

"Evet."

"Öyleyse," dedi kararlı bir sesle, "gelip bizimle kalacaksın."

"Yapamam."

Onunkiyle aynı ama sağlam bir sepeti olan küçük bir kız gelip kızın yanında durdu. Yolun yukarısında gördüğüm kiraz satan kızdı. On ya da on bir yaşında görünüyordu. Kardeş oldukları belliydi. Aynı siyah saçlar ve keskin bakışlar onda da vardı. Sarhoşun teki bir kiraz kapmaya çalıştı ama kızın refleksleri güçlüydü; sepeti hemen çekip gözleriyle adama hançerler fırlattı.

"Sadaka vermiyoruz," dedi büyük kız. "Bize borcunu ödeyinceye kadar gelip bizimle kalıyorsun. Meyvelerle sepetin parasını. Ayrıca kiranı da ödeyebilirsin."

Küçük kızın bakışları ok gibiydi.

"Bu Grace," dedi ablası. "Ben de Rose Claybrook."

"Merhaba, Grace."

"Çok tuhaf görünüyor ve at kıçı gibi kokuyor," dedi Grace umursamazca. "Nereden geliyorsun sen?"

"Suffolk," dedim boğuk bir sesle. *Ve Fransa*, diye eklememe ramak kaldı. Ama bunu yapmamam gerektiğini sezmiştim. Suffolk da yeterince yabancı bir yerdi.

Yine başım dönmeye başladı.

Rose gelip bana destek oldu.

"Suffolk mu? Suffolk'tan buraya *yürüdün mü*? Seni eve götürüyoruz. Grace, tutmama yardım et. Biraz da kiraz ver. Bu haldeyken o kadar yol yürümesi çok zor."

"Teşekkür ederim," diye hava kadar hafif bir fısıltı çıkardım ve yürümeyi yeni baştan öğrenir gibi bir ayağımı ötekinin önüne koymaya odaklandım. "Teşekkür ederim."

İşte ikinci hayatım böyle başladı.

Londra, şimdi

O duvara yaslanıp çiseleyen yağmurun altında gereğinden fazla kalmış olabilirim. Zıvanadan çıkmış, dur durak bilmeyen bir şehirde hareketsiz kaldığınızda, artık o şehir sizden bilinçsizce de olsa hafif bir intikam almayı istiyor belki.

Yaklaştıklarını görmedim. Kendimden geçmiş Rose'u düşünüyor, caddenin aşırı yüklü tarihini hissediyordum. Ama Abraham'ın hırladığını duyup başımı kaldırdığımda, karşımdaydılar.

Beş kişi. Çocuk, adam ya da ikisinin arası bir şey. Merak etmiş gibi, müzedeki bir heykelmişim gibi durmuş bana bakıyorlar. İçlerinden biri, uzun boylu ve kaslarını spor salonunda şişirmiş bir tip yaklaşarak suratını burnuma dayıyor. Arkasından bir çocuk, "Öf, sapıklık etme ya, geç oldu. Gidelim haydi," diyor.

Ama iri yarı tipin gitmeye niyeti yok. Bıçak çekiyor. Metal, sokak lambasının ışığında sapsarı parlıyor. Gözlerimde korku görmeyi bekliyor ama göremiyor. Bunca şey yaşadıktan sonra hiçbir şeyin sizi şaşırtmadığı bir aşamaya geliyorsunuz.

Abraham hırlayarak dişlerini gösteriyor.

"Köpeğini üstüme salarsan, onu da deşerim... Telefon ve cüzdan. Ver de gidelim."

"Sonra pişman olursun."

Çocuk –boyunun uzunluğuna rağmen daha çocuk olduğunu şimdi fark ediyorum– başını iki yana sallıyor. "Sus. Telefon, cüzdan. Telefon, cüzdan. Çabuk. İşimiz var." Etrafa bakınıyor. Yağmurun içinde yakınlardan geçen bir arabanın ıslak fısıltısı duyuluyor. Araba gelip geçiyor. O anda çocuklardan birini hatırlıyorum. En küçük olanı. Yüzünün yarısı kapüşonunun altında kalmış. Kocaman açılmış gözlerinde korku var. Bir ayağından ötekine sıçrarken gözleri dört dönüyor; panik içinde bir şeyler fısıldayıp telefonunu çıkarıyor; cebine koyup tekrar çıkarıyor. Bugün sınıfta gördüğüm çocuk. Anton.

Anton boğuk bir sesle, "Bırak şunu," diyerek geri çekilirken, çocuk için yüreğim paralanıyor. "Gidelim haydi."

Bugünlerde zamanın bir silah olduğunu fark ediyorum. İnsanları beklemek zorunda kalmaktan daha çok güçsüzleştiren başka bir şey yok. Sokakta. Ellerinde bir bıçakla.

"Küçükmüş," derken bıçaktan söz ediyorum.

"Ne?"

"Zamanla her şey küçülüyor. Bilgisayarlar, telefonlar, elmalar, bıçaklar, ruhlar."

"Kes be! Ya hemen susarsın ya da sonsuza kadar."

"Eskiden elmalar *dev* gibiydi. Görmeliydin. Yeşil balkabakları adeta."

"Kes ulan düdük!"

"Hiç adam öldürdün mü?"

"Siktir. Telefon ve cüzdan. Yoksa gırtlağını keserim."

"Ben öldürdüm," derken doğruyu söylüyorum. "Korkunç bir şeydir. O hissi bilmeyi istemezsin. Kendini öldürmüş gibi olursun. Karşındakinin ölümü seni ele geçirir. Delirtir. Ve bunu, onları, sonsuza kadar içinde taşırsın..."

"Konuşma."

Gözlerim çocuğun gözlerine kenetleniyor. Asırların görünmez gücünü ona hissettiriyorum.

Abraham yine hırlıyor. Hırıltısı havlamaya dönüşüyor.

"Sonuçta o da bir kurt. Fazlasıyla sadık. Beni bıçaklayacaksan kayışı bırakmamamı garantiye alman gerekir."

Bıçak çocuğun korkusuyla hafifçe titriyor. Belki de bu yüzden. Kolunu kendi kırılganlığından duyduğu utanç yüzünden indiriyor.

"Sıçarım böyle işe," diyor. Geri geri uzaklaştıktan sonra dönüp hızlanıyor ve öteki çocuklar da peşinden koşuyor. Anton dönüp kaçamak bir bakış atınca, gülümseyerek iyice aklını karıştırıyorum. Onu anlıyorum. İnsan kendini böyle durumların içinde, önlemek için bir şey yapamayacağı belalara doğru sürüklenirken bulabilir.

Hackney, Londra yakınları, 1599

Bow'da yaşamıyorlardı. Daha da uzaktaki Hackney köyünde, Well Sokağı'ndaki küçük ve daracık bir evde yaşıyorlardı. O günlerde Hackney'de birçok çilek tarlası ve meyve bahçesi vardı. Londra'nın içindeki ve çevresindeki birçok yere kıyasla o kadar da pis kokmayan, temiz havasını rahatça soluyabildiğiniz bir yerdi ve Suffolk'ta gördüğüm köylerden çok farklıydı. Bir kere, tiyatrosu vardı. Aslında birkaç ay önce yıkılmıştı ama Rose'un söylediğine göre Richard Burbage'ın ve ayı Lord Brown'ın da sahneye çıktığı harika bir yerdi.

Eskiden bir tiyatrosu olduğu için mi bilmem ama Hackney, Edwardstone'dan daha açık görüşlü bir köye benziyordu. Görünürde yabancı korkusu diye bir şey yoktu. İhtiyar Mrs. Adams dedikleri, yanından geçtiği insanlara tüküren ve sık sık "boklu göt" ya da "ayaklı bok çuvalı" diye bağıran bir kadın dışında; ama insanlar ona da gülüp geçiyordu. Ayrıca buradaki, yabancı korkusundan çok, herkese karşı duyulan genel bir nefretti ve en azından ayrım gözetmeyen bir tavırdı.

"Bir seferinde elmalarıma tükürmüştü de, Grace vahşi bir kedi gibi kadını kovalamıştı," demişti Rose, kadın bana ilk kez ayaklı bok çuvalı dediğinde, yani evlerine ilk kez tek başıma yürüdüğümde.

Evleri aşırı iddialı bir adı olan –Büyük Taş Duvar– küçük bir taş duvarın yakınındaki kalas ve sıva karışımı bir yerdi ve Büyük At Havuzu denen mütevazı bir su birikintisine bir taş atımı mesafedeydi. Söz konusu atların çoğu –dalga geçmiyorum– Büyük Ahır denen bir ahırda barınıyordu.

Ahırın arkasında –heyhat, Saman Ahırı denen– bir ahır daha vardı ve ötesinde dönümler boyunca dip dibe ekilmiş ağaçlarla dolu meyve bahçeleri görülüyordu. Daha da ileride, kayın ağaçlarının arasına gizlenmiş kuyunun taş çemberi vardı. Yirmi birinci yüzyıldan bakan birine bütün bunlar gayet rustik gelebilir ama duvarlarla farklı bölümlere ayrılmış o topraklar ve meyve bahçelerindeki ağaçların dip dibeliği, o günlerde bana gayet modern görünüyordu.

Rose'la Grace orada meyve yetiştiriciliği yapan biriyle yaptıkları anlaşma gereği mevsim meyvelerini -erik, mürdüm eriği, ayrıca elma, yeşil erik, Bektaşi üzümü- toplayıp satıyor ve parayı meyveleri yetiştiren "pinti varyemez" Mr. Sharpe'ın lehine dengesiz bir oranla bölerek paylaşıyorlardı.

Evde uzun zamandır gördüklerimden daha çok pencere vardı. Fransa'daki evimize pek benzemiyordu ama Edwardstone'da gördüğüm evlerden daha modern bir yerdi.

"Söyle bakalım," dedi Rose. Samimi bir havası vardı. Yetişkinlere has bir "hiç-saçmalığa-gelemem" tavrı. "Adın ne senin?"

"Tom," dedim. Doğruyu söylemiştim. Ama sonra hakkımdaki gerçek ve bu gerçeğin tehlikesi beni kaygılandırdı. Bu yüzden soyadım hakkında yalan söylemeye ilk kez o anda başladım: "Tom *Smith*."

"Peki, kaç yaşındasın bakalım, Tom Smith?"

Burada dikkatli olmam lazımdı. Gerçek -on sekiz- büyük ihtimalle inanılmaz gelecekti. İnansa bile, bunu bilmesi onun için tehlikeli olurdu. Ama büyük ihtimalle tahmin ettiği gibi, on üç ya da on dört yaşında olduğumu da söyleyemezdim.

"Sen kaç yaşındasın?"

Rose güldü. "Önce ben sordum."

"On altı yaşındayım."

İstifini bile bozmadı. Rahatsızlığım başladığında boyum çoktan uzamış, boynum kalınlaşmış, omuzlarım genişlemiş olduğu için şanslıydım galiba. Rose, "Gözlerin daha büyük birinin gözleri gibi," demekle yetindi. Bu söz fevkalade içimi rahatlattı çünkü Edwardstone'daki herkes onlu yaşların başında takılıp kaldığımı düşünüyordu.

"Ben on sekiz yaşındayım," dedi Rose. "Grace on yaşında."

Güzeldi. Bu sohbet güzeldi. Hoşuma gitmişti. Ama daha fazlasını açıklamak istemiyordum. Açıklayamazdım. Tehlikeli bir sırdı bu. Hakkımdaki gerçeği bilmemeleri onlar için daha iyiydi.

Bana ekmek, yabani havuç çorbası ve kiraz yedirdiler.

Rose'un gülüşü ılık hava gibiydi. "Keşke dün burada olsaydın. Güvercinli börek yedik. Grace güvercin yakalamakta ustadır."

Grace güvercin yakalayıp boynunu kırar gibi yaptı.

Bir an geçti. Sonra kaçınılmaz bir soru daha.

"Neden buraya geldin?"

"Sen davet ettin ya."

"*Buraya* değil. Neden Londra'ya gidiyordun? Tek başına? Neden kaçıyorsun?"

"Suffolk'tan. Orayı görmüş olsan sormazdın. Domuz kafalı, batıl inançlı, nefret ettiğim insanlarla dolu bir yer. Biz Fransa'dan gelmiştik. Bizi hiçbir zaman kabul edemediler."

"Biz?"

"Yani annem hayattayken."

"Ne oldu ona?"

Dik dik Rose'a baktım. "Bazı şeylerden söz etmesem, daha iyi."

Çorba kaşığını tutan elim Grace'in gözüne çarptı. "Titriyor."

"Ayrıca masada oturuyor," dedi Rose. "Burada yokmuş gibi konuşmasana." Sonra gözleri yine bana çevrildi. "Seni üzmek istemezdim."

"Bu yemeğin ve bir gece rahat uyumanın bedeli acı veren şeylerden bahsetmek olacaksa dışarıdaki bir hendekte uyumayı tercih ederim."

Rose'un gözleri öfkeyle parladı. "Hackney'de mükemmel hendekler olduğunu göreceksin."

Kaşığımı bırakıp ayağa kalktım.

"Suffolk'ta şaka yapılmaz mı hiç?"

"Fransız olduğumu söylemiştim. Ayrıca hiç şakalaşacak halde değilim."

"Somurtuğun tekisin, değil mi? Süt gibi ekşimişsin."

Grace köpek gibi havayı kokladı. "Zaten ekşi ekşi kokuyor."

Rose bana karşı sertti. "Otur, Tom. Gidecek yerin yok. Üstelik bize borcunu ödeyinceye kadar burada kalmak zorundasın."

Berbat durumdaydım. Ne düşüneceğimi bilemiyordum. Üç gündür yas tutarak yorgun argın yürümekten artık iyice gerilmiştim. Bu kardeşlere kızgın değil, minnettardım ama gözlerimi kapadığımda Manning'in ellerini görmenin verdiği acı bu minnettarlığı boğuyordu.

"Dünyada derdi tasası olan tek insan sen değilsin. Acılarını birer hazineymiş gibi içinde saklama. Etraftaki herkesin tonla acısı var."

"Özür dilerim," dedim.

Rose başını salladı. "Dert değil. Yorgunsun. Vesaire. Sen oğlanların odasında uyuyacaksın."

"Oğlanların odası mı?"

Rose oraya oğlanların odası dediklerini çünkü iki erkek kardeşleri olduğunu –Nat ve Rowland– ama ikisinin de öldüğünü söyledi. Nat on bir yaşında tifodan, zavallı bebek Rowland'sa daha bir yaşını doldurmadan nedeni bilinmeyen öksürük nöbetleri yüzünden ölmüştü. Ardından doğal olarak anneleriyle babalarının nasıl öldüğünü de anlattı: Annesi Rowland'ı doğurduktan bir ay sonra (o günlerde çok yaygın olan) lohusa hummasından, ki bu durum bebeğin neden güçsüz olduğunu açıklıyordu, babaları da çiçek hastalığından ölmüştü. Kızlar bütün bunlara gerçekçi yaklaşıyorlar gibiydi. Ama Grace küçük Rowland'la ilgili kâbuslar gördüğü için geceleri sık sık uyanıyordu.

"Gördüğün gibi," diyerek utancıma tuz serpti Rose. "Herkesin tonla acısı var."

Beni odaya götürdü. Odada 1980'lerdeki taşınabilir televizyonların boyutlarında küçük ve kare bir pencere vardı. (1980 yılında São Paulo'daki bir otelde yaşarken çok televizyon izlemiştim. O televizyon bana Hackney'deki küçük kare pencereyi hatırlatmıştı hep.) Yalnızca benim kalacağım mütevazı bir odaydı ama örtünmek için sadece battaniye vardı ve döşek saman dolguluydu. Fakat o kadar yorgundum ki kraliçenin sayvanlı karyolası bile gözüme daha konforlu görünemezdi.

Kendimi yatağa atınca, Rose ayakkabılarımı çıkarıp öylece bana baktı ve az önce sergilediği annelere has sert tavır uçup gitti; usulca, adeta ruhuma hitap ederek, "Her şey düzelecek, Tom. Şimdi biraz dinlen," dedi.

Ama çok geçmeden kendimi kendi çığlığımın sesine uyanmış yatakta otururken buldum; tombul dolunayın pencereden gelen ışığında bütün vücudum sarsılıyordu ve zar zor nefes alıyordum. Dehşet dört bir yandan üzerime çullanmıştı.

Rose da hemen gelmiş, kolumu tutmuştu. Grace arkasında, kapıda durarak uykulu uykulu esniyordu.

"Yok bir şey, Tom."

"Çok şey var," dedim sayıklar gibi.

"Rüyalar gerçek değildir. Özellikle de kötü olanlar."

Rüyanın bir anı olduğunu söylemedim. Bilakis gördüğüm şeyin gerçekliğini inkâr edip Tom Smith olarak yeni bir şey uydurmam gerekirdi. Rose, Grace'i yatağa gönderip kendisi yanımda kaldı. Uzanıp dudağımdan öptü. Ufacık bir öpücüktü ama dudağa verilen öpücükler yalnızca birer öpücük değildir.

"Bu ne içindi?" diye sordum.

Ay ışığında gülümsediğini belli belirsiz görebildim. Cilveli bir tebessüm değildi. Yalın, gerçekçi bir tebessümdü. "Aklın başka bir şeyle meşgul olsun diye."

"Senin gibi birine rastladığımdan emin değilim," dedim.

"Güzel. Bir eşim olsa yaşamamın ne anlamı kalırdı ki?"

Gözünde bir damla yaş vardı.

"Neyin var?"

"Bu yatakta Nat uyurdu. Çok tuhaf. Onun bıraktığı boşluğun doldurulması. Hepsi bu. Eskiden vardı ama şimdi yok işte."

Acı çektiğini görünce, kendi acımın beni bencilleştirdiğini düşündüm. "Başka yerde de yatabilirim. Yerde uyurum ben."

Başını iki yana sallayarak gülümsedi. "Yo, yo."

•

Kahvaltıda çavdar ekmeği ve küçük bir bardakta bira vardı. Grace de bir bardak bira almıştı. İnsanların para yetirebildiği ve onları öldürmeyeceğini bildiği tek içecek buydu. Resmen Rus ruleti oynamaya benzeyen suyun aksine.

"Burası benim evim," diye söze başladı Rose, "annemle babam öldükten sonra kiracılık hakkı bana geçti. Yani burada kaldığın sürece benim kurallarıma göre yaşamak zorundasın. İlk kural bize borcunu ödemen ve ondan sonra, burada kaldığın sürece haftada iki şilin verirsin. Bir de su taşımamıza yardım edersin."

Burada kaldığın sürece.

İstediğim kadar kalabileceğim bir yerim olması güzel bir histi. Ev de yuva denebilecek bir yerdi. Rutubetsiz, temiz, iyi havalandırılmış, lavanta kokan bir yerdi. Basit bir vazoya konmuş bir demet lavantayı yeni fark etmiştim. Hava soğuduğunda yakılan bir şöminesi vardı. Edwardstone'daki evden biraz büyük, ayrı odaları olan bir evdi ama her yeri olabildiğince temiz, düzenli ve hoş kokulu tutmak için aynı oradaki gibi bir çaba sarf ediliyordu.

Buna rağmen –şayet teklif edilen şey buysa– orada belirsiz bir süre kalma teklifi beni hüzünlendiriyordu.

O sıralarda bile bundan böyle benim için hiçbir şeyin kalıcı olmayacağına dair bir his vardı içimde.

Hayatımın o aşamasında işlerin değişeceğini bilmiyordum. Rahatsızlığıma dair hiçbir şey bilmiyordum. Bir adı yoktu. Olsa bile nereden bilecektim? Yalnızca varsayım yapıyordum. Sonsuza kadar aynı yaşta kalacaktım herhalde. Çok eğlenceli bir şey olacağını düşünebilirsiniz ama hayır, öyle değildi. Rahatsızlığım annemin ölümüne neden olmuştu bile. Onları da benzeri bir tehlikenin içine atmadan, Rose'la kardeşine gerçeği söyleyemeyeceğimi biliyordum. Üstelik o zamanlar, özellikle de gençseniz her şey çok hızlı değişirdi. İnsanların yüzleri mevsimden mevsime bile farklı görünürdü.

"Teşekkür ederim," dedim Rose'a.

"Senin burada olman, Grace için de iyi olacak. Kardeşlerini çok özlüyor; ikimiz de özlüyoruz. Ama haylazlık edersen –itibarımızı zedeleyecek olursan- ve borcunu ödemezsen," diyerek çiğnemeye devam ettiği bir kiraz gibi anın tadını çıkardı, "kıçına tekmeyi yersin."

"Hendeği boylar mıyım?"

"Boka batarsın," dedi birasını bitiren küçük Grace.

"Kusura bakma, Tom. Grace* sadece adı, kişiliğini tarif eden bir şey değil."

"Bok güzel bir sözcük," diyerek diplomasi yaptım. "Tam nokta atışı yapmak için."

"Bu evde leydi yok," dedi Rose.

"Ben de lord değilim." Teknik açıdan Fransız soylu sınıfının bir üyesi olduğumu söylemenin zamanı değildi.

Rose içini çekti. O iç çekişleri hatırlayabiliyorum. Çoğu hüzünlü iç çekişler değildi. *Hayat böyle ve böyle devam edecek, ne var ki bunda* hissi veren iç çekişlerdi. "Peki. Her neyse, bugün yeni bir gün."

İkisini de sevmiştim. Benim için acının sessiz uğultusu içinde bir avuntu olmuşlardı.

Orada kalmak istiyordum. Ama onları tehlikeye atmak istemiyordum. Beni merak etmemeleri lazımdı. En önemlisi buydu.

"At annemi üstünden attı," dedim damdan düşer gibi. "Bu yüzden öldü."

"Çok üzücü," dedi Grace.

"Evet," dedi Rose. "Çok üzücü."

"Rüyamda bazen görüyorum."

Rose başını salladı. Aklında sorular kalmış olabilirdi ama onları kendine sakladı.

"Bence bugün dinlenmelisin. Biraz kendine gel. Biz meyve bahçesindeyken evde kalabilirsin. Yarın da gidip lavtanı çalar ve bize para getirirsin."

"Hayır, hayır, borcumu ödeyeceğim. Para kazanmaya bugün başlayacağım. Sokağa çıkıp çalarım işte."

---

* *İng*. Grace: Lütuf, zarafet. (*ç.n.*)

"Herhangi bir sokakta mı?" diye sordu Grace, dalga geçer gibi. "Kalabalık bir yerde."

Rose başını sağa sola salladı. "Londra'ya gitmen lazım. Şehir surlarının güneyine."

İşaret etti. Eliyle gideceğim yeri gösterdi.

"Lavta çalan bir çocuk! Başından aşağı para yağdıracaklar."

"Öyle mi dersin?"

"Baksana, güneş çıktı. Oralar bayağı kalabalık olur şimdi. Rüyanda görecek yeni şeyler yaşamış olursun."

Pencereden içeri dolan güneş Rose'un yüzünü aydınlatarak siyah saçlarındaki kumral telleri altın rengine çevirdi ve ruhum -ya da ruhum sandığım şey- dört gündür ilk kez, kısacık bir an için, o tahammül edilmez azabın dışında bir şeyler hissetti.

Küçük kardeşi sepetini alıp kapıyı açınca gün içeri akın etti, ahşap zemine vuran eğimli dikdörtgen bir ışık simyasını konuşturmaya başladı.

"İyi öyleyse," dedim söze devam edecekmiş gibi. Rose bakışlarımı yakalayıp gülümseyerek devam etmişim gibi başını salladı.

Londra, şimdi

Sabahın üçü.

Aslında yatakta olmam lazım. İşe, okula gitmek için kalkmama yalnızca dört saat kaldı.

Ama işin doğrusu, uyuyabileceğimi hiç zannetmiyorum. Bilgisayardan izlediğim, beş yüz yedi yaşındaki Ming istiridyesiyle ilgili Discovery Channel belgeselini kapatıyorum.

Öylece oturup monitöre bakıyorum. Bunu yapmak baş ağrıma iyi gelmeyebilir. Ama artık pes ettim. Albaların laneti bu. Bir çeşit yüksek irtifa hastalığı ama nedeni yükseklik değil, zaman. Rekabet halindeki anılar, zamanın arapsaçına dönmesi, bütün bunların stresi baş ağrılarını kaçınılmaz kılıyor.

Bir de tabii bıçakla tehdit edilmemin bayağı bir katkısı oldu. Anton'u o çocuklarla birlikte görmek beni sarstı.

BBC'yle *Guardian*'ın internet sitelerine giriyorum. Amerika-Çin ilişkilerinin kırılma noktasına geldiğine dair birkaç haber okuyorum. Yorum yazan herkes kıyametin yaklaştığını söylüyor. Dört yüz otuz dokuz yaşında olmanın en büyük konforu bu işte. Tarihin verdiği esas dersi bütünüyle görebiliyorsunuz: İnsanlar tarihten ders almaz. Yirmi birinci yüzyıl hâlâ yirminci yüzyılın kötü bir versiyonuna dönüşebilir ama elden ne gelir ki? Zihinler tüm dünyada asla birbiriyle çakışmayan ütopyalarla doluyordu. Bu bir felaket habercisiydi ama heyhat, bildik bir durumdu. Diğerkâmlık her zaman olduğu gibi yok olmaya yüz tutmuştu. Barış her zaman olduğu gibi incecik bir porselendi.

Haberleri okuyup Twitter'a giriyorum. Hesabım yok ama ilginç bulduğum bir yer; onca farklı ses, ağız dalaşı, kendinden emin olmanın kibri, cehalet, nadiren ortaya çıkan ama harika bir şefkat, dilin yeni bir hiyeroglif türüne doğru evrilişini izlemek.

Sonra da her zaman yaptığım gibi Google'a girip "Marion Hazard" ve "Marion Claybrook" yazıyorum ama yine bir şey yok. Hayattaysa bile bu isimleri kullanmıyor.

Ardından Facebook'a geçiyorum.

Camille'in paylaşımını görüyorum.

"Hayat çok karmaşık."

Bir tek bunu yazmış. Altı kişi beğenmiş. Ona kaba davrandığım için kendimi suçlu hissediyorum. Sıkça yaptığım gibi, bir gün normale yakın bir hayat yaşamamın mümkün olup olmayacağını düşünüyorum. Camille'e bakarken bunu istedim. O kadında hissedebildiğim ve kendimle özdeşleştirebildiğim bir yoğunluk var. Kendimi onunla bankta oturup Abraham'ı izlerken hayal edebiliyorum. Bir çift gibi, konuşma ihtiyacı duymadan öylece otururken. Böyle bir şeyi asırlardır hiç istememiştim.

Hiçbir şey yapmamam gerekir aslında. Ama kendimi paylaşımının altındaki "beğen" butonuna tıklarken, üstüne bir de "*C'est vrai*" diye yorum yazarken buluyorum. Paylaşımın altında yorumumla birlikte kendi adımı gördüğüm anda o şeyi silmem gerektiğini düşünüyorum.

Ama silmiyorum. Öyle bırakıyorum. Yatağa, Abraham'ın çoktan üstünde uyuyakaldığı yatağıma gidiyorum. Abraham uyurken hafifçe inliyor.

Yıllar boyu anılardaki hüznün mutluluk anlarımızdan daha yoğun ve daha dayanıklı olduğuna inandım. Böylece, acımasız bir duygusal hesapçılıkla, bir sevgili ya da yoldaş hatta arkadaş aramamanın daha iyi olduğuna karar verdim. Alba takımadalarında, insanlık kıtasından bağımsız bir ada olmanın. Hendrich'in haklı olduğuna inandım. En iyisi aşktan uzak durmaktı.

Ama son zamanlarda, şimdi, duygularda hesapçılık yapılamayacağını hissetmeye başladım. Kendimizi acıdan korurken yepyeni, daha sinsi bir acı yaratabileceğimizi. Çelişki. Ama bu çelişkiyi bu gece çözecek değilim.

Hayat çok karmaşık.

Tek bildiğimiz bu, diye düşünüyorum ve bu düşünce bir nakarat gibi dönüp dururken, usulca uykuya dalıyorum.

Londra, 1599

Bankside o günlerde serbest bölgelerden oluşurdu. Bunlar şehir surları dışındaki, normal kanunların geçmediği yerlerdi. Aslında buralarda hiçbir kanun geçerli değildi. Her şey mübahtı. Her çeşit iş yapılırdı. Ne kadar ahlaksızca olursa olsun her çeşit eğlenceye izin vardı. Fahişelik. Ayı köpek dövüşü. Sokak gösterileri. *Tiyatro.* Aklınıza ne gelirse buralarda bulabilirdiniz.

Kısacası, buralar özgür alanlardı. Öğrendiğim ilk şeyse özgürlüğün bok koktuğu oldu. Bugüne kıyasla Londra'nın içinde de, dışında da her yer bayağı bir bok kokuyordu tabii. Ama özellikle Bankside en boklu yerdi. Bunun nedeni uzaktan benek benek görülen tabakhanelerdi. Köprüyü geçtikten hemen sonra birbirine çok yakın beş tabakhane vardı. Tabakhanelerde postları boka yatırdıkları için böyle leş gibi bir koku olduğunu sonradan öğrenecektim.

Yürümeye devam ettikçe, bu kokuya başka kokular da karıştı. Zamk ve sabun imalathanelerinden gelen hayvan yağı ve kemik kokuları. İnsanların ekşi ter kokusu. Fena kokularla dolu yepyeni bir dünyaya gelmiştim.

Her nedense Paris Bahçesi denen ayı bahçesinden geçerken zincire vurulmuş, siyah kürklü, dev bir ayı gördüm. Hayatımda gördüğüm en hüzünlü yaratıktı. Yaralı, perişan, kaderine razı, öylece oturuyordu. Çok ünlü bir ayıydı. İnsanların Bankside'a gelmesinin nedenlerinden biriydi. Adı "Sackerson"dı. Sonraki haftalarda ve aylarda onu sık sık iş başında görecek ya da pespembe olmuş gözlerle, öfkeden ağzı köpürürken, pençesiyle boğazına yapışan köpekleri attığını, kızışmış kalabalığın acımasız bir heyecanla bağırıp çağırdığını uzaktan duyacaktım. Ayı yalnızca böyle zamanlarda, ölümüne dövüşürken hayata dönüyordu sanki. Hayat karşısına ne türden bir acımasızlık ve acıyla çıkarsa çıksın anlamsızca hayatta kalmayı istemesi beni sık sık düşündürecekti.

O ilk gün Rose'un talimatını yerine getirdim ama yine de doğru yerde olduğuma pek inanamıyordum. Sabun imalathanelerinin gürültüsünden yeterince uzaktı ama tabakhanelerin bok kokusundan biraz daha uzakta olabilmeyi dilerdim. Etrafta boş boş gezinen insanlar vardı. Yeşiller giymiş, kapkara dişli, yüzünde kalın pudra tabakası olan bir kadın üzerinde kardinal şapkalı tabela olan taş bir duvara yaslanmış merakla bana bakıyordu. Tahmin ettiğim gibi, burası bölgedeki birçok genelevden biriydi. Günün her saatinde insanların girip çıktığı, en gözde yerlerden biri olduğunu sonradan anladım. Bir de han vardı. Kraliçe'nin Tavernası. Oralardaki en el değmemiş ve temiz binalardandı ama müşterilerinin sağlık kurallarına o kadar önem vermediği de sonradan anladığım şeylerden biriydi.

Bu meyhaneyle genelevin önünde insanların gezindiği dikdörtgen, çimenlik ve açık bir alan vardı. Orada durmaya karar verdim.

Derin bir nefes aldım.

Sonra da çalmaya başladım.

Müziğin utanması yoktu. *Çalmanın* bile utanması yoktu. Kraliçe Elizabeth bile bir-iki müzik aletini tıngırdatabiliyordu. Fakat asil bir aileden geliyorsanız -hem Fransa'da hem de İngiltere'de- uluorta müzik aleti çalmak asla yapmayacağınız bir şeydi. Sokaklarda zaten çalamazdınız. Bir Fransız kontuyla kontesinin oğlu için orada olmak, Bankside'ın en sefil yerinde müzik yapmak, büyük bir utançtı.

Buna rağmen çaldım.

Annemin öğrettiği Fransız şansonlarından birkaçını çalarken gelip geçen insanlar arada kaş kaldırdı. Ama zaman geçtikçe kendime güvenim arttı ve İngiliz şarkılarıyla balatlara geçiş yapıp çabucak bir dinleyici kitlesi edindim. Bir-iki kez birer peni fırlatıldı. Sokakta gösteri yapanlardan gördüğüm kadarıyla -bugünkü sokak sanatçılarının hâlâ yaptığı gibi- elimde şapkayla düzenli aralıklarla önlerinden geçmem gerekiyordu ama şapkam olmadığı için iki şarkıda bir sol ayakkabımı çıkarıp hoplaya sıçraya para topladım ve insanlar bunu çaldığım şarkılar kadar eğlenceli buldu. Kayıkçılarla atmacacılardan, ayyaşlardan, fahişelerden, tiyatro izleyicilerinden oluşan tuhaf ve ürkütücü bir kitleye çalıyordum. Yarısı ucuz kiralı evlerinden çıkıp güneye gelmiş, öbür yarısı da –para vermeleri daha muhtemel olan öbür yarı– köprüyü geçmişti. Belki de herkes gözünü dikip bana baktığı için gözlerimi kapadığımda daha iyi çaldığımı fark ettim. İlk günün sonunda kırdığım sepetteki meyvelerin parasını ödeyecek kadar kazanmıştım. Bir hafta sonra sepetin parasını da ödedim.

"Fazla açılmasan iyi edersin, Tom Smith," dedi Rose tebessümünü gizlemeye çalışarak, eve gelirken aldığım tavşanlı sıcak böreği yerken. "Daha kiranı ödeyeceksin."

"Her gün etli börek yesek, olmaz mı?" diye sordu Grace; ağzının her yeri kırıntılarla kaplanmıştı. "Yahni ve boklu yabani havuçtan daha güzel."

"Yabani havuçlar kaka yapmaz, Grace."

"Hem sağlığa da yabani havuçtan daha faydalı," diyerek günün bilimsel gerçeğini açıkladım. "Kraliçeyi ya da herhangi bir soyluyu havuç yerken göremezsin."

Rose gözlerini devirdi. "Ama biz soylu değiliz, sorun orada."

Onlar için yalnızca Suffolk'lu Tom Smith'tim ve öyle kalacaktım. Ayrıca asla kont olamayacağımı da biliyordum. Bir daha asla o güzel evde yaşamayacaktım. Uşaklarım olmayacaktı. Annemle babam ölmüştü. Fransa benim için tehlikeli bir yerdi. Londra'da sokak müzisyenliği yapan biriydim. Başka bir şeymişim gibi kurumlanmak ancak bela getirirdi.

Sonraki salı iki haftalık kiramı tamı tamına ödedim. Ondan sonra evde onlarla eşit, aileden biri gibi oldum. Kısacası, kendimi oraya ait hissediyor ve geleceği, ortaya çıkabilecek sorunları düşünmemek için elimden geleni yapıyordum. Tiyatroya gitmeden önce beni dinleyen büyük bir kalabalığa aşk şarkıları söylerken ya da Rose'un gülerken kızaran yanaklarını izlerken, mutlu olduğumu hayal edebiliyordum.

•

Grace lavta çalmayı öğrenmek istiyordu ve bir gece ona ders vermeye başladım. Eli tellerin üzerinde tavandan sarkan bir örümcek gibi kaldı. Parmaklarını tellerle paralel duracak şekilde yerleştirdim.

En sevdiği iki şarkıyı, "Greensleeves"i ve "The Sweet and Merry Month of May"i öğrenmek istiyordu. "Greensleeves"i öğretmeye biraz çekiniyordum. Geçmişten kalan birçok şarkı gibi, "Greensleeves" de çocuklar için hiç uygun değildi. O günlerde dünyayı pek tanımıyordum ama Leydi Yeşilkol'un, zamanın yollu kadınları için kullanılan aşağılayıcı bir söz olduğunu bilecek kadar kafam çalışıyordu. Elbisesinin kolları yeşildi çünkü çimenlerin üzerinde sık sık seks yaptığı düşünülüyordu. Buna rağmen Grace çok istekliydi ve kızcağızın masumiyetini korumak adına şimdiden gözünü açmak istemediğim için ona şarkının nasıl çalınacağını öğretmekle yetindim. Yürümeyi öğrenmeden koşmayı isteyen zor bir öğrenciydi ama ikimiz de sebat ettik.

Sonbahar başlangıcında bir akşam, Rose odama geldi. Yorgundu. Farklı görünüyordu. Biraz sessiz, biraz dalgın.

"Neyin var?"

"Milyonlarca şey. Boş ver."

Bana söylemek istediği bir şey olduğunu hissettim ama söylemedi.

Yatağa oturup lavta çalmayı ona da öğretmemi istedi. Öğretirsem kiradan beş peni düşecekti. Olur, dedim. Kira yüzünden değil, arada bir onunla yalnız kalma fırsatını kaçırmak istemediğim için.

Başparmağıyla işaretparmağının arasında yanağındaki benlere benzeyen bir ben daha vardı. Kalan kirazlardan yerken elleri biraz leke olmuştu. Elini tuttuğumu hayal ettim. Nasıl da çocuksu bir hayal! Belki de beynim hâlâ yüzümle aynı yaştaydı.

"Bu çok güzel bir lavta. Hiç böylesini görmemiştim. Nasıl da süslemişler öyle," dedi Rose.

"Anneme bunu… Bir arkadaşı hediye etmiş. Şurayı görüyor musun?" diyerek tellerin altındaki, üzeri oymalı ses boşluğunu gösterdim. "Buna gül denir."*

"Orası sadece bir boşluk."

Güldüm. "Lavtanın en mühim yeri."

Ona iki teli çalmayı gösterdim ve parmakları, kalbim gibi gitgide artan bir hızla, ileri geri giderek tellerde gezindi. Koluna dokundum. Gözlerimi kapadığımda, ona olan hislerimin yoğunluğu beni korkuttu.

"Müzik zamanla ilgilidir," dedim. "Zamanı kontrol etmektir."

Lavtayı bıraktığında, bir an düşünceli göründü ve şuna benzer bir şey söyledi: "Bazen zamanı durdurmak istiyorum. Kimi zaman, mutlu bir anımda, kilise çanlarının bir daha hiç çalmamasını istiyorum. Bir daha hiç pazara gitmemeyi istiyorum. Sığırcıkların havada asılı kalmasını istiyorum… Ama hepimiz zamanın merhametine kalmışız. Aslında bütün teller biziz, değil mi?"

Bu son cümleyi söylediğinden kesinlikle eminim: *Bütün teller biziz.*

Rose meyve toplayacak kız değildi. Rose bir filozoftu aslında. Tanıdığım en akıllı ve bilge insandı. (Ki çok geçmeden Shakespeare'le tanışacaktım, oradan anlayın.) Benimle yaşıtıymışım gibi konuştuğu için onu çok seviyordum. Onunla birlikteyken başka hiçbir şeyin önemi kalmıyordu ve sakinleşiyordum. Beni dengeliyordu. Bir tek ona bakmak bile bana huzur veriyordu ve herhalde bu yüzden uzun uzun, gözlerimde aşırı bir yoğunlukla onu izliyordum. Artık kimse kimseye öyle bakmıyor. Rose'u her anlamda istiyordum. İstemek yoksunluktur. Başka bir şey değildir. Annemin boğulmasıyla birlikte bana daha da sonsuzmuş gibi gelen uçsuz bucaksız bir boşluk, bir uçurum oluşmuştu ama Rose'a bakarken kendimi yeniden var olmuş gibi, tutunabileceğim bir şey varmış gibi hissediyordum. Dengede hissediyordum.

---

* Gül: *İng.* Rose. (*ç.n.*)

"Kalmanı istiyorum, Tom."
"Kalmak?"
"Evet. Kalmanı. Burada."
"Ah."
"Gitmek zorunda olmanı istemiyorum. Grace burada olmandan memnun. Ben de öyle. Hem de çok. İkimize de iyi geldin. Eskiden burası bomboş geliyordu ama artık öyle değil."
"Burada olmaktan ben de memnunum."
"Güzel."
"Ama bir gün gitmek zorunda kalabilirim."
"Neden peki?"
Ona hemen oracıkta anlatmak istedim. Farklı, tuhaf, acayip bir şey olduğumu. Öteki insanlar gibi büyüyüp yaşlanmayacağımı. Annemin attan düşmediğini ve büyüyle adam öldürme suçundan yargılandığı bir cadı mahkemesinde öldüğünü. William Manning'i anlatmak istedim. Kendini dünyada en çok sevdiğin insanın ölümünden sorumlu hissetmenin ne kadar güç olduğunu. İnsanın kendisi için bile bir sır olmasının ne kadar büyük bir hayal kırıklığı olduğunu. Vücut sıvılarımın dengesinde bir bozukluk olduğunu. Adımın Estienne, soyadımın Smith değil Hazard olduğunu söylemek istedim. Annemin ölümünden sonra beni en çok avutan şeyin o olduğunu söylemek istedim. İçimden yükselen bütün bu istekleri bastırmak zorunda kaldım.
"Söyleyemem."
"Tam bir kapalı kutusun."
Bir anlık sessizlik.
Kuş şakıması.
"Hiç öpüştün mü, Tom?" İlk gece dudağıma kondurduğu o öpücük geldi aklıma. Rose aklımı okumuş gibi, "Gerçekten öpüştün mü, Tom?" dedi.
Sessiz kalışım utanç verici bir cevap oldu.
"Bir öpücük de," dedi Rose, "müzik gibidir. Zamanı durdurur… Bir gönül ilişkim olmuştu," deyiverdi. "Bir yaz. Meyve bahçesinde çalışan biriyle. Öpüşüp koklaştık ama ona âşık değildim. Birine

âşık olduğunda, tek bir öpücük dünyayı durdurabilir derler. Buna inanıyor musun?"

Rose lavtayı yatağa bırakıp beni öpmeye başlayınca gözlerimi kapadım ve dünya durdu. Geriye hiçbir şey kalmadı. Bir tek Rose vardı. Yıldızlar da, gökyüzü de, okyanuslar da oydu. O an bir tek o minicik zaman parçası ve içine ektiğimiz aşk tohumu vardı. Derken, başladıktan bir süre sonra öpücük bitti ve ben Rose'un saçlarını okşar, uzaktan kilise çanlarının sesi gelirken, dünyadaki her şey uyum içindeydi.

Londra, şimdi

Dokuzuncu sınıfın karşısındayım. Yine. Yorgunum. Sabahın üçünden sonra yatmak öğretmenlere göre değil. Talihsiz geçen, göç konusundaki bir önceki dersten devam edip geç Tudor, özellikle Elizabeth dönemi İngiltere'sinin sosyal tarihine giriş yapıyorum.

"Elizabeth dönemi İngiltere'siyle ilgili neler biliyorsunuz?" diye sorarken bir yandan da, *Belki de bu kez, ne bileyim, mesela Sardunya'yı seçmem gerekirdi,* diye düşünüyorum. *Ya da Mallorca'daki limon bahçelerinin ortasında yaşamayı. Ya da Endonezya'daki bir kumsalda. Maldivler'in turkuvaz rengi sularındaki palmiyelerle dolu bir adada.* "O dönemde kimler yaşamıştı?"

Kızlardan biri el kaldırıyor. "Şimdi mezarda olanlar."

"Teşekkürler, Lauren. Başka?"

"Snapchat kullanmayanlar."

"Doğru, Nina."

"Sir Francis Bilmemkim."

Başımı sallıyorum. "Drake ve Bacon. Seç, beğen, al. Peki, biz bugün İngiltere'nin o dönemini kimin tanımladığını düşünüyoruz?"

Kendilerini yaşlı hissettiklerini söyleyen insanlar asırlar boyu hep sinirime dokunmuştur ama kendini yaşlı hissetmenin gayet mümkün olduğunu şimdi anlıyorum. Tek yapmanız gereken, öğretmen olmak.

Derken gözlerim orada gördüğüme şaşırdığım birine takılıyor.

"Anton? Sen Elizabeth döneminden kimseyi tanıyor musun?"

Anton ürkek gözlerle bana bakıyor. Korkmuş. Suçlu. "Shakespeare," derken adeta özür diler gibi.

"Evet! O dönem Shakespeare'in dönemiydi. Peki, Shakespeare hakkında neler biliyorsun?"

Lauren araya giriyor. "O da mezarda, efendim."

"İyi bir başlangıç oldu, Lauren."

"Yardımım dokunduysa ne mutlu, efendim."

"*Romeo ve Juliet*," diyor Anton alçak sesle, doğru bir şey söylediğini umarak. "Bir de *IV. Henry*, Perde Bir. İngilizce dersinde okuyoruz."

Gözlerini utanç içinde sırasına düşürünceye kadar o gözlerin içine bakıyorum.

"Nasıl biriydi sence? Nasıl bir hayat yaşamıştı?"

Anton cevap vermiyor.

"Anlatmaya çalıştığım şey, Shakespeare'in de bir insan olduğu. Yani gerçekten yaşadığı. Normal bir adamdı. Kanlı canlı bir adam. Yalnızca yazar değil, aynı zamanda bir iş adamı, organizatör ve yapımcıydı. Gerçek yağmurların altında gerçek sokaklarda yürüyüp bira içen, gerçek istiridyeler yiyen biriydi. Küpe takıp tütün içer, nefes alır, uyur, tuvalete giderdi. Elleriyle ayakları olan, ağzı kokan bir adamdı."

"Ama," diyor Lauren saçını parmağına dolayarak, "nefesinin koktuğunu nasıl bilebilirsiniz ki efendim?"

Bir an için gerçeği bilmelerinin ne hoş olacağını düşünüyorum. Ama tabii ki gülümseyerek o zamanlar diş macunu olmadığını söylemekle yetiniyor ve derse devam ediyorum.

Londra, 1599

Yaz boyu Southwark'ta lavta çaldıktan sonra sonbaharda da çalmaya devam ettim. Genelde geç saatlere kadar, şehir kapıları kapandıktan sonra da çalışmaya devam ediyor, eve uzun yoldan dönmek zorunda kalıyordum ve yol bir saatten fazla sürebiliyordu.

Artık havalar serinlemiş ve kalabalıklar azalmaya başlamıştı. Meyhaneleri dolaşıp iş istiyordum ama bana verecek işleri yoktu. Meyhanelerde çalan müzisyenlere sokak sokak dolaşıp müzik yapanlardan çok daha iyi gözle bakılıyordu. İstenmeyen ve nesli tükenmekte olan bir türe ait olduğumu artık anlamıştım. Sorun, bir grup müzisyenin –Pembroke'un Adamları– pazarı tekeline almış olmasıydı.

İş aradığım duyulunca, içlerinden biri –hem iri yarılığı hem de belki karmakarışık saçları fırtınada savrulan yapraklara benzediği için "Ağaç Wolstan" dedikleri sakallı dev bir kemancı– bir gün hava kararırken Kardinal'in Şapkası'nın önünde beni buldu.

Boğazıma yapışıp sırtımı duvara yapıştırdı.

Her gün eve dönerken sohbet ettiğim, saçları alev rengi, cana yakın bir fahişe olan Elsa, "Rahat bırak onu," dedi.

"Kes sesini, orospu." Sonra Wolstan bana döndü. Çürük dişleri rastgele toplanmış bir dizi kahverengi taş gibiydi. Bok kokusunun ondan mı yoksa yandaki tabakhaneden mi geldiği belli değildi. "Sen Bishopsgate içindeki hiçbir meyhanede müzik yapamazsın, delikanlı. Özellikle de Bankside civarında. Yaparsan, hayatta kalamazsın. Burası bize ait. Burada senin gibi kuzu suratlı çocuklara yer yok."

Yüzüne tükürdüm.

Lavtayı elimden kaptı.

"Bırak onu!"

"Önce bunu, sonra da senin parmaklarını kıracağım."

"Geri ver onu, seni pis hırsız—"

Elsa da adamın üstüne atlamıştı. "Hop, Wolstan! Ver onu çocuğa!"

Wolstan lavtayı kaldırıp sırtında tutarak duvara çarpmaya hazırlandı.

O anda gür, derin ve teatral bir ses duyuldu.

"Dur bakalım, Wolstan."

Wolstan dönüp arkasından yaklaşmış olan üç adama baktı.

Elsa birden heyecanlanıp ya da heyecanlanmış gibi yapıp, "Aman Tanrım," diyerek kedi yalaması kadar hafif dokunuşlarla elbisesindeki kırışıklıkları düzeltti. Buralarda herkes oyuncuydu. Sahneye çıksa da çıkmasa da. "Üçüncü Richard'ın ta kendisi."

Üçüncü Richard falan gelmemişti tabii. Gelen, Londra'daki meşhur bir aktör olduğunu benim bile bildiğim Richard Burbage'dı. O günlerde gerçekten heybetli bir görünümü vardı. Bir Errol Flynn, Tyrone Power, Paul Newman ya da Ryan Gosling değildi. Tinder'da profili olsa resmini bir kişi bile beğendiğinde göbek atardı. Saçları ince telli ve fare rengi, yüzü Rembrandt'ınki kadar yamru yumru ve şekilsizdi ama onda başka bir şey, yirminci yüzyılda artık fark edilmeyen ama Elizabeth döneminde yaşayanların kolayca ayırt ettiği bir özellik vardı: *aura*. Ruhundan yansıyan etkileyici ve metafizik bir şey, bir mevcudiyet, güç.

Ağaç, "Muhteşem akşamlar dilerim, Mr. Burbage, efendim," diyerek lavtayı indirdi.

"Görünüşe göre, herkes için aynı şey geçerli değil," dedi Burbage.

Öteki iki adamı fark ettim. Bir tanesi fıçı gibi yuvarlacıktı ve Wolstan'ınkinden daha bakımlı, etkileyici bir sakalı vardı. Yüzünde öyle teatral bir alaycılık vardı ki onun da aktör olduğunu tahmin ettim. Bayağı sarhoş görünüyordu.

"Çocuğun lavtasını geri ver, köpüklü boğa sidiği!"

Öteki adam incecik ve bayağı yakışıklı olmakla birlikte küçük ağızlıydı ve yanlış bir tavsiyeye uyarak uzun saçlarını arkaya taramıştı. İneklerinkileri andıran mahzun gözleri vardı. Öteki ikisi gibi onun üstünde de kapitone, bağcıklı ve düğmeli bir ceket vardı; galiba onun düğmeleri altın rengiydi ama hava karardığı için tam anlaşılmıyordu. Altın halka küpeleri de eksik olmayan, iyi kazanan bir bohem. Burbage'la birlikte onların da Lord Chamberlain'in Adamları'nda oynadıklarını tahmin ettim.

"Yuh olsun... Şuna bak. Şu hale bak. Cehennem boşalmış ve bütün şeytanlar Bankside'a dolmuş," dedi yakışıklı olan, durumu kabullenmiş ama tahammül edemiyormuş gibi bir tavırla.

Elsa adamı tanıdı. "Shakespeare bu."

Shakespeare -cidden oydu- belli belirsiz gülümsedi.

Elsa, Shakespeare'in yanındaki fıçı gibi adama döndü. "Senin kim olduğunu da biliyorum. Öteki Will'sin. Will Kemp."

Kemp başını sallayıp gururlanarak pat pat karnına vurdu. "Ta kendisi."

"Lavtamı ver," dedim Wolstan'a bir kez daha; bu kez tongaya bastığını biliyordu. Lavtayı verip hemen sıvıştı.

Elsa alay eder gibi el sallayarak serçe parmağını oynattı. "Frengi olasıca, solucan çüklü!"

Üç aktör güldü. "Haydi, Kraliçe'nin Tavernası'na gidip biraz birer tek atalım," dedi Kemp.

Shakespeare başını ağrıtmış gibi kaş çatarak arkadaşına baktı. "Seni muşmula suratlı ayyaş."

Elsa orasını burasını mıncıklamayı ihmal etmeyen Richard Burbage'ın kulağına bir şeyler fısıldıyordu.

Shakespeare yanıma geldi. "Wolstan tam bir hayvan."

"Evet, Mr. Shakespeare."

Üzerinde bira, tütün ve karanfil kokusu vardı. "Ağaç'ı hayvanlık ederken görmek çok fena... E, delikanlı, iyi çalar mısın?"

Hâlâ biraz sarsılmış durumdaydım. "Efendim?"

"Lavtayı."

"Sanırım, efendim."

Bana doğru eğildi. "Yaşın kaç?"

"On altı, efendim," diyerek Rose'un olduğumu zannettiği yaşı söyledim.

"İki yaş küçük görünüyorsun. En az. Ama iki yaş da büyük gösteriyorsun. Yüzün tam bir muamma."

"On altı yaşındayım, efendim."

"Neyse, neyse..." Hafifçe yalpalayarak elini destek almak ister gibi göğsüme koydu. Onun da ötekiler kadar sarhoş olduğunu anladım. Ama çabucak doğruldu.

"Bizler, Lord Chamberlain'in Adamları'nın hissedarları olarak müzisyenler arıyoruz. *Size Nasıl Geliyorsa* adlı, yeni bir oyun yazdım ve oyun için müzisyenler lazım. Çok fazla şarkı var. *Lavta* da çalınacak. Aslında bir lavtacımız vardı ama çiçekten gitti."

Shakespeare'e bakakalmıştım. Yakınlarda yanan bir meşaleyi yansıtan gözlerinde altın rengi iki tane ateş vardı.

Acelesi olduğu için Burbage'ı çekiştirip Elsa'nın elinden kurtarmaya çalışan Kemp kaba bir tavırla şöyle dedi: "Yarın sabah on birde, Globe'a gel."

Shakespeare onu duymazdan geldi. "Bir şey çalsana," diyerek lavtaya işaret etti.

"Şimdi mi?"

"Demir tavında dövülür."

Elsa bilmediğim açık saçık bir şarkı söylemeye başladı.

"Zavallıcık hâlâ kendine gelemedi," dedi Kemp anlayışlı davranır gibi. "Gidelim."

"Ne çalacağımı bilemiyorum."

"İçinden ne geliyorsa. Biz yokmuşuz gibi davran. Başkalarının ne düşündüğüne boş ver."

Elsa'yı susturdu.

Sekiz göz bana bakıyordu.

Böylece gözlerimi kapayıp son zamanlarda çalmaya başladığım bir şarkıyı çaldım ve çalarken de Rose'u hayal ettim.

Gün boyu bana ışıltısını veren güneş
Kaş çatışlarıyla hasret çektirir
Ve zamanı geciktirir;
Gülüşü, neşemi artıran ilkbahar,
Kaş çatışı kara kışlar...

•

Şarkıyı bitirdiğimde sessizce beni izleyen dört kişinin yüzüne baktım.

"Bira!" diye haykırdı Kemp. "Tanrım, bana bira ver!"

"Çocuk iyi," dedi Burbage, "şarkıyı boş verirsen."

"Bir de şarkıcılığı," dedi Elsa.

"İyi çalıyorsun," dedi Shakespeare. "Yarın Globe Tiyatrosu'na gel. Saat on birde. Haftada on iki şilin."

"Teşekkür ederim, Mr. Shakespeare."

"Haftada on iki şilin mi?"

Rose inanamıyordu. Sabah olmuştu. İşten önce su almaya çıkmıştık. Rose durup kovayı yere bırakmak zorunda kaldı. Ben de kendiminkini bıraktım. Suyu –içmek için değil, temizlik için– yolun sonundaki, Saman Ahırı'nın ve meyve bahçelerinin yaklaşık bir buçuk metre kuzeyindeki kuyudan aldığımız için dinlenmemiz gerekti. Gökyüzünde meşum bir pembe parıltı vardı.

"Evet. Haftada on iki şilin."

"Mr. Shakespeare'in yanında çalışacaksın, ha?"

"Lord Chamberlain'in Adamları'nda. Evet."

"Tom, bu harika bir şey."

Rose bana sarıldı. Bir abla gibi. Bir abladan daha fazlası gibi.

Sonra kovasını yerden alırken, yüzüne bir hüzün bulutu iniverdi.

"Ne var?"

"Öyleyse artık seni pek görmeyiz."

"Yine her akşam yürüyerek eve döneceğim. Surları dolaşarak ya da kapılardan geçerek."

"Kastettiğim o değildi."

"Neyi kastetmiştin?"

"Sıkıcı bir meyve satıcısına zaman ayıramayacağın kadar renkli bir hayatın olacak."

"Sen sıkıcı değilsin ki Rose."

"Tek bir çimen ancak çiçeği görünceye kadar sıkıcı gelmez."

"Gelir. Tek bir çimen her zaman sıkıcıdır. Sen çimen değilsin."

"Sen de kalıcı değilsin, Tom. Fransa'dan kaçmışsın. Suffolk'tan kaçmışsın. Buradan da kaçacaksın. Bir yerde kalamıyorsun. Öpüştüğümüzden beri gözlerin bile benden korkup kaçıyor."

"Rose, bir gün kaçacak olursam nedeni sen olmayacaksın."

"Peki, neden kaçmış olacaksın, Tom? Nedeni ne olacak?"

Buna cevap veremezdim.

Su ağırdı ama eve varmış sayılırdık. Artık ahırlara gelmiştik ve balkondan daha önce de gördükleri bir oyunu izleyen beyefendiler gibi bize bakan bir dizi at gördük. Rose sessizleşti. Annemin ölümüyle ilgili yalanım yüzünden kendimi suçlu hissediyordum. Ona gerçeği söylemem lazımdı. Bir gün mutlaka söylemem gerekecekti.

Eve bayağı yaklaşmışken, sokakta iki kadın gördük. Bir tanesi İhtiyar Mrs. Adams'tı. Öteki kadına bağırıyordu. "Ayaklı bok çuvalı," diye.

Öteki kadın Rose'un Whitechapel Pazarı'ndan tanıdığı biriydi. Mary Peters.

Hüzünlü bir hali olan sessiz bir kadıncağızdı. Kırk yaş civarındaydı. O günlerde herkesin ulaşabildiği bir yaş değildi bu. Sürekli dul siyahları giyerdi.

İhtiyar Mrs. Adams ona doğru eğilmiş yakası açılmadık sözleri sıralarken, Mary dönüp gözlerinde öyle sessiz bir öfkeyle ona baktı ki ansızın avından korkan bir kedi gibi geri çekilmek zorunda kaldı.

Sonra da Mary, Well Sokağı'ndan yürümeye devam ederek bize doğru geldi.

İhtiyar Mrs. Adams'la karşılaşmaktan rahatsız olmuş görünmüyordu hiç. Mary'yi görünce, Rose'un biraz gerildiğini fark ettim.

"Günaydın, Mary."

Mary şöyle bir gülümsedi. Bana baktı. "Senin Tom bu mu?"

Hem utandım hem de çok mutlu oldum. Rose'un benden söz ettiğini öğrendiğim için. Kendimi ona aitmişim gibi hissettim. Kendimi daha somut, gerçek, kapladığı boşluğu kaplamayı hak eden biri gibi hissettim.

"Evet. Evet, o." Rose biraz kızardı. Sabah bulutları gibi hafifçe pembeleşti.

Mary başını salladı. Durumu anladı. "Bugün burada değil. Grace'le seni memnun edecek bir haber."

"Sahiden mi?" Rose rahatlamış görünüyordu.

"Ateşi varmış. Umarım çiçektendir, ha?"

Kafam karışmıştı. "Kimden bahsediyoruz böyle?"

Mary söylememesi gereken bir şeyi söylemiş gibi hafifçe irkildi.

"Mr. Willow'dan işte," dedi Rose. "Pazardaki bekçi."

Mary uzaklaşmaya başlamıştı. "Seninle orada görüşürüz."

"Görüşürüz."

Yola devam ederken, Rose'a Mr. Willow'u sordum.

"Ah, yok bir şey. Biraz sert biridir, o kadar."

Başka da bir şey söylemedi. Sonra bir baktım, Mary'den söz ediyor. Kadının oraya birkaç yıl önce geldiğini ve sır küpü gibi olduğunu söyledi. Geçmişinden asla söz etmediği için onu fazla tanıyan yoktu.

"İyi kadın. Ama çok gizemli. Aynı senin gibi. Fakat ben seni çözeceğim. Bana bilmediğim bir şey söylesene. Ne olursa olsun. Önemsiz bir şey."

Londra'daki bütün altınlar benim olsa da, eğer seninle birlikte olacaksam Well Sokağı'ndaki o küçük evde yaşamayı tercih ederim, diyemedim.

"Daha dün Nonsuch House'un* hemen altında bir kayıkçının Thames'e düştüğünü, herkesin onu izlediğini gördüm ve tek düşündüğüm, senin de orada olup bunu görmeni ne kadar çok istediğimdi."

"Benim eğlence anlayışım seninki kadar acımasızca değil."

"Adamın öldüğünü zannetmiyorum."

Rose şüpheci ve alaycı bir bakış attı. Aldırmadan devam ettim.

"Grace'e göz kulak olman hoşuma gidiyor. Böyle kontrollü olman. Onca kaybın üstüne yeni ve iyi bir hayat, güzel bir yuva

* Londra'daki, dünyanın ilk prefabrik binası. (*ç.n.*)

kurmuş olman. Bunca kötülüğün içinde bile iyiliği görebiliyorsun. Bir su birikintisinin içinde parıldayan ışık gibisin."

Rose, "Su birikintisi mi?" diyerek güldü. "Kusura bakma. Sen devam et... İltifatlara açım. Doyur beni."

"Düşünce tarzını beğeniyorum. Hayatın doğasından habersiz, öylece yaşayıp giden biri değilsin."

"Ben tiyatrolara giden soluk yüzlü bir hanımefendi değilim. Meyveci kızım. Basit biriyim."

"Gördüğüm en basit olmayan şey sensin."

Elleri üzerimdeydi. "Giysilerim hayaller kuran birer paçavra."

"O zaman onlardan kurtulmalısın."

"Hayallerden mi?"

"Hayır."

Artık ona iyice yaklaşmıştım. Gözlerinin içine bakıyordum. Kaçış yoktu. Aradığım şeyin o olduğunu hiç bilmiyordum ama şimdi, bulmuştum ve neler olacağına dair hiçbir fikrim yoktu. Değişken bir rüzgârla savrulup duran bir akçaağaç tohumu gibi hızla döne döne kontrolden çıktığımı hissediyordum.

"Git," dedi Rose. "Tadı damağımızda kalsın. Geç kalacaksın."

Öpüştük ve gözlerimi kapadığımda içime lavanta kokusuyla birlikte onun kokusunu da çekerken öyle bir dehşet, öyle bir aşk hissettim ki aslında bunların –dehşetin ve aşkın– aynı şeyler olduğunu fark ettim.

Londra, şimdi

Zil çalarken, o baş döndürücü aşk ve dehşet karışımı hissin nasıl bir şey olduğunu hatırlıyorum. Rose'un saçlarındaki o meyve bahçesi kokularını hatırlıyorum ve onu hâlâ o kadar çok özlüyorum ki içim yanıyor.

Düzgün dur.

Gözlerimi açıp sınıftan sıvışmak üzere olan Anton'u görüyorum.

"Anton," diyorum, "bir dakika."

Korkmuş gibi görünüyor. Ders boyunca öyle göründü zaten. Kulaklığını kulaklarına sokmakla meşgul.

"Müziği seviyor musun?"

Bu soru onu şaşırtmış gibi görünüyor. Başka bir soru bekliyordu. Gözleri hariç her şeyi gayet sakin olduğunu ima ediyor. "Hı hı. Evet, efendim."

"Bir şey çalıyor musun?"

Başını sallıyor. "Evet, biraz piyano. Küçükken annem öğretmişti."

"Dikkatli olman gerek. Mahvına sebep olabilir. İnsanın beyin kimyası altüst oluyor. Onca duygu yüzünden."

Soran gözlerle bana bakıyor.

Konuyu değiştiriyorum. "Annenin arkadaşlarından haberi var mı?"

Süklüm püklüm omzunu silkiyor.

"Pek sana uygun tipler oldukları söylenemez çünkü."

Surat asamayacağını biliyor ama asmasına ramak kalıyor. Hafif dudaklarını sarkıtıyor. "Si benim arkadaşım değil. Yalnızca tanıdığım birinin ağabeyi."

"Biri derken? Okuldan biri mi? Buradan biri mi?"

Başını iki yana sallıyor. "Artık değil."

"Artık değil derken?"

"Atıldı."

Başımı sallıyorum. Anlaşılır bir şey.

Bir sessizlik oluyor. Yüzü kasılarak bir şeye hazırlanıyor. "Dün gece söylediğiniz şey doğru muydu? Birini öldürdüğünüz?"

"Ha, evet. Evet, öldürdüm. Çölde. Arizona'da. Uzun zaman önceydi. Hiç tavsiye etmem."

Anton gülerken şaka yapıp yapmadığımdan pek emin değil. (Yapmıyordum.) "Hiç yakalandınız mı?"

"Hayır, kastettiğin anlamda değil. Yakalanmadım. Ama yaşlandıkça, hiçbir şeyin yanına kâr kalmadığını fark ediyorsun, Anton. İnsan zihninin kendi... Zindanları var. Hayatta her şeyi kendin seçemiyorsun."

"Evet. Onu zaten anlamış bulunuyorum, efendim."

"Nerede doğacağını, kimin seni terk edip edemeyeceğini seçemiyorsun; aslında pek fazla seçeneğin yok. Hayatın da aynı tarih gibi değiştirilemeyen gelgitleri var. Ama yine de bazı seçimler yapabilirsin. Kararlar alabilirsin."

"Öyledir herhalde."

"Öyle. Bin dokuz yüz on dokuzdaki Versailles Antlaşması nasıl Hitler'in bin dokuz yüz otuz üçte başa geçmesinin önünü açtıysa senin vereceğin yanlış kararlar da gelecekte yakanı bırakmaz. Yani şu anda yaşadığımız her anın bedelini gelecekte öderiz. Tek bir yanlış dönemeçte kendini kaybolmuş bulabilirsin. Şu anda yaptığın hiçbir şey buhar olup uçmaz. Gelip seni bulur. Hiçbir şey yanına kâr kalmaz."

"Öyle gibi."

"Bugünlerde ahlaki pusula diye bir şeyden söz edip duruyorlar ve bence bu doğru bir tabir. Kendimiz için neyin doğru, neyin yanlış olduğunu, kuzeyimizi ve güneyimizi her zaman için biliriz. Kendine güvenmek zorundasın, Anton. Birileri sana yanlış yol tarif edebilir, seni yanlış dönemeçten döndürebilir. Onlara güvenmemelisin. Bana bile güvenmemelisin. Araba reklamlarında ne diyorlar? Navigasyon sistemleriyle ilgili? *Fiyata dâhildir*. Doğru ve yanlışa dair bilmen gereken her şey sende var. Fiyata dâhil. Müzik gibi. Dinlemen yeter."

Anton başını sallıyor. Söylediğim tek bir söz aklında kaldı mı yoksa yalnızca sıkıldığı ya da korktuğu için bir an önce sınıftan çıkmak mı istiyor, hiçbir fikrim yok.

"Peki, efendim. Güzel konuştunuz."

"Peki."

Bir mayıs sineğine bunları söylemem çok tuhaf. Umurumdaymış gibi. Hendrich başından beri sıradan bir ölümlüyü umursamaktan daha tehlikeli bir şey olmadığını çünkü bunun "önceliklerimizden ödün vermek" olduğunu söyler. Ama belki Hendrich'in öncelikleriyle benimkiler artık aynı değildir, belki ödün vermem gerekiyordur. Belki kendimi yeniden, biraz da olsa insan gibi hissetmem gerekiyordur. Bayağı bir zaman oldu. Dört yüz yıl.

Konuyu dağıtmaya karar veriyorum. "Okulu seviyor musun, Anton?"

Omuz silkiyor. "Bazen. Bazen de... Gereksiz geliyor."

"Gereksiz?"

"Evet. Trigonometri, Shakespeare falan."

"Ah, evet. Shakespeare. *IV. Henry*."

"*Perde Bir*."

"Evet, söylemiştin. Pek sevmedin demek."

Omuz silkiyor. "İzlemeye gitmiştik. Okulla. Çok sıkıcıydı."

"Tiyatroyu sevmez misin?"

"Yok. Tam da yaşlı züppelere göre bir şey, değil mi?"

"Her zaman öyle değildi. Eskiden herkese göreydi. Londra'daki en çılgın yerdi. Orada herkesi görebilirdin. Balkonlarda gösteriş yapmak için giyinip kuşanmış sosyetik ihtiyarlar da vardı, evet ama her çeşit insan gelirdi. Bir peniye girebilirdin ki o günlerde bile fazla bir para değildi bu. Bir ekmek fiyatıydı, o kadar. Kavgalar da çıkardı, bazen bıçak çekilirdi. İnsanlar gördükleri şeyi beğenmezse oyunculara bir şeyler atarlardı. İstiridye kabuğu. Elma. Ellerine ne geçerse. Shakespeare de sahneye çıkardı. William Shakespeare.

Afişlerdeki şu cansız adam. O da gelirdi. Sahneye çıkardı. Çok da uzun zaman geçmedi aslında. Tarih hep yanıbaşımızdadır, Anton. Ensemizde solur."

Anton hafifçe gülümsüyor. Öğretmen olmanın güzelliği burada işte. Hiç ummadığın bir yerde, bir umut parıltısı. "Sanki oradaymış gibi konuşuyorsunuz."

"Oradaydım," diyorum.

"Nasıl yani, efendim?"

Bu kez ben gülümsüyorum. Kendinle ilgili gerçeği açıklamaya bu kadar yakın olmak, özgür bırakacağın bir kuşu ellerinde tutmak gibi, baştan çıkartıcı bir şey.

"Shakespeare'i tanırdım."

O zaman şaka yaptığımı *biliyormuş* gibi gülüyor.

"Tabii, doğrudur, Mr. Hazard."

"Yarın görüşürüz." Yarın. Bu sözcükten hep nefret etmişimdir. Buna rağmen kulaklarımı çok fazla tırmalamıyor. "Yarın. Tamam."

Londra, 1599

Sahnenin üzerindeki balkonda, Christopher adlı, küçük klavseni çalan, yaşlı, kibirli, iskelet gibi bir adamın yanında oturuyordum. "Yaşlı" diyorum. Aslında en fazla elli yaşındaydı ama Lord Chamberlain'in Adamları'nda çalışan en yaşlı adam oydu. Bize doğru bakmaya tenezzül etseler izleyicilerin çoğu müzisyenleri görebilirdi ama gölgeler içinde olduğumuz için orada kendimi yeterince gizlenmiş ve güvende hissediyordum. Christopher oyunlardan önce de, sonra da benimle pek konuşmazdı.

Tek bir konuşmamızı hatırlıyorum.

"Sen Londralı değilsin, değil mi?" diye sormuştu üstten bakan bir tavırla.

Üstten bakması tuhaftı aslında. Londra nüfusunun çoğunu, bugün olduğu gibi o zaman da, dışarıdan gelenler oluştururdu. Londra'nın en büyük özelliği buydu. Ayrıca ölüm oranının doğumlardan çok daha fazla olduğu düşünülürse, Londra'nın ayakta kalabilmesinin, büyümesinin başka bir yolu yoktu.

"Hayır," dedim. "Fransız'ım. Annem kaçıp buraya sığınmış. Kralın adamlarından."

"Katoliklerden mi?"

"Evet."

"Annene ne oldu peki?"

"Vefat etti."

Gözlerinde en ufak bir duygu yoktu. Ya da merak. Yalnızca uzun uzun bakarak beni inceledi. "Fransız gibi çalıyorsun. Yabancı bir tarzın var."

Ellerime baktım. "Öyle mi?"

"Evet. Telleri çekeceğine vuruyorsun. Tuhaf bir ses çıkıyor."

"Mr. Shakespeare tuhaf sesleri seviyor demek."

"Yaşına göre iyi çalıyorsun bence. Az rastlanır bir şey. Ama sonsuza kadar genç kalamazsın. Kimse kalamaz. Doğudaki şu çocuk hariç."

O andı işte.

Londra kadar büyük bir yerde bile sürekli tetikte olmam gerektiğini anladığım an.

"Annesini öldürmüşler. Kadın cadıymış."

Kalbim kontrolsüzce atmaya başladı. Sakinmiş gibi görünebilmek için enerjimi son damlasına kadar harcadım.

"Boğulmuşsa masum demektir."

Christopher şüpheyle bana baktı. "Ben *boğulmuş* demedim ki."

"Cadı mahkemesi yapılmışsa suya sarkıtmışlardır diye düşündüm."

Her şeyi anlamış gibi gözlerini kıstı. "Bu konu seni çok heyecanlandırdı. Bak, Fransız parmakların nasıl da titriyor. Açıkçası, detaylarını bilmiyorum. Bana da Hal anlattı."

Önümüzdeki bankta oturan mülayim flütçü Hal'un sohbete dâhil edilmek istemediği belliydi. İkisi uzun zamandır tanışıyordu ve başka yapımlarda da birlikte çalışmışlardı.

"Kadının oğlu büyümüyormuş," dedi soluk yüzlü, fare suratlı, küçük ağızlı Hal. "Büyü yapıp oğlunu ölümsüzleştirmek için bir adamı öldürmüş."

Ne diyeceğimi bilemedim.

Christopher beni incelemeye devam etti. Derken arkadan gelen ayak seslerini duyduk.

"Sohbetinize katılabilir miyim?"

Gelen Shakespeare'di. Öylece durup bir istiridye açtı ve tafta kostümüne dökmemeye özen göstererek yuttu. Lezzetin tadını çıkarırken gözlerini Christopher'dan ayırmadı.

"Evet," dedi Christopher, "elbette."

"Küçük Tom'un kendini evinde hissetmesini sağlıyorsunuzdur umarım."

"Ah, tabii, *küçük* Tom gayet iyi."

Shakespeare istiridye kabuğunu yere bıraktı. Şöyle bir gülümsedi. "Güzel."

Parmağıyla beni gösterdi. "Seni bir öndeki banka almamız lazım. Lavtayı duymak için."

Christopher'ın köpürdüğünü görebiliyordum. Muhteşem bir andı. Hal yan yan kayarken kalkıp yeni yerime gittim. Oturdum. Bir istiridye kabuğunun iç tarafı, tozlu zeminden beni izleyen bir göz gibi parıldadı.

"Teşekkür ederim, efendim," dedim patronuma.

Shakespeare kayıtsızca başını iki yana salladı. "Seninle bir alakası yok. Şimdi, herkes elinden gelenin en iyisini yapsın. Sör Walter seyirciler arasında."

Öndeki sırada oturmanın güzel tarafı manzaramın iyi olmasıydı. Seyirci de başlı başına bir gösteriydi. Güneşli öğleden sonralarında binlerce kişi tek bir yere doluşurdu. Bugünlerde ortalama bir tiyatroya, hatta Globe'a bile sığdırabileceğinizden çok daha büyük bir sayı. Bir peniye girip ortada ayakta duranlarla iki peniye girip biraz gerideki sıralarda oturanlar arasında sık sık itişip kakışmalar ve kavgalar yaşanırdı. Banka *ve* mindere verecek üç peniniz varsa kendinizi bir şekilde bu gibi şeylerin *üzerinde* görürdünüz. Ama yukarı, balkonlardaki üst sınıflara bakıldığında kötü davranışların tekrar geri geldiğini fark etmiştim.

Başka bir deyişle, her çeşit insan vardı. Hırsızlar. Bela arayanlar. Fahişeler. Refah göstergesi olan şeker kökenli çürüme etkisini yaratmak için dişlerini yapay olarak karartan soluk yüzlü hanımefendiler (bronzlaştırıcı spreyler ve diş beyazlatma işlemlerinin olduğu modern çağda aklımdan hiç çıkmayan bir gerçektir bu).

Kalabalığı canlandıracak bir sürü şarkı vardı. Özellikle kadın kahraman Rosalind'in babası Dük Senior'la birlikte Fransız ormanına sürgüne gitmeye gönüllü olan sadık adamlardan birini, vefalı Lord Amiens'ı oynayan, adını unuttuğum şen şakrak ve sarışın bir aktörün söylediği "Under the Greenwood Tree"yi çok severdim.

Yemyeşil yapraklı ağacın gölgesinde
Varsa benimle uzanacak kimse;
Sesini kuşların sesine uyduracak,
Kuşlara eşlik edip kuşlar gibi şakıyacak;
Haydi gelsin, haydi gelsin, haydi gelsin.
Düşman falan bulamaz kimse burada
Kara kışla fırtınayı saymazsa.

Fransa'daki Ardennes Ormanı zihnimde, çocukken arada bir annemle gittiğimiz la Forét de Pons'la özdeşleşmişti. Büyük bir akçaağacın altına otururduk ve ben düşen tohumları izlerken, annem bana şarkılar söylerdi. Bankside'ın leş gibi kokusuyla sefaletinden, ortada ayakta duranlardan gelen bira, kabuklu deniz ürünleri ve sidik karışımı kokudan çok uzak bir dünyaydı. Ama bu oyun içimdeki birçok başka duyguyu da uyandırırdı. Sürgüne giden, kimlik değiştiren, âşık olan insanların olduğu bir oyundu.

Komediydi ama ben rahatsız edici bulurdum.

Sorun Jacques karakterindeydi sanırım. Jacques hiçbir şey yapmaz. Oyunu seksen dört kez izlemiş olmama rağmen onun ne yaptığını hatırlamıyorum. Bütün o genç ve neşeli iyimserlerin arasında dolaşıp durur, etrafa şüphecilik ve kasvet yayar. Karakteri Shakespeare kendisi oynuyordu ve ne zaman ağzını açsa o sözler beni kendi geleceğime karşı uyarıyormuş gibi iliklerime kadar işlerdi:

Tümüyle bir sahnedir yaşam;
Erkeklerle kadınlarsa, hepsi birer oyuncu,
Biri çıkar, öteki girer ve her biri,
Kendine düşen sürede pek çok rol oynar...[*]

---

[*] W. Shakespeare, *Size Nasıl Geliyorsa*, çev. Bülent Bozkurt, Remzi Kitabevi, İstanbul, 1996, II.7.3-6.

Shakespeare tuhaf bir aktördü. Çok sessizdi; sesinin gücünü kastetmiyorum; tavırlarında ve mevcudiyetinde bir sessizlik vardı. Burbage'ın ya da Kemp'in tam zıddıydı. Özellikle ayık olduğu zamanlarda, Shakespeare'de hiç de Shakespearevari olmayan bir şeyler vardı. Hem sahnede hem de sahne dışında, dünyayı yansıtmaktan çok, içine çekermiş gibi bir dinginlik.

Bir perşembe eve geldiğimde, Rose'u hüngür hüngür ağlayan Grace'e sarılmış halde buldum. Meğer Mr. Willow pazardaki yerlerini onu cinsel açıdan memnun eden bir kadına vermiş. Adam Rose'a da yaklaşmaya çalışmış. Hem ondan hem de Grace'den bir ton laf işitmiş.

"Sorun değil. Hâlâ orada çalışabiliriz. Yalnızca eski yerimizden olduk."

Öfkeden deliye döndüm. Kızgınlık gözümü kör etti. Ertesi gün Southwark'a gitmeden önce pazara uğrayıp Mr. Willow'u buldum ve gençliğin verdiği budalalıkla adama bir tane geçirip baharat tezgâhının üstüne ittim. Yeni Dünya rahiyalarından turuncu bir bulut içinde yere serildi.

Grace'le Rose'un pazara girmesi temelli yasaklandı. Adamın şikâyetçi olmamasının tek nedeni, cinsel memnuyetinin kaynağını bilmemizdi.

Rose fevriliğim yüzünden lanetler yağdırarak beni kendi fevriliğinin hedefi yaptı.

İlk tartışmamızdı. Sözlerden çok o hiddeti hatırlıyorum. Rose'un Mr. Sharpe'a ne diyeceğini düşünerek kaygılanışını.

"Meyveleri *toplamak* yetmez, Tom. Bir de *satmamız* lazım. Nerede satacağız şimdi?"

"Durumu düzelteceğim. Ben bozdum. Ben düzelteceğim, Rose. Söz veriyorum."

Böylece Shakespeare'e gittim ve Rose'la Grace'in tiyatroda meyve satıp satamayacağını sordum. Onu bir oyundan sonra Kraliçe'nin Tavernası'nın önündeki çimenlik alanda, kalabalığın içinde yürürken gördüm. Meyhaneye doğru giderken onu tanıyan bir adamı duymazdan gelip kapıdan girerek gözden kayboldu.

Ben de peşinden girdim. Tavernaya daha önce de gitmiştim. Genç olmam orada sorun değildi. Shakespeare'i, bardağı elinde, sessiz bir köşede otururken buldum.

Yanına gitsem mi -ya da nasıl gitsem- diye düşünürken elini kaldırıp beni kendi çağırdı.

"Küçük Tom! Geç, otur." Gidip küçük meşe masanın karşı tarafındaki banka oturdum. Masanın ilerisinde oturan iki adam bütün dikkatlerini dama oynamaya vermişti.

"Merhaba, Mr. Shakespeare."

Shakespeare yakınlarda boşları toplayan garson kadına seslendi.

"Arkadaşıma da bir *ale*."

Kadın başını sallarken, Shakespeare'in aklına geldi: "Ama sen Fransız'sın, değil mi? Herhalde bira seversin."

"Hayır, efendim. *Ale* tercih ederim."

"Bilgeliğin yüreğimi ferahlattı, Tom. Londra'nın en güzel ve en tatlı *ale*'i buradadır."

Kendi içkisini yudumlayarak gözlerini kapadı. "*Ale* güzel yaşlanmaz," dedi. "Bu şey bundan bir hafta sonra şövalye pantolonu gibi kokacak. Biraysa sonsuza kadar yaşar. Onca şerbetçi otunun ona ölümsüzlük verdiği söylenir. *Ale* hayata dair daha iyi bir derstir. Fazla uzun beklersen günaydın demeden veda etmen gerekir. Babam bir zamanlar *ale* tadımcısıydı. Bu konuda eğitimliyim."

Ale geldi. Cidden tatlıydı. Shakespeare piposunu doldurup yaktı. Çok para kazanan bütün tiyatrocular gibi onun da tütüne düşkünlüğü vardı. ("Hint baharatı kırgınlığıma çok iyi geliyor.") Ayrıca yazarken de iyi geldiğini söyledi.

"Yeni bir oyun mu yazıyorsunuz?" diyerek merakımı dile getirdim. "Yazmanıza engel olmuyorum ya?"

Başını salladı. "Evet ve hayır, olmuyorsun."

"Ah," dedim. (Will Shakespeare'den başka hiç kimse sizi böyle dut yemiş bülbüle döndüremezdi.) "Güzel. Ve güzel."

"Adı *Jül Sezar* olacak."

"*Jül Sezar*'ın hayatıyla mı ilgili yani?"

"Hayır."

"Hım."

Uzun piposundan bir nefes çekti. "Yazmaktan nefret ediyorum," dedi spiral çizen dumanların ardından. "Doğruya doğru."

"Ama bu işte çok iyisiniz."

"E? Yeteneğimle bir maşrapa *ale* bile alınmıyor. Hiçbir anlamı yok. Sıfır. Yazarlıkta iyi olmakla saçını başını yolmakta iyi olmak aynı şey. Sana acı veren bir yetenek ne işe yarar? Kokusu gökleri saran ve tilki boku kokan bir armağan. Yazar olacağına Kardinal'in Şapkası'nda orospuluk yapmak daha iyi. Kalemim benim lanetimdir."

Onu kötü bir gününde yakaladığımı hissettim.

"Yazıyorum çünkü yazınca bir oyun sahneleyebiliyor, ortaklarımla birlikte biraz para kazanabiliyorum. Para kötü bir şey değil. Para adamın çıldırmasını engeller." Bir süre hüzünlü hüzünlü öylece bana baktı. "Daha çocukken, en fazla senin yaşlarındayken, babamın sefalet çektiğini gördüm. İyi adamdı. Okuma yazması yoktu ama on parmağında on marifet vardı. *Ale* tadımcılığı, eldivencilik, yün ticareti yapardı. Daha neler, neler. İyi kazanırdı. Soframız bereketliydi. Her akşam bir kuş yerdik. Bütün parasını kaybetti. Tek şilinini geri alamadan borç verip dururdu. Bakacak bir karısı, yedi çocuğu da varken, ona tuhaf bir haller oldu. Zangır zangır titrer, bir farenin gölgesinden korkardı. İşte bu yüzden yazıyorum. Çılgınlıktan sonsuza dek kaçabilmek için." İçini çekerek, adamlardan biri tam taşını bırakırken, şöyle bir dama tahtasına baktı. "Şimdi, sen anlat. Senden ne haber? Senin baban da mı deliydi?"

"Bilmiyorum, efendim. Ben küçükken öldü. Savaşta. Fransa'da."

"Katolikler mi?"

"Katolikler."

"Sen de İngiltere'ye geldin?"

Kendimden söz etmeyi tabii ki hiç istemiyordum ama görünüşe göre Shakespeare'in yapmak istediği buydu ve ondan bir iyilik istemek üzereyken elimden başka bir şey gelmezdi.

"Evet, buraya geldik. Annemle ben. Suffolk'a."

"Kır havası sana yaramadı mı peki, Tom?"

"Sorun kır havası değildi."

"İnsanlar mı?"

"Bir sürü şey."

İçkisini yudumladı, piposunu içti, beni inceledi. "Genç bir yüzün ve bilge sözlerin var. İnsanlar bundan nefret eder. Onları aptal durumuna düşürebileceğini bilirler."

Bir an için beni denediğini hissederek kaygılandım. Christopher ve Hal'la yaptığımız konuşmayı hatırladım.

"Kraliçe'nin Adamları'nı bilir misin?" diye sordu.

"Tiyatro kumpanyası mı?"

"Onlar. Evet. Neyse, onlara katılan bir adam vardı. Daha önce başka kumpanyalarda da çalışmış ve insanlar zamanın ona merhametsizce davranmadığını fark edip şüphelenmeye başladıklarında, hemen başka kumpanyaya geçmiş. Böyle yapmış olsa gerek. Fakat Kraliçe'nin Adamları'na girdiği sırada fısıltılar serçeler gibi havada uçuşuyormuş. Oyunculardan biri on yıl öncesinde kuzeyde olduğu günlerden onu tanımış ve kavga kopmuş. İzleyenlerden hiçbirinin daha fecisini görmediği bir kavga. Oxfordshire'da, Thame kasabasında. Kavganın sonuna doğru kumpanyadan iki adam daha tavşana saldıran köpekler gibi üzerine çullanmış." Shakespeare piposunu dikkatle masaya bırakınca, duman ince bir çizgi halinde kıvrılarak doğruca tavana yükseldi.

"Siz de orada mıydınız?" diye sordum.

Başını iki yana salladı. "Onunla hiç tanışmadım. Buna rağmen ona teşekkür borçluyum."

"Ne için?"

Yüzünde hayat yorgunu bir tebessüm belirdi. "Öldüğü için. O ölünce, Kraliçe'nin Adamları önemli oyuncularından birini yitirmiş oldu. Stratford'a geldiklerinde zor durumda olduklarını görüp fırsatın üstüne atladım. Onlara katılmayı teklif ettim. Birlikte içtik. Biraz havadan sudan sohbet ettik. Plutarkhos'tan ve Robin Hood'dan söz ettik. Şans yüzüme güldü. Kraliçe'nin Adamları'ndan biri oldum. Böylece Londra'ya geldim."

"Anlıyorum."

Göğüs geçirdi. "Gerçekteyse uğursuz bir başlangıçtı bu. Hemmings'in ölümüyle hiçbir alakam olmadığı halde gölgesi sık sık üzerimden geçiyor. Sık sık, şu anda bile kendimi bana ait olmayan bir yerdeymişim gibi hissediyorum. Buraya bir adaletsizliğin sonucunda gelmişim gibi. O adamlar ayak takımından, saldırgan bir çete gibiydi. Hepsi katildi. On iki tane Ağaç Wolstan. Henry Hemmings'in farklı olmak dışında hiçbir suçu yoktu. Yalnızca yaşlanmayan bir yüzü vardı. Benimki böyle bir başlangıç işte; onca meşe palamudunun içinden çürük olan bana çıktı."

Bir an, dokunsan kırılacakmış gibi göründükten sonra sakalını kaşıyıp piposunu masadan aldı. Bir nefes çekip gözlerini kapadı. Dumanı sol omzunun üzerinden üflerken, ben de içkimden bir yudum aldım.

"O palamut çürük değildi."

"Ah ama ağaç çarpık çurpuk. Yüzün kırışırsa kırışsın sen yine gül, neşelen; bu hikâyenin başka bir ana fikri yok." Benim de Henry Hemmings gibi olduğumu düşünüp düşünmediğinden emin olamıyordum. Henry Hemmings cidden benim gibi miydi yoksa yalnızca ortalamadan daha genç görünmekle lütuflandırılmış ya da lanetlenmiş biri miydi, onu da bilemiyordum. Shakespeare'in Edwardstone'da olanları duyup duymadığını, Suffolk bağlantım yüzünden olayla aramda bir ilişki kurup kurmadığını bilmiyordum. Yine de sözlerinde bir çeşit uyarı, dostça bir uyarı olduğunu seziyordum. "Ee, beni neden görmek istedin?"

Bir nefes aldım.

"Tanıdığım, Grace ve Rose diye iki kız kardeş var ve çalışmaları gerekiyor. Acilen işe ihtiyaçları var... Elma satabilirler."

"Elmacı kızlarla ilgili söz sahibi değilim."

Başını iki yana salladı. Onunki gibi müthiş bir beyni böyle can sıkıcı saçmalıklarla meşgul ettiğim için sinirlenmiş gibiydi.

"Lütfen, başka bir şeyden söz et ya da beni yalnız bırak."

Gözümün önüne Rose'un kaygılı yüzü geldi. "Özür dilerim, efendim. Bu kızlara büyük bir gönül borcum var. Hayatta hiç kimsem yokken beni evlerine aldılar. Lütfen, efendim."

Shakespeare içini çekti. Kendimi köpek dövüşü için ayı kızdırır gibi hissederek, korkuyla cevabını bekledim. "Kimmiş bu Rose? Adını söylerken için gitti sanki."

"Âşık olduğum kız."

"Bak sen. Ciddi bir aşk mı?"

Sık sık tavernada müşteri avlayan Elsa'yı ve Kardinal'in Şapkası'nda çalışan başka bir kızı gösterdi. Elsa masanın altında bir beyefendinin apış arasını avuçlamış, başparmağıyla kabarık yeri okşuyordu. "Asıldığı şu adama bak. Hissettiğin böyle bir aşk mı?"

"Hayır. Yani evet. Ama öbür türlüsü de var."

Shakespeare başını salladı. Tek gözü yaşardığı için parlıyordu. Belki de duman yüzünden. "Hallederim. Kızlara elma satabileceklerini söyle."

Satmaya başladılar.

Her şey güllük gülistanlıktı ama Jacques'ın tiradını her duyuşumda kaygılanıyordum. Hayatta herkesten çok kendim bir oyuncuydum. Bir rolü oynuyordum. Bir dahaki rolüm ne olacaktı ve ne zaman oynamaya başlayacaktım? Şimdiki rolümü nasıl geride bırakabilecektim ve bu, ne zaman Rose'u terk etmemi gerektirecekti?

Rose'la Grace'e Globe'da çalışabileceklerini, "Mr. Shakespeare'in o işi hallettiğini" söylediğim gece mutlu bir geceydi ve eve dönerken iskambil almıştım. Bütün gece oturduk ve gülüşüp şarkılar söyleyerek vist oynadık, Old Caddesi'nden aldığım böreklerin yanında her zamankinden daha çok *ale* içtik.

Gün geçtikçe daha da gelişip serpildiğinden söz açılınca Grace, kabalık olsun diye değil, özünde öyle bir kız olduğu için dobra bir doğruculukla, "Yakında seni geçeceğim," dedi.

Sonra da güldü çünkü çok fazla içmişti. İçmeye alışkındı ama üst üste dört bardak içtiği görülmüş şey değildi.

Ama Rose gülmedi. "Doğru söylüyor. Bir gün bile yaşlanmadın."

"Mutluyum da, ondan," dedim cılız bir sesle. "Yüzümde çizgi oluşturacak tek bir kaygım yok."

İşin aslıysa kaygılarımın okyanusları dolduracağı ama yüzümde tek bir çizgi oluşabilmesi için onlarca yılın geçmesi gerekeceğiydi tabii.

Müzikli perde aralarında Rose'u izliyordum, o da balkona bakarak beni gözlüyordu. Kalabalık bir yerde sessizce bakışmak neden bu kadar zevkliydi? Paylaşılan bir sır gibi, kendine has bir sihri vardı o bakışmaların.

Fakat sezon ilerledikçe, gitgide daha yabani tipler gelmeye başladı sanki. Açılış gecesinde –kraliçe ve bütün saray oradayken– en ufak bir itiş kakış olmamıştı. Sezon sonuna doğruysa bir peniye girip ortada ayakta duranlar arasında her an bir sürtüşme yaşanıyordu. Mesela bir seferinde adamın teki istiridye kabuğuyla başka bir adamın kulağını kesip her zaman orada olan bir fahişenin kucağına düşürdü. Ben yukarıdaki havasız balkonda güvendeyken, kızların aşağıda olması endişe vericiydi ama çoğu zaman iyiydiler ve Whitechapel Pazarı'nda sattıkları elmanın dört katını satıyor olmanın keyfini çıkarıyorlardı.

Derken, bir öğleden sonra, gökyüzü taş rengi bulutlarla kaplıyken bela geldi.

"What Shall He Have That Killed the Deer?" şarkısının ortasındayken –ki oyundaki bütün şarkılar gibi, artık onu da gözüm kapalı çalabilecek durumdaydım– gördüm. Biri –sıralarda oturan sarkık dudaklı, pis bir tip– Grace'den aşırdığı elmayı ısırıyor, Grace adamdan bir penisini istiyordu. Adam Grace'i sinek gibi kovmaya çalıştı ama Grace kolay pes edecek kız değildi. Bağırarak adama duyamadığım bir şeyler söylüyordu ama Grace'i tanıdığım için neler dediğini tahmin edebiliyordum. Başka bir adamın yolunda durduğu için olay büyümek üzereydi. Öteki adam –üstü başı *ale*'den sırılsıklam olmuş, kır saçlı bir barbar– Grace'i yere itince, havada uçarak kumların, kuruyemiş ve istiridye kabuklarının üzerine saçılan elmalar Fairfield Yolu'na dökülen o eriklerin anısını canlandırdı. Derken bir sürü insan bedava mal bulmuş gibi elmaların üzerine atladı.

Grace ayağa kalktığında, elmayı aşıran ilk adam yüzünü iblis suratı gibi yaparak dilini Grace'in kulağına soktu.

Ben de artık çalmayı bıraktım.

Yanımda oturan Hal flütünü çalmaya devam ederek hafifçe ayağıma vururken, aşağıdaki oyuncular şarkı söylemeyi sürdürdü. Christopher arkamdan iç çekerek hoşnutsuzluğunu belirtti. Ben de tekrar çalmaya başladım ama o sırada kendi sepetini yere bırakıp kaygı içinde kardeşinin yardımına koşan Rose'u gördüm. Hâlâ kulak yalayan adamla cebelleşen Grace'in yanına ulaştığında, elma hırsızının arkadaşı onu da yakalayıp elini kaldırdığı eteğinin altına soktu.

Rose adama tokat atar, adam Rose'un saçını çekerken, o acıyı ben de içimde hissettim ve Grace tam o sırada tacizcisinin suratına dirseğini geçirip adamın burnunu kanattı. Sonra ne olduğunu anlamadan kendimi balkonun meşe trabzanını aşarken buldum ve –yüzlerce kişi hayret içinde nefesini tutarken– lavtayı sopa gibi tutarak sahneye atlayıverdim.

Will Kemp'in üzerine düşüp hayretler içindeki Shakespeare'e omuz atarak fırladım ve sahneden aşağı atlayarak Rose'la Grace'e doğru koştum.

Kenardan koşup insanları iterek kendime yol açarken öfkeli seyirci kuruyemişleri, bardakları, elmaları bana doğru fırlatıyordu. Her koşulda ve her zaman olacağı gibi, oyun arkamda devam etti ama artık sahne önünde ve banklarda öyle bir keşmekeş vardı ki beş penilik yerlerde oturanların bile bir şey duyduğunu zannetmiyordum. Balkonlardaki insanlar bile bağırıp çağırıp yuhalayarak tiyatroda atıştırmak için aldıkları şeyleri üzerime yağdırıyordu.

Rose şimdi iyiydi –kendini şehvet düşkünü saldırgandan kurtarmıştı– ve boynuna sıkıca sarılmış kalın bir kol tarafından hareketsiz hale getirildiği için başı hâlâ belada olan Grace'e yardım etmeye çalışıyordu.

Yetiştim ve Rose'la birlikte Grace'i kurtarmayı başardık.

İkisinin de ellerinden tutup, "Gitmemiz lazım," dedim telaşla.

Ama bu kez daha büyük bir belayla karşı karşıyaydık.

Biz tiyatrodan çıkmaya çalışırken pahalı yerlerden birinde oturan bir adam yolumuzu kesti. Adamı daha önce fark etmemiştim ve büyük ihtimalle o da beni balkondan atladığımda fark etmişti. Uzun boylu, güçlü kuvvetli ve heybetli, onu son görüşümden daha iyi giyimli, dökük saçlarını çizgi çizgi geriye doğru yapıştırmış, kasap ellerine benzeyen koca ellerini önlerinde bitiştirmiş öylece duruyordu.

"Evet," dedi Manning, sağlam gözüyle tepeden bana bakarak. "Demek doğruymuş. Londra'ya gelmişsin... Seni son görüşümün üzerinden ne kadar zaman geçti? Daha dün gibi. Hiç değişmemişsin. Ama zaten hiç değişmiyorsun, değil mi?"

Demek doğru.

Christopher'ın hakkımdaki şüphelerini müzisyenlerin oturduğu balkonun ötesine taşıyıp taşımadığını asla öğrenemeyecektim. Rose'la Grace'i tartaklayan adamların işin içinde olup olmadıklarını da hiçbir zaman bilemeyecektim.

"Bakıyorum, arkadaş edinmişsin."

"Hayır," dedim, tek bir sözcük gerçeği hükümsüz kılabilecekmiş gibi. Manning, şaşkın şaşkın bakan Grace'le Rose'u inceledi.

"Hayır mı?"

"Onlar arkadaşım falan değil," dedim; kızlara ve benimle ilişkilerine dair ne kadar az şey bilirse o kadar iyiydi. "İlk kez bugün gördüm."

Gözlerimle Rose'a gitmesini işaret ettim ama gitmedi.

"Ah, hâlâ yalan söylüyor. Haberiniz olsun, kızlar: Bu çocuk göründüğü gibi değil. Doğaüstü şeytani bir gücün bedenlenmiş hali. Bir cadının oğlu."

"Annem masumluğunu ölerek kanıtladı. Senin yüzünden öldü."

"Son büyüsü neydi, Tanrı bilir. Belki de şekil değiştirdi. Belki şu anda aramızdadır."

Manning anlaşılmaz bir metni okur gibi Rose'a, sonra Grace'e baktı. Orada bir saniye daha kalamazdım. Kâbus gerçeğe dönüşüyordu. Beni sadece tanımak bile herkes için tehlikeliydi. Varlığım bir lanetti. Çevremizdeki kalabalık hareketsizleşmişti ama insanlar sahnede söylenenlerden çok Manning'i dinliyorlardı. Bana bakanlardan birini tanıdım. Adını bilmiyordum ama bıçak bileyicisiydi. Sabahları onu sık sık köprüde işini yaparken görürdüm.

En fazla yirmi yaşında, sürekli parlak bıçaklar taktığı bir kemerle dolaşan, soluk yüzlü, güçsüz görünen, sıska bir adamdı. Bıçaklardan birini kapmayı düşündüm ama bu ancak Tyburn'ü boylamama ve ilmeğin boynuma geçirilmesine yarardı.

Ama artık çok geç olduğunu biliyordum. Oradan gidip kızları onun yanında bırakmam Manning'in kızları tanıdığımı anlamasından daha riskliydi.

Bu yüzden Rose'a yalvarır gibi, "Gitmemiz *lazım*," dedim.

"... *seni öldürmenin yüz elli yolunu bulurum. Onun için, titre ve yok ol*..."

Ama o anda Manning, Grace'in saçlarını parmaklarına sararken oyuncular da sustu.

"Şuna bakın!" diye bağırdı Manning. "Kaç yaşında dersiniz?"

Grace adama tekmeler atıyordu.

"Yirmi mi? Otuz mu? Altmış yaşında bile olabilir. Çocuk gibi görünüyor ama başka aldatmacalar da gördük, değil mi?"

Grace apış arasına bir tane geçirdi.

"Bırak beni, yılan, pis sidikli!"

Ama durum iyi görünmüyordu. İnsanlar Manning'den yana, bize karşıydı. Oradan kaçamayacaktık. Manning bir çeşit nutuk atacaktı. Ardından cadılık ve şeytanla işbirliği suçlamaları gelecekti. Rose'la Grace'i tehlikeye atmıştım. O an bizi kurtarabilecek tek şey, olan şeydi.

"Efendi, çek ellerini o küçük kızın üstünden."

Konuşan, oyuna boş verip sahnenin önüne inmiş olan Shakespeare'in ta kendisiydi.

Manning direndi. "Ben William Manning'im—"

"Umurumda değil," dedi Shakespeare. "Bu oyuncuların da umurunda değil. Tiyatrodaki hiç kimsenin umurunda değil. Elini çek ve kızla arkadaşlarını rahat bırak yoksa oyunu burada keseriz."

Bu kadarı yeterliydi. Oyunu yarıda bırakma tehdidi yetti. Kitlelerin adaletten çok daha fazlasını istediği, o günlerde bile aşikârdı. İstedikleri şey, eğlenceydi. Bunu herkes kadar Shakespeare de biliyordu.

Şimdi bütün tiyatro Manning'i yuhalıyordu. Kıpkırmızı kesilen yüzüne istiridye kabukları yağıyordu. Alnında mosmor bir damar çıkmıştı. Grace'i bıraktı. Sımsıkı Grace'e sarılıp binanın yan tarafına doğru giderken yerlerdeki kabuklar ayaklarımızın altında çatırdadı. Shakespeare'in sahneye çıkıp çıkmadığına bakmak için arkama döndüm. Benimle göz göze gelerek heyecanlı kalabalığa oyunun geri kalanını çok şey borçlu olduğu bir aktöre –"Henry Hemmings diye bir adama"– ithaf ettiğini söylediğinde, bunun bana gönderilmiş şifreli bir mesaj olduğunu anladım.

Artık Globe'a ya da Bankside'a bir daha asla dönemeyeceğimizi biliyordum.

Hackney, Londra civarı, 1599

Dedikodu.

Dedikodu canlıydı. Yalnızca ağızdan ağıza dolaşan bir şey değildi. *Canlıydı.*

Hikâyeler havada at sinekleri gibi vızıldayarak dönüp duruyor, lağım kokularının ve teker seslerinin arasında süzülüyordu.

Mesela Mary Peters ansızın ortadan kaybolduğunda, surların doğusundaki bütün evler bunu bir anda duyuvermişti sanki. Bu arada Rose buna öyle çok üzülmüştü ki bütün gün hemen hiç konuşmamıştı. Rose'un "sinirlerine hâkim olamayışım" dediği şey yüzünden Globe'da sahneye atlayan lavtacının hikâyesi de Londra'daki bütün meyhanelerde dilden dilen dolaşacaktı artık.

"Ama Grace'le ikinizin başı dertteydi!"

"Biz kendi başımızın çaresine bakabiliriz. Şimdiye kadar hep baktık. Ama şimdi Whitechapel'e dönmek zorundayız..."

Konuşma dönüp dolaşıp gideceğini bildiğim istikamete doğru gitti. Rose o adamın kim olduğunu öğrenmek istiyordu. Manning'in.

"Bilmiyorum."

"Yalan."

"Kim olduğunu sana söyleyemem."

"Annenin cadı olduğunu söyledi. Ne demek istiyordu?"

"Kafası karışmıştır. Beni başkasıyla karıştırdı herhalde."

Rose'un yeşil gözleri sessiz bir öfkeyle parlayıp ateşler saçarak bana bakıyordu. "Sen beni aptal mı sandın, Tom Smith?"

Buraya kadardı. Yalnızca yarısı bana ait olan bu adın söylenmesi, ona *bir şeyler* söylemek zorunda olduğumu hissettirdi.

"Affet beni, Rose. Benim hatam. Buraya asla gelmemeliydim. Borcum olan parayı kazanır kazanmaz gitmeliydim. Sana olan hislerimin çoğalmasına, bana karşı bir şeyler hissetmene asla izin vermemeliydim."

"Ne diyorsun sen, Tom? Sözlerin bilmece gibi."

"Evet. Evet, öyle. Ben de bilmeceyim. Çözemeyeceğin bir bilmece. Ben kendim bile çözemiyorum."

Tabureden kalkmış çaresizce daireler çizerek yürüyordum. Grace odasında uyuduğu için alçak sesle ama hızlı hızlı konuşuyordum.

"Başka birini bulmalısın. Bana bir bak. Şu halime bak, Rose! Senin için çok küçüğüm."

"İki yaş, Tom. O kadar da fark yok."

"O fark gitgide büyüyecek."

Aklı karışmış gibiydi. "Nasıl olabilir ki? Ne demek istiyorsun, Tom? Yaş farkı nasıl artar? Saçmalıyorsun."

"Artık işine yaramam. Southwark'ta da çalamam."

"*İşime yaramakmış? İşime yaramak mı?* Sen benim kalbimi çaldın, Tom."

Birden nefesimi bıraktım. Bu şekilde gerçeği kovmak istiyordum. Rose'un gözündeki yaşın akmamasını istiyordum. Benden nefret etmesini istiyordum. "Eh, demek yanlış kişiye vermişsin."

"Bana anneni anlat, Tom... Gerçeği anlat."

Gözleri yalan söylememe izin vermiyordu.

"Onu benim yüzümden öldürdüler."

"Ne?"

"Bende bir gariplik var, Rose."

"Nedir o?"

"Yaşlanmıyorum."

"Ne?"

"Bana baksana. Zaman geçiyor ama yüzüm aynı kalıyor. Ben de sana âşığım. Âşığım. Gerçekten. Ama ne işe yarar ki? Dalları gitgide daha da yükselen bir ağaca tırmanmak için uğraşan bir çocuk gibiyim."

Söylediklerim onu öyle şaşırtmıştı ki ancak, "Ben ağaç değilim," diyebildi.

"Sen elli yaşına geldiğinde, ben hâlâ böyle görünüyor olacağım. En iyisi benden vazgeçmen. En iyisi buradan gitmem. En iyisi—"

O anda, bir tek susmamı istediği için beni öptü.

Duyduklarına tam inanamamıştı. Günlerce delirdiğimi düşündü. Ama haftalar, aylar geçtikçe, doğruyu söylediğimi anladı.

Anlayamadığı bir şeydi ama öyleydi. Öyleydi.

Benim gerçeğim buydu.

Londra, şimdi

Anton'a söylediklerimin bir etkisi oldu mu, bilmem. Yalnızca dört yüz otuz dokuz yıldır hayattayım ve ergenlik çağındaki normal bir çocuğun minimal mimiklerini anlayabilmek için bu kadarı elbette asla yeterli olamıyor.

Öğle yemeği için sonunda öğretmenler odasına girdiğimde on ikiyi yirmi geçiyor, yani oldukça geç. Hazır kahve ve işlenmiş jambon kokularını içime çekerek öylece oturuyorum. Bugün baş ağrım fena. Bir de kulaklarım çınlıyor. Arada bir olur. İspanya'daki iç savaşta o sağır edici top ateşini duyduğumdan beri zaman zaman yaşadığım bir sorun.

Artık öğle yemeğinde süpermarkete gitmiyorum. Onun yerine sabahları kendime sandviç hazırlıyorum. Ama daha karnım acıkmadığı için gözlerimi kapayıp oturmakla yetiniyorum.

Gözlerimi açtığımda kupasına hangi bitki çayından koyacağına karar vermeye çalışan coğrafya öğretmeni Isham'ı görüyorum.

Camille'i de görüyorum.

Odanın öteki ucunda salata kutusunun naylonunu açmakla meşgul. Önünde bir de elma suyu ve o sırada tepsi olarak kullandığı bir kitap var.

Daphne ortak meyve kâsesinden bir mandalina alırken yüzünde sırıtma misali bir tebessüm beliriyor. "Nasılsın, Tom? Nasıl gidiyor?"

"İyi," diyorum. "İyiyim."

Yalan söylediğimi bilir gibi başını sallıyor. "Düzelir. İlk on yılı atlattın mı, gerisi gelir." Gülüp öğretmenler odasından çıkarak ofisine doğru gidiyor.

Camille yüzünden kendimi kötü hissediyorum. Son konuşmamızda ona çok kaba davrandım. Onun da cebinden bir şey çıkardığını görüyorum. Bir ilaç. Hapı elma suyuyla yutuyor.

Oturduğum yerde kalmam lazım.

Hendrich de böyle yapmamı isterdi. Yani Albatros Cemiyeti'nin bakış açısından, şu anki durum mükemmel. Camille bir daha yüzüme bile bakmaz herhalde.

Yine de kendimi ona doğru yürürken buluyorum.

"Senden özür dilemek istiyordum," diyorum.

Düşünceli davranarak, "Neden?" diye soruyor.

Onunla daha alçak sesle konuşabilmek ve daha az şüphe çekmek için oturuyorum. Başka bir öğretmen, matematik öğretmeni Stephanie alnını kırıştırmış bize bakarak erik yiyor.

"Öyle tuhaf davranmak istememiştim. Kabalık ettim."

"Ne yapalım, bazıları böyle işte. Ellerinde değil."

"Yani, isteyerek yapmadım."

"Ne olduğumuz ve neyi niçin yaptığımız birbirinden farklı şeyler. Sorun değil. Hayat bizi pislik gibi davranmaya zorlayabiliyor."

Bunu öylesine söyler gibi, tatlı bir ses tonuyla söylüyor. Hayatımda hiç böyle zarifçe azarlanmamıştım.

Bir şey anlatmadan açıklamaya çalışıyorum. "Ben yalnızca... Şu anda hayatım çok karışık ve biraz sıradan, herkese benzetilebilecek bir yüzüm var. İnsanlar sürekli beni bir arkadaşlarının arkadaşı falan zannediyor. Ya da televizyonda gördükleri bir oyuncuya."

Camille başını sallarken ikna olmuş değil. "Öyleyse, öyledir. Öyle diyelim madem."

O anda Camille'in salatasının altındaki kitabı fark ediyorum. Bir roman. O gün parkta okuduğu roman olup olmadığını merak ediyorum. Bir Penguin klasiği. F. Scott Fitzgerald'ın, *Buruktur Gece*'si; kapakta yazarın fotoğrafı var.

Camille de baktığımı görmüş olmalı. "Ah, okumuş muydun? Nasıl buldun?"

Konuşmakta zorlanıyorum. Anılar bilgisayarda çok fazla pencere açılmış ya da tekneye çok fazla su dolmuş gibi zihnimi zorluyor.

Başımın ağrısı artıyor.

"Ben… Bilemiyorum…" Sözcükler suya batan kürekler gibi. "Akıntıya karşı tekneler," diyorum.

"Akıntıya karşı tekneler? *Gatsby*'den mi?"

Nefesimi tutuyorum ve o anda hem Londra'daki bir öğretmenler odasında hem de Paris'teki bir barda, iki farklı yüzyılın, zaman ile mekânın, şimdi ile geçmişin, su ile havanın arasındaki bir araftayım.

Paris, 1928

Çalıştığım lüks otelde çaylarını ve kokteyllerini içerek hoşça vakit geçiren zengin Amerikalılara piyano çalarak mesaimi bitirmiş, tek başıma o uzun yolu yürüyerek eve dönüyordum. Kendimi yalnız hissediyordum. İçimdeki yalnızlığı maskelemek için insan içinde olmaya ihtiyacım vardı. Bu yüzden arada bir gittiğim Harry's Bar'daki uğultulu izdihamın içine daldım. Oradaki hemen herkes yabancıydı ve böyle kalabalıkları öteden beri hep sevmiştim.

Kalabalığı yararak bara ulaştım ve saçlarını aynı şekilde ortadan ayırmış göz kamaştırıcı bir çiftin yanında yer buldum.

Adam bana şöyle bir baktı ve belki de yalnızlığımı hissetti.

"Bloody Mary'yi dene," dedi.

"O nedir?"

"Son moda. Kokteyl. Zee çok sever; değil mi, hayatım?"

Kadın hüzünlü, baygın gözlerle bana baktı. Ya sarhoştu, ya sızmak üzereydi ya da ikisi birden. Şimdi düşününce, ikisi de gayet sarhoş görünüyordu zaten. Kadın başını salladı. "Savaş zamanında müthiş bir müttefiktir."

"Ne savaşı bu?" diyerek merakımı dile getirdim.

"Sıkıntıya karşı verilen savaş. Çok gerçek bir savaş. Düşmanın çevremizi olduğu gibi kuşattığı bir savaş."

Bloody Mary ısmarladım. İçine domates suyu konduğunu görmek beni şaşırttı. Adam ters ters kadına baktı. Gerçekten kızmış mıydı yoksa numara mı yapıyordu, anlayamadım. "Bu şekilde konuştuğunda biraz incindiğimi itiraf etmem gerekir, Zee."

"Ah, seninle ilgisi yok, Scott... O kadar da sıkıcı değilsin. İyi gecelerinden birindesin."

Adam ancak o zaman elini uzattı. "Ben Scott Fitzgerald. Bu da Zelda."

Hayatta dördüncü yüzyılınızı yarılamış olmanın güzel taraflarından biri de artık şöhretten pek fazla etkilenmemeniz. Ama başucunuzda duran kitabın yazarıyla tesadüfen karşılaşmak da cidden olağanüstü bir şeydi.

"Kitabınızı yeni bitirdim. *Muhteşem Gatsby*'yi. *Cennetin Bu Yakası*'nı da ilk çıktığında okumuştum."

Fitzgerald birden ayılmış gibi oldu. "Nasıl buldunuz? *Gatsby*'yi? Herkes *Cennet*'i daha çok beğeniyor. Herkes. Yayıncım zavallı kitabı tanıtacağım diye çırpınıyor ama daha çok bana acıdığı için."

Zelda suratını kusacakmış gibi yaptı. "Kitabın o kılıfı yok mu! Ernest'ın bir konuda haklı olduğu nadirdir ama bu sefer haklıydı. O kılıf insanın gözleriyle savaşıyor."

"Her şey savaş değildir, hayatım."

"Tabii ki öyledir, Scott."

Kavga edecek gibi oldukları için araya girdim: "Bence olağanüstüydü. Kitap yani."

Zelda başını salladı. Çocuğa benzediğini fark ettim. İkisi de öyleydi. Büyük elbiseleri giymiş iki çocuk gibiydiler. Öylesine kırılgan ve *masum* bir havaları vardı.

"Ben de ona iyi olduğunu anlatmaya çalışıyorum," dedi Zelda. "Ama istediğin kadar anlat, bir kulağından girip ötekinden çıkıyor."

Ama kitabı beğenmem Scott'ı rahatlatmış gibiydi. "O zaman sen *Herald Tribune*'daki adamdan daha iyi birisin. Al içkini..." Bloddy Mary'yi bana verdi.

"Burada icat edildi, biliyorsun," dedi Zelda.

Tuhaf içkiden bir yudum aldım. "Öyle mi?"

Derken Scott araya girip, "Söylesene, ne iş yaparsın?" diye sordu.

"Piyano çalıyorum. Ciro's'da."

"Paris Ciro's'da mı yani?" diye sordu. "Rue Daunou'daki? Harika. Kalbimi kazandın."

Zelda cinli kokteylinden yavaşça bir ağız dolusu içti. "Neden korkarsın?"

Scott özür diler gibi gülümsedi. "Sarhoş olunca hep bunu sorar. Her seferinde."

"Neden mi korkarım?"

"Herkes bir şeyden korkar. Ben uyku zamanından korkarım. Ev işlerinden. Hizmetçilerin yaptığı her şeyden korkarım. Scott eleştirilerden korkar. Bir de Hemingway'den ve yalnızlıktan."

"Hemingway'den korktuğum falan yok."

Düşünmeye çalıştım. Bir kerecik olsun dürüst bir cevap vermek istiyordum. "Zamandan korkuyorum."

Zelda gülümsedi ve donuk bir anlayış ya da boyun eğişle başını yana eğdi. "Yaşlanmaktan mı yani?"

"Hayır, demek istediğim—"

"Scotty ve ben yaşlanmayı düşünmüyoruz, değil mi?"

"Yapmayı düşündüğümüz şey," diye ekledi Scott abartılı bir ciddiyetle, "bir çocukluktan diğerine atlamak."

Bunun beni düşünceli, ciddi, Altın Çağ zekâsına sahip biri gibi göstereceğini umarak içimi çektim. "Sorun şu ki insan yeterince uzun yaşadığında, sonunda yaşayacak bir çocukluk kalmıyor geriye."

Zelda'nın ikram ettiği sigarayı aldım (artık içiyordum; artık herkes içiyordu); ardından bir tane Scott'ın ağzına, bir tane de kendi ağzına koydu. Kibriti çakarken gözlerinde aniden derin bir umutsuzluk belirdi. "Ya büyü ya da keçileri kaçır," dedi ilk nefesin ardından. "Sahip olduğumuz kutsal seçenekler bunlar işte..."

"Keşke zamanı durdurmanın bir yolunu bulabilseydik," dedi kocası. "Üstünde çalışmamız gereken şey bu. Hani bir mutluluk anı gelip geçerken, ağımızı üstüne atıp bir kelebek gibi yakalayabilsek, o an sonsuza kadar bizimle kalsa."

Zelda bardaki kalabalığa doğru bakmaya başlamıştı. "Ama kelebeklere iğne batırırlar. Batırınca da kelebekler ölür..." Birini arar gibiydi. "Sherwood gitmiş. Ah, ama baksana! Gertrude'la Alice burada."

Derken birkaç saniye içinde ellerinde kokteylleriyle kalabalığın içinde kayboldular ve onlara katılabileceğimi açıkça belli etmiş olmalarına rağmen elimdeki votkalı domates suyu dışında yapayalnız, tarihin güvenli gölgelerinde kaldım.

Londra, şimdi

Biz o kadar uzak olduğunu zannederken, geçmişin bu kadar yakında olması ne tuhaf. Bir cümleden fırlayıp sizi çağırıvermesi tuhaf. Her bir nesne ve sözcüğün, içinde bir hayalet barındırabilmesi tuhaf.

Geçmiş apayrı bir yer değildir. Bir sürü, bir sürü yerdir ve bu yerler şimdide beliriverмeye her an hazırdır. Bir an 1590'lardayken, bir bakmışsınız 1920'lerdesiniz. Hepsi birbiriyle bağlantılıdır. Hepsi biriken zamandır. Üst üste yığıldıkça yığılan zaman her an sizi gafil avlamaya hazırdır. Geçmiş şimdinin içinde yaşar, yinelenir, tekler ve size *artık olmayan şeyleri* hatırlatır. Trafik işaretlerinden ve bankların üzerindeki levhalardan, şarkılardan, soyadlardan, yüzlerden, kitap kapaklarından dışarı sızar. Bazen tek bir ağaç ya da günbatımı, sizi hayatınızda gördüğünüz bütün ağaçların ve gün batımlarının gücüyle çarpabilir ve buna karşı yapabileceğiniz hiçbir şey yoktur. Hem de hiç.

"İyi misin?" diye soruyor Camille; elini kitabının üzerine koymuş, bir tek "buruk" sözcüğü görünüyor.

"Evet. Ama hâlâ baş ağrım var."

"Doktora gittin mi?"

"Hayır. Ama gideceğim." Gerçekteyse doktora gitmek hayatta en son yapacağım şey tabii.

Camille'e bakıyorum. O yüze bakınca insanın içinden konuşmak, bir şeyler anlatmak geliyor. Tehlikeli bir yüz.

"Belki de uykusuz kaldın," diyor.

Ne demek istediğini anlamaya çalışırken, aklımın karıştığını o da görmüş olmalı ki devam ediyor: "Facebook'a yazdığım şeyi sabahın üçünde beğendiğini gördüm. Hafta içi uyanık olmak için tuhaf bir zaman."

"Ha..."

Gülüşünde hafif bir hınzırlık var. "Âdetin midir? Gecenin bir yarısı kadınların Facebook sayfalarında casusluk yapmak."

Utandığımı hissediyorum.

"O... şey... Açar açmaz karşıma çıkıverdi."

"Dalga geçiyorum, Tom. Biraz gevşemen lazım."

Biraz rahatladığımda neler olabileceğini bilseydi. Zamanın yerçekimini anlayabilseydi. "Özür dilerim," diyorum, "kastığım için."

"Sorun değil. Hayat bazen böyledir."

Belki de *anlıyor*. "İnsanlarla aram pek iyi değil de."

"Anlıyorum. *L'enfer, c'est les autres*."*

"Sartre mı?"

"*Oui. Dix points*. Sartre. Bay Komedi'nin ta kendisi."

Zoraki gülümseyerek susuyorum çünkü aklımda bir tek yüzüne bakmanın beni ne kadar rahatlattığı ve aynı zamanda korkuttuğu var. Onun yerine bir şey soruyorum. Yıllar boyu sık sık sorduğum bir şeyi. Şu soruyu: "Marion diye bir tanıdığın var mı?"

Camille alnını kırıştırıyor. Aklını karıştırmaya devam ettiğim belli.

"Fransız bir Marion mı yoksa İngiliz mi?"

"İngiliz," diyorum. "Ya da ikisi birden."

Düşünüyor. "Marion diye bir okul arkadaşım var. Marion Rey. Bana âdet görmeyi anlatmıştı. Annemle babam çok iffetliydi. Bana anlatmamışlardı. İnsanın bir yerinden kan geleceği anlatılmayacak şey mi, Tanrı aşkına!"

Bunu normal ses tonuyla söylüyor. İçeride hâlâ insanlar var. Stephanie eriğin çekirdeğini parmaklarıyla tutmuş, alnını kırıştırarak hâlâ bize bakıyor. Cep telefonunda konuşan Isham'la aramızda yalnızca iki sandalye var. Camille'in utanmazlığı hoşuma gidiyor.

---

* *Fr.* Cehennem başkalarıdır. (*ç.n.*)

Makara yapmam gerektiğini biliyorum. Makara yapılması için gerekli bütün işaretlerin verildiğini biliyorum. Ama işaretleri görmezden geliyorum.

"Başka Marion yok mu hiç?"

"Hayır, kusura bakma."

"Sorun değil. Ben özür dilerim. Söylemek istediklerim bu kadardı."

Camille gülümseyerek bana bakarken, bakışlarımda canını sıkan bir şey görüyor. Yine beni nereden tanıdığını çıkarmaya çalıştığını hissediyorum.

"Hayat her zaman gizemlidir," diyor. "Ama bazı gizemler daha büyüktür."

Yine bir sessizlik oluyor ve yine zoraki gülümseyerek çekip gidiyorum.

DÖRDÜNCÜ BÖLÜM
Piyanist

Arizona, Bisbee, 1926

Aylardan ağustostu. Hendrich'in verdiği görev yüzünden, şehrin bir ucundaki ahşap bir evin salonundaydım. Sekiz yılda bir görev verilirdi. Anlaşma böyleydi. Görevi yerine getirip bir sonraki yere giderdin ve Hendrich de kimliğini değiştirmene yardım edip güvenliğini sağlardı. Bir tek görev sırasında tehlikede oluyordun. Ama şansım yaver gitmişti. Bundan önce üç göreve gitmiş ve hepsinde de başarılı olmuştum. Başka bir deyişle: Söz konusu albaların yerini bulup onları cemiyete katılmaya ikna etmeyi becerebilmiştim. Şiddet kullanmam gerekmemişti. Kişiliğim sınanmamıştı. Ama burada, Bisbee'de, her şey değişecekti. Burada kim olduğumu öğrenmek üzereydim. Ve Marion'ı bulmak için ne kadar ileri gidebileceğimi.

Artık akşam olmasına ve karanlık, pencereden görünen kızıl dağları hızla içine almasına rağmen yoğun bir sıcak vardı. Dışarıdaki kızgın sıcağın aynısı içeride de vardı ama biri çöl sıcağını olduğu gibi o ahşap evin içine sıkıştırmaya karar vermişçesine daha yoğunlaşmış bir haldeydi.

Burnumdaki terler elimdeki karo dokuzlusuna damlıyordu.

"Sıcağa pek alışkın değilsin, ha? Şimdiye kadar nerelerdeydin? Alaska'da mı? Yoksa Yukon'da altın mı arıyordun?" Soran dişsiz, sıska tipti. Sol elinde iki parmak eksikti. Louis'ti adı. Viskisinden bir fırt daha alıp yüzünü buruşturmadan yuttu.

"Orada burada saklanıyordum," dedim. "Saklanmak zorundaydım."

Derken öteki adam, az önce floş royal açarak beni şaşırtan, daha iri yarı, daha zeki olan adam –Joe– uğursuz kahkahalar atmaya başladı. "Enteresan işler. Yabancılarla kendi yaptığımız viskiden içmek hep sevdiğimiz bir şeydir. Bilhassa cebinde mangırla gelenlerle. Ama sen Cochise County'den değilsin. Şıp diye anlarım. Üstünden başından anlaşılır. Buralardan olan herkes biraz tozludur. Toprak yüzünden. Madenler yüzünden. Bisbee'de böyle bembeyaz pamuklular göremezsin. Hem şu ellerine bak. Kar beyazı."

Ellerime baktım. O günlerde sürekli müzik yaptığım için onları görmeye alışkındım. Kendi kendime piyano çalmayı öğrenmiştim. Son sekiz yılda yaptığım şey buydu.

"El işte," dedim cılız bir sesle.

Bir saatten fazladır poker oynuyorduk. Şimdiden yüz yirmi dolar kaybetmiştim. Biraz daha viski içtim. Ateş gibiydi. Zamanın geldiğini hissettim. Artık söylemeye geldiğim şeyi söylemeliydim.

"Sizin kim olduğunuzu biliyorum."

"Öyle mi?" dedi Joe.

Bir saatin tiktakları duyuldu. Dışarıda, uzaklarda, bir şey uludu. Köpek ya da bir kır kurdu.

Boğazımı temizledim. "Siz de benim gibisiniz."

"Ona ne şüphe," Joe bir kez daha çöl kadar kuru bir kahkaha attı.

"Joe Thompson. Adın bu, değil mi?"

"Nereye varmaya çalışıyorsun, bayım?"

"Yoksa Billy Stiles mı desem? Ya da William Larkin?"

O zaman Louis oturduğu yerde şöyle bir doğruldu. Yüz ifadesi sertleşmişti. "Kimsin sen?"

"Şimdiye kadar birçok kez kimlik değiştirdim. Sizin gibi. Peki, sana ne demeliyim? Louis? Jess Dunlop? John Patterson? Belki Üç Parmak Jack desem, daha doğru? Ayrıca bu daha başlangıç, değil mi?"

Şimdi iki çift göz ve iki silah bana doğrultulmuştu. Bu ikisi kadar hızlı silah çekenini görmemiştim. Kesin onlardı.

Belimdeki tabancaya işaret ettiler. "Şunu masanın üstüne koy. Acele etmeden..."

Söyleneni yaptım. "Sorun çıkarmak istemiyorum. Buraya güvenliğinizi sağlamak için geldim. Kim olduğunuzu biliyorum. Yaşadığınız bazı hayatları biliyorum. Hayatınız boyunca bakır madeninde çalışmadığınızı biliyorum. Fairbank'te tren soyduğunuzu biliyorum. O Güney Pasifik ekspresinden çoğu insanın hayal dahi edemeyeceği kadar çok para kaldırdığınızı biliyorum. İkinizin de madencilik yapmaya ihtiyacı olmadığını biliyorum." Joe çenesini öyle bir sıkmıştı ki dişi kırılacak diye korktum ama yine de devam ettim. "İkinizin de yirmi altı sene evvel Tombstone'da vurulmuş olması gerektiğini biliyorum." Cebimden Hendrich'in ele geçirdiği resimleri çıkardım. "Bu fotoğrafların otuz yıl önce çekildiğini ve o zamandan beridir bir gün bile yaşlanmadığınzı biliyorum."

Fotoğraflara bakmak için kıllarını kıpırdatmadılar. Kim olduklarını biliyorlardı. Benim bildiğimi de biliyorlardı. Konuşmaya devam etmeliydim.

"Bakın, başınızı belaya sokmak gibi bir niyetim yok. Yalnızca durumu garipsemediğimi anlatmaya çalışıyorum. Sizin gibi çok insan var. Hikâyelerinizin tamamını bilmiyorum ama aşağı yukarı aynı yaşta görünüyorsunuz. Tahminen bin yedi yüzden hemen sonra doğmuşsunuz. Şimdiye kadar sizinle aynı durumda olan birbirinizden başka birilerine rastladınız mı, bilmiyorum ama inanın bana, sayıları çok fazla. *Sayımız* çok fazla. Binlerce kişi olması mümkün. Ayrıca rahatsızlığımız bizim için tehlikeli. İngiltere'deki bir doktor adına *Anageria* dedi. Rahatsızlığımız bilindiği takdirde –biz açıklamaya karar verirsek ya da insanlar bir şekilde öğrenirse– hayatımız tehlikeye girer. Bizim için önemli olan insanların hayatları da tehlikeye girer. Ya tımarhaneye kapatılır ve bilim adına incelenmek üzere hapis hayatı yaşarız ya da boş inançlara hizmet edenler bizleri öldürür. Yani, mutlaka sizin de bildiğiniz gibi, hayatınız tehlikede."

Louis kirli sakalını kaşıdı. "Tabancanın bu tarafından bakınca, esas senin hayatın sallantıdaymış gibi görünüyor."

Joe alnını kırıştırmıştı. "Peki, bizden ne istiyorsun, bayım?"

Derin bir nefes. "Yalnızca bir teklif yapmak için geldim. Bakın, Bisbee'dekiler sizden şüphelenmeye başlamış bile. Herkes arkanızdan konuşuyor. Artık fotoğraf çağındayız. Geçmişimizin kanıtları da var." Yavaş yavaş sesime de sızan bir korkuyla söylediklerimi duyarken, Hendrich'in söylediklerini papağan gibi tekrarladığımı fark ettim. Söylediklerimin hepsi Hendrich'in de söyleyeceği şeylerdi. Sözcüklerin hepsinde bir boşluk vardı. "Müşterek çıkarlarımız için çalışan bir cemiyet, birlik gibi bir şey var. Anageria dedikleri bu rahatsızlığı yaşayan herkesi cemiyete dâhil etmeye çalışıyoruz. Bu cemiyet bizim gibilere yardım ediyor. Kimlik değiştirip yeni bir hayata başlamalarına yardımcı oluyor. Bu yardım para şeklinde de olabilir, gerekli belgelerin sağlanması şeklinde de."

Joe'yla Louis bakışarak fikir alışverişinde bulundu. Louis'in gözleri daha donuk, zekâ parıltısından daha yoksundu. Aptallığı tehlikeli boyutlardaydı ama daha yönlendirilebilir bir tipti. Sattığım ürünü ona pazarlamam daha kolaydı. Joe hem fiziksel hem de zihinsel açıdan ondan daha güçlüydü. Colt'u hiç titretmeden bana doğru tutan oydu.

"Ne kadar paradan söz ediyoruz?" diye sordu Louis, böceğin teki başının etrafında vızıldarken.

"İhtiyaca göre. Cemiyet bütçeleri üyelerin bireysel ihtiyaçlarına göre belirliyor." Tanrım, cidden Hendrich gibi konuşmaya başlamıştım.

Joe başını iki yana salladı. "Adamı duydun mu, Louis? Bize Bisbee'den gitmemizi söylüyor. Ama öyle bir şey asla olmayacak. Burada rahatımız yerinde. İnsanlarla iyi ilişkilerimiz var. Yeteri kadar gezip dolaştık; ben durumu anladığımdan beridir bütün ülkeyi gezdim. Kimse bana gitmemi söyleyemez."

"Bunu yapmanız, sizin iyiliğinize. Cemiyet der ki sekiz yıl içinde—"

Joe hırlar gibi içini çekti. "Cemiyet der ki mi? Cemiyet der ki mi? Biz cemiyetten değiliz ve asla olmayacağız. Duydun mu beni?"

"Üzgünüm ama—"

"İçimden kafanda bir delik açmak geliyor."

"Bakın, cemiyetin emniyette de adamları var. Burada olduğumu biliyorlar. Beni vuracak olursanız, mutlaka yakalanırsınız."

Buna ikisi de güldü.

"Duydun mu, Louis?"

"Duydum."

"Mr. Peter bilmem kime bunun neden komik olduğunu anlatsak, iyi olacak."

"Bana Tom diyebilirsin. Söyledim ya, ben de sizin gibiyim. Şimdiye kadar bir sürü adım oldu."

Joe beni duymazdan gelerek anlatmayı sürdürdü. "Tamam. Ben anlatırım. Dediğin şey çok komik çünkü burada kanun bize dokunamaz. Burası sıradan bir kasaba değil. Şerif Downey ve bizim P.D.'ye bayağı bir zamandır yardımımız dokunuyor."

P.D. Phelps Dodge. Bisbee hakkında Phelps Dodge'un bölgedeki en büyük madencilik şirketi olduğunu bilecek kadar bilgi edinmiştim.

"Gerçeği bilmek istersen," diye devam etti Joe, "maden işçilerinin sınırdışı edilmesinde onlara yardım etmiştik. Olayı biliyorsun, değil mi?"

Bir şeyler biliyordum. 1919'da greve giden yüzlerce madenci zor kullanılarak eyalet dışına gönderilmişti.

"Yani buraya tekliflerle gelip küçük birliğinden söz etmen bizi fazla etkilemez. Karşımıza çıkan son birliği ta New Mexico'ya postalamıştık, hem de bizzat şerifin onayıyla... Sıcak seni cidden çarpmış gibi görünüyor. Dışarı çıkıp biraz yürüyelim de kanın soğusun artık..."

Artık hava kararmıştı. Çöl karanlığı vardı.

Hava serinlemeye başlamıştı ama kan ter, ağrı sızı içinde kürek sallarken, viskiden ekşiyen ağzım en az bir saattir kazdığım mezar gibi kupkuruydu.

Mermiler enfeksiyonlar gibi değildir. Veba ya da albaların kafa tutabildiği yüzlerce hastalık gibi değildir. Önünde sonunda yaşlanıp gitmemiz gibi, kurşunlara karşı da bağışıklığımız yoktur ve ben ölmek istemiyordum. Marion için hayatta kalmalıydım. Hendrich onu bulmaya çok yaklaştığımıza inandırmıştı beni.

Ben kazarken birinden birinin silahı mutlaka bana doğrultulmuş oluyordu. Beni çukurdan dışarı çağırırlarken de durum aynıydı. Tüm bu süre boyunca adamların siyah atları bir kenarda mırıldanıp kıpırdanmıştı.

"Haydi", dedi Joe, küreği sımsıkı tutarak kendimi mezardan dışarı çekerken. Gücüm kalmamış, destek alırmışım gibi küreğe dayandım. "Paranı da seninle birlikte gömecek değiliz. Ceplerini boşalt ve her şeyi yere koy."

Ne yapacaksam o anda yapmalıydım. Başka şansım olmayacaktı. Ben garip bir şey görmüş gibi atlara doğru bakınca, onlar da ister istemez baktı. Joe'nun buz gibi sert bakışı tekrar bana yöneldiğinde, hızla suratına geçen kürekle karşılaştı. Joe yarı bilinçsiz yere devrilirken, tabancası elinden fırlayıp az ötesine düştü.

"Gebert şunu," dedi Louis'e, zar zor.

Joe'dan daha korkak olduğunu, onun kadar hızlı bir silahşör olmadığını varsayarak kumar oynadığım Louis ateş ederken, Joe'nun tabancasına doğru sürünüyordum. Çıkan ses çölde yankılanırken sırtımda, sağ omzuma yakın bir yerde acı hissettim. Ama Joe'nun silahını kapmıştım ve tek kolum sağlamdı; dönüp boynundan vurduğum Louis bir kez daha ateş etti ama bu kez ancak karanlık gökyüzünü vurabildi. Joe'ya iki el daha ateş ederek karanlıkta simsiyah parlayan kanlarını gördüm ve hissettiğim acıya rağmen her nasılsa ikisini birden ayağımla yuvarlayarak mezara atmayı, üstlerini toprakla örtmeyi becerdim. Atlardan birinin üstüne atlamadan önce ötekinin kıçına vurup dörtnala koşarak uzaklaşmasını sağladım.

Hayatımda öyle bir acı hissetmemiştim ama her nasılsa dayanıp kuru tepelerle dağları aşarak çöl boyunca gittim, gittim, gittim ve sanrılı gözlerime Styx Nehri misali beni çağıran ölümün zifiri karanlığı gibi görünen büyük bir madenden geçtim. At gecenin içinde ilerlemeye devam ederken dayandım ve sabah güneşi ışığını kan gibi ağır ağır gökyüzüne yayarken sonunda Tucson'a varıp Arizona Inn denen oteli buldum; Agnes yarama alkol döküp kurşunu cımbızla çıkarırken çığlıklarım duyulmasın diye ıslak bir havluyu ısırdım.

Los Angeles, 1926

Kurşun yaram iyileşiyordu ama omzumda hâlâ ağrı vardı. Hollywood Bulvarı'ndaki Garden Court Apartmens and Hotel'in restoranındaydım. Mermerler, sütunlar, o ihtişam. Hayalet gibi bembeyaz yüzlü, siyah ruj sürmüş büyüleyici bir kadın bize çok da uzak olmayan bir masada oturmuş, iş adamı kılıklı iki yalaka tiple sohbet ediyordu. Kadın, film yıldızı Lillian Gish'ti. Onu Fransız devriminde geçen *Fırtına Çocukları*'ndan tanıyordum.

Bir-iki saniyeliğine büyülenmiş gibi oldum.

Son sekiz yıldır oturduğum Albuquerque'te sinemayı sever olmuştum. Karanlıkta tek başıma oturup kim olduğumu unutmayı, bir saat kadar kendimi bırakıp bir tek filmin hissettirdiği şeyleri hissetmeyi.

"Bunların hepsi buraya geliyor," diye anlatıyordu Hendrich alçak sesle, pisi balığını karides sosuna batırırken. "Gloria Swanson, Fairbanks, Fatty Arbuckle, Valentino. Chaplin daha geçen hafta bu masadaydı. Senin oturduğun yerde. Bir tek çorba içti. Başka da bir şey yemedi. Sadece çorba."

Hendrich sırıttı. O sırıtıştan o ana kadar nefret etmemiştim. "Neyin var, Tom? Biftek mi kötü? Biraz fazla pişmiş olabilir."

"Biftek güzel."

"Arizona'da olanlar yüzünden mi?"

Az daha gülecektim. "Başka neden olacak? İki adamı *öldürmek* zorunda kaldım."

"Sessiz ol. Miss Gish'in böyle şeyler duymak istediğini hiç sanmıyorum. Lütfen biraz temkinli davran, Tom."

"Zaten bu işi neden lokantada yapmak zorunda olduğumuzu anlayabilmiş değilim. Yukarıda bir dairen yok mu senin?"

Şaşırmış gibi baktı. "Lokantayı seviyorum. İnsan içinde olmak iyidir. İnsanlarla birlikte olmak hoşuna gitmiyor mu, Tom?"

"Sana neden hoşlanmadığımı söyleyeyim..."

Hendrich elini havada kapıdan içeri buyur eder gibi sallayarak, "Lütfen söyle," dedi. "Bana hoşlanmadıklarını söyle. Bu şekilde mutlu olacaksan."

Ona doğru uzanıp fısıldayarak konuştum. "Omzuma girmiş bir kurşunla at üstünde cinayet mahallinden kaçmak hoşuma gitmiyor. *Kurşun* diyorum. Ve... Ve..." Devamını getiremeyecektim. "Bunu yapmak istemiyordum. Onları öldürmek istemiyordum."

Hendrich düşünceli bir iç çekti. "Dr Johnson ne demiş? *Kendini canavara dönüştüren, insan olmanın acısından kurtulur.* Benim fikrimi merak ediyor musun? Bence kendini bulmaya başladın. Kaybolmuştun. Kim ya da ne olduğunu bile bilmiyordun. Bir amacın yoktu. Yoksulluk içinde yaşıyordun. Aylak aylak dolaşıyor, bir şeyler hissedebilmek için kendine işkence ediyordun. Şimdiyse bak, bir amacın var." Bir iki saniye bekledi. "Karides sosu cidden şahane."

Garson gelip şarapları tazeledi. O gidinceye kadar yemeklerimize odaklandık. Biri piyano çalmaya başladı. Yemek yiyenlerden bazıları arkalarına yaslanıp piyaniste baktı.

"Ben bu işten hoşlanmadığımı söylüyorum. O adamlar cemiyete asla katılmazdı. Bunu bilmen gerekirdi. Bana söylemen gerekirdi, Hendrich."

"Lütfen, bana Cecil demeye alış. Burada Cecil olarak tanınıyorum. San Francisco'da servet yapmışım. Emlak geliştirme işinden. Şehrin yeniden inşa edilmesine yardım etmişim. Depremden sonra. Adı Cecil olan biri gibi görünmüyor muyum? Cecil de bana. Beni Cecil B. DeMille zannetsinler, onları yıldız yapabileceğimi düşünsünler. Biraz hayatım renklensin..."

Yine sesli düşüncelere daldı. "Bu şehri seviyorum. Şimdi herkes buraya geliyor. Güney Dakota'nın, Oklahoma'nın köylerinden, Avrupa'dan kızlar buraya akın ediyor. Herhalde bu şehir hep böyleymiş. Buz Çağı'nda buraya gelen hayvanlar parıltılı göllere benzeyen katran çukurlarına batıp kalmış ve et kokusuna çekilen başka hayvanlar da aynı yoğun kara katrana saplanıp kalmış. Her neyse, ben tehlikesiz bir yırtıcıyım. Daha yetmiş sekiz yaşında işimin bittiğini zannediyorlar. Yetmiş sekiz! Düşünsene. Ben yetmiş sekizimdeyken Flandra'da yatmadığım kadın kalmamıştı. İflah olmaz bir şeydim. Kim bilir kaç kişiye evlenme teklif ettim. Lowlands'ın* Valentino'su bendim..."

Şaraptan büyük bir yudum aldım. "Bu işi yapamam, Hendrich. Yapamam."

"Cecil, *lütfen*."

"Doktor Hutchinson'a gittiğim için üzgünüm. Cidden üzgünüm. Ama eski hayatımı geri istiyorum. Yine kendim olmak istiyorum."

"Maalesef o, nasıl derler, imkânsız. Zaman ileriye doğru akıyor. Zaman bizim için bir lüks ama buna rağmen tersine döndüremiyoruz. Durduramıyoruz. Bütün mayıs sinekleri gibi biz de tek yönlü bir yoldayız. Annenin rahmine dönmen ne kadar mümkünse cemiyetten ayrılman da o kadar mümkün. Anlıyorsun değil mi, Tom? Hem kızın ne olacak, Tom? Onu bulacağız. Mutlaka bulacağız."

"Ama bulmadınız."

"Henüz, Tom, *henüz* bulamadık. Onun hayatta olduğunu hissediyorum, Tom. Oralarda bir yerde. Kızın *yaşıyor*, Tom."

Cevap vermedim. Evet, öfkeliydim ama bu öfke çoğu kez olduğu gibi aslında korkunun dışavurumuydu. Cemiyet bir hiçti; maddi dünyada hiçbir varlığı, görkemli bir binanın dış duvarında mevcudiyetini ilan eden taş bir levhası yoktu. Bir tek Hendrich ve ona inanan insanlar vardı. Buna rağmen... Hendrich yeterdi zaten. Hendrich ve *yeteneği*. Zaten beni en doğru sözcükleri kullanarak yine kancaya takmayı becermesi de belki bu yeteneği sayesindeydi. Belki neden sözcükler de değildi. Belki de Marion'ın hayatta olduğunu cidden *sezebiliyordu*.

* Hollanda ve Belçika'yı içeren bölgeye tarihte verilen ad. (*e.n.*)

Ama birden aklıma bir şey geldi. "O kadar yetenekliysen o zaman neden anlayamadın? Beni öldürebileceklerini nasıl anlayamadın?"

"Öldürmediler ki. Öldürmüş olsalardı, evet, korkunç bir hata yapmış olurdum. Ama senin her koşulda hayatta kalabileceğini biliyordum ve bunu kanıtlamış oldun. Açıkçası, zaten hepimiz öyleyiz. Ama sen... Bilemiyorum. Sende farklı bir şey var. Yaşamayı istiyorsun. Senin yaşına gelenlerin çoğu artık trenin kaçtığını düşünür. Ama sana baktığımda, geleceğe duyulan bir açlık, bir özlem görüyorum. Kızın için, evet ama başka bir şey daha var. O büyük bilinmezliğe duyulan bir özlem."

"Ne biçim bir hayat bu? Sekiz yılda bir mecburen kimlik değiştirerek yaşanan?"

"Daha önce de kimliğini değiştirmiştin. Ne farkı var?"

"Farkı, kararı benim vermiş olmam. O benim hayatımdı."

Hendrich ağırbaşlı bir tebessümle başını iki yana salladı. "Hayır. İçine kapanmıştın. Hayattan kaçıyordun. Hatta kendinden kaçıyordun."

"Cemiyetin amacı da bu değil mi? Saklanmak?"

"Hayır, Tom, hayır. Her şeyi yanlış anlıyorsun. Bize bak. Herkesin görmek istediği güneşli bir şehirdeki en ünlü lokantanın ortasında oturuyoruz. Saklandığımız falan yok. St Albans'a tıkılmış, ocaktan kızgın demir çekiyor falan değiliz. Cemiyetin amacı hayatlarımızı geliştirmemizi sağlayacak bir yapı, bir *sistem* sunmaktır. Ara sıra bir iyilik yapar, birilerini ikna eder ve bunun karşılığında iyi yaşarsın. Bana bu şekilde teşekkür edersin."

"Albuquerque'te geçirdiğim sekiz yıl boyunca üç inekle birkaç kaktüsten başka kimsem yoktu. Cemiyet bazıları için ötekilerden daha çok çalışıyor sanki."

Hendrich başını iki yana salladı. "Yanımda sana gelen bir mektup var; Reginald Fisher'dan. Hatırlıyor musun? Chicago'da cemiyete katılmaya ikna ettiğin adam."

Bana verdiği mektubu okudum. Uzun bir mektuptu. Ötekilerin önüne çıkan, sonlara doğru yazılmış tek bir cümle vardı: *Sen gelip benimle konuşmasan, Tanrı'ya sırt çevirip hayatıma son verecektim ama şimdi çok mutluyum ve insanlığın yüz karası bir ucube değil, büyük bir ailenin üyesi olduğumu biliyorum.*

"Tamam, Arizona hataydı. Ama her şeyin öyle olduğunu söyleyemezsin. Savaşlarda canlar kaybedilir ama bu savaşılmaması gerektiğini göstermez. Piyanon vardı, Tom. Hiç çaldın mı?"

"Günde beş saat."

"Şu anda kaç enstrüman çalabiliyorsun peki?"

"Otuz civarı."

"Çok etkileyici."

"Pek sayılmaz. Artık çoğunu kimse dinlemek istemiyor. Lavtayla Gershwin çalmak hiç kolay değil."

"Evet." Hendrich balığını bitirdi. Ciddi bir ifadeyle bana baktı. "Katil oldun, Tom. Cemiyetin koruması olmasa şu an çok savunmasız bir durumda olurdun. Bize ihtiyacın var. Ama sırf ihtiyacın olduğu için kalmanı istemiyorum, Tom... Seni anlıyorum. Gerçekten. Ayrıca cemiyete girmeye ikna ederek kaç kişinin hayatını kurtardığını asla unutmayacağım ve bundan böyle senin ihtiyaçların konusunda daha düşünceli davranacağım. Marion'ın bulunması için daha çok kaynak ayıracağım. Aramızda yeniler var. Biri Londra'da. Biri New York'ta. İskoçya'da. Viyana'dan da biri var. Onları bu işle görevlendireceğim. Elbette finansmanını da ben sağlayacağım. Seni dinleyeceğim. Sana yardım etmek için elimden geleni yapacağım. İyi olmanı istiyorum, Tom. Yalnızca Marion'ı değil, özlediğin geleceği de bulmanı istiyorum..."

İçeri giren dört kişilik bir grup garsonun eşliğinde bir masaya doğru yürüdü. İçlerinden biri dünyanın en tanınan kalıcı yüzüne sahipti. Charlie Chaplin. Chaplin, Lillian Gish'i gördü ve yanına gidip konuşmaya başladı. Sakin ifadesi arada bir belirip kayboluveren tedirgin bir gülüşle bozuluyordu. Lillian Gish zarif kahkahalar atıyordu. Shakespeare'le aynı havayı solumuştum ve şimdi de Chaplin'le aynı havayı soluyordum. Nasıl minnettar olmazdım?

"Biz tarihin görünmez dokusuyuz," dedi Hendrich, aklımı okumuş gibi. Chaplin ona baktığımızı görüp görünmez melon şapkasını hafifçe kaldırarak selam verdi.

"Gördün mü? Söylemiştim. Burayı çok seviyor. Çorba yüzünden herhalde. Evet, nasıl bir hayat istiyorsun?"

Chaplin'in gördüğü ilgiyi göz önüne alınca, bundan daha kötü bir kâbus olamayacağını düşündüm. Sonra, sorunun cevabını düşünmeye devam ederek beyaz smokin ceketinin içinde gözlerini kapayıp notaların ve melodilerin içinde kendini kaybetmiş, benden başka kimse tarafından fark edilmeden müziğin içinde süzülen piyaniste bakmaya başladım.

"*Böyle*," diyerek başımla piyaniste işaret ettim. "Böyle bir hayat istiyorum."

Londra, şimdi

"İyi ama Milletler Cemiyeti Mussolini'nin Habeşistan'a girmesini neden engelleyemedi?"

Aamina ön sırada oturuyor. Üstünde "Gururlu Kar Tanesi"* yazan bir tişört giymiş, kalemini elinde tutan, ciddi, somurtuk, uyanık bir kız.

İkinci Dünya Savaşı'nın nedenlerini anlatırken, 1939'dan geriye giderek otuzları ele alıyor, İtalya'nın 1935'te şimdi Etiyopya olan Habeşistan'ı işgal edişinden, 1933'te Hitler'in başa geçişinden, İspanya İç Savaşı'ndan ve Büyük Buhran'dan söz ediyorum.

"Yani, denediler ama aslında pek niyetleri yoktu. Ekonomik yaptırımlar uygulandı ama ciddi ölçekte bir dayatma olmadı. Fakat burada önemli olan, insanların o günlerde nasıl bir şeyle karşı karşıya olunduğunu anlamamış olması. Tarihteki olaylara baktığınızda, iki yönlü bir bakış açısı söz konusudur. Hem ileriye hem de geriye doğru. Ama olaylar yaşanırken her şey tek yönlüdür. Faşizmin nasıl bir yola girdiğini görebilen yoktu."

Ders iyi gidiyor ve baş ağrım da çok kötü değil –Camille'le barış yapmak iyi geldi sanki– ama belki de bu yüzden biraz otomatik pilotta gidiyorum. Düşünmeden konuşuyorum.

"Fakat Habeşistan'la ilgili haberler gerçek bir dönüm noktası gibiydi. İnsanlar bu sayede *bir şeyler olduğunu* fark edebildi. Bir tek Almanya'da değil, İtalya'da da. Dünya düzenine dair. Mussolini'nin zafer ilan ettiği gün okuduğum bir gazetede..."

Siktir.

Susuyorum.

---

* Trump karşıtı bir slogan. (*ç.n.*)

Ne dediğimi fark ediyorum.

Kaleminin sivri ucu kadar keskin kulakları olan Aamina da fark ediyor. "Sanki oradaymış gibi konuştunuz," diyor.

Birkaç öğrenci daha başlarını sallayarak onaylıyor.

"Hayır. Orada değildim ama kendimi oradaymış gibi hissettim. Tarih böyle bir şeydir. Sizi ele geçirir. Şimdiki zamana dâhildir..."

Aamina sırıtıyor.

Derse devam ediyorum. İzimi kaybettiriyorum, sanırım. Ufacık bir hata işte ama hiç böyle hatalar yapmazdım.

Teneffüste Camille'i koridorda biriyle konuşurken görüyorum. Öğrencilerden birinin Rio'daki gecekondu mahallelerinden esinlenerek yaptığı rengârenk, on dokuzuncu yüzyıl sonu Fovizm esintili bir sanat çalışmasına dayanmış.

Konuştuğu kişi Martin. Zavallı müzik öğretmeni. Martin'in üstünde siyah kot pantolon ve siyah tişört var. Saçları çoğu erkek öğretmende görülmeyen bir uzunlukta, sakallı bir adam. Ne konuştuklarına dair bir fikrim yok ama Camille'i güldürüyor. Tuhaf bir huzursuzluk hissediyorum. Yanlarından geçip giderken, Martin onu eğlendirmişim gibi yamuk bir tebessümle bana bakıyor. "Selam, Tim. Kaybolmuş gibisin. Sana harita vermediler mi?"

"Tom," diyorum.

"Ne?"

"Adım, Tom. Tim değil. Tom."

"Tamam, ya. Dilim sürçmüş işte."

Camille gülümseyerek bana bakıyor. "Ders nasıldı?" diye sorarken, gözleri bir dedektif gibi üzerimde. Güleç bir dedektif ama yine de bir dedektif işte.

"İyi," diyorum.

"Ne diyeceğim, Tom, biz her perşembe Coach and Horses'a gidip bir şeyler içiyoruz. Bugün yedide buluşacağız. Ben, Martin, Isham, Sarah... Sen de gelsene. Söyle de gelsin, Martin."

Martin omuz silkiyor. "Burası demokratik bir ülke. Evet, gelmeye çalış."

Tabii ki vermem gereken tek bir cevap var. *Hayır*. Ama Camille'e şöyle bir bakıp kendimi, "Peki, olur," derken buluyorum. "Coach and Horses'da, yedide. Bana uyar."

Piyano üzerine bir interlüd

Yer çekiminden muaf bir ok gibi bir yerden başka bir yere, bir zamandan ötekine geçiş yapıyordum.

Bir süreliğine her şey iyi gitti.

Omzum iyileşti.

Londra'ya döndüm. Hendrich Londra'daki bir otelde piyanist olarak çalışmamı sağladı. Hayat güzeldi. Kokteyller içip boncuklu elbiseler giyen şık kadınlarla flört ediyor, sonra geceye dalıp *playboy*larla ve caz düşkünü kızlarla dans ediyordum. Dostlukların ve ilişkilerin yoğun yaşanıp alkole batmış bir sefahat içinde hızla tüketildiği, bana gayet uygun bir dönemdi. *Kükreyen* Yirmiler. Bugün böyle deniyor, değil mi? Önceki dönemlere kıyasla cidden kükrüyor sayılırdı. Londra'da daha önce de gürültülü dönemler yaşanmıştı tabii –böğüren 1630'lar mesela, ya da gülüşen 1750'ler– ama bu farklıydı. Tarihte ilk kez, Londra'nın bir yerlerinde tamamen doğal olmayan bir ses mutlaka duyulur olmuştu. Araba motorlarının, sinemalarda çalınan müziklerin, radyo yayınlarının, enerjilerini sonuna kadar tüketen insanların sesleri.

Müzik yapmak, bu gürültü çağında birdenbire yepyeni bir anlam kazanmıştı. Sizi dünyanın sahibi yapıyordu. Modern hayatın rastgele kakofonisi içinde müzik yapabilmek, gürültüden bir *anlam* çıkarabilmek, sizi bir süreliğine bir çeşit tanrı yapıyordu. Bir yaratıcı. Düzen sağlayıcı. Avutucu.

O dönemde oynadığım rol hoşuma gidiyordu. Londra'da doğmuş ama Büyük Savaş'tan beri transatlantiklerde seyahat eden kaymak tabakaya ve göçmenlere piyano tıngırdatmış Daniel Honeywell'dim.

Ama yavaş yavaş melankoliye kapılmaya başlıyordum. O günlerde buna uzun zaman önce ölmüş bir kadını sevmenin beyhudeliğinden kaynaklanan kendi depresyonumun nüksetmesi gözüyle bakıyordum. Ama galiba zamana ayak uydurmakla ilgili bir şeydi aynı zamanda.

Bir şeyler yapmak istiyordum. Yalnızca kendime faydası dokunacak şeyler yapmaktan bıkmıştım. İnsanlık için bir şey yapmak istiyordum. Sonuçta ben de bir insandım ve yalnızca uzun ömürlü olmakla lanetlenmiş –ya da ödüllendirilmiş– olanlara değil, ötekilere karşı da sorumluluğum vardı. Agnes'e bu konuyu açtığımda, "Zaman suçluluğu," dedi. Sekiz yılın bitimine doğru Londra'da ziyaretime gelmişti. Montmartre'da yaşıyordu. Anlatacak çok şeyi vardı. Hâlâ çok eğlenceliydi.

Mayfair'deki dairemde yatağa oturup ayaklarını karnıma uzatmış, benimle birlikte sigara içerken, "İçimde sürekli bir korku var," dedim ona. "Devamlı kâbus görüyorum."

"Mr. Freud'un kitaplarını mı okudun?"

"Yoo."

"Aman, okuma. Daha kötü olursun. Dediğine göre, kontrol bizde değilmiş. Psişemizin bilinç dışında kalan kısmı tarafından yönetiliyormuşuz. Kendimize dair gerçekleri ancak rüyalarımızda bulabilirmişiz. Çoğu insanın özgür olmak istemediğini söylüyor. Çünkü özgürlük sorumluluğu getiriyor ve insanların çoğu sorumluluktan korkuyor."

"Freud sonsuza kadar sekiz yılda bir kimlik değiştirmek zorunda kalmamış bence."

Sonra Agnes'in "macera" dediği yolculuğa çıktık; Hendrich'in telgrafla bildirdiği göreve gittik. Bu görevi birlikte yerine getirecektik. *Arabayla* Yorkshire'a kadar gittik. İç karartıcı kırlardaki High Hoyds denen kasvetli ve gotik bir hastanede insanlara rahatsızlığının ne olduğunu anlattığı için oraya tıkılan bir genç kız vardı. Onu oradan kaçırdık. Agnes kloroformlu mendili üç görevlinin burunlarına dayadıktan sonra aynı şeyi Flora'ya da yapmak zorunda kaldı çünkü yüzlerine eşarp bağlamış iki yabancının ansızın ortaya çıkması haliyle kızcağızı korkutmuştu.

Kızı arabaya taşıyıp kolayca kaçtık ve bu olay her nedense – Hastane yönetiminin utancı? Hastaların zaten umursanmaması? Yerel yetkililerin kayıtları incelememesi?– hiçbir gazetede yer almadı. Duyulsaydı bile bir şey olmazdı, Hendrich icabına bakardı ama duyulmadı ve bu durum bana hep acıklı gelmiştir.

Flora çok gençti. Daha seksen yaşındaydı. On yedi, on sekiz gösteriyordu. Onu bulduğumuzda ne yapacağını bilemeden kekeleyen, hayatı mahvolmuş biriydi ama cemiyet sayesinde düzeldi; cemiyet başka birçok insan gibi, cidden onu da kurtardı. Gerçekten çıldırdığını zannederken, aslında hiçbir şeyi olmadığını öğrenince rahatlayarak hıçkıra hıçkıra ağladı. Agnes'le birlikte Avustralya'ya giderek yeni bir hayata başladı. Oradan Amerika'ya gidip başka bir hayata başladı. Ama önemli olan şuydu: Cemiyet iyi bir iş yapıyordu. Birçok insanı kurtarmıştı. Flora Brown. Reginald Fisher. Daha niceleri. Belki beni bile kurtarmıştı. Hendrich'in haklı olduğunu görmüştüm. Bütün bunların bir anlamı ve amacı vardı. Hendrich'e her zaman için inanmış olmayabilirim ama yapılan *işe* –çoğu zaman– inanıyordum.

Londra'ya dönmek istemedim. Hendrich'e telgraf çekip Ciro's'daki patronlarımın beni Paris'teki bir otelde işlettikleri kardeş lokantalarına göndereceklerini bildirdim. Böylece Montmartre'a, Agnes'in oturduğu daireye taşındım. Yanında kalmaya gelen "kardeşi"ydim. Kısa bir süre birlikte yaşadık. Bundan söz etmemin nedeni aramızda geçen ilginç bir konuşma. Agnes bana albaların yaşlandıkça, bir milenyumu yarılamaya yaklaştıkça, derin bir içgörü geliştirdiklerini söyledi.

"Nasıl bir içgörüymüş bu?"

"Müthiş. Üçüncü göz gibi bir şey. Zaman hissi öyle derinleşiyor ki tek bir anın içinde her şeyi görebiliyorsun. Hem geçmişi hem de geleceği görüyorsun. Sanki her şey duruyor ve o anda her şeyin nasıl olacağını biliyorsun."

"Peki, bu iyi bir şey mi? Kulağa korkunç geliyor."

"Ne iyi ne de korkunç. Yalnızca *öyle*. Ne iyi ne de korkunç olan, o an her şeyin netleştiği, inanılmaz güçlü bir his."

Agnes gittikten çok sonra bile bu konuşma aklımı kurcalamaya devam etti. Bırakın geleceğimi, bugünümü bile anlamakta zorlandığım bir zamanda böyle bir netliği çok fazla arzuluyordum.

Sonunda Montparnasse'a taşındım ve bol bol şiir yazdım. Bir seferinde oradaki mezarlıkta, Baudelaire'in mezar taşına yaslanarak bir şiir yazmıştım ve o günlerde her gece piyano çalıyor, şairler, ressamlar ve sanatçılarla çoğu bir gecede biten fazlasıyla yüzeysel dostluklar kuruyordum.

Müziğe demir attım. Ciro's'dan başka, Les Années Folles adlı bir caz kulübünde de çalıyordum. Neredeyse aralıksız piyano çalmaya başlayalı otuz yıl olmuş ve piyano çalmak benim için doğal bir şeye dönüşmüştü. Piyano içinde çok şey barındırabilir. Hüzün, mutluluk, aptalca bir neşe, pişmanlık, acı. Bazen hepsi birden.

Bir rutin edinmiştim. Güne bir Gauloise içerek başladıktan sonra Boulevard du Montparnasse'daki Le Dôme Café'ye gidip (evden çıktığımda çoğu zaman öğlen oluyordu) hamur işi bir şeyler yiyordum. Bazen kahve içiyordum. Çoğu zamansa konyak. Alkol yalnızca alkol değildi. Özgürlük gibi bir şeydi. Şarap ve konyak içmek adeta ahlaki bir zorunluluğa dönüşmüştü. İçiyor, içiyor, kendimi mutlu olduğuma ikna eder gibi oluncaya kadar içiyordum.

Ama bir şeylerin tepetaklak gitmekte olduğu hissi vardı. Her şeyin çivisi çıkmıştı. Sefahat had safhadaydı. Çok fazla yoğunluk vardı. Çok fazla değişim. Çok fazla acıyla başa baş giden çok fazla mutluluk. Aşırı bir yoksulluğun yanında aşırı zenginlik. Dünya hızlanarak daha gürültülü bir yer haline geliyor, sosyal sistemler de caz müziği kadar karmaşık ve bölük pörçük şeylere dönüşüyordu. Bu yüzden bazı yerlerde sadeliğe, düzene, günah keçileriyle zorba liderlere, ülkelerin de dinler ya da mezhepler gibi olmasına karşı duyulan güçlü bir arzu vardı.

1930'larda bütün insanlığın geleceği tehlikedeymiş gibi görünüyordu. Bugün de sık sık olduğu gibi. Çoğunluk karmaşık sorulara basit cevaplar arıyordu. İnsan olmak için tehlikeli zamanlardı.

Hissetmek, düşünmek, umursamak için. Bu yüzden Paris'ten sonra piyano çalmayı bıraktım. Bir daha da çalmadım. Piyano beni yiyip bitiriyordu. Bir gün tekrar çalıp çalmayacağım sık sık düşündüğüm bir şeydi. Karşıma çalma fırsatı çıktığında Camille'in yanında oturuyor olmasam çalar mıydım, bilmiyorum.

Londra, şimdi

"Ben eski şeyleri severim," diyor Martin, başını sallayıp kendi bilgeliğini onaylıyor, bir yudum bira içiyor. "Daha çok Hendrix ama az biraz Dylan, The Doors, Stones. Biz doğmadan yapılan işler işte. Her şey ticarete dökülmeden önce."

Martin'i sevmedim. Dört yüzlü yaşlarda olmanın en iyi yönlerinden biri de insanların mayalarının bozuk olup olmadığını şıp diye anlayabilmeniz. Bu Martin'lerden her çağda bol bol vardır. 1760'larda, Plymouth'taki Minerva Inn'de, sahnenin hemen yanında duran Richard adlı bir Martin, ben ne çalarsam çalayım başını iki yana sallar, dizinde oturan zavallı fahişeye feci bir müzik zevkim olduğunu fısıldar, çaldığımdan daha iyi olduğunu düşündüğü, ayağa düşmüş bir baladın ismini haykırırdı.

Coach and Horses'da toplanıp bir masanın etrafına oturmuş bulunuyoruz. Rengi ve dokusuyla bir lavtanın sırtını hatırlatan, koyu renk, küçük masa, çeşit çeşit içkiler, cipsler ve kuruyemişlerle dolu. Barın sakin ve medeni bir atmosferi var ama belki de aklımda Minerva Inn denen o leş kokulu, kavganın gürültünün eksik olmadığı berbat yer olduğu için öyle geliyor.

"Ah, ben de," diyor Isham. "Ama bütün coğrafya öğretmenleri eski rock sever zaten."

Isham'ın patlattığı bu soğuk esprinin üzerine herkes, Isham'ın kendisi bile gözlerini tavana çeviriyor.

"Ama seksenlerin hiphopunu da biraz severim," diye eklemek zorunda hissediyor kendini Martin. "De La Soul, A Tribe Called Quest, PE, NWA, KRS-One..."

"Çağdaş bir şeyler yok mu?" diye soruyor Camille.

Martin, Camille'ın göğsüne çabucak mikro bir bakış atıyor. "Pek sayılmaz. Sen duymamışsındır."

"Haklı olabilirsin. Sonuçta Fransız'ım. Bizim oralarda müzik yok tabii. Ne arasın?" Tatlı tatlı dokundurması bir etki yaratmıyor, belki de Martin duymuyor ama benim hoşuma gidiyor.

"Pekâlâ," diyor Martin. "Sen kimleri seversin?"

"Benim müzik zevkim biraz eklektik sanırım. Beyonce. Leonard Cohen. Johnny Cash. Bowie. Biraz Jacgues Brel. Ama bence *Thriller* tüm zamanların en iyi albümü. 'Billie Jean' de şimdiye kadar yazılmış en iyi pop şarkısı."

"'Billie Jean' mi?" diyorum. "Müthiş bir şarkıdır."

Martin bana dönüyor. "Peki ya sen? Müziğe ilgin var mı?"

"Biraz."

Martin gözlerini kocaman açarak açıklama yapmamı bekliyor.

"Çaldığın bir müzik aleti var mı, mesela?" diye soruyor Camille alnını kırıştırarak, soruyu sormasının başka bir nedeni de varmış gibi.

Omuz silkiyorum. Kolayca yalan söyleyebilirim ama ağzımdan çıkıveriyor. "Biraz gitar, biraz piyano..."

"Piyano, ha?" Camille'in gözleri kocaman açılıyor.

Üstünde bir Galler takımının battal boy ragbi forması olan beden öğretmeni Sarah barın bir köşesini gösteriyor. "Şurada bir piyano var. Müşterilerin de çalmasına izin veriyorlar."

Gözümü piyanoya dikiyorum. Sıradan bir mayıs sineği gibi davranabilmek için o kadar kasılmışım ki içeri girdiğimde piyanoyu fark etmemişim bile.

"Ah tabii, biraz tıngırdatabilirsiniz," diyor bardaklarımızı almaya gelen yirmili yaşlardaki, ufacık bir sakalı olan, leylek gibi barmen.

Bırakmaya uğraştığınız bir uyuşturucu teklif edildiğinde nasıl paniklerseniz o türden bir paniğe kapılmaya başlıyorum. "Yok, ben almayayım."

Camille'in karşısında beceriksizleştiğimi hisseden Martin üsteliyor. "Yapma ama Tom. Geçen perşembe ben çalmıştım. Sıra sende."

Camille anlayışla bana bakıyor. "Mecbur değil. Kabul töreni yapmıyoruz. İstemiyorsa çalmak zorunda değil."

"Yani," derken buluyorum kendimi, "o kadar uzun zaman oldu ki."

Camille'in bana acımasını istemiyorum ve belki de bu yüzden kalkıp bizimki dışında dolu olan tek masanın -yaşlı erkeklerin zamansız, suskun hüznüyle gözlerini yarısı içilmiş biralarına dikmiş, öylece oturan üç kır saçlı arkadaşın- yanından geçerek çiziklerle kaplı, eski püskü, kuyruksuz piyanoya gidiyorum.

Tabureye oturduğumda, bara beklenti dolu bir sessizlik çöküyor. Burnundan sesler çıkararak hafifçe kıkırdayan Martin dışında kimseden çıt çıkmıyor.

Gözlerimi tuşlara dikiyorum. Paris'ten beridir hiç piyano çalmadım. En fazla birkaç kez tıngırdatmışımdır. Bir asır öncesinin en güzel dönemine ait bir şey. Gitara kıyasla, piyanoda farklı bir şeyler var. Sizden daha çok şey talep ediyor. Çok fazla duyguya mal oluyor.

Ne çalacağımı bilemiyorum.

Kollarımı sıvıyorum.

Gözlerimi kapıyorum.

Boşluk.

Aklıma ilk gelen şeyi çalıyorum.

"Greensleeves."

Doğu Londra'daki bir bardayım ve piyanoda "Greensleeves" çalıyorum. Martin'in kahkahaları kafamın içinde kanat çırpıyor ama ben devam ediyorum. "Greensleeves" belirsizleşerek "Under the Greenwood Tree"ye dönüşünce Marion'a duyduğum özlem su yüzüne çıktığı için Liszt'in *Liebestraum No. 3*'üne geçiş yapıp biraz orada kalıyorum. Gershwin'in "The Man I Love"ına geldiğimde, Martin artık gülmüyor ve eski günlerdeki kadar iyi piyano çalıyorum. Kendimi aynı Paris Ciro's'da çalar gibi hissediyorum. Kısacası, piyanonun neler yapabileceğini hatırlıyorum.

Derken başka anılar da canlanıyor, başım zonklamaya başlıyor ve içimdeki duygulara bir çeşit kramp giriyor.

Nihayet çalmayı bırakıp dönerek bizim gruba bakıyorum. Ağızlar beş karış açık. Camille alkışlamaya başlayınca herkes ona katılıyor. Üç yaşlı adam ve barda çalışanlar bile alkışlıyor.

Martin "Greensleeves" diye bir şeyler geveliyor. Isham bana, "Muhteşemdi!" diyor. Sarah, Martin'e, "İşinden olman yakındır!" diyor. Martin, Sarah'ya siktirip gitmesini söylüyor.

Camille'in yanındaki yerime dönüyorum.

"Sen çalarken yine öyle hissettim. Seni piyano çalarken daha önce de görmüşüm gibi. Dejavu gibi bir şey."

Omuz silkiyorum. "Dejavunun gerçek olduğunu söylerler."

"Şizofreni belirtisidir," diyor Martin.

Camille, "Ama gerçekten," diyerek elime dokunup kimse görmeden elini geri çekiyor. "Harikaydı; *si merveilleux*."

O an kısacık ama yoğun bir arzu duyuyorum. Bir insanı yüzyıllardır gerçek anlamda arzulamış değilim ama Camille'e baktığımda, güzel, güçlü sesini duyduğumda, göz çevrelerindeki incecik çizgileri gördüğümde, teninin tenime değdiğini hissettiğimde, ağzına baktığımda, beynim otomatik olarak onunla birlikte olmanın, onunla birlikte yolumu kaybetmenin, arzularımı kulağına fısıldamanın, onun içinde yok olmanın ve onu içime almanın nasıl bir şey olacağını düşünmeye başlıyor. Aynı yatakta uyanıp konuşarak gülüşmenin ya da hiç rahatsız olmadan sessiz kalmanın. Ona kahvaltı hazırlamanın. Ekmek kızartmanın. Frenk üzümü reçelli. Pembe greyfurt sulu. Belki biraz da kavunlu. Dilimlenmiş. Tabakta. Kahvaltısını götürdüğümde bana gülümsemesinin nasıl bir şey olacağını düşünüp o gülüşü hayal ediyor, başka bir insanla birlikte bir kez daha mutlu olmaya cesaret edebileceğimi hissediyorum.

Piyano çalmak böyledir işte.

Bu yüzden tehlikelidir.

İnsan olduğunuzu hatırlattığı için.

Camille, "Tom?" diyerek beni daldığım düşüncelerden uyandırıyor. "Bir içki daha ister misin?"

Utanarak ve kendimi bütün sırların yazılı olduğu sayfası açık bırakılmış bir kitap gibi hissederek, "Hayır, teşekkürler," diyorum. "Yeterince içtim sanırım."

Isham telefonunu çıkarıyor. "Ultrasonu görmek isteyen var mı?" diye soruyor. "Üç boyutlu."

"Ooo," diyor Camille, "ben!"

Isham'la karısı bebek bekliyor. Hep birlikte başlarımızı hareketli ultrason görüntüsüne doğru uzatıyoruz. Ultrason kavramının ilk kez 1950'lerde konuşulmaya başlandığını hatırlıyorum. Şu anda bile hâlâ geleceğe ait bir şey gibi. Var olması muhtemel bir insanı kilden yapılmış ilkel bir şeye benzeyen o kırılgan haliyle görebilmenizi sağlayan tuhaf bir geleceğe.

Bir an Camille'in kolumdaki yara izine baktığını fark ediyorum. Rahatsız olup gömleğimin kollarını indiriyorum.

"Cinsiyetini bilmiyoruz. Zoë sürpriz olmasını istiyor."

Isham'ın gözünde parıldayan bir yaş var.

Martin, "Bence erkek," diyerek ekranı gösteriyor.

"O penis değil," diyor Isham.

Martin omuz silkiyor. "Penis."

Ekrana bakarken, Rose hamile olduğunu söylediğinde kendimi nasıl hissettiğimi hatırlıyorum. Rose'un sonogramlar hakkında ne düşüneceğini merak ediyorum. Bebeğin cinsiyetini öğrenmeyi isteyip istemeyeceğini. Arkama yaslanıyorum ve bardan çıkana kadar pek fazla konuşmuyorum. İçimde bir suçluluk duygusu var. Rose'dan başka birini arzulamanın verdiği suçluluk duygusu.

Ne saçma.

Yine düşüncelere dalıp başımın ağrısını, Coach and Horses'da olduğumu unutarak Eastcheap'teki Boar's Head'de olduğumu, oradan çıkıp gecenin karanlığına dalarak daracık sokaklarda yürüye yürüye Rose'la Marion'a, yüzyıllar öncesinde bıraktığım halime ulaşabileceğimi hayal ediyorum.

Londra, 1607-1616

1607'de yirmi yedi yaşındaydım.

Tabii ki yirmi yedi *göstermiyordum* ama Bankside'da çalıştığım günlere kıyasla birazcık büyümüştüm. Farklı olduğumu ilk anladığımda hep öyle kalacağımı, fiziksel görüntümün o şekilde donup kaldığını zannetmiştim ama sonra zamanla, çok yavaş da olsa değişimler başladı. Mesela, *kıllar*. Apış aramda, göğsümde, koltuk altlarımda ve yüzümde eskisinden daha çok kıl çıkıyordu. On iki yaşındayken çatlak çıkan sesim gitgide kalınlaştı. Omuzlarım biraz genişledi. Kollarım kuyudan yıkama suyu taşırken eskisi kadar zorlanmıyordu. Ereksiyonlarımı daha iyi kontrol edebiliyordum. Rose'a sorarsanız, yüzüm de erkek yüzüne benzemeye başlamıştı. Erkeksiliğim o derece artmıştı ki Rose artık evlenmemizi önerdi ve iki öksüz olarak, Grace'in şahitliğimizi yaptığı küçük bir törenle evlendik.

Grace de evlenmişti. On yedi yaşındayken kendisinin tam zıddı olan biriyle –Walter isminde çekingen, Tanrı korkusu olan, kırmızı yanaklı bir ayakkabıcı çırağıyla– nişanlanmıştı ve artık onunla birlikte Stepney'deki ufacık bir evde yaşıyordu.

Evlendikten sonra biz de taşındık. Nedeni gayet basitti. Bir yerde ne kadar uzun kalırsak tehlike o kadar artıyordu. Rose'un aklında iyice uzağa, köylerden birine gitme fikri vardı ama ben bunun olası tehlikelerini bildiğim için tam aksini yapmamızı önerdim. Gidip surların içinde, kalabalıkta kaybolup güvende olabileceğimiz bir yerde yaşamayı önerdim ve Eastcheap'e taşındıktan sonra hayat bir süreliğine yolunda gitti.

Evet, çürümüşlüğün, farelerin ve sefaletin ortasındaydık ama birbirimize sahiptik. Sorun, büyümeme rağmen Rose kadar hızlı büyümeyişimdi elbette. Rose artık yirmi yedi yaşına gelmişti ve yaşını gösteriyordu. Bense gitgide oğlu olabilecek bir yaşta kalmaya başlamıştım.

İnsanlara on sekiz yaşında olduğumu söylüyordum ve en azından haftanın çoğu gecesi çalmaya başladığım Boar's Head Inn'de bu yeterince inandırıcıydı ama Rose gelip bana âdet görmediğini, galiba hamile olduğunu söylemeseydi bile, bana kalırsa zaten onu yeteri kadar tehlikeye sokuyordum. Her neyse. Doğru çıktı. Bu haberi harika mı bulmalıydım yoksa yıkılmalı mıydım, bilemiyordum. Rose hamileydi. Kendi karnımızı zor doyurabiliyorken, bir de üçüncü boğaz çıkacaktı.

Başka kaygılar da vardı tabii. Rose'a bir şey olacak diye kaygılıydım. Sonuçta, o kadar çok doğum sırasında ölen kadın duyuyordum ki gayet sıradan bir olaymış gibi geliyordu. İçeri soğuk girmesin diye pencereleri kapıyordum. Onu koruması için Tanrı'ya dua ediyordum.

Hayatımda ilk defa kötü bir şey olmadı.

Olan şey şuydu: Bir kızımız oldu. Adını Marion koyduk.

Onu kundağının içinde kucağıma alıyor, ağladığı zamanlarda sakinleştirmek için Fransızca şarkılar söylüyordum ve genelde işe yarıyordu.

Ona gördüğüm anda âşık oldum. Anne babaların çoğu bebeklerine gördükleri anda âşık olurlar tabii. Bunu burada dile getirmemin nedeni, hâlâ olağanüstü bulmam. O sevgi daha önce neredeydi? Birdenbire nereden çıkmıştı? Acı kadar ani ama acının tam tersi bir şeyin ansızın bütünüyle ortaya çıkıvermesi insan olmanın mucizelerinden biri.

Ama Marion ufacıktı. Tabii ki bebekler her zaman için ufacık ve narin şeylerdir ama o günlerde bu narinlik de bir endişe kaynağıydı.

"Yaşayacak mı dersin, Tom?" diye soruyordu Rose, uyurken Marion'ı izlediğimiz, aldığı her nefeste rahatladığımız zamanlarda. "Tanrı onu bizden almaz, değil mi?"

"Yok. Turp gibi, baksana," diyordum ben de.

Rose ölen kardeşleri Nat ve Rowland'la ilgili anıları saplantı haline getirdi. Marion ne zaman öksürse -ya da öksürüğe benzetilebilecek ufacık bir ses çıkarsa- Rose küle dönmüş bir yüzle, "Rowland'ınki de böyle başlamıştı!" diyordu.

Geceleri neden izlediğimizi bilmeden ama kaderlerimizin -ve Marion'ın kaderinin- onlarda yazılı olduğunu bilerek yıldızları izliyorduk. Bunca vesvese Rose'un üzerinde etkisini gösterdi ve karım sonraki aylarda çok sessiz, içine kapalı biri oldu. Solgun ve yorgun görünüyor, öyle bir şey olmadığı halde kötü bir anne olduğu için kendini suçlayıp duruyordu. Bugün doğum sonrası depresyon geçirmiş olabileceğini düşünüyorum. Her sabah güneş doğmadan kalkıyordu. Hiç olmadığı kadar dindar birine dönüşmüştü; Marion kucağındayken bile dualar ediyordu. İştahsızlaşmıştı, günde birkaç kaşık çorbayla duruyordu. Marion bütün zamanını aldığı için artık çalışmıyor, pazarda meyve satmıyordu ve eski hareketli hayatını özlediğini düşündüğüm için Grace'e onu ziyarete gelmesini söylüyordum; zaman zaman geliyor, inceliksiz mizah duygusuyla birlikte bebeğe giyecek bir şeyler, eczacıdan aldığı pişik merhemleri falan getiriyordu.

Harika komşularımız Ezekiel ve Holwice'in de beşi hâlâ hayatta olan dokuz çocukları olmuştu ve -ellilerinde olduğu halde su değirmeninde yün yıkayan- Holwice'in çocuk bakımına dair birçok tavsiyesi oluyordu. Hep bildik şeyler. Kötü ruhları kovmak için pencereleri açın. Banyo yaptırmayın. Bebeğin kolay uyuması için alnına bir parmak anne sütü ve gül suyu karışımı sürün.

Fakat Rose'a sorarsanız küçük Marion için her şey tehlikeliydi (ve Marion'ın hâlâ *küçük* olması da kaygılarını artırıyordu). Başımızı kaşıdığımızda, kendine ya da bana sinirleniyordu mesela.

"Bu çok pis bir alışkanlık, Tom. Bebeği hasta edebiliriz!"

"Bence etmez."

"Yapmamalısın, Tom. Yapmamalısın. Ayrıca onun yanında geğirmemelisin."

"Onun yanında geğirdiğimin farkında değilim."

"*Ale* içtikten sonra da ağzını silmelisin. Gece eve geldiğinde de sessiz ol. Her seferinde onu uyandırıyorsun."

"Özür dilerim."

Bazen de Marion uyurken Rose durduk yere hıçkıra hıçkıra ağlamaya başlayıp onu benim tutmamı söylüyordu ve ben de tutuyordum. Geceleri işten eve döndüğümde, kapıdan girerken, sık sık ağladığını duyuyordum.

Bu konuyu neden uzattım, bilmiyorum. Yalnızca birkaç aylık bir dönemdi. Rose yaz sonunda eski haline dönmüştü. Vicdan azabımı artıran bir şey olduğu için anlatıyorum galiba. Bu gerilimin nedenlerinden biri olduğumu içten içe biliyordum. Rose bu birliktelikte hep güçlü olan, idare edip öncelik alan, ikimiz için en iyisinin ne olduğunu bilen taraftı. Her şeyi bildiği halde benimle evlenmesini sağlayan da güçlü olmasıydı elbette.

Fakat keyfi kaçtıkça, şüpheleri de yüzeye çıkıyordu. Marion bebeklik dönemini atlatsa, çocukluk döneminden sonra da hayatta kalsa bile, ne olacaktı? Babasından yaşlı görünmeye başladığında ne olacaktı? Bu soruların tavşanlar gibi çoğalacağını ikimiz de biliyorduk.

Benim kaygılarımaysa bir yenisi daha eklenmişti. Rose, Marion'ın öleceğinden ya da yaşça beni geride bırakabileceğinden korkmaya devam ederken, ben de aynı şekilde bırakmayabileceğinden korkuyordum. Yani benim gibi olabileceğinden. Anormal olacağından korkuyordum. On üç yaşına gelip öyle kalacağından. Marion'ın da benimle aynı –hatta daha da kötü– sorunlarla karşılaşacağından korkuyordum çünkü biliyordum –elbette biliyordum– ki masumiyetlerini kanıtlamak için nehirlerin dibinde boğulanlar, kadınlardı.

Ne kadar çok içersem içeyim (ki miktar gün geçtikçe artıyordu) uyuyamıyordum. Hâlâ hayatta, büyük ihtimalle Londra'da olan Manning hiç aklımdan çıkmıyordu. Onunla hiç karşılaşmasak da varlığını sık sık *hissediyordum*. Kötücül varlığı gölgelerin, lağım çukurlarının, kilisenin saatindeki tek kolun içindeymiş gibi yakınımda hissediyordum onu.

Boş inançlar her yerde yükselişe geçmişti. İnsanlar, zaman zaman, insan hayatının aydınlanmaya, bilgiye ve hoşgörüye doğru yukarı eğim yapan düz bir çizgi olduğunu hayal etmeyi severler ama benim deneyimime göre öyle bir şey olmadığını söylemem gerek. Ne bu yüzyılda ne de o zaman vardı. Kral James'in tahta geçmesiyle birlikte boş inançlar zıvanadan çıkmıştı. Kral James *Daemonologie* kitabını yazmakla kalmamış, Püriten çevirmenlerin İncil'i yeniden ele almalarını istemiş, tahammülsüzlüğü doruklara çıkarmıştı.

Tarihin bize verdiği ders, cehaletin ve boş inançların hemen herkeste her an ortaya çıkabileceğidir. Düşüncelerde bir şüphe olarak ortaya çıkan, çabucak eyleme dönüşebilir.

Bu yüzden korkularımız gitgide artıyordu. Bir gece Boar's Head'de kavga çıktı; bir grup adam şeytana tapmakla suçlayarak içlerinden birine saldırdı. Başka bir gece sohbet ettiğim bir kasap, tanıdığı bir çiftçiden domuz almayı reddettiğini çünkü adamın domuzlarının "karanlık ruhlar" olduğuna ve insanın ruhunu baştan çıkarabileceklerine inandığını anlattı. Buna dair bir kanıtı olmasa da inancı tamdı ve bu olay bana Suffolk'ta yargılandıktan sonra iblis olmakla suçlanarak kazıkta yakılan bir domuzu hatırlattı.

Malum nedenlerle *Macbeth*'i izlemeye hiç gitmedik ama siyasete ve doğaüstü kötülüklere dair bu hikâyenin zamanın en popüler ve en çok konuşulan seyirlik eğlencesi olması tesadüf değildi. Şimdi düşününce, Shakespeare bana yine de o kadar iyi davranır mıydı, merak ediyorum. Bu yeni koşullar altında, Henry Hemmings'in cidden ölmesi gerektiğini düşünmüş müydü acaba? Ama daha somut kaygılarım da vardı.

Bizim sokağın sonunda, *Daemonologie*'deki etkileyici diyaloglarla birlikte Kral'ın İncili'nden bölümleri yüksek sesle okuyan şık giyimli bir adam vardı. Ayrıca Marion dört yaşına geldiğinde, bir zamanlar bize çok yakın davranan komşularımız Ezekiel ve Holwice bile bana tuhaf tuhaf bakmaya başlamıştı. Benim yaşlanmadığımı fark ettiklerinden mi yoksa Rose'la aramızdaki yaş farkı biraz fazla görünmeye başladığından mı, bilmiyorum. Rose benden en az on yaş büyük görünüyordu.

Üstelik bir daha hiç görmediğimiz halde Manning'in adını duyuyorduk. Bir seferinde daha önce hiç görmediğim bir kadın sokakta yanıma gelip parmağıyla göğsümden dürttü.

"Mr. Manning bana seni anlatmıştı. Herkese anlattı... Çocuğun olduğunu söylüyorlar. Onu daha doğarken boğmalıydılar ki içimiz rahat etsin."

Başka bir seferinde, Rose sokakta Marion'la yürürken, "büyücüyle" birlikte yaşadığı için yüzüne tükürdüler.

Artık koca kız olan Marion bunların farkındaydı. Zeki, duyarlı ve çoğu zaman hüzünlü görünen bir çocuktu. Bu olaydan sonra ağladı. Ne kadar sessiz olmaya çalışsak da kaygılarımızdan söz ettiğimizi duyduğu zamanlarda fazlasıyla sessizleşiyordu.

Onun iyiliği için yavaş yavaş yaşam tarzımızı değiştirdik. Sokağa birlikte çıkmamaya özen gösteriyorduk. Akıllarda beliren soruların önünü kesmeye çalışıyorduk. Beceriyorduk da.

Marion kız olduğu ve asil olmadığı için okula gitmedi. Buna rağmen okuma yazmayı öğrenmesinin, zihninin ona düşüncelerinde kaçabileceği yerler kazandıracak kadar genişlemesinin önemli olduğunu düşünüyorduk. O günlerde okumayı bilmek nadir rastlanan bir meziyetti ve ben bu meziyete sahiptim. Fransızca da olsa okumayı bilen bir annenin yanında büyüdüğüm için bir kızın okumayı bilmesinde hiçbir tuhaflık görmüyordum.

Marion fazlasıyle yetenekli ve meraklı bir okur oldu. Sadece iki kitabımız vardı ama onlara tapıyordu. Altı yaşında Edmund Spenser'ın *Periler Kraliçesi*'ni okuyabiliyor, sekizinde Michel de Montaigne'den alıntılar yapabiliyordu; Montaigne'in denemelerinin İngilizce çevirisini yıllar önce Southwark'taki çarşamba pazarından almıştım. Kitap kötü durumdaydı -sayfaları ciltten kopmuştu- ve iki peniye almıştım. Marion, mesela annesinin elime dokunduğunu gördüğünde, "Mutlu evlilikler aşktan çok, arkadaşlıkla oluşur," diyebiliyordu. Ya da neden o kadar hüzünlü göründüğü sorulduğunda, "Hayatım, çoğu asla gerçekleşmeyen korkunç talihsizliklerle doluydu," diyordu.

"Montaigne'den, değil mi?"

Başını sallıyordu. "Başkalarından alıntı yapmamın sebebi, kendimi daha iyi ifade edebilmektir," dediğinde, bunun da bir alıntı olduğunu seziyordum.

Derken bir gün başka bir şey okudu. Bazı sabahlar oynamak için tek başına dışarı çıkıyordu. Bir gün ben lavtada yeni bir şarkı öğrenirken -John Dowland'in "I Saw My Lady Weepe"si- hafiften tokat yemiş gibi bir tavırla geldi.

"Ne oldu, tatlım?"

Nefesi kesilmiş gibiydi. Kaşlarını çatmış, yaşının ötesinde bir yoğunluk ve ciddiyetle bana bakıyordu. "Sen şeytan mısın, baba?"

Güldüm. "Yalnızca sabahları."

Ama hiç şakalaşacak halde olmadığı için çabucak, "Hayır, Marion. Nereden çıktı bu şimdi?" diye ekledim.

O zaman gösterdi.

Birileri kapımıza "Şeytan Burada Oturuyor" sözcüklerini kazımıştı. Bunu görmek korkunçtu ama Marion'ın da gördüğünü bilmek daha korkunçtu.

Rose da gördüğünde, ne yapılması gerektiğini kesin bir dille söyledi.

"Londra'dan gitmemiz lazım."

"İyi ama nereye gideceğiz?"

Rose için bu ikincil bir sorundu. Kararlıydı. "Yeni baştan başlamalıyız."

"Neye?"

Kapının yanına dayadığım lavtayı gösterdi.

"Başka yerlerde de müzik seven insanlar var."

Lavtaya bakakaldım. Dönerek giden ahşap süslemenin içindeki deliklerin karanlığına. Gülünç ama orada bir dünya olduğunu hayal ettim. Lavtanın teknesinin derinliklerinde. Minyatür hallerimizin kimseye görünmeden, tehlikelerden uzak, güven içinde yaşayabileceği bir dünya.

Londra, şimdi

Dokuzuncu sınıfların dersine lavtamı getirdim.

Elimde lavta, masama dayanmış duruyorum.

"Bu şey en az dört yüz yıl önce Fransa'da el işçiliğiyle yapıldı. Tasarımı o dönemdeki İngiliz lavtalarından biraz daha karmaşık."

"Eskiden gitarlar böyle miydi yani?" diye soruyor Danielle merakla.

"Lavtalar teknik açıdan gitar değildir. Yakın akraba oldukları kesin ama lavtaların daha hafif bir sesi vardır. Şekline baksanıza. Gözyaşı gibi. Derinliğine bakın. Sırtına bakın. Bu kısma tekne denir. Telleri koyun bağırsağından yapılmıştır. Bu sayede daha net bir ses verirler."

Danielle iğrenmiş gibi yüzünü buruşturuyor.

"Bir zamanların *en moda* müzik aleti buydu. Klavye ve elektrogitar bir arada. Kraliçenin bile bir tane vardı. Ama insan içinde çalınması biraz kaba bulunduğu için o iş aşağı sınıflara bırakılmıştı."

Birkaç nota çalıyorum. "Flow My Tears"in ilk mezurlarını. Çocuklar etkilenmiş görünmüyor.

"Zamanında bu müthiş bir şarkıydı."

"Seksenlerden mi bu?" diye soruyor Anton'un yanında oturan altın saatli, karmaşık bir saç modeli olan Marcus merakla.

"Hayır, biraz daha eskilerden."

Ama bu bana bir şey hatırlatıyor.

Bir akor çalıyorum –mi minör– ve kısa kısa vuruşlarla devam ederek la minöre geçiş yapıyorum.

"Bu şarkıyı biliyorum," diyor Danielle. "Annem çok sever."

Anton gülümseyerek baş sallıyor. Derken şarkının, "Billie Jean"in sözlerini biraz gülünç bir falsettoyla söylemeye başlıyorum.

Bütün sınıf gülmeye başlıyor. Bazıları şarkıya eşlik ediyor.

Derken Camille ve yedinci sınıflar spor sahasında Fransızca dersi yapmak için dışarı çıkmak üzereyken durup beni izlemeye başlıyor. Camille duymak için kapıyı açıyor.

Camın ardında el çırparak ritim tutuyor. Gülerek gözlerini kapayıp nakaratı söylüyor.

Sonra gözlerini açıp bana diktiğinde dehşetli bir mutluluk ya da mutlu bir korku içindeyim ve artık Daphne bile koridora çıktığı için çalmayı bırakıyorum. Çocuklardan toplu bir inilti çıkıyor. "Ben geldim diye durma," diyor Daphne. "Oakfield'da lavtayla çalınan bir Michael Jackson yorumu için her iş yarıda bırakılabilir. Bu şarkıyı çok severim."

"Ben de," diyor Camille.

Ama bunu zaten biliyorum tabii.

Canterbury, 1616-1617

Canterbury, ben ve annem gibi birçok Fransız Huguenot'nun yerleştiği bir yerdi. Rochefort Dükü anneme bizzat ya Londra'ya ya da Canterbury'ye taşınmasını tavsiye etmiş, "kutsal bir yer" olan Canterbury'de sığınmacılara iyi davranıldığını söylemişti. Bu tavsiyeye kulak asmayan annem onun yerine Suffolk'un sessizliğini tercih etmiş, sessizliği güvenlikle karıştırarak ölümcül bir hata yapmıştı. Ama bu tavsiye benim aklımda kalmıştı.

Bu yüzden Canterbury'ye taşındık.

Londra'da verdiğimiz bütün kiralardan daha ucuza, sıcacık ve rahat bir ev bulmayi başardık. Katedral ve temiz hava bizi çok etkiledi ama geriye kalan her şey bir mücadeleydi. İş de öyle.

Buradaki meyhanelerde müzisyenlere ekmek yoktu; tiyatrolarda da iş yoktu. Mecburen sokaklarda çalmaya başladım ama onlar da bir tek insanların pazar meydanındaki idam sehpalarının orada toplandığı günlerde kalabalık oluyordu.

Derken (hepi topu iki hafta sonra) paramız iyice azalınca, Rose'la artık dokuz yaşında olan Marion para kazanmak için çiçek satmaya başladı. Marion müziği seven ve Montaigne'den alıntılar yapan harika bir kız olmuştu. Onunla sık sık Fransızca konuştuğum için o dili de kapmıştı ama Rose bu duruma da biraz şüpheyle yaklaşıyor, bu kadar çok eğitimin Marion'ı çoğunluktan iyice ayırarak farklılığına vurgu yapacağını düşünüyordu.

Marion bazen salonda dönüp durur, kendi dünyasına dalarak şarkılar söyler ya da diliyle sesler çıkararak kendi kendine eğlenirdi. Sıkça başka âlemlere dalmış gibi görünür, pencereden özlemle dışarıyı seyrederdi. Kimi zaman nedenini bana asla anlatmadığı görünmez bir kaygıyla alnı kırışırdı. Bana fazlasıyla babaannesini hatırlatıyordu. O gizemli hali. Marion lavtadan çok kaval çalmayı yeğliyordu (kavalı yok pahasına pazardan almıştık). "Parmaklarla şekillendirilen müziği değil, nefesle yaratılan müziği" seviyordu.

Kavalı sokaklarda da çalıyordu. Yürüyerek kaval çalardı. Her şeyden çok Marion'la birlikte Rose'un ayakkabısını tamir ettirmek için şehre indiğimiz -güneşin tüm dünyayı aydınlattığı- harika bir cumartesi sabahını hatırlıyorum. Ben ayakkabı tamircisiyle konuşurken, Marion dışarıda durup kavalıyla "Under the Greenwood Tree"yi çalmıştı.

Çok geçmeden koşarak gelmiş ve avcunu uzatarak güneş gibi parlak, tertemiz, gümüş bir parayı bana göstermişti.

"Demin bir hanım verdi. Bu parayı saklayacağım ve bize şans getirecek, baba, göreceksin."

Fakat şansımız devam etmedi.

Daha ertesi gün ailece dışarı çıkmış, hep birlikte kiliseye giderken, ergenlik çağındaki bir grup oğlan bizimle alay etmeye başladı. Rose'la el ele tutuştuğumuz için bize gülüyorlardı; biz de ellerimizi aşağı sarkıtıp kendi utancımızdan utanarak öylece bakıştık.

Sonra ev sahibimiz, Mr. Flint adlı, her şeye burnunu sokan, ihtiyar, hırlak sesli adam, kirayı almaya her gelişinde sorular sormaya başladı.

"Oğlunuz mu yoksa?"

"Kızınız Fransızca biliyor demek?"

Her şey zalim bir acımasızlıkla düşüşe geçti. Dedikodu burada da canlanıverdi. Fısıltılardan, ters bakışlardan, soğuk tavırlardan oluşan bir dünyada yaşamaya başladık. Sığırcıklar bile bizim hakkımızda şakıyordu sanki. Kiliseye gitmeyi bıraktık, fazla ortalarda görünmedik ama bu durum şüpheleri körükledi tabii. Kapımıza kazıyarak bir şeyler yazmak yerine, işbirliği yaptığımızı düşündükleri kötü ruhları kovmak için evin karşısındaki ağacın üzerine üst üste binen daireler kazıdılar.

Cadı avcısı olduğunu iddia eden bir adam, bir gün pazarda Marion'ın yanına gelip kocasını kendi zevki için genç tutan bir cadının kızı olduğunu söyledi. Bir cadının dölü olduğu için Marion da iblis olmalıydı.

Marion başını dimdik tutup adama, "Bir canavar mucize de görse canavar gördüğünü sanır," diyerek büyük ihtimalle durumu daha da kötüleştirdi. Söylediği şey Montaigne'den değildi ama kesinlikle ondan etkilenmişti. Ama adam gider gitmez, Marion hüngür hüngür ağlamaya başladı ve o gün bir daha hiç konuşmadı.

Marion o gece bir kâbus görerek uyanıp tekrar uyuduktan sonra, Rose bana o gün olanları anlatırken sesi titriyor, korkudan ne yapacağını bilemiyordu.

"Bu solucanlar neden bizi rahat bırakmıyor? Onun için çok korkuyorum. Hepimiz için korkuyorum."

Yüzü taş gibiydi ama gözünde yaş vardı. Rose bir karar almıştı. Korkunç bir karardı bu.

"Londra'ya geri dönmeliyiz."

"Ama zaten *oradan* kaçmıştık."

"Hata ettik. Buradan gideceğiz. Hep birlikte... Hep birlikte... Hep birlikte." Ardından söyleyeceklerinden korkar gibi, bunları söyleyip durdu ama sonra sözüne devam etti.

Artık gözyaşları sular seller gibiydi. Ben sarılınca, o da bana sarıldı ve Rose'u başının tepesinden öptüm.

"Ben yanınızda olduğum sürece Marion da, sen de sürekli tehlikede olacaksınız."

"Bir yolu olmalı—"

"Yok."

Bakışlarını düzeltmeye başladığı eteğine dikti. Gözlerini kapayıp yaşları sildi ve içine cesaret doldurur gibi bir nefes aldı. Yoldan tangır tungur bir at arabası geçti. Rose bir şey söylemeden bana baktı ama söylemek istediği, sessizliğinin içinde saklıydı.

"Bizim yanımızdayken güvende değilsin, Tom."

Bu sözün devamını getirmedi. Benim yanımdayken onların da güvende olmadıklarını söylemedi ama aklında onun da olduğunu biliyordum ve bunu bilmek ölüm gibi bir şeydi. Onları korumaya çalıştığım tehlike bendim.

Bir şey demedim. Ne diyebilirdim ki? Rose'un bensiz de yaşayabileceğini biliyordum. Ben yokken yaşamasının daha mümkün olduğunu.

Sonunda yüzüme bakabildi. "Bunu kendim için istemiyorum. Kendim için korkmuyorum. Sen gidince canımdan can gidecek. Nefes alan bir hayalete döneceğim."

Söylenmişti işte. Bütün umutların yok olduğu an buydu.

Gideceğimi Marion da biliyordu. Bu yüzden acı çekiyordu. Bunu gözlerinden anlayabiliyordum. Ama canını sıkan her şey gibi bunu da kendine sakladı.

"Güvende olacaksın, meleğim. Artık insanlar sorular sorup durmayacak. Kimse kapını işaretlemeyecek. Annenin yüzüne tükürmeyecek. Kötü şeyler olmayacak. Benim gitmem lazım."

"Geri dönecek misin?" diye sordu Marion neredeyse resmi bir tavırla, aramıza çoktan bir mesafe girmiş gibi. "Gelip bizimle yaşayacak mısın?"

Gerçek ikimizi de inciteceği için kendimi doğruyu söylemek zorunda hissetmedim. Anne babaların arada bir yapmak zorunda kaldığı şeyi yaptım. Yalan söyledim. "Evet, döneceğim."

Kasvetli bir kaş çatışın ardından koşup odasına daldı. Yumruğunda bir şeyi sıkarak, hemen geri döndü.

"Elini aç."

Açtım ve avcuma metal bir para bıraktı.

"Bu benim uğur param," dedi Marion. "Yanından asla ayırma ve nerede olursan ol, hep beni düşün."

Gece vakti, kimseye görünmeden, Londra'ya gitmeye karar verdik. Canterbury'den Londra'ya posta arabasıyla gitmek, parası olan herkesin yapabileceği bir şeydi ve atları sağlıklı, bizi iki şilinden biraz daha azına Londra'ya götürecek bir arabacı bulmayı başardık.

O gece arabada giderken, tek çocuğum Marion omzumda uyuyakaldı. Kollarımı ona sardım. Rose beni izler, karanlıkta gözlerindeki yaşlar parıldarken, Marion'ın verdiği parayı sımsıkı elimde tutuyordum.

Sonraki yıllar çok zordu. Bir aile olarak yaşadığımız, sepetteki erikler gibi dip dibe duran o günleri düşündüm. O günleri alıp sonsuzluğa yayabilmeyi diledim. Onlarla birlikte geçen tek bir öğleden sonra bir ay sürebilseydi keşke. Yılda bir gün bile olsa, *ileride* Rose ve Marion'la birlikte biraz zaman geçirebileceğimi bilsem hayatla başa çıkabilirdim. Ama hayat *geldiği gibi* yaşanması gereken bir şeydi.

Geceleri yaşayan birine dönüştüm.

Lavtam ve genç yüzüm meyhanelerde, özellikle genç yüzlerin nadir görülen egzotik şeyler olduğu Mermaid Inn'de çok sükse yapıyordu. Kendimi alkolün ve genelevlerin hazlarında yitirmeye başladım. Şehir gitgide kalabalıklaşıyor, buna rağmen ben kendimi gitgide daha yalnız hissediyordum. Rose ve Marion olmamakta ısrar eden bütün o yüzlerin arasında. Rose'la Marion'ın Shoreditch'te yaşadığını, en azından öyle planladıklarını bildiğim için ara sıra oraya gidiyor ama onları göremiyordum.

Derken, veba yıllarında bir gün –1623'te– nehir kenarında yürürken gördüğüm birinin yüzü hiç yabancı gelmedi. Uyuyan erkek bebeğini kucağında tutan, otuzlarında bir kadın. (Salgın ne zaman baş gösterse, nehir kenarında yürümek popüler bir meşgaleye dönüşüyordu çünkü nehir havasının salgından muaf olduğu düşünülüyordu. Nehri boylayan onca ceset olduğu düşünülürse tuhaf bir durumdu bu.) Kadının Grace olduğunu anlamam için biraz zaman geçmesi gerekti ama o beni görür görmez tanıdı tabii.

Grace üzgün ve dalgın görünüyordu; bir zamanlar tanıdığım o kızdaki güçlü yaşam enerjisi körelmişti.

Uzun uzun bana baktı. "Sen hiç değişmemişsin; oysa bana bak, yaşlı bir kadın oldum."

"Yaşlı falan değilsin, Grace." Cidden değildi. Daha yaşlanmamıştı. Teni diriydi. Buna rağmen sesindeki hüzün ve ağırlık, görüntüsünün yanıltıcı olduğunu düşündürüyordu. Sonra nedenini öğrendim.

"O nasıl?" diyerek, onsuz geçen her an zihnimi işgal eden soruyu sordum.

"Rose da yakalandı," dedi Grace.

"Neye?"

Söylemesi gerekmedi. Yüzünden anladım. İçimi korkunç bir soğuğun kapladığını, kendisi dışında her şeyi sildiğini hissettim.

"Bana da geçer diye, beni yanına yaklaştırmıyor. Benimle kapıyı açmadan konuşuyor."

"Onu görmem lazım."

"İzin vermez."

"Benden söz ediyor mu hiç?"

"Seni özlüyor. Tek söylediği bu. Gitmene asla izin vermemeliymiş. Bütün bunların gitmene izin verdiği için olduğunu söylüyor. Her an seni düşünüyor. Seni sevmekten hiçbir zaman vazgeçmedi, Tom..."

Gözlerimin yanmaya başladığını hissettim. Grace'in uyuyan oğluna baktım. "Şimdi nerede oturuyor? Marion nerede? Marion'ı öyle merak ediyorum ki."

Grace biraz süklüm püklüm dururken, ne diyeceğini bilemediği belliydi. Bir tek ilk soruma cevap verdi.

"Rose—"

"Bana bulaşmaz. Bulaşmıyor. Olsa şimdiye kadar olurdu. Hastalanmıyorum."

Grace bebeğini öğleden sonrasının serinliğinde hafifçe sallayarak biraz düşündü. "Pekâlâ, söyleyeceğim..."

Londra, şimdi

Veli toplantısı günü. Bir saat içinde üçüncü ibuprofenimi yeni almış, aniden canlanan bir anının içinde kaybolmuş, masada oturuyorum. Rose'la son konuşmamızı düşünüyorum. Onu son görüşümü. Hayır. Aslında düşünmüyor, hepsinin ceplerinde ya da ellerinde birer akıllı telefon olan velilerle dolu bir salonda otururken, resmen yeniden yaşıyorum. Salona en fazla beş yüz metre mesafedeki bir yatakta uzanarak fısıldadıklarını duyuyorum.

Her şeyi çevreleyen bir karanlık var. Korkunç bir coşku bu...

Rose gördüğü sanrıdan söz ediyordu ama bu sözler kulaklarımda yankılandıkça, bana hayatı anlatan sözlermiş gibi geliyor.

"Yok bir şey, Rose," diye fısıldıyorum kendi kendime, delirmiş gibi, yirmi birinci yüzyılı yaşarken. "Yok bir şey..."

Derken öteki yankı.

Gece gündüz kulaklarımda çınlayan.

O da senin gibiydi. Onu bulmaya çalışmalısın. Ona göz kulak olmaya çalışmalısın...

"Üzgünüm, Rose. Çok üzgünüm..."

Başka bir ses araya giriyor. Şimdiki zamandan. Masanın karşı tarafından gelen bir ses.

"İyi misiniz, Mr. Hazard?

Konuşan Anton Campbell'ın annesi Claire. Şaşkın şaşkın bana bakıyor.

"Evet, evet, iyiyim. Yalnızca... Özür dilerim, dalmışım... Siz bir şey söyleyecektiniz. Devam edin lütfen."

"Size teşekkür etmek istemiştim," diyor.

"Teşekkür mü?"

"Anton'un hiçbir derse tarih kadar ilgi duyduğunu görmemiştim. Hatta kütüphaneden birkaç kitap bile almış. Böyle şeyler yapmaya başladı. Bunu görmek öyle güzel ki. Tarihi yaşayan bir şeye dönüştürdüğünüzü söylüyor."

Ona oğlunun arkadaşının beni bıçaklamakla tehdit ettiğini söylemek geliyor içimden ama söylemiyorum. Aslında biraz gururlanıyorum.

En son ne zaman böyle gururlandığımı hatırlamıyorum bile. Marion'a Montaigne okumayı ve kavalla "Under the Greenwood Tree"yi çalmayı öğrettiğimden beridir böyle bir şey hissetmemiştim. Hendrich cemiyet için yaptıklarımla gurur duymam gerektiğini söyler durur ama o iş beni ancak nadiren, Flora'nın kurtarılmasına yardım etmek için Yorkshire'a gitmem gibi durumlarda mutlu edebildi. Cemiyet için yaptığım işler genelde biraz gerilimli, en kötüleri insanın ruhunu zedeleyen işlerdi. Ama bu farklı. Bundaki iyi his, sağlam ve kalıcı bir şey.

"Endişeliydim. Bilirsiniz işte, kendini biraz dağıtmıştı. Daha çocuk. On dört yaşında. Bayağı içine kapanmıştı. Yanlış insanlarla takılıyordu. Eve biraz geç gelmeye başlamıştı..."

"Ah, öyle mi?"

"Benimle pek konuşmazdı... Ama şimdi cidden kendini toparlamaya başladı. Onun için teşekkür ederim. Teşekkürler."

"Anton çok zeki bir delikanlı. İkinci Dünya Savaşı ve köle ticaretinde İngiliz İmparatorluğu'nun rolü konularında verdiği ödevler cidden çok iyi. A'lık bir öğrenci olmaya doğru gidiyor."

"Üniversiteye gitmek istiyor. Tarih okuyacakmış. Biliyorsunuz, bugünlerde... Pahalı bir şey. Ama ben de gitmesini istiyorum. Bu yüzden Tanrı'nın gönderdiği her işi yapıyorum. Tanrı *çok ağır* işler gönderiyor. Ama Anton kararlı. Okumak istiyor."

Koltuklarımın kabardığını hissediyorum. İşte *bu*. Öğretmen olmayı istememin nedeni tam da buydu. Ne kadar küçük olursa olsun dünyada iyiye doğru bir değişim yaratabileceğimi bilmek.

"Harika bir haber..." Spor salonunun karşı tarafındaki masalardan birine bakıyorum. Camille bir sonraki veliyi bekliyor. Gözlüğünü çıkarıp gözlerini ovuşturduğunu fark ediyorum. Pek iyi görünmüyor. Küçük masasının üzerindeki kâğıtlara bakarak odaklanmaya çalışıyor.

Dikkatimi tekrar Mrs. Campbell'a veriyorum. Daha doğrusu vermeye çalışıyorum. Zihnimde dönüp duran görüntüler beni rahat bırakmıyor: Rose'un cansız yüzü, Marion ve kitabı, alevler içinde yanan bir ev.

1666'da şehir yanarken yangın söndürme çalışmalarına katılmış ve her yer alev almadan önce Londra Köprüsü'nün iki yanında bulunan dükkânlardan birine dalıp intihar etmeyi ciddi ciddi düşünmüştüm.

"Evet," diyerek Mrs. Campbell'ı onu dinlediğime ikna etmeye çalışıyorum. "Evet, bence de."

Derken Camille birdenbire, durup dururken sandalyesinden yere düşüyor. Düşerken kaburgalarını masanın kenarına çarpıyor. Sonra bacakları şiddetle kasılarak atmaya başlıyor. Veli görüşmesi akşamının ortasında, spor salonunda yere düşüp resmen nöbet geçirmeye başlıyor.

Albatros Cemiyeti'ni öğrenmeden önce bile kendimi anlık tepkiler vermemeye koşullamış biriydim. Hayatın içinde soğukkanlı ve mesafeli bir duruşla süzülüp gitmeye. Ama anlaşılan artık işe yaramıyor. O en genç halim geri dönmüş gibi. Rose'la kardeşini kurtarmak için tiyatronun balkonundan atlayan.

Kendimi bir anda Camille'in tepesinde dikilirken buluyorum ve Daphne de koşarak yanıma geliyor. Camille'in bütün vücudu sarsılıyor.

"Masayı geri çek!" diyorum Daphne'ye.

Çekiyor. Sonra başka bir okul çalışanına ambulans çağırmasını söylüyor.

Camille'i hareketsiz tutmaya çalışıyorum.

Etrafımıza bir kalabalık toplanıyor. Ama bu bir yirmi birinci yüzyıl kalabalığı olduğu için insanların ölümcül heyecanının üzerinde en azından kaygıya benzer bir şey var.

Kasılmaları kesilen Camille kendine geliyor ve şaşkınlığı utancını geciktiriyor. Bir dakika kadar hiçbir şey söylemeden sadece yüzüme odaklanıyor.

Daphne su getiriyor. "Etrafını biraz açalım," diyor velilerle öğretmenlere. "Haydi, çocuklar, biraz geri çekilelim..."

"Yok bir şey," diyorum Camille'e. "Az önce nöbet geçirdin."

Az önce. Berbat bir laf.

"Nerede... Neredeyim?"

Camille biraz etrafa bakınıyor. Dirseklerinin üzerinde doğrulduktan sonra tam oturuyor. Güçsüz. Elinden bir şey alınmış gibi. Dahpne'yle birlikte sandalyeye oturmasına yardım ediyoruz.

"Neredeyim ben?"

"Spor salonunda." Daphne'nin tebessümü güven verici. "İştesin. Okulda. Yok bir şey, hayatım, yalnızca... Nöbet gibi bir şey geçirdin..."

"Okul," diyor Camille kendi kendine, uykudan uyanmış gibi.

"Ambulans geliyor." Velilerden biri böyle diyerek cep telefonunu cebine sokuyor.

"İyiyim ben," diyor Camille. Geçirdiği şeyden utanç duyar gibi bir hali yok. Sadece yorgun ve şaşkın.

Başını kaldırıp alnını kırıştırarak, kim olduğumu anlamadan ya da belki çok şey anlayarak bana bakıyor.

"İyisin," diyorum.

Gözleri bana kenetlenmiş durumda. "Seni tanıyorum."

Camille'e gülümsedikten sonra, beceriksizce, Daphne'ye de bir tebessüm yolluyorum. Sonra Camille'e usulca, "Tabii ki tanıyorsun. İş arkadaşıyız," diyorum. Ardından, belki aptallık ederek, etraftakiler de duysun diye açıklama yapıyorum. "Yeni tarih öğretmeniyim."

Camille arkasına yaslanıyor. Bir yudum su içiyor. Başını iki yana sallıyor.

"Ciro's."

Göğsüme yumruk yemiş gibi oluyorum. Hendrich'in yıllar önce o gün, üzerinden kasırga geçmiş Central Park'ta söylediği söz geliyor aklıma. *Geçmiş asla yok olmaz. Yalnızca gizlenir.*

"Ben—"

"Sen piyano çalarken. Geçen gün barda seni dinlediğimde... Ben..."

İki düşünce: Rüya görüyorum. Bu mümkün. Camille'i daha önce de rüyamda görmüştüm.

Ya da: Belki o da yaşlıdır. Yani çok yaşlı. O da bir alba olabilir. Facebook'ta gördüğüm gençlik fotoğraflarının üzerinde oynanmış olabilir. Kendimi ona yakın hissetmemin nedeni bu olabilir. Belki aramızdaki bağ bu. Belki ayrıksı benzerliğimizi bir şekilde sezdim. Belki de başka bir yerden biliyor.

Bildiğim tek şey, onu susturmak zorunda olduğum. Konuşmaya devam ederse yalnızca beni değil, kendini de ifşa edebilir. Ona karşı hislerim var. Artık bunu inkâr etmek anlamsız. Kendime uzun zamandır söylediğim yalan –birini daha sevmeden yaşayıp gidebileceğim yalanı– cidden bir yalandı. Bunu fark etmemi sağlayan kişi neden Camille oldu bilemiyorum ama artık onu sevdiğimi inkâr edemem. Sevdiğim için onu koruma isteğim de had safhada. Sonuçta Hendrich'in bir okulun spor salonunda boşboğazlık etmekten daha küçük şeyler için sonsuza kadar susturduğu insanlar oldu. Camille albalardan haberdarsa ve insanların önünde bahsettiği şey buysa yalnızca beni tehlikeye atmıyor. Kendi hayatını da tehlikeye atıyor.

"Sakin ol. Seninle... *Nous allons parler plus tard*... Her şeyi anlatacağım. Ama şimdi sus. Burada anlatamam. Lütfen anla."

Dik oturmak için harcadığı çaba, Camille'in uykusunu getirmiş gibi. Bana bakarken, aklı artık o kadar karışık değil. "Tamam. Anlıyorum."

Bardağı alıp bir yudum su içmesine yardım ediyorum. Daphne'ye ve diğer kaygılı yüzlere bakarak gülümsüyor. "Özür dilerim... Birkaç ayda bir nöbet geliyor. Saram var. Nöbetler beni yoruyor. Birazdan düzelirim. Nöbetlerin olmaması için ilaçlarım vardı. Sanırım yine almam gerekecek..."

Gözlerini bana dikiyor. Göz kapakları ağırlaşmış gibi. Hem kırılgan hem de yenilmez görünüyor.

"İyi misin?" diye soruyorum.

Hafifçe başını sallıyor ama o da en az benim kadar korkmuş görünüyor.

Paris, 1929

Akşam yedi sularıydı. Smokinli adamlar ve göğüs dekolteli, püsküllü elbiseler giymiş, saçlarını alagarson kestirmiş kadınlar geniş ve boş dans pistinin yanında oturmuş çaldığım müziği dinliyordu.

Ciro's cazıyla ünlüydü. Ama sene 1929'du ve kültürlü müşteriler artık yalnızca caz istemiyordu çünkü her yerde caz vardı. Bu yüzden zaman zaman karışık bir şeyler çalıyordum. Dans pisti doluysa bazen bir Arjantin tangosu ya da çingene esintili bir şeyler çalardım ama erken saatlerde yavaş ve insanı düşüncelere daldıran bir şeyler çalmak yeterliydi ve bu yüzden Fauré'nin melankolik döneminden bir şeyler çalıyor, her bir notayı içimde hissediyordum.

"*Prétendez que je ne suis pas ici,*"* demişti fotoğrafçı, ben piyano çalarken.

Hendrich'in "fotoğraf yok" kuralını hatırlayıp, "*Non,*" diye fısıldamıştım. "*Pas de photos! Pas de—*"

Ama artık çok geçti. Müziğin içine öyle bir dalmıştım ki ben fark etmeden birkaç fotoğrafımı çekmişti bile.

Kendi kendime, "*Merde,*" diye fısıldayıp moralim düzelsin diye Gershwin'e geçmiştim.

---

* *Fr.* "Burada yokmuşum gibi davranın." (*e.n.*)

Londra, şimdi

Yeni Globe Tiyatrosu'ndaki şık *gastropub*'dayız.

Gerginim. Nedeni bulunduğumuz yer değil. Camille'in kendisi. Karşımda dehşet verici bir gizem var. Camille Ciro's'u nereden biliyor? Aklıma gelen ve gelmeyen bütün cevaplar beni korkutuyor. Onun adına korkuyorum. Kendim için korkuyorum. Pencereye konmuş uğursuz bir kuş gibi seğirerek etrafa bakınıyorum. Ama korkmamın bir nedeni daha var. Korkuyorum çünkü şimdiye kadar sadece hayatta kalmakla meşguldüm.

Yani kendimi öldürmeyi uzun zamandır gerçekten istemedim. Son seferinde İspanya İç Savaşı'nda, Tarragona yakınındaki bir yeraltı sığınağında, tabancayı ağzıma sokup beynimi uçurmaya niyetlenmiştim. Beynimi kafatasımın içinde tutmayı ancak kendimi Marion'ın uğur parasına bakmaya zorlayarak başarabilmiştim. Ama o 1937'deydi.

Son zamanlarda Hendrich'ten kurtulmak istediğimi düşünüp durdum ama aslında, belki de bu bir hataydı. Evet, Hendrich benim "sahibim" ama bu aynı zamanda rahatlatıcı bir şey. Özgür iradenin önemi abartılıyor olabilir.

"Kaygı," diye yazmış Kierkegaard, on dokuzuncu yüzyılın ortalarında, "özgürlüğün verdiği baş dönmesidir." Rose'un ölümü bana asırlar boyunca acı vermiş ve o acı, var olmanın yansız tekdüzeliği içinde eriyip gitmiş, duygularımın yosun tutmasına mahal vermemişti. Müzikten, yiyip içmekten, şiirden, kırmızı şaraptan, dünyadaki estetik güzelliklerden zevk alabilmiştim ve böyle olması gerektiğini şimdi anlıyordum.

Evet, içimde bir boşluk vardı ama boşluklar da abartılıyor. O boşluğun içinde aşk yoktu ama acı da yoktu. Boşluğun avantajları da vardır. Boşlukların içinde hareket edebilirsiniz.

Kendimi Camille'le yalnızca bana anlatacaklarını dinlemek için buluştuğuma, benim ona bir şey anlatmak zorunda olmadığıma inandırmaya çalışıyorum. Ama burada olmak garip bir his. Burası benim için *öyle* bir yer.

Müzisyenlerin balkonundan sahneye atladığım günden beridir buraya hiç gelmemiştim. Will Kemp'in sırtına iniş yapıp Manning'i gördüğüm günden beridir. O gün de Rose'a bir itirafta bulunmuştum tabii. Şimdiyse kibar orta sınıf tiyatro sohbetlerinin, çatal bıçak seslerinin arasında o günün belli belirsiz bir yankısını hissediyorum.

Shakespeare'in ünlü resmi menünün kapağından bana bakıyor. Eskiden bu resmin ona hiç benzemediğini düşünürdüm –o açık alın, dağınık saçlar, bir tutam sakal, lobotomiden çıkmış gibi bir yüz ifadesi– ama şimdi o gözler sanki *onun* gözleri. Ben yaşamaya devam ederken, müstehzi bakışlarla bana bakıyor. O gün kaçmasına yardım ettiği adamın bitmez tükenmez ve sonsuz bir trajikomedinin içinde yaşamaya devam etmesiyle eğlenirmiş gibi.

Camille masaya gelen garsona gülümsüyor.

Üzerinde gece mavisi bir gömlek var. Solgun, biraz yorgun ama aynı zamanda çok güzel görünüyor.

Garsona, "Ben vatoz kanadı istiyorum," diyerek gözlüğünü biraz yukarı itiyor.

Garson, "Elbette," diyerek bana dönüyor.

"Ben karalahana soslu gnocchi alacağım."

Garson menüleri, eski patronumun portrelerini alıyor ve tekrar Camille'e dönerek gevşemeye çalışıyorum.

"Özür dilerim," diyorum. "Okuldayken bazen biraz tuhaf davranabiliyorum."

Camille başını iki yana sallıyor. "Artık buna bir son vermelisin. Sürekli özür dilemek hiç de çekici bir özellik değil."

"Haklısın. Demek istediğim, *insanlarla* aram cidden de pek iyi değil."

"Ah, onlar. İnsanlar. Evet, zor iş."

"Ayrıca bazen aklım çok meşgul olabiliyor."

"Kulübe hoş geldin."

"Öyle bir kulüp mü var?"

"Hayır. Kulüplerde de çok fazla insan vardır. Ama sorun değil. Olduğun gibi davran."

"Çok sosyal biri değilim. Hep dikkatli olmam gerekti." Camille'e bakıyorum; hiç tanışmadığımıza eminim. Bildik desenler ve insanlarla dolu bu hayatımda, Camille *bana kimseyi hatırlatmama* gibi harika ve az bulunan bir özelliğe sahip. Yine de sormam lazım. "Biz hiç tanışmadık, değil mi?" Yani o gün parkta karşılaşmadan önce. Seni bir kez Daphne'nin penceresinden görmüştüm ama *daha önce* hiç tanışmadık, değil mi?"

"Tanışmak derken ne kastettiğine bağlı. Ama hayır, bildiğimiz anlamda tanışmadık."

"Peki."

"Peki."

Bir çeşit bekleyişteyiz. İkimizin de daha çok sorusu var ama onları kılıflarında tutarak silahı önce karşı tarafın çekmesini bekliyoruz. Tek bir cümle ikimizi de deli gibi gösterebilir.

Çavdar ekmeklerimizi kemirip kürdanlı zeytinlerden yiyoruz.

"Nasıl oldun?" diye soruyorum. Sorulabilecek en tehlikesiz şey ama içten bir soru.

Camille biraz ekmek koparıp içinde bir sır varmış, evrenin bütün gizemleri o mayalı hamur parçasının içindeymiş gibi, bir an lokmasına bakıyor.

"Daha iyiyim," diyor. "Uzun zamandır saralıyım. Eskiden çok daha kötüydü."

Uzun zamandır.

"Eskiden çok mu nöbet geçirirdin?"

"Evet," diyor.

Garson şaraplarımızı tazeliyor. Bir yudum alıyorum. Ardından bir yudum daha.

Camille üsteleyen gözlerle bana bakıyor. "Şimdi sıra sende. Söz vermiştin. Bütün hikâyeyi bilmek istiyorum."

"Sana kendimden söz etmeyi isterim," derken, sonunda gerçeğin ne kadarını açıklayacağımdan hâlâ emin değilim. "Ama bazı şeyleri bilmemen –hiç kimsenin bilmemesi– daha iyi."

"Yasadışı şeyler mi?" Benimle dalga geçtiğini hissediyorum.

"Hayır. Yani, tabii, öyle şeyler de var. Ama hayır. Demek istediğim, beni gerçekten tanısaydın büyük ihtimalle deli olduğumu düşünürdün."

"Philip K. Dick çıldırmanın kimi zaman gerçekliğe verilebilecek en uygun tepki olduğunu söyler."

"Şu bilimkurgu yazarı mı?"

"Evet, biraz ineğimdir. Bilimkurgu severim."

"Güzel," diyorum."

"Sen sever misin?"

Hayır. Zaten kendim öyleyim, diye düşünüyorum.

"Biraz. *Frankenstein. Algernon'a Çiçekler.*"

"Bana kendinden söz etmeni istiyorum," diyor Camille. "Hiç olmazsa anlatacağını söylediğin şeyi anlat. Deli miyim, değil miyim, anlamam lazım."

O an *delisin* deyip işin içinden çıkmak çok kolay. Ama onun yerine, "Ben kendimden söz etmeden önce, sen bana kendini anlatmalısın," diyorum. Sesim istediğimden daha sert çıkıyor.

Kocaman açılmış gözler. "Öyle mi?"

Derin bir nefes alıyorum. O an geldi. "Beni nereden tanıdığını bilmem lazım. Ciro's'dan neden söz ettiğini bilmem lazım. Ciro's kapanalı seksen yıl oldu."

"O kadar yaşlı değilim."

"Aynen öyle. Ben de öyle düşünmüştüm."

Çalan şarkı değişiyor. Camille başını yan yatırıyor. "Ah, çok severim. Dinlesene."

Dinliyorum. Benim de bildiğim sıcacık, duygusal bir melodi. Carly Simon'ın "Coming Around Again"i.

"Annem Carly Simon'ı çok severdi."

"Michael Jackson'ı da mı severdi?"

"Onu bir tek ben."

Camille gülümserken, kendinden söz etme sırasının geldiğini anladığı bir boşluk anı yaşanıyor. O anda onunla birlikte yaşamayı hayal ediyorum. Barda yaptığım gibi. Onu öptüğümü hayal ediyorum. Oradan kaçıp Hendrich'e bir uçak bileti aldırmak ve başka bir yere, Camille'i bir daha hiç görmeyeceğim bir yere giderek ortadan kaybolmak için dayanılmaz bir istek duyuyorum. Ama artık çok geç.

Camille hazır.

"Pekâlâ," diyor. "*Je vais m'expliquer.*"

Ve başlıyor.

Sara nöbetlerinin yedi yaşındayken başladığını söylüyor. Annesiyle babası evi onun için güvenli hale getirmişler. Yumuşak halılar alınmış. Sehpa kenarlarına peçeteler yapıştırılmış. Doğru ilacı bulmak biraz zaman almış. Camille yavaş yavaş agorafobik olmuş. "Kısacası, hayattan korkuyordum," diyor.

On dokuz yaşındayken Erik adlı -K ile yazılıyormuş, çocuğun annesi İsveçliymiş- yakışıklı ve komik bir web tasarımcısıyla nişanlanmış. İnternette gördüğüm Erik. Facebook Erik. 2011'de kaya tırmanışı yaparken ölmüş.

"Ben de oradaydım. Tırmanış yapmıyordum tabii. Kayalara tırmanırken nöbet geçirme ihtimalim her zaman var. Ama oradaydım. Birkaç arkadaşımız da vardı. Her yer kan oldu. Aylar boyunca her gözümü kapayışımda kan gördüm. O ölünce işte... *Siktir* dedim."

Birkaç kez nefes alıp veriyor. Anılardan söz etmek bir yerde onları tekrar yaşamaktır.

"Her an ölebileceğimden korkup duruyordum. Ben de onun gibi sağlıklı biri olmak istiyordum ama sonra *-güm-* onun da ölümlü olduğu ortaya çıktı. Dayanamadım. Oradan kurtulmam lazımdı. Ben de yollara düştüm. Artık rahatsızlığımın esiri olarak yaşayamazdım. Anlıyor musun?"

Anlamaz olur muydum hiç. "Sonra ne oldu? Neler yaşadın?"

"Altı ay boyunca Güney Amerika'yı dolaştım. Brezilya, Arjantin, Bolivya, Kolombiya. Şili. Şili'yi çok sevdim. Harika bir yerdi. Ama sonunda param bitince Fransa'ya döndüm ama Grenoble'a gidemedim -anlarsın işte, orada çok fazla anım vardı- Paris'e gittim. Bütün iyi lokantalarla otelleri dolaşıp Plaza Athénée'de işe girdim. Havalı ve görkemli otellerden biridir. O işte beni rahatlatan bir şey vardı. Bütün gün sürekli giriş çıkış yapan insanlarla konuşuyorsun ama hiçbiri derin ve anlamlı bir sohbete dönüşmüyor, anlatabiliyor muyum? Özel sorular falan sorulmaması bana gayet uyuyordu."

İşte bu. İçimde bir his. Camille devam ederken, kaygı göğsümü sıkıştırıyor.

"Neyse, otelin lobisine Paris'in Altın Çağı diye bir sergi için hepsi yirmilerden kalma fotoğraflar asıldı. Caz kulüplerde, bulvarlarda, Montmartre'da çekilmiş resimlerin arasında bir tane de, adı neydi... Şu caz şarkıcısı, dansçı, çitası olan..."

"Josephine Baker mı?"

Bu adı söylerken onu Paris'teki Century Club'da Çarliston yaparken, sigara dumanından bir sisin ardından izlediğimi hatırlıyorum.

Camille hızlı hızlı başını sallayarak elleriyle sözü bitmek üzereymiş gibi bir hareket yapıyor. Gücümü toplamaya çalışıyorum.

"Evet. Josephine Baker. Her neyse, benim karşımda duran, gece gündüz bakıp durduğum fotoğraf içlerinde en büyük olanıydı: Lokantada çalan bir piyanistin resmi. Lokantanın adı Ciro's'du. Fotoğrafta da Ciro's yazıyordu. Fotoğraf siyah-beyazdı ama o zamana göre çok kaliteli basılmıştı ve adam bir tek piyanosuna bakar, lokantada onu izleyen onca insanı görmezden gelirken çaldığı müziğin içinde öyle dalmış bir hali vardı ki o an, o dondurulmuş an zamanla beni büyülemeye başladı... Çünkü orada zamansız bir şey vardı sanki. Zamanın ötesinde bir şey vardı. Ayrıca adam da yakışıklıydı. Güzel elleri vardı. Düşünceli ve ciddi bir yüz ifadesi. Üzerinde ütüsü hiç bozulmamış bembeyaz bir gömlek vardı ama adam kollarını kıvırmış, dünyayı umursamıyordu ve kolunda bir yara izi vardı. Kavisli bir yara izi. Çoktan öldüğü için, ona âşık olmakta bir sakınca görmedim. Ama ölmemişti, değil mi? Çünkü o sensin."

Duraksıyorum. Birden ne yapacağımı şaşırıyorum. Camille'in barda kolumdaki yara izine baktığını hatırlıyor ve nedenini şimdi anlıyorum.

Gerçeği söylemek için onu buraya getirdiğim düşünülürse her şey çok saçma ama şimdi bunu yapmaya korkuyorum. İçgüdüsel olarak yalan söylemek geliyor içimden. Sonuçta gayet iyi bir yalancıyım. Gözümü bile kırpmadan yalan söyleyebilen biriyim. Yalnızca gülüp hayal kırıklığına uğramış gibi görünmem, çok bozulduğumu çünkü bir an için beni cidden tanıdığını sandığımı, çok şakacı olduğunu söylemem yeterli. Fotoğraflar yalan söyleyebilir. Özellikle yirmilerden kalmış olanlar.

Ama öyle yapmıyorum. Bunun bir nedeni, utanmasını istememem galiba. Sanırım bir yanım onun doğruyu bilmesini istiyor. Bilmesine ihtiyacı var.

Sessizliğime karşılık, "İşte böyle," diyor.

Sonra yakalanması zor bir hareket yapıyor. Çenesini hafifçe öne çıkarıp belli belirsiz başını sallayarak gözlerini kapıyor ve saçını kulağının arkasına atıyor. Zarifçe başkaldıran bir hareket. Neye isyan ettiğini bilemiyorum. Hayata mı? Gerçeklere mi? Saraya mı? Yalnızca iki saniye süren bir hareket ama sanırım dört yüzyıldır ilk kez âşık olduğumu itiraf etmemi gerektiren an bu.

Yaptığı bir hareket yüzünden birine âşık olmak garip gelebilir ama bazen bir insanın kim olduğunu tek bir anın içinde anlayabilirsiniz. Bir buğday tanesini inceleyerek bütün bir evreni anlayabileceğiniz gibi. İlk görüşte aşk diye bir şey var mıdır, yok mudur, bilmem ama bir anda aşk diye bir şey mümkün.

Öylesine, "Anlıyorum," diyerek ne kadarına inandığını, ne kadarına inandığını zannettiğini test etmeyi deniyorum. "Demek bilimkurguyu sevmekle kalmıyor, benim de bilimkurgu *olabileceğimi* düşünüyorsun. Zamanda yolculuk eden biri olabileceğimi falan düşünüyorsun herhalde."

Camille omuzlarını silkiyor. "Onun gibi bir şey. Ya da bilmiyorum. Bilemiyorum. Yani insanların inanmaya hazır olmadığı bütün gerçekler bilimkurgu gibi gelir. Dünyanın güneş etrafında dönmesi. Elektromanyetizm. Evrim. Röntgen. Uçaklar. DNA. Kök hücreler. İklim değişimi. Mars'ta su bulunması. Kendi gözlerimizle görene kadar hepsi bilimkurgu."

Oradan gitmek, lokantadan kaçmak geliyor içimden. Neredeyse sonsuza kadar Camille'le konuşma isteği kadar güçlü bir istek bu. Ama tam da değil.

Etime kızgın demir dayamışım gibi sımsıkı gözlerimi kapıyorum.

"Bana söyleyebilirsin. Doğruyu söyleyebilirsin."

"Yapamam."

"Resimdeki adam sendin, biliyorum."

"Kurgulanmıştı. Kurgulanmış bir fotoğraftı. Yirmilerden kalmamıştı."

"Yalan söylüyorsun. Bana yalan söyleme."

Ayağa kalkıyorum. "Gitmek zorundayım."

"Hayır, değilsin. Lütfen. Lütfen. Senden hoşlanıyorum. Her şeyden de kaçamazsın ki."

"Yanılıyorsun. Kaçabilirsin. İstediğin kadar kaçabilirsin. Bütün hayatın boyunca. Kaçarak değişmeye ve kaçmaya devam edersin."

İnsanlar yemeyi bırakıp bana bakıyor. Resmen olay çıkardım. Bir kez daha, Southwark'ta. Tekrar sandalyeme oturuyorum.

"Fotoğraf yanımda var," diyor Camille. "Telefonumda. Fotoğrafın fotoğrafı. Ama kalitesi iyi. Garip geldiğini biliyorum. Ama bana anlatmazsan, bu soru sonsuza kadar aklımı kurcalayacak ve cevabını bulmak için başka yollar deneyeceğim."

"Bu hiç akıllıca olmaz."

"Tam bana göre bir iş. Ben bütün gerçeklerin bilinmesi gerektiğine inanıyorum. Anlıyor musun beni? Çünkü sara hastalığıyla birlikte yaşamak zorunda kaldım ve bu hastalığın nedenini hâlâ bilmiyorlar. Hakkında hiçbir bok bilmiyorlar. Var olan bir gerçek var ama bilinmiyor. Ama bütün gerçekleri bilmeliyiz. Özellikle bu zamanda. Hem söz vermiştin. Buraya gelirsem anlatacağına söz verdin. Anlatmazsan aynı soruları sormaya devam edeceğim."

"Gerçeği anlatırsam ve hiç kimseye en ufak bir şey söylememeni, ima bile etmemeni istersem? Ne yaparsın?"

"Söylemem."

Camille'in yüzüne bakıyorum. İnsanın ne kadarı yüzünden anlaşılabilir? Ama ona güveniyorum. Özellikle son yüzyıl boyunca

Hendrich'ten başka kimseye güvenmeyecek şekilde eğitilmiş olmama rağmen ona güveniyorum. Belki şarap yüzünden. Belki benim yeteneğim de gelişmeye başladığı için.

Sersemletici, korkunç bir an boyunca, onu olduğu gibi görüyorum. Birlikte ömürler yaşamışız gibi.

"Evet, bendim. Bendim."

Camille sisin içinde yavaşça beliren bir şeye bakar gibi, bir süre bana bakıyor. Düşündüğü şeyden o kadar da emin değilmiş, her şeyin detaylı bir sanrı olduğunu duymayı beklermiş gibi. O bakışın tadını çıkarıyorum. Camille'in de öğrenmesinin tadını çıkarıyorum.

Az önce söylediğim şey sonradan beni endişelendirecek. Aramızdaki bir sırra dönüşen şey. Ama şimdilik yalnızca rahatlatıyor.

Yemeklerimiz geliyor. Lokantanın gürültüsünde kaybolan garsonun arkasından bakıyorum.

Sonra Camille'e bakıyor ve her şeyi anlatıyorum.

İki saat sonra, Thames kenarında yürüyoruz.

"Buna inanmaya korkuyorum. Sen olduğunu biliyordum. Emindim. Ama bilmek var, *bilmek* var. Şu an kendimi delirmiş gibi hissediyorum."

"Delirmedin."

Eskiden Kardinal'in Şapkası'nın olduğu yere yakın bir yerde, genç bir adam bisiklet üzerinde sıçrayarak kalabalığı eğlendiriyor. Camille'e bakıp etrafımızdaki mutlu turistlerin yanında onun yüzündeki yoğun ciddiyeti görünce, az önce ona bir sır vermemiş de kendi duygu yükümle onu da zehirlemişim gibi vicdan azabı hissediyorum.

Ona Marion'ı da anlattım. Şimdi de uğur parasının durduğu plastik poşeti güneşe doğru tutuyorum.

"Bu parayı ona verdikleri günü hatırlıyorum. Onunla birlikte geçirdiğim günleri bir yıl önce yaşadıklarımdan daha iyi hatırlıyorum."

"Hâlâ hayatta olduğunu mu düşünüyorsun?"

"Bilemiyorum. Erkek olarak dört yüzyıl boyunca yaşamak yeteri kadar zor bir şey. Üstelik artık cadı olduğumuzu düşünen, çocuğumuz yok diye bize tuhaf gözle bakan da yok. Ama öteden beri içimde öyle bir his var. Zeki bir kızdı. Okuma yazma biliyordu. Dokuz yaşındayken Montaigne'den alıntılar yapardı. Beni kaygılandıran, akıl sağlığı. Doğduğundan beri çok duyarlı bir çocuktu. Sessizdi. Her şeyin farkındaydı. Her şeyi dert ederdi. Çok düşünürdü. Kendi dünyasına dalıp giderdi. Kâbuslar görürdü."

"Zavallı kızcağız," diyor Camille ama bu kadar çok bilginin onu biraz sersemlettiğini görebiliyorum.

Ona anlatmadığım tek şey, Albatros Cemiyeti. İçimde bundan söz etmenin bile onu bir şekilde tehlikeye sokacağına dair bir his var. Bu yüzden Marion dışında kendim gibi olan başka birilerini tanıyıp tanımadığını sorduğunda, Hendrich'le Agnes'ten söz etmiyorum. Bir tek Tahitili eski dostum Omai'ı anlatıyorum.

"Londra'dan ayrıldığından beridir hiç görmedim. Cook'un üçüncü yolculuğuna katılmıştı. Cook onu tercüman olarak yanında istemişti. Bir daha da görmedim. Ama İngiltere'ye dönmediğini biliyorum."

"Kaptan Cook mu?"

"Evet."

Bunu bile algılamakta öyle zorlanıyor ki Shakespeare'le Fitzgerald'dan hiç söz etmiyorum. Henüz hazır değil.

Biraz daha konuşuyoruz.

Tekrar yara izini soruyor. Bütün bunları daha gerçek kılmak ister gibi, parmak ucunu izin üstünde gezdiriyor. Bir zamanlar Doktor Hutchinson'ın içinde bulunduğu nehre bakarak ona söylemem gereken bir şey olduğunu fark ediyorum.

"Ne diyeceğim," diyorum, "bundan hiç kimseye söz etmemelisin. Zaten sana anlatmamam gerekirdi. Ama çok fazla soru soruyordun. Beni tanıdığını düşünüyordun ve bu düşünceler, bu merak, büyük ihtimalle gerçeği bilmenden daha tehlikeliydi. Artık biliyorsun ama bunu hiç kimseye anlatmamalısın."

"Tehlikeli mi? Artık cadıların zamanında değiliz. Bunu herkese anlatabileceğin ortada. DNA testi yaptırırsın. Kanıtlarsın. Belki insanlara bir yardımı dokunur. Bilime katkısı olur falan. Hastalıklarla savaşmada. Demiştin ki, bağışıklık sistemin—"

"Bilen insanların başına kötü şeyler geldiği oldu. Bulgularını yayımlamak üzere olan doktorlarların falan. Ortadan kayboluvermek gibi kötü bir alışkanlıkları var."

"Kayıp mı oluyorlar? Kim yapıyor bunu?"

Gerçek beraberinde kendi yalanlarını da getiriyor. "Bilmiyorum. Artık kapalı kapılar ardında neler oluyorsa."

Konuşarak yürümeye devam ediyoruz. Milenyum Köprüsü'nden geçip şehrin doğusuna doğru gidiyoruz. Öyle bir şey konuşulmasa da eve yürüyoruz. Sohbet bizi oraya doğru götürüyor.

Bir saatlik yol ama hava yumuşak ve metroya binmek ikimizin de ilgisini çekmiyor. St Paul Katedrali'nin oradan geçerken, burasının eskiden ne kadar kalabalık olduğunu, kilise avlusunun kitap satıcılarının merkezi olduğunu anlatıyorum. Ironmonger Lane* diye bir sokaktan geçiyoruz ve Camille bana orayı sorunca, Southwark'a yürürken o sokaktan geçtiğimi, o zamanlar ismini yaşatan bir yer olduğunu, bütün yolun ne kadar gürültülü ve işlenen demirlerin sıcağıyla kaplı bir yer olduğunu anlatıyorum.

Camille benden daha doğuda oturuyor. Abraham'ı yürüyüşe çıkarsam iyi olacağını ve onun da bize katılmasından memnun olacağımı söyleyince, davetimi kabul ediyor.

Onu ilk gördüğüm yerdeki bankta birlikte oturuyoruz. Boş bir torba kartondan bir hayalet gibi tepemizde uçuşuyor.

"Zaman içinde en çok neler değişti?"

"Gördüğün her şey. Görebildiğin her şey değişti. Hiçbir şey aynı kalmıyor." Bir ağaçtan yukarı tırmanan yaratığı gösteriyorum. "Eskiden olsa bu şey gri değil, kırmızı bir sincap olurdu. Orada burada uçuşan torbalar da olmazdı. Trafik sesleri daha çok *takır tukur* şeklindeydi. İnsanlar telefonlarına değil cep saatlerine bakardı. Bir de kokular var, o da ayrı bir konu. Artık o kadar kokmuyor. Her yer leş gibi kokardı. Lağım suları ve fabrika atıkları olduğu gibi

---

* Demirciler Yolu. (*ç.n.*)

Thames'e pompalanırdı."

"Ne hoş."

"Çok fenaydı. Büyük Koku olayı yaşanmıştı. Bin sekiz yüz ellilerde falan, o civarlar. Sıcak bir yazdı. Bütün şehir leş gibi kokmuştu."

"Hâlâ leş gibi kokuyor zaten."

"O günlerle kıyaslanamaz bile. Eskiden leş gibi yaşardın. Hiç kimse yıkanmazdı. Banyo yapmanın sağlıksız olduğuna inanılırdı."

Camille koltuk altını kokluyor. "Hiç yabancılık çekmezdim, desene."

Uzanıp ben de kokluyorum. "Fazla temizsin. Çok fazla şüphe çekerdin. Neredeyse yirminci yüzyıl temizliği var sende."

Gülüyor. Sevdiğiniz birini güldürmenin dünyadaki en basit, en saf hazlardan biri olduğunu fark ediyorum.

Gökyüzü hafiften kararmaya başlıyor.

"Demek cidden bana vurgundun?"

Camille bir kez daha gülüyor. "Hiç dört yüz yaşında biri gibi davranmıyorsun."

"Öhö öhö, dört yüz otuz dokuz."

"Pardon, dört yüz otuz dokuz diyecektim."

"O soruyu sorarken, kendimi beş yaşında gibi hissettim."

"Ben beş yaşında hissediyorum. Genelde kendimi yaşımda hissederim ama şu an beş yaşındaymışım gibi geliyor."

"Duymak istediğin buysa evet..."

"Gerçeği duymak istiyorum."

Camille göğüs geçiriyor. Sahte bir teatrallikle. Gözlerini semaya çeviriyor. Büyülenmiş gibi profilini izliyorum. "Evet, sana vurulmuştum."

Ben de iç çekiyorum. Benimkinde de hafiften sahte bir teatrallik var. "Geçmiş zaman kipi hiç bu kadar üzücü olmamıştı."

"Tamam. Tamam. Vurgunum. Sana vurgunum."

"Ben de. Yani sana. Seni büyüleyici buluyorum."

Gayet ciddiyim ama Camille gülüyor. "Büyüleyici mi? Hiç kusura bakma..."

Kahkahalarının şiddeti gitgide azalıyor. Onu öpmek istiyorum. Nasıl yapacağımı bilemiyorum. Dört yüzyıldır yalnızım ve bugünlerde bu işlerin nasıl yapıldığına dair hiçbir fikrim yok. Ama kendimi hafiflemiş, mutlu hissediyorum. Aslında bu da yeterli. Bu "Bir Yunan Vazosuna"* anı. Öpüşmenin sonsuza kadar bir olasılık olarak kaldığı. Onun bana baktığı, benim ona baktığım.

En az onun benim gizemimi çözmeyi istediği kadar benim de onun gizemini çözmeyi istediğimi fark ediyorum ve Camille biraz bana sokulunca, kolumu omzuna atıyorum. Oracıkta. Parktaki bankın üstünde. Belki de birine âşık olmak böyle bir şey. Sonsuza kadar çözmekten mutlu olacağın bir gizem bulmak.

Bir çift gibi, bir süre sessizce oturup Abraham'ın bir Springer spaniel ile birlikte koşturmasını izliyoruz. İki üç dakika kadar, başının ağırlığını omzumda hissetmenin keyfini çıkarıyorum. Sonra art arda iki şey oluyor. Ani bir suçluluk hissiyle Rose'u düşünüyorum. Hackney'deki o daracık yatakta birlikte yatarken başını göğsüme yaslayışını. Camille bunu düşündüğümü anlayamaz tabii ama vücudum biraz kasılmış olabilir.

Ardından telefonum çalıyor.

"Açmayacağım."

Açmıyorum da. Ama sonra tekrar çalıyor ve Camille bu kez, "Açsan, iyi olacak," deyince, telefonuma bakıp tek bir harf görüyorum. H. Açmak gerektiğini anlıyorum. Camille yanımda olmadığında ne yapacaksam onu yapmam gerek. Telefonu açıyorum ve o an, o kısacık mutluluk anı bir naylon torba gibi rüzgâra kapılarak uçup gidiyor.

Telefon kulağımda, banktan kalkıyorum.

"Kötü zamanda mı aradım?" diye soruyor Hendrich.

"Hayır. Hayır, Hendrich. Sorun değil."

"Neredesin?"

---

*John Keats, "Ode on a Grecian Urn", çev. Behçet Kemal Çağlar. (*ç.n.*)

"Köpeği yürüyüşe çıkardım."

"Yalnız mısın?"

"Evet, yalnızım. Bir tek Abraham var." Bunu Camille'in duyamayacağı kadar sessiz, Hendrich'in şüphelenmeyeceği kadar yüksek sesle söylemiş olmayı diliyorum. Ama galiba ikisini de beceremedim.

Bir sessizlik.

"Güzel, neyse, beni dinle… Birini bulduk."

"Marion'ı mı?"

"Heyhat, hayır. Senin şu arkadaşını bulduk."

"Arkadaş" sözü aklımı karıştırıyor. Alnını kırıştırmış bankta oturmaya devam ederek beni izleyen Camille'e bakıyorum.

"Kimi?"

"Senin adamı."

Ne demeye çalıştığını cidden hiç anlamıyorum. "Hangi adam?"

"Senin Polinezyalıyı. Omai'ı. Hayatta ve aptallık etmekle meşgul."

"Omai mı?"

Camille yanımda olmasaydı bile bu haber beni mutlu etmezdi. Eski dostumla ilgilenmediğim için değil, Hendrich'in onu bulmasının iyi bir yanı olamayacağı için. Bulunmak istediğini hiç zannetmiyorum. Daha bir dakika önce hissettiğim mutluluk artık ulaşılmaz geliyor.

"Neredeymiş?" diye soruyorum. "Olay nedir?"

"Avustralya'da Joshua Reynolds'ın üç yüz yıl önce yaptığı portrelerden birine benzeyen bir sörfçü var. Kendine Sol Davis diyor. Sörf camiasında biraz fazla sivrilmeye başladı. Otuzlarında gösteren bu yakışıklı, aslında üç yüz elli yaşına yaklaşmış durumda. İnsanlar bundan söz edip duruyor. Lanet internetteki yorumlarda bile. Adamın teki, 'A, bu bizim orada oturan, doksanlarda da aynı böyle görünen ölümsüz adam,' yazmış. Adam tehlikeli. İnsanlar şüphelenmeye başladı. Görünüşe göre, bu kadarla da bitmiyor. Agnes'in Berlin'deki adamı ondan haberdar olduklarını söylemiş. Yani enstitüdekilerin. Başı cidden belada olabilir."

Rüzgâr şiddetleniyor. Camille omuzlarını okşayarak üşüdüğünü anlatmaya çalışıyor. Başımı sallayıp ses çıkarmadan, "Geliyorum," diyorum. Ama aynı zamanda Hendrich'i acele ettiriyormuş gibi davranmamam gerektiğini de biliyorum.

"Bu çok—"

"Tatilin yaklaşıyor, değil mi? Yarıyıl tatili?"

Tekinsiz bir soru. "Evet."

"Seni Sydney'e gönderebilirim. Direkt uçuşla. Yalnızca Dubai'de iki saat beklersin. Havaalanında biraz alışveriş. Sonra ver elini Avustralya. Güneşli bir hafta."

Güneşli bir hafta. Sri Lanka'dan önce de aynı şeyi söylemişti.

"Görevimin bittiğini söylemiştin," diyorum. "Sekiz yıl boyunca bu hayatı yaşayabileceğimi söylemiştin. Müdahale olmayacaktı."

"Demir atmış gibi konuşuyorsun. Çapan yok senin."

"Hayır. Yok. Köpek var ama. Bir köpeğim var. Abraham. Yaşlı bir köpek. Sekiz yıl yaşamaz. Ama onu öylece bırakıp gidemem."

"Bırakabilirsin. Artık köpek oteli diye bir şey var."

"Çok duyarlı bir köpek. Kâbuslar görüyor ve terk edilme korkusu var."

"İçmiş gibi konuşuyorsun."

Camille'i tehlikeye atamam.

"Biraz şarap içmiştim. Hayatın tadını çıkarıyorum. Geriye kalan tek şey bu değil mi? Öyle dememiş miydin?"

"Tek başına mı?"

"Tek başıma."

Camille ayağa kalkıyor. Tasmanın kayışı elinde. *Ne yapıyor bu?* Ama artık çok geç. Yaptı bile.

"Gel, oğlum!"

Olamaz.

"Abraham!"

Köpek Camille'e doğru koşuyor.

Hendrich'in ses tonu buz gibi. "Seni bağlayan şey bu mu?"

"Ne?"

"Abraham'a seslenen kadın. Köpeğinin adı buydu, değil mi?"

Hendrich'te yüz tane yaşlanma belirtisi var. İşitme kaybının onlardan biri olmayışına lanet okuyorum.

Camille kayışı Abraham'ın tasmasına taktıktan sonra tekrar bana bakıyor.

"Ne kadını?"

Artık Camille de beni dinliyor.

"Kim o?"

"Hiç kimse," diyorum. "Kimse değil."

Az önce öpmeyi hayal ettiğim ağız şimdi inanamazlıktan beş karış açık.

"Ne?" diyor, daha çok sessiz çığlığa benzeyen bir fısıltıyla.

Onu kastetmedim, diyorum yalnızca ağzımı oynatarak.

"Parka geldiğimde karşılaştığım biri işte. Köpeklerimiz tanışıyor."

Camille çok öfkeleniyor.

Hendrich içini çekiyor. Bana inanıp inanmadığını bilemiyorum ama yine esas konuya dönüyor. "Sen gitmezsen eski dostunla görüşmeye başka biri gidecek. Bir yabancı. Son zamanlarda çok fazla yeni üyemiz oldu. Marion'ı bulacağımıza inancım bu yüzden arttı. Sorun şu: Gönderebileceğim bir sürü insan var ama onlar adamı ikna etmeyi beceremeyebilir ve…" Sesi gitgide alçalıyor. "Yani sen bilirsin. Karar senin."

Bir seçeneğim olduğu masalı. Hendrich'in klasiklerinden biri. Ya gidip Omai'la konuşurum ya da Omai ölür. Özetle dediği bu. İlk önce Berlin'den biri onu bulmazsa mutlaka başka biri bulacak. Daha da korkuncu, Hendrich'in haklı olduğunu biliyorum. Hendrich bir manipülatör olabilir ama gerçek çoğu zaman ondan yana.

Camille kayışı bana verdi ve parktan çıkmak üzere.

"Ben seni sonra ararım. Biraz düşünmem lazım."

"Bir saatin var."

"Bir saat. Tamam."

Telefonu kapatır kapatmaz Camille'e sesleniyorum. "Camille, dur. Nereye gidiyorsun?

"Eve."

"Camille?"

"Telefondaki kimdi?"

"Söyleyemem."

"Kadıncağıza da benim kim olduğumu söyleyemedin."

"Kadın değildi."

"Bu iş olmaz, Tom."

"Camille, lütfen."

"Siktir."

"Camille?"

"Ben sana kalbimi açıp seninle yakınlaşıyorum, aramızda bir şeyler olduğunu zannediyorum, sen tutup beni tanıdığını inkâr ediyorsun. Lanet olsun. Seninle yatabilirdim! Senin tarzın böyle herhalde. İnsanları kullanıyorsun. Ben de eğitebileceğin bir köpek falandım herhalde."

"Abraham eğitimli değil. Camille, lütfen, bekle—"

*"Fils de pute!"**

Çekip gidiyor. Peşinden gidebilirim. Vücudumdaki her bir atom peşinden gitmek istiyor. Konuşup Hendrich'i anlatabilirim. Durumu düzeltmem gayet mümkün. Ama gün ölüp giderken, o mor göğün altında, çimlerin üzerinde, öylece kalakalıyorum. Tepesini attırmanın Camille'i tehlikeye atmaktan daha iyi olacağını hesap ediyorum. İkilem. Onu koruyabilmenin tek yolu, ondan olabildiğince uzak durmak.

Zaten yeteri kadar zarar verdiğimi biliyorum. Hendrich sesini duydu. Fransız aksanını da fark etmiş olabilir.

Siktir. Şarap içersen böyle olur işte. Biriyle yakınlaşmaya çalışırsan böyle olur işte. Kapana kısılırsın. Ama zaten 1891'den beri aynı kapanın içindeyim. Her zamanki gibi, Hendrich'in kurduğu bir kapan bu. Kendimi resmen hapsedilmiş gibi hissediyorum. Asla bir hayatım olamayacak. Bana sonsuz gibi gelen bir süre boyunca ilgi duyduğum ilk kişiyi üzmeyi becerdim işte. *Siktir. Siktir. Siktir.*

"Sıç artık," diyorum Abraham'a.

---

* *Fr.* "Orospu çocuğu." (*e.n.*)

Abraham bana şaşkın şaşkın bakıp soluyor.

Asırlar boyunca umutsuzluğumu acıyla karıştırmışım. Ama insanlar acının üstesinden gelir. En ağır acılarla bile birkaç yıl içinde baş edebilirler. *Üstesinden gelemeseler* bile *birlikte yaşamayı* öğrenirler. Bunu başka insanlara yatırım yaparak, dostluklar kurarak, aileleri sayesinde, bir şeyler öğrenip öğreterek, sevgi yoluyla başarırlar.

Bunların hepsi boş. Ben kimsenin hayatında bir fark yaratamam. Öğretmenliği derhal bırakmam lazım. İnsanlarla konuşmaktan vazgeçmem lazım. Hiç kimseyle ilişki kurmamalıyım. Tamamen yalıtılmış bir hayat sürmeliyim. İzlanda'ya dönmeli ve Hendrich'in verdiği görevler dışında hiçbir şey yapmamalıyım.

Kendime ve başkalarına acı vermeden yaşamaya devam etmem mümkün görünmüyor.

Abraham acımı hissetmiş gibi hafifçe inliyor.

"Yok bir şey, oğlum. Haydi, eve gidelim."

Abraham'a bisküvi verip biraz votka içiyorum ve Carly Simon'ın "Coming Around Again"ini dinleyerek şarkının adını tekrar tekrar söylerken kendimi delirecek gibi hissediyorum.

Hendrich'i aramama on dakika kaldığını görüp YouTube'a girerek "Sol Davis" araması yapıyorum. Sörf kıyafetini giymiş dalgaları yararak ilerleyen bir adamın olduğu filmi izliyorum.

Ardından aynı adamın denizden çıkıp kumların üzerinde yürüdüğü, gülümseyerek ve aynı zamanda kaş çatarak kameraya bir şeyler söylediği, kafasını salladığı bir görüntü geliyor.

"Hey, bunu sakın kullanma," diyor adam. Avustralya aksanlı, kafasını kazımış ve haliyle ondan yirmi yaş kadar yaşlı görünen bir adam ama hiç şüphe yok: Bu, Omai. Kareyi donduruyorum. Alnında boncuk boncuk tuzlu sular, dosdoğru gözlerimin içine bakıyor.

Telefonu alıp avcuma yatırıyor ve "Son Aramalar"a giderek başparmağımla "H" harfine basıyorum.

Hendrich hemen açıyor.

"Tamam, Hendrich. Gidiyorum."

BEŞİNCİ BÖLÜM

Dönüş

İngiltere, Plymouth, 1768

Omai'la tanışmamın öyküsü mart ayının yağmurlu bir salı gününde, Plymouth'taki limanın taş döşeli yollarında başlıyor. Akşamdan kalmaydım. Plymouth'tayken hep akşamdan kalmaydım. Yani sarhoş olmadığım zamanlarda. Plymouth ıslak bir yerdi. Yağmur, deniz, bira. Plymouth'taki herkes yavaş yavaş boğuluyordu sanki.

Kaptan Samuel Wallis'i bulduğumda, lonca binasında asılı portresinden tanıdım. Üzerinde deniz mavisi ceketiyle dalgakıran boyunca yürürken, adamın tekiyle derin bir sohbete dalmıştı.

Plymouth'a gideli daha bir ay olmuştu. O günlerde denize açılma fikri bana her zamankinden daha da çekici geliyordu. Artık kızımı bulacağıma dair en ufak inancım kalmamıştı ve onun yerine kendimi, beni yiyip bitiren o bilmeceyi çözmeye çalışırken bulmuştum: Seni hayata bağlayan biri yokken yaşamanın ne anlamı var? Hâlâ verecek bir cevabım yoktu. Şimdiye geriye dönüp baktığımda, bir çeşit depresyon geçirdiğimi zannediyorum.

Wallis'in yanına koşup karşısına geçerek, o ilerledikçe geri geri yürümeye başladım.

"Bir adam eksiğiniz olduğunu duydum," dedim. "Sefer için. *Yunus*'ta."

İki adam yürümeye devam etti. Kaptan Wallis bana bakıyordu. Tarihin yücelttiği birçok adam gibi, onun canlı hali de gayet vasattı ve iyi dikimli giysileri fiziksel kusurlarını gizlemek yerine, iyice gözler önüne seriyordu. Kısa boylu, tıknaz, mor yanaklıydı. Denize açılmaktan çok, görkemli ziyafetler için yaratılmış bir adamdı. Buna rağmen bir adaya adının verilmesine en fazla iki yıl vardı. O andaysa küçücük yeşil gözlerinde küçümseyen bakışlarla bana bakıyordu.

"Sen kimsin?" diye sordu, hırıltılı ve kalın bir sesle.

"John Frears." Bu isim ilk kez ağzımdan çıkıyordu.

Kaptan Wallis'in yanındaki adam hafifçe arkadaşının koluna dokundu. Usulca yaptığı bu hareket amacına ulaştı. Bu adam Mr. Wallis'ten çok farklı görünüyordu. Keskin bakışları ama zarif bir ağzı vardı; dudak kenarları ilgiyle yukarı doğru kıvrılmıştı. O sıcağa rağmen kömür karası bir ceket giymişti. Tobias Furneaux denen bu adamı sonraki yıllarda gayet iyi tanıyacaktım. İşlek limanın ortasında, haziran güneşinde parlayan yeni öldürülmüş benekli gri balıklarla dolu kasaların yanında öylece durdular. "Neden seni seçmeliyiz peki?"

"Çok işinize yarayabilecek yeteneklerim var, efendim."

"Mesela?" diye sordu Mr. Furneaux.

Heybemi karıştırıp içinden üç delikli siyah ahşap kavalımı çıkararak ağzıma dayadım. "Biscay Körfezi" adlı bir folk şarkısının ilk notalarını çalmaya başladım.

"Güzel kaval çalıyorsun," dedi Mr. Furneaux, gülmemeye çalışarak.

"Mandolin de çalıyorum." Lavtadan söz etmedim tabii. Bugünlerde gittiğiniz bir iş görüşmesinde faks makinesini kullanabildiğinizi söylemek gibi bir şeydi bu. Artık kimsenin lavtayla ilgilendiği yoktu.

Mr. Furneaux etkilenmişti ve bunu dile getiren bir şeyler söyledi.

Mr. Wallis daha şüpheli bir nağmeyle, "Hım," diyerek arkadaşına döndü. "Konser düzenlemiyoruz, Mr. Furneaux."

Mr. Furneaux nemli havayı şöyle bir içine çekti. "Daha cesur davranabilseydim Mr. Wallis, müzik yeteneğinin bizimki gibi uzun seferler için gereksiz bir beceri olduğunu ben de söyleyecektim."

"Başka yeteneklerim de var, efendim," dedim Mr. Furneaux'ya.

Soran gözlerle bana baktı.

"Yelkenleri takabilir, direkleri yağlayabilir, halatları onarabilirim. Hem harfleri hem de haritaları okuyabilirim. Tüfeklere barut doldurabilirim ve nişancılığım da fena değildir. Fransızca konuşabiliyorum, efendim. O kadar akıcı olmasa bile, Flamanca da konuşabiliyorum. Uykusuzluğa dayanıklıyım ve gece nöbetleri için çok uygunum. Dahası da var, efendim."

Mr. Furneaux bu kez kahkahasını zor tutuyordu. Kaptan Wallis bir dakika önce göründüğünden daha mutlu değildi. Hatta benden hiç hoşlanmamış gibi bir hali vardı. Yürüyüp giderken kadife ceketi esintide geri geri giden bir geminin yelkenleri gibi dalgalandı.

"Yola erken çıkıyoruz. Yarın sabah, saat altıda. Liman tarafına gelirsin."

"Tabii, efendim, saat altıda. Orada olacağım. Teşekkür ederim. Çok teşekkür ederim."

Londra, şimdi

Dokuzuncu sınıflara biraz daha sosyal tarih öğretirken, Camille işkence eden bir rüya gibi pencerenin önünden geçiyor.

"Elizabeth döneminde kimse cebinde kâğıt para taşımazdı. İngiltere Bankası kuruluncaya kadar yalnızca metal paralar vardı..."

Elimi kaldırıyorum ama Camille beni gördüğü halde tepki vermiyor. Anton elimin aşağı düşüşünü izliyor.

Bütün hafta böyle devam ediyor. Camille için görünmezim. Öğretmenler odasında bir kez olsun benimle göz göze gelmiyor. Dışarıda karşılaştığımızda hiç selam vermiyor. Onu incittim. Biliyorum. Bu yüzden konuşmaya çalışarak durumu daha da kötüleştirmek istemiyorum. Planım haftayı sağsalim atlatıp Avustralya'ya gitmek, sonra da uzak bir yere gönderilmeyi istemek.

Ama bir seferinde, okulun toplantı salonunda çaprazlamasına birbirimize doğru yürürken ne kadar üzgün olduğunu görüp kendimi tutamıyorum ve "Camille, özür dilerim... özür dilerim," diyorum. Başıyla başka kimsenin göremeyeceği kadar belli belirsiz bir hareket yaparak yürüyüp gidiyor.

O akşam, Abraham kendisinin dörtte biri kadar bir Malta teriyerini başından atmaya çalışırken, o boş banka bakarak kolumu Camille'in omzuna atışımı hatırlıyorum. Bank da aynı şeyi hatırlar gibi, etrafa hüzün yayıyor.

Yarıyıl tatili gelecek cumartesi başlayacak. Ertesi gün Abraham'ı köpek oteline bırakmam ve Avustralya'ya uçmam lazım ama şu an süpermarketteyim. Seyahat tipi bir diş macununu sepetime atarken, rengârenk bluzu ve koca gözleriyle alışveriş arabasını iten Daphne'yi görüyorum.

Gideceğimi anlamasın diye diş macunuyla güneş kremini *New Scientist* dergisinin altına saklıyorum.

"Hey, Mr. Hazard!" diyor gülerek.

"Mrs. Bello, merhaba!"

Maalesef konuşmaya başlıyoruz. Az önce Camille'i Columbia Caddesi'ndeki çiçek pazarına giderken gördüğünü söylüyor.

Daphne'nin hınzır gözleri fıldır fıldır. "Patronun olmayıp *-ki öyleyim-* kapı komşun olsaydım *-ki değilim-* sana derdim ki Madam Guerin, nasıl bir çılgınlıksa artık, ikimizin de tanıdığı yeni tarih öğretmenine karşı *bir şeyler* hissediyor."

Süpermarketin yapay aydınlığını hissediyorum.

"Ama tabii ki söyleyemem çünkü okul müdürüyüm ve okul müdürleri bu tür şeyler söylemez. Okul çalışanları arasında gönül ilişkileri yaşanmasını teşvik etmek hiç de akıllıca olmazdı. Yalnızca... Bu hafta biraz fazla sessizdi. Sen de fark ettin mi?"

Zoraki gülümsüyorum. "Uydurma haber, maalesef."

"Onu ancak senin biraz neşelendirebileceğini düşünmüştüm."

"Bana kalırsa da o işi yapabilecek son kişiyim."

Tuhaf bir sessizlik oluyor. Yani benim için tuhaf. Daphne'ye tuhaf geldiğini sanmıyorum. Arabasının içinde, bir paket makarnanın yanında, bir şişe rom olduğunu fark ediyorum.

"Parti mi veriyorsun?" diyerek konuyu değiştirmeyi deniyorum.

Daphne içini çekiyor. "Keşke. Hayır, hayır, o Bacardi annem için."

"Kimseyle paylaşmaz mı?"

"Hah! Hayır. Sağ olsun. Rom konusunda çok cimridir. Surbiton'daki bir huzurevinde -kendi öyle istedi, insanlarla birlikte olmak hoşuna gidiyor- ve bana her seferinde içeri gizlice mal sokturuyor. Biraz yaramaz bir kadındır. Kendimi kaçakçı gibi hissediyorum, Yasak döneminde Amerika'da yaşar gibi falan..."

Yerdeki tozların üstünde bir şişe kaçak içki dururken, Arizona'da ragtime şarkılar çalışım geliyor aklıma.

"Böbreğinden biraz sorun yaşadığı ve felç geçirdiği için alkolü tamamen bırakması gerekiyor ama hayatın keyfini çıkaracak fazla zamanı kalmadığını söyler duruyor. Seksen yedi yaşında, eski kulağı kesiklerden. Hah!"

"Harika birine benziyor." Sohbete dâhil olmak için elimden geleni yapıyorum ama aşırı çalışan ağrılı hipokampusum şimdi de bana Camille'in okuldaki halini düşündürüyor. Ne kadar solgun göründüğünü. Öğretmenler odasında nasıl da gidip benden en uzağa oturduğunu.

Derken Daphne tokat etkisi yaratarak umutsuzluğumdan sıyrılmama neden olan bir şey söylüyor.

"Evet, sağlam kadındır annem. Üstelik, huzurevinde tam da kendine göre bir arkadaş grubu bulmuş. İnanamazsın, bir kadın var, Fatih William zamanında doğduğunu söylüyor. Aslında psikiyatri kliniğinde olması gerekirdi."

Put gibi kalıyorum. Aklıma ilk Marion geliyor. Ama çok saçma. Marion hayattaysa o kadar yaşlı görünemez. Benden daha genç görünmesi gerekir. Ayrıca Fatih William zamanında değil, Kral James zamanında doğmuştu.

"Zavallı Mary Peters. Zırdelidir. Televizyondan korkar. Ama çok tatlı bir ihtiyarcıktır."

Mary Peters.

Daphne'ye bakarak başımı iki yana sallarken, Hackney'deyken tanıdığımız Mary Peters'ın ortadan kayboluşuyla ilgili dedikoduları hatırlıyorum. Rose'un pazardan tanıdığı kadın. Nereden geldiği bilinmeyen ve İhtiyar Mrs. Adams'ın "ayaklı bok çuvalı" teranesine maruz kalan kadın.

"Ah. Öyle mi? Zavallı kadıncağız."

Daphne gider gitmez kendi arabamı olduğu yerde bırakıp çevik bir kararlılıkla süpermarketten çıkıyorum. Telefonumu çıkarıp Surbiton'a kaçta tren olduğuna bakıyorum.

Bakımevi yolun biraz gerisinde. Önünü tamamen kaplayan ağaçlar var. Binanın önündeki kaldırımda durmuş ne yapmam gerektiğini düşünüyorum. Yolun karşı tarafında bir postacı var ama onun dışında, in cin top oynuyor. Bir nefes alıyorum. Hayatın tuhaf bir ritmi var. Tamamen ayırdına varabilmek biraz zaman alıyor. Yıllar. Hatta asırlar. Basit bir ritim değil bu. Ama yine de bir ritim. Tempo sürekli iniş ve çıkışlarla değişiyor; yapıların içinde yapılar, örüntülerin içinde örüntüler var. Akıl karıştırıcı. John Coltrane'in saksafonunu ilk kez duymak gibi bir şey. Ama pes etmezseniz o aşinalığın içindeki unsurlar netleşiyor. Şu anda ritim hızlanıyor. Kreşendoya doğru gidiyorum. Her şey aynı anda oluyor. Örüntülerden biri budur: Hiçbir şey olmuyorken, olan şeyler de durur ama bir süre sonra bu hareketsizlik fazla gelir ve davulların çalmaya başlaması gerekir. Bir şey olması gerekir. Genelde bu ihtiyaç sizden kaynaklanır. Bir telefon görüşmesi yaparsınız. "Böyle yaşamaya devam edemem, değişmem lazım," dersiniz. Ardından kontrolünüzde olan bir şey gerçekleşir. Sonra hiçbir şekilde kontrol edemeyeceğiniz başka bir şey olur. Newton'ın üçüncü hareket yasası. Etki tepkiyi yaratır. Bir şeyler olmaya başladığında, başka şeyler de olmaya başlar. Ama bazen neyin niçin olduğunun –neden bütün otobüslerin aynı anda geldiğinin, hayattaki şansların ve acıların neden üst üste geldiğinin– bir açıklaması yoktur. Tek yapabileceğimiz, örüntüyü, ritmi gözlemlemek ve yaşamaktır.

Derin bir nefes alıyor, havayı içime çekiyorum.

Ash Grange Huzur ve Bakımevi. Logosu, düşen bir yaprak. Ne yaprağı olduğu belli değil. Tabela pastel sarı ve mavi. Hayatımda gördüğüm en kasvetli şeylerden biri. Binanın kendisi de bir o kadar kötü. En fazla yirmi yıllık gibi görünüyor. Açık turuncu tuğlalar, aynalı camlar; susturucu takılmış gibi bir havası var. Ölüme dair kibar bir örtmece hissi veriyor.

İçeri giriyorum.

Ofisteki kadın beni görüp pleksi pencereyi kaydırarak açınca, "Merhaba," diyorum. "Mary Peters'ı görmek için gelmiştim."

Kadın canlı ve etkili bir tebessümle bana bakıyor. Modern ve profesyonel bir tebessüm. Ne bileyim, mesela, telefondan önce olmayan bir tebessüm.

"Ah evet, birkaç saat önce aramıştınız, değil mi?"

"Evet. Bendim. Tom Hazard. Onu gençliğinden, Hackney'den tanıyorum."

Kadın bilgisayar ekranına bakarak fareyi tıklatıyor. "Ah, evet. O da sizi görmek istiyor. Şuradan geçeceksiniz."

"Ah, çok iyi," diyerek karo halıların üzerinde yürürken kendimi adeta geçmişe doğru yürür gibi hissediyorum

Mary Peters zamanın pembeleştirip körelttiği gözlerle bana bakıyor. Kır saçları karahindiba tohumları gibi incecik kalmış, teninin altındaki damarlar gizli bir haritadaki yollara benziyor ama dört asır önce Hackney'de tanıştığım kadını tanıyorum.

"Seni hatırlıyorum," diyor. "O gün pazara gelmiştin. O alçak pislikle dövüşmüştün."

"Mr. Willow," derken, adamın bir baharat bulutu içinde kayboluşunu hatırlıyorum.

"Evet."

Nefesinde bir hırıltı var. Her nefes alışında boğazı törpülenir gibi bir ses çıkıyor. Biraz yüzünü buruşturarak yamru yumru parmaklarını hafifçe alnına bastırıyor.

"Başım ağrıyor. Zamanla böyle oluyor."

"Bende de başladı."

"Ara ara gelip gidiyorlar. Benimki son zamanlarda yine başladı."

Mary Peters'a hayretle bakıyorum. Konuşacak gücü hâlâ nasıl bulabildiğine. İki yüz yıldır yaşlı bir kadın olmalı.

"Fazla zamanım kalmadı," diyor, düşüncelerimi okumuş gibi. "Buraya bu yüzden geldim. Benim için riskli değil."

"Riskli değil mi?"

"Yalnızca iki yılım falan kaldı."

"Bilemezsin. Elli yıl da yaşayabilirsin."

Başını iki yana sallıyor. "Umarım öyle bir şey olmaz."

"Kendini nasıl hissediyorsun?"

Şaka yapmışım gibi gülüyor.

"Sona yaklaşmış gibi. Baksana, kaç çeşit ilacım var. Doktor birkaç haftam kaldığını söylediğinde... İki yılım kaldığını anladım. Taş çatlasa üç. O yüzden güvenli olduğunu biliyorum, anlıyor musun? Yani buraya gelmenin. Daha güvenli..."

Hiç mantıklı değil. Güvenliğini hâlâ bu kadar dert ediyorsa neden insanlara gerçek yaşını söylüyor?

İçeride insanlar var. Çoğu koltuklara oturmuş, çapraz bulmacalarında ya da anılarında kaybolmuş.

"Sen Rose'un aşkıydın. Seni dilinden düşürmezdi. Kardeşiyle birlikte meyve sattıkları yerde benim de çiçek tezgâhım vardı. Tom aşağı. Tom yukarı. Tom, Tom, Tom. Sana rastladıktan sonra hayata dönmüştü. Farklı bir kızdı."

"Onu çok sevdim," diyorum. "Çok güçlü biriydi. Hayatımda tanıdığım en muhteşem insandı."

Mary Peters güçsüz bir anlayışla gülümsüyor. "O günlerde ben de zavallı bir haldeydim. Kendi gönül yaramla uğraşıyordum."

Salona bakınıyor. Biri televizyonu açıyor. *New Life in the Sun* diye bir programın açılış jeneriği başlıyor. Sonra İspanya'daki lokantaları Blue Marlin'de, yıkadıkları midyeleri tencereye koyarken gergin görünen bir çiftin görüntüleri.

Mary yüzünü tekrar bana döndüğünde düşünceli, düşünceler adeta yüzünde titreşiyor. Sonra şöyle diyor: "Kızınla tanıştım."

Öylesine damdan düşer gibi söylüyor ki ne dediğini anlamıyorum.

"Ne dedin?"

"Çocuğun, Marion."

"Marion mı?"

"Daha yeni sayılır. Aynı hastanedeydik."

Beynim idrak edebilmek için hızla çalışıyor. Hayat çoğu zaman böyledir. Bir şeyi –birini, bir duyguyu, bir bilgiyi– öyle uzun zaman beklersiniz ki karşınıza çıktığı anda apışıp kalırsınız. Boşluk boşluk olmaya o kadar alışır ki kendi kendine kapanmayı beceremez.

"Ne?"

"Southall'daki psikiyatri hastanesinde. Ben gündüzleri giden, bir sandalyede hüngür hüngür ağlayan kaçık bir ihtiyardım. O sürekli oradaydı. Zamanla konuşmaya başladık. Ben o doğmadan gitmiştim, değil mi?"

"Peki, benim kızım olduğunu nereden anladın?"

Aptalca bir soru sormuşum gibi bana bakıyor. "Kendisi söyledi. Herkese söylüyordu. Zaten orada olmasının esas nedeni buydu. Kimse inanmıyordu tabii. Delirmişti. Öyle düşünüyorlardı… Bazen Fransızca konuşurdu, çok şarkı söylerdi."

"Hangi şarkıları?"

"Eski şarkılar. Çok, *çok* eski şarkılar. Söylerken ağlardı."

"Hâlâ orada mı?"

Mary başını iki yana sallıyor. "Gitti. Tuhaf bir şekilde gitti—"

"Tuhaf mı? Nasıl yani?"

"Bir gece çekip gidiverdi. Orada olanlar çok gürültü çıkardığını söyledi… Ertesi gün gittiğimizde, yoktu."

"Nereye gitti? *Nereye?*"

Mary içini çekiyor. Biraz düşünüyor. Düşünürken üzgün ve şaşkın görünüyor. "Bilen yoktu. Söylenmedi. Bize taburcu edildiğini söylediler. Ama emin olamadık. Tuhaf gelebilir ama orada neler olup bittiğini pek bilmezdik. Öyle bir yerdi."

Bununla yetinemem. Bunca zaman bir umut belirmesini bekliyorum ve umut belirdikten on saniye sonra yine çekip gidiyor. "Nereye gitmiş olabilir ki? Nereye gidebileceğine dair hiç ipucu vermedi mi? Vermiş olmalı."

"Bilmiyorum. Cidden bilemiyorum."

"Bir yerlerden söz etti mi hiç?"

"Çok gezmiş. Gittiği yerlerden söz etmişti. Kanada'da yaşamış."

"Kanada mı? Nerede? Toronto mu? Ben de Toronto'daydım."

"Bilmiyorum. Sanmıyorum. İskoçya'da da çok kalmış. İskoç gibi konuşuyordu. Ama çok yer dolaşmış sanırım. Avrupa'da."

"Londra'da olabilir mi sence?"

"Cidden hiç bilemiyorum."

Arkama yaslanıyorum. Düşünmeye çalışıyorum. Marion'ın hâlâ -en azından yakın zamana kadar- hayatta olmasına sevinirken, başına gelmiş olabilecekler beni endişelendiriyor.

Cemiyet ona ulaştı mı? Birileri sesini kesmeye mi çalıştı? Hendrich biliyordu ve bana söylemedi mi? Onu birileri mi kaçırdı? Berlin'deki enstitü. Ya da başka biri.

"Beni dinle, Mary," diyorum oradan gitmeden önce, "bence artık geçmişinden söz etmemen çok önemli. Marion'ın başına bela açmış olabilir, senin için de tehlikeli. Sen istediğin kadar düşün. Ama yaşını insanlara söylemen çok tehlikeli."

Mary koltuğunda dikkatle pozisyon değiştirirken, görünmez bir acıyla yüzünü buruşturuyor. Biraz zaman geçiyor. Söylediklerimi tartıyor, kabul etmemeye karar veriyor.

"Bir zamanlar âşık olmuştum. Bir kadına. Deliler gibi âşıktım. Anlıyor musun? Yirmi yıl kadar gizlice birlikte olduk. Bize aşkımızdan kimseye söz edemeyeceğimiz söylendi... Tehlikeli olduğu için. Âşık olmak tehlikeliydi."

Başımı sallıyorum. Onu anlıyorum.

"Bir an geliyor ki yaşamaya başlamanın tek yolu doğruyu söylemek oluyor. Tehlikeli de olsa kendin olabilmenin."

Mary'nin elini tutuyorum. "Bana ne kadar yardımcı oldun, bilemezsin."

Hemşirelerden biri gelip bir fincan çay getirmeyi teklif edince, teşekkür edip istemediğimi söylüyorum.

Sonra Mary'ye alçak sesle, "Albatros Cemiyeti'ni duydun mu hiç?" diye soruyorum.

"Hayır. Zannetmiyorum."

"Peki, sen dikkatli ol. Lütfen kimseye anlatma..."

Duvardaki saate bakıyorum. Üçe çeyrek var. Üç saat sonra Sydney'e gidecek Dubai aktarmalı uçağa binmem gerekiyor.

"Dikkatli ol," diyorum Mary'ye.

Başını iki yana sallıyor. Gözlerini kapıyor. İç çekişi daha çok kedi tıslaması gibi. "Artık korkmak için fazla yaşlıyım. Yalan söylemek için fazla yaşlıyım." Koltuğunda öne doğru eğilip eklemleri beyazlaşıncaya kadar bastonunu sıkıyor. "Sen de öyle."

Dışarı çıkar çıkmaz, Hendrich'i arıyorum.

"Tom? Nasıl gidiyor?"

"Hayatta olduğunu biliyor muydun?"

"Kimin?"

"Marion'ın. *Marion'ın*. Onu buldun mu? Biliyor muydun?"

"Sakin ol, Tom. Hayır. Bir ipucu mu buldun?"

"Marion yaşıyor. Southall'daki bir hastanedeymiş. Sonra ortadan yok olmuş."

"Yok mu olmuş? Kaçırılmış mı?"

"Bilmiyorum. Kaçmış da olabilir."

"Hastaneden mi?"

"Akıl hastanesiymiş."

Bir postacı kaldırımda yavaşça ilerliyor. "Nerede olduğunu bilmiyorum," diye fısıldıyorum. "Ama Avustralya'ya gidemem. Onu bulmam lazım."

"Eğer kaçırıldıysa..."

"Orası belli değil."

"Kaçırılmışsa onu tek başına bulamazsın. Dur biraz, dur. Agnes'e Berlin'de birkaç yere sormasını söyleyeceğim. Avustralya'dan sonra ilk işimiz bu olacak. Onu bulacağız. Kaçırılmışsa büyük ihtimalle Berlin, Pekin ya da Silikon Vadisi'ndedir. Onu tek başına bulamazsın. Yani, ne zamandır Londra'dasın ama bulamadın işte."

"Arıyordum. Ama başka işlere daldım."

"Evet, Tom. Evet. Sonunda anlayabildin. Başka işlere dalmıştın. Aynen öyle. Artık bu işi halledeceğiz. Ama o uçağı yakalamalısın."

"Yapamam. Yapamam."

"Marion'ı bulmak istiyorsan yeniden odaklanman lazım, Tom. Oraya gidip arkadaşını ikna etmelisin. Kim bilebilir ki? Belki de aradığımız bilgi ondadır. Bu işleri bilirsin. Albaları ancak albalardan öğrenebilirsin. Kendini toparlaman lazım, Tom. Sonuçta Marion'ın yerini bilmiyorsun. Ama arkadaşının nerede olduğunu biliyoruz. Berlin de biliyor. Marion dört yüzyıldan fazla zamandır hayatta kalmayı başarabilmiş. Bir hafta daha dayanabilir. Sen şu Avustralya işini hallet, söz veriyorum *–söz veriyorum–* onu birlikte bulacağız. İpucunu buldun işte, değil mi?"

Ona Mary Peters'dan söz edemem. Cemiyete girmeyi asla kabul etmeyecek bir kadını tehlikeye atmak istemiyorum. "Benim... Onu bulmam lazım."

"Bulacağız, Tom," diyor Hendrich ve ona inandığım kadar, ondan nefret ediyorum. Hendrich'ten kim bilir kaç kez şüphelendim ama aslında ben de hissediyorum. Söylediği her sözcüğü hissediyorum. "Hissedebiliyorum. O kadar uzun bir hayat yaşadım ki artık geleceği hissedebiliyorum. Eminim. Eminim. Artık çok yaklaştık, Tom. Onu tekrar göreceksin. Ama arkadaşını kurtarmak istiyorsan önce havaalanına gitmelisin. Omai'ın sana ihtiyacı var."

Konuşma burada bitiyor ve her zamanki gibi Hendrich'in istediği şeyi yapıyorum. Çünkü ondan başka umudum yok.

Tahiti, 1767

Köyü ateşe vermem gerekiyordu.

"Yak şunu!" diye gürledi Wallis. "Eve dönmek istiyorsan, bu vahşinin kulübesini yakarsın, Frears! Sonra da ötekileri!"

Yanan meşaleyi elimde tutmaktan kolum, sırf ayakta durmaktan bütün vücudum bitkin düşmüştü. Kolumu indirmek benim için çok kolaydı ama o kulübeyi yakamazdım. Ben kara kumların üzerinde öylece dururken, adalı gözlerini dikmiş bana bakıyordu. Genç adam bir şey demiyordu. Bir şey yapmıyordu. Kulübenin önünde durmuş öylece bana bakıyordu. Kocaman açılmış gözlerinde dehşet ve meydan okuma karışımı bir ifadeyle bana bakıyordu. Göğsüne kadar gelen uzun, ince telli saçları ve öteki adalıların çoğundan daha fazla takısı vardı. Kemikten yapılmış bileklikler. Kolyeler. Sorsalar, yirmi yaşında falan derdim. Ama yaş söz konusu olduğunda, görüntünün aldatıcı olabileceğini benden daha iyi kimse bilemezdi.

Yüzyıllar sonra, YouTube'daki bir videoda aynı adamın okyanustan çıkışını izlerken, o gözlerde yine benzer bakışlar vardı. Şaşkınlık ve meydan okuma karışımı.

Ben de melek değildim. Yeni yerler keşfedilmesinde ve imparatorluğun genişletilmesinde utanılacak bir şey görmüyordum. Tam olarak yaşadığım çağa olmasa bile, bambaşka bir çağa aittim. Buna rağmen adamın evini ateşe veremiyordum işte. O bakışlar yüzünden mi, onun da benim gibi farklı biri olduğunu sezdiğim için mi yoksa uzun bir yaşamda üst üste yığılacak günahların ruhuma nasıl bir zarar vereceğini bildiğim için mi, hâlâ bilmiyorum.

Ama Wallis esip gürlemeye devam ederken yürüyüp gittim. Meşaleyi kumların ıslak ve dümdüz olduğu yere kadar götürüp dalgalara bıraktım. Kulübesinin önünde durmaya devam eden adamın yanına döndüm ve sahile ayak basmadan önce iskorbütten bitkin düşmüş bir subayın verdiği tabancayı kemerimden çıkarıp kumların üzerine bıraktım. Tabancanın ne olduğunu, ne işe yaradığını bildiğini sanmıyorum ama bıçağın ne olduğunu biliyordu ve onu da çıkarıp kumların üzerine bıraktım.

Cebimdeki küçük aynayı çıkarıp ona gösterince, hayretler içinde kendi yüzüne bakakaldı.

Wallis şimdi tam tepemdeydi.

"Ne halt ediyorsun sen, Frears?"

Adalının gözlerinde gördüğüm sessiz ve mağrur bakışlarla Wallis'e bakmayı denedim.

Neyse ki Furneaux da oradaydı. "Evlerini yakarsak bizi asla hoş karşılamazlar. Onları daha fazla korkutmak yerine ikna etmemiz lazım. Bazen canavarın yalnızca kükremesi bile yeterlidir."

Wallis bir şeyler mırıldanıp bana bakarak, "Seni gemiye aldığıma pişman etme beni," dedi ve kulübeler yine de yakılıp kül edildi. Avrupalıların bir gün Tahiti olarak bilinecek adaya ilk ayak basışı böyle oldu işte. Bundan yalnızca iki yıl sonra, Kaptan Cook ve astronomu burayı Venüs'ün güneşin önünden geçişini gözlemlemek için kullanacaktı. Adanın bu özelliği -bir şeyin gözlemlenmesi için uygun konumda olması- yalnızca bilimin ilerlemesine değil, boylamların hesaplanmasına da katkıda bulunacaktı.

Köy alevler içindeyken, seferden canlı çıkan iki doğabilimci, ressam Joe Webber'la birlikte yağmur ormanını keşfe çıkacaktı. Orayı fethetmeye değil, bize sorarsanız *keşfetmeye* gitmiştik.

Yine de coğrafi keşiflerin onurlu tarihinde sıkça olan şey olmuştu. Cenneti bulmuş, sonra da ateşe vermiştik.

Dubai, şimdi

Gecenin bir yarısı olduğu halde Dubai'deki havaalanı ışıl ışıl. Bir mağazayı gezerken, kadının teki üzerime parfüm sıkmak istiyor.

"Gerek yok, teşekkürler," diyorum. Ama kadın inanmıyor. Kokuyu –*Sauvage*– kusursuz bir dikdörtgen halinde kesilmiş incecik bir kâğıda sıkıp kâğıdı bana uzatıyor. Yüzünde öyle zorlayıcı bir tebessüm var ki kendimi almak zorunda hissediyor ve yürümeye devam ediyorum. Kâğıdı kokluyorum. Kokuyu elde etmek için kullanılan bitkileri düşünüyorum. Doğadan ne kadar koptuğumuzu. Şişeleyip üstüne "vahşi" yazmadan önce doğaya neler yaptığımızı. Koku baş ağrıma iyi gelmiyor. Yürümeye devam ederek kendimi kitapçıda buluyorum. Kitapların çoğu İngilizce ama arada Arapça olanlar da var.

Okuyacak bir şey bakınıyorum ama ilk başta iş kitaplarından başka bir şey göremiyorum. Birinin kapağına bakıyorum. Yazarın fotoğrafı var. Takım elbise giymiş; yüzünde yapay, başkanlara has bir tebessüm. Dişlerinde bir kutup parıltısı. Adı Dave Sanderson. Kitabın adı, *İçinizdeki Servet*. Alt başlığı: *İçinizdeki Trilyoneri Nasıl Eğitirsiniz.*

Transa girmiş gibi, uzun uzun kitaba bakıyorum. İç benliğimizin dış benliğimizden farklı bir şey olduğu fikri gayet popüler, modern bir görüş. Bir çözümü satın alarak daha sahici, daha gerçek, daha iyi, daha zengin bir versiyonumuza ulaşabileceğimiz fikri. Bir şişe Dior parfüm ormandaki bitkilerden ne kadar uzaksa bizim de kendi doğamızdan o kadar uzak olduğumuz fikri.

Görebildiğim kadarıyla yirmi birinci yüzyılda yaşanan sorunlardan biri de bu. Çoğumuz ihtiyacımız olan bütün maddi şeylere sahibiz ve bu yüzden pazarlamacıların işi artık ekonomiyi duygularımızla ilişkilendirmek, şimdiye kadar ihtiyaç duymadığımız şeyleri istememizi sağlayarak daha fazlasına ihtiyacımız varmış gibi hissetmemizi sağlamak. Yılda otuz bin sterlin kazanan kendini yoksul hissediyor. Yalnızca on ülke görmüşsek, kendimizi yeteri kadar seyahat etmemiş gibi hissediyoruz. Tek bir kırışığımız olduğunda, yaşlı hissediyoruz kendimizi. Resmimiz fotoşoplanmamış ya da filtrelenmemişse çirkin hissediyoruz.

1600'lerde tanıdıklarım arasında içindeki trilyoneri bulmak isteyen yoktu. Onların tek istediği ergenlik dönemine kadar yaşamak ve bitlenmemekti.

Ah.

Hiç havamda olmadığımı fark ediyorum.

Gözlerim yorgunluktan ve yedi saat boyunca uçmaktan kupkuru. Uçağa binmeyi sevmiyorum. Beni rahatsız eden şey havada olmak değil. Gatwick'ten ayrıldıktan yalnızca birkaç saat sonra bambaşka bir kültüre ve iklime sahip olan farklı bir ülkeye inmek. Belki de dünyanın boyutlarını hâlâ hatırlayabildiğim için. Artık hiç kimse bunu algılayamıyor. İnsanlar dünyanın uçsuz bucaksızlığını ve ona kıyasla birer nokta olduklarını anlayamıyor. Seyahatten canlı çıktıklarına şükreden bir gemi dolusu adamla birlikte ilk kez dünyanın bir ucuna gidişim bir yıldan fazla sürmüştü. Şimdiyse dünya *elimizin altında*. Olduğu gibi. Bir saat içinde Sydney'e giden bir uçağa bineceğim ve öğle yemeğinde orada olacağım. Dünya havası kaçan bir balon misali büzüşüyormuş gibi; klostrofobik bir his veriyor bana bu durum.

Kitapçının başka bir bölümüne geçiyorum. Daha çok, İngilizce ve İngilizceye çevrilen kitapların olduğu bu bölümün adı "Düşünce". İş kitaplarına ayrılan alandan çok daha küçük bir alanı kaplıyor. Konfüçyus. Eski Yunanlar. Derken sade, akademik bir kapağı olan o kitabı görüveriyorum.

Michel de Montaigne'in *Denemeler*'i.

Adeta küle dönüyorum. Hatta kendi kendime, yine onun yanındaymışım, bir parçamız sevdiğimiz kitapların içinde yaşamaya devam ediyormuş gibi kızımın adını söylüyorum. Kitabı alıp gelişigüzel bir sayfa açarak bir cümle okuyorum –"Hafızamıza en çok, unutmaya çalıştıklarımız kazınır"– ve olası gözyaşlarının hücumunu hissediyorum.

Telefonum bipliyor. Kitabı hemen bırakıyorum. Telefonuma bakıyorum. SMS. Omai'dan: "Çok zaman oldu. Sabırsızlanıyorum. İncir Ağacı diye bir lokantada 8'e yer ayırttım. Önce biraz uyuyup uçuş sersemliğini üstünden atarsın."

Uçuş sersemliği.

Bunu onun yazması çok garip. Omai aklımda hâlâ, mesela bugün Neptün'de yaşama fikri ne kadar fantastikse uçma fikrinin de o kadar fantastik olduğu bir zamana ait. Hatta belki de daha fantastik olduğu bir zamana.

Ben de mesaj atıyorum: "Orada görüşürüz."

Montaigne'i bırakıp kitapçıdan çıkarak büyük bir pencerenin önüne gidiyor ve uçuşumu anons etmelerini bekliyorum. Başımı cama dayayıp yansımamın ötesine, çölün sonsuz karanlığına bakıyorum.

İngiltere, Plymouth, 1772

İngiltere'ye döndükten sonra Plymouth'ta kaldım. Orayı seviyordum. Londra gibi orası da kalabalıklar içinde kolayca kaybolabileceğiniz bir yerdi. Denizcilerle, sokak çocuklarıyla, suçlularla, kaçaklarla, yersiz yurtsuzlarla, müzisyenlerle, sanatçılarla, hayalcilerle, yalnızlarla dolu bir şehirdi ve ben hayatımın farklı dönemlerinde bunların hepsi de olmuştum.

Bir sabah Minerva Inn'deki odamdam çıkıp yeni tersaneye gittim. Denizden donanmaya ait büyük bir savaş gemisi yükseliyordu.

"Etkileyici, değil mi?" dedi iskeledeki adamlardan biri, hayranlığımı görerek.

"Evet. Evet, öyle."

"Yeni dünyalar bulmaya hazır."

"Yeni dünyalar mı?"

"Evet. Cook'un gemisi bu."

"Cook mu?"

Derken arkamdan ayak sesleri geldi. Biri omzuma elini koydu. Yerimden sıçradım.

"Aman Tanrım, Mr. Frears, biraz sarsılmış görünüyorsunuz."

Arkama döndüğümde gördüğüm uzun ince, iyi giyimli beyefendi bana kibarca gülümsüyordu.

"Ah, Mr. Furneaux... Sizi gördüğüme sevindim, efendim."

Keskin gözleri bir an beni inceledi. "Bir gün bile yaşlanmamışsın, Frears."

"Deniz havasından, efendim."

"Biraz daha ister misin? Tekrar denize açılmak ister miydin?"

Limanın ötesindeki ufka işaret etti. "Bu seferki farklı olacak. Cook bu sefere Wallis'ten biraz daha iyi hazırlandı."

"Siz de mi Cook'un gemisiyle gidiyorsunuz?"

"Pek sayılmaz. Ona eşlik ediyorum," dedi Furneaux. "Seferde. *Macera*'nın komutanı olarak. Mürettebatı kuruyorum. Sen de katılmak ister miydin?"

Avustralya'nın üzerinde bir yer, şimdi

Bu kez Altın Sahil'den Sydney'e uçuyor ve kendimi yorgun hissediyorum. Son iki günün çoğunu ya uçarak ya da havaalanlarında geçirdim. Uçağın arka tarafında bir bebek ağlıyor. Bir an için Marion'ın diş çıkardığı zamanlarda, acısının ölümcül olabileceğini düşünen Rose'un nasıl telaşlandığını hatırlıyorum. Bütün köpekler nasıl birbirine benzerse bebeklerin ağlayışında da gelmiş geçmiş bütün bebekleri andıran bir şeyler var.

Hazır böyle demişken, önümde genç bir çift var. Biri başını ötekinin omzuna dayamış uyuyor. Bir erkeğin omzunda bir erkeğin başı; eskiden hiç görülmezdi. Dokunaklı bir tablo olması gerekir herhalde ama beni kıskandırıyor. Hendrich aramadan hemen önce Camille'in yaptığı gibi, biri benim omzuma da başını yaslasın istiyorum. Bir zamanlar, ilk başlarda, Rose için de böyle şeyler hissetmiş miydim acaba? Yoksa bu farklı mı? Belki bu *farklı* bir aşk. Fark eder mi?

Geçen hafta okulda hiç konuşmadığımızı hatırlıyorum. Öğretmenler odasındaki su kaynatıcının yanında yaşanan o garip anı. Camille poşet çayları karıştırarak papatya çayı arıyordu. Sessizliğin içinde bir çığlık vardı.

Annem bana yaşamamı söylemişti. O gitti, ben yaşadım. Bunu söylemek onun için kolaydı ama haklıydı tabii. Ayrıca onunkisi anlaşılabilir bir istekti. Ölürken isteyeceğiniz son şey, ölümünüzün dünyaya sızıp geride kalanları zehirlemesi, sevdikleriniz için yaşayan ölü gibi bir şeye dönüşmenizdir. Yine de çoğu zaman bunun olması kaçınılmazdır. Bana oldu işte.

Ama artık yaklaştığını hissediyorum. Hayatın. Sadece birkaç santim ötemde olduğunu hissediyorum. Bunda Marion'ın da rolü var. Onu bulmak birdenbire fazlasıyla gerçek bir fikre dönüştü. Uykuya dalıyor ve rüyamda Omai'ı görüyorum. Güney Pasifik'teki bir plajda durmuş günbatımını izliyor. Yanına gidip kolundan tutunca kum gibi ufalanıyor ve içinden, Matruşka bebek gibi başka biri, ondan daha küçük biri çıkıyor. Bir çocuk. Yeşil koton elbise giymiş, saçları upuzun örülmüş bir çocuk.

"Marion," diyorum.

Derken o da ufalanarak plajdaki kumlara dönüşüyor ve sular onu alıp götürürken, ben hâlâ ilk şeklini korumaya çalışıyorum.

Uyandığımda, bebeğin ağlaması kesilmiş ve gelmişiz; oradayım. Uçak iniş yapmış ve birkaç saat içinde asırlardır görmediğim birini göreceğimi biliyorum. Dehşete kapılmamak elimde değil.

Sosyete Adaları, Huahine, 1773

Macera'daki teğmenlerden Arthur Flynn, güneşte yanmış, bir zamanlar beyaz olan gömleğinin içinde terden sırılsıklam, elinde kırmızı ve beyaz kurdelelerle kumlara diz çöktü ve abartılı bir işaret diliyle, kurdeleleri beceriksizce saçlarına bağlar gibi yaptı. Kavrulmuş yüzüne oturtmaya çalıştığı cici kız gülücüğü, kapkara olmuş alnıyla kontrolden çıkmış sakalının ortasında hiç inandırıcı değildi.

Küçük çocuklardan oluşan izleyici kitlesi buna rağmen etkilenmiş görünüyordu. Kahkahaların, en azından çocuklarınkilerin her yerde aynı olduğunu bilecek kadar çok yer gezmiştim. Biraz geride durup somurtan yetişkin adalılar bile soytarılık eden bu kızılderili İngiliz'e gülmeye başlamışlardı. Arthur en yakınındaki uzun saçlı kıza -kız en fazla altı yaşındaydı- bir kurdele uzattı ve kız annesinin onayıyla kurdeleyi aldı.

Sonra Arthur bana döndü ve normal sesinden daha yumuşak bir sesle, "Frears, boncuklar sende mi?" diye sordu.

İki gemi çocukların arkasında başka bir gerçeklikten gelmiş hareketsiz, zarif birer canavar gibi öylece duruyordu.

Orada durmuş hediyeler ve kurdeleler vererek barış elçiliği yaparken, kalabalığın içinde tanıdık bir adam gördüm. Daha önce de gördüğüm biriydi.

Elinde uzun bir tahta vardı ve denizden yeni çıkmıştı. Pasifik Adaları'na önceki gelişimde de buna benzer uzun tahtalar görmüştüm. Balıkçılar bunlarla denize açılıyordu. Tahtaların üstlerinde durup dalgaların üzerinde ilerliyorlardı. Bazen de bu işi yalnızca eğlenmek için yapıyorlardı. Ama bunların hiçbiri adamı nereden tanıyor olabileceğime dair bir ipucu vermiyordu. Nasıl olabilirdi? Bu adaya daha önce hiç gelmemiştim. Düşünmeye çalıştım.

Hatırlamam fazla zaman almadı. Kulübesini yakmayı reddettiğim adamdı bu. O koca gözlü, uzun saçlı, yakışıklı adam. Ama o zaman Tahiti'deydik. Oraya gelmek için aşması gereken mesafe akla ziyan değildi ama onca yolu bir tahta parçasının üzerinde geldiğini düşünmek gülünç geldi. Ayrıca Tahiti'deyken statü sembolü olan birçok bilekliği ve kolyesi vardı ama şimdi kollarıyla göğsü çıplaktı.

Aynı hatırladığım gibi görünüyordu. Dört yıl çok da uzun bir zaman değildi herhalde. Bana bakarken yüzünde bir çeşit arzu, umutsuzca bir iletişim kurma isteği vardı.

Etrafa, Arthur'la öteki adamlara bakınıp dikkatinin başka yere yönelmesini bekledim. Ama nafile. Adam benden başka bir şeyle ilgilenmiyordu. Anlayamadığım bir şeyler söyledi. Sonra sağ elinin parmak uçlarını bitiştirip göğsüne götürdü. Parmak uçlarını hızlı hızlı defalarca göğsüne vurdu. Ne demek istediğini anladım.

Ben.

Ben.

Yani *o*.

Sonra denizi, gemileri, ufkun ötesini gösterdi. Ardından yüzünde korku ya da iğrenme denebilecek bir ifadeyle kumlara baktı. Yüz ifadesini bozmadan dönüp arkasına, kumsalın ilerisindeki ekmek ağaçlarıyla yemyeşil ormana baktıktan sonra tekrar gemilere ve okyanusa döndü. Bunu birkaç kez yaptıktan sonra ne demek istediğini anladım.

Kumların üzerinden bana doğru yürüyen çizmeli ayak sesleri duydum. Kaptan Cook'la Kumandan Furneaux'nun kaşlarını çatmış bana baktıklarını gördüm.

"Neler oluyor burada, Fines?" diye sordu Cook.

"Frears," diye düzeltti Furneaux, kibar bir otoriteyle.

Cook bu düzeltmeyi bir tatarcık gibi yüzünün önünden kovdu. "Söyle bize. Bu... Beyin bir derdi var gibi sanki."

"Evet, Kaptan."

"Neymiş?"

"Galiba bizimle gelmek istiyor."

Pasifik Okyanusu, 1773

Adı Omai'dı.

Aslında Mai olduğunu ve Tahitice "Ben Mai" dediğini sonradan, İngilizceyi daha iyi öğrendiğinde anladık. Buna rağmen bu isim üstüne yapıştı kaldı ve o da itiraz etmedi.

Başka adalara uğradığımızda, bana tahtasının üzerinde durmayı öğretmeye çalışıyordu. "Sörf yapmanın" bir fiile dönüşmesine daha çok vardı ama yaptığı şey buydu ve dalgalar ne kadar büyük olursa olsun o tahtanın üzerinde istediği kadar durabiliyordu. Bense ne zaman ayağa kalkmaya çalışsam düşüp etraftaki herkesi kahkahalara boğuyordum. Yine de sık sık, sörf yapan ilk Avrupalı olduğumu düşünmek hoşuma gider.

Omai çabuk öğrenen biriydi. İngilizceyi müthiş bir hızla kaptı. Sırf güvertedeki sıkıcı işlerin çoğundan kurtulmamı sağlaması bile onu sevmem için yeterliydi. Gölgede oturur ya da güvertenin altında sessiz bir köşe bulur, bir kavanoz lahana turşusunu paylaşarak isimlerle fillerin üzerinden geçerdik.

Ona biraz Rose'la Marion'dan söz ettim. Marion'ın parasını gösterdim. "Para" sözcüğünü öğrettim.

O da beni kendi dünya görüşü konusunda eğitti.

Her şeyin -bütün ağaçların, hayvanların, insanların- içinde, *mana* denen bir şey vardı.

Mana özel bir güçtü. Doğaüstü bir güç. İyi ya da kötü olabilirdi ama ne olursa olsun ona saygı göstermek gerekliydi.

Güneşli bir günde güvertede otururken yere işaret etti. "Buna ne deniyor?" diye sordu.

Parmağıyla gösterdiği yere baktım. "Gölge denir," dedim.

Mana'nın gölgelerde yaşadığını ve gölgelerle ilgili birçok kural olduğunu söyledi.

"Kural mı? Nasıl kurallar?"

"Birinin gölgesine basmak çok kötü bir şeydir… Şeylerin…" Aradığı sözcüğü havada bulabilecekmiş gibi etrafa bakındı. Derken kış güvertesinden kıç çarkına doğru giden Furneaux'yu görüp onu gösterdi.

Anlamıştım. "Kumandan? Lider? Şef?"

Başını salladı. "Seni ilk görüşümde, gölgeme basmamıştın. Çok yakınıma geldin. Ama üstüne basmadın. Bu sana güvenebileceğimi gösteren bir işaretti. İçindeki *mana* içimdeki *mana*'ya saygı gösterdi."

Bunu evini yakmamaya karar vermemden daha önemli bulması bana enteresan geldi. Oturduğum yerde kayarak Omai'dan biraz uzaklaştım.

Omai buna güldü. Elini omzuma koydu. "Tanıdığın insanlar için öyle bir şey yok, bir tek ilk tanıştıklarınla."

"Sen şef miydin?"

Başını salladı. "Tahiti'deyken."

"Huahine'de değildin ama?"

"Hayır."

"Öyleyse neden Tahiti'den Huahine'ye taşındın?"

Omai genelde şen şakrak, bütün hayatını geride bırakan bir adam için fazlasıyla rahat biriydi ama bu sorunun üstüne alnını kırıştırıp üst dudağını ısırarak adeta incinmiş gibi göründü.

"Sorun değil," diyerek içini rahatlatmaya çalıştım. "Anlatmak zorunda değilsin."

Yine de anlattı.

"Sana güvenebileceğimden eminim," dedi. "Bundan adım kadar eminim. İyi bir öğretmensin. İyi bir arkadaşsın. Ayrıca sende bir şey seziyorum. Geçmişten söz ediş şeklin. Bakışların. Çok eski olduğunu söylediğin o metal para. Çok bilgilisin. Sanırım sen de benim gibisin. İyi bir arkadaşsın sen." Onaylanmak ister gibi, sürekli bunu söylüyordu.

"Evet. Biz iyi arkadaşız."

"Muruuru. Teşekkür ederim."

O anda aramızda bir şey oldu; var olan bir güven açığa çıktı.

Hollamby yanımızdan geçti. Yan yana yattığımız Hollamby, bana Omai'ı gemiye almanın kötü bir fikir olduğunu söylemişti: "Bize yük olacak. Yemeğimizden yiyecek ve beraberinde kim bilir ne lanetler getirecek." Geçerken yan yan bize baktı ama diyeceğini kaşlarıyla söyleyip yürümeye devam etti.

"Ben herkesten daha yaşlıyım," dedi Omai. "Bence sen de öylesin. Yüzün beş yıldır hiç değişmemiş. Hem de hiç."

Sesimi alçaltıp bir fısıltıya dönüştürerek, "Evet," dedim. Başka bir şey diyemeyecek kadar şaşkındım. Doktor Hutchinson'ı görmeye gidişimden bir asır önce, kendime benzeyen birini bulmak, gerçeği söyleyebilmek korkunç ve muhteşem bir rahatlama hissi verdi. Bir adada yıllar boyu tek başına yaşadıktan sonra başka bir kazazedeyle karşılaşmak gibi bir şeydi.

Omai bana bakarak gülümsüyordu. Artık yüzünde korkudan çok rahatlama vardı. "Sen de benim gibisin. İkimiz aynıyız. Biliyordum." İç rahatlığıyla güldü. "Biliyordum."

Bana sarıldı. Gölgelerimiz birleşti. "Artık önemli değil! *Mana*'larımız aynı. Gölgelerimiz bir."

Benim için ne kadar önemli bir an olduğunu anlatamam. Evet, Marion da benim gibiydi ama onu hâlâ bulamamıştım. Bu yüzden Omai kendimi o kadar yalnız hissetmememi sağlamıştı. Normal biri gibi hissetmemi sağlamıştı. *Her şeyi* derhal öğrenmek istiyordum. Etrafa bakınıp ötekilerin güverte altında ya da başka yerlerde olduklarına emin olduktan sonra konuşmaya başladık.

"Gemiye bunun için mi bindin? Adalardan ayrılmayı bu yüzden mi istedin?"

Omai başını salladı. Anlaşılan, baş sallamak evrensel bir hareketti. Boş inançlar gibi. "Evet. Çok zordu. Tahiti'deyken, ilk başlarda sorun yoktu. Orada bana... Seçilmiş Olan gözüyle baktılar. Bu yüzden... *Şef* yaptılar. Durumumu... İçimdeki *mana*'nın iyi olduğuna kanıt saydılar. *Benim de* iyi olduğuma. Yarı insan, yarı tanrı olduğuma. Gündüzleri gölgeme basma korkusuyla yanıma yaklaşamazlardı." Bu anı ufukta görür gibi olduğu bir şeymişçesine, gülerek denize doğru baktı. "Ben de elimden geleni yaptım ve sanırım iyi bir şef oldum ama güneş doğup batmaya devam ettikçe işler değişmeye başladı. Başka adamlar. Şef olmak isteyenler vardı. Ama şeflikten vazgeçemezdim. Şeflikten vazgeçmenin tek yolu ölmekti. Bu yüzden..."

Daraldığını anlatan bir hareket yaptı. Ellerini başına yaklaştırıp zonklamayı andıran hareketler yaptı.

"Kapana kısılmış gibiydin."

"Evet, kapana kısılmıştım. Oradan gitmem lazımdı. Şafak gibi olmam lazımdı. Ama günler de bir yere kadar sürüyor, ardından gecenin gelmesi gerekiyor. Artık gidecek yerim kalmamıştı. Yaşamak istiyordum."

Ona anneme olanları anlattım. Manning'i anlattım. Marion'ın da bizim gibi olduğunu anlattım. Rose'un başının benim yüzümden derde girdiğini anlattım. Onu ne kadar çok özlediğimi.

Omai hafifçe gülümsedi. "Sevdiklerimiz asla ölmez."

Ne demek istediğini hiç anlamasam da, bu söz asırlar boyu aklımda kaladı.

Sevdiklerimiz asla ölmez.

Konumuza dönerek, "Bizi İngiltere'de de kabul etmiyorlar," dedim. "Durumumuzu bu gemideki hiç kimseye anlatmamalısın. İngiltere'ye döndüğümde, bir kez daha kimlik değiştirmek zorundayım. Mr. Furneaux şüphelenmeye başladı bile."

Omai biraz kaygılanmış gibiydi. Yüzüne dokundu. Durumunu nasıl saklayabileceğini düşünüyordu herhalde.

"Merak etme," dedim. "Sen egzotiksin."

"Egzotik mi? O ne demek?"

"Farklı. Uzaklardan. Çok, çok uzaklardan. Ananas gibi."

"Ananas mı? İngiltere'de ananas yok mu?"

"En fazla otuz tane falan vardır. Şömine raflarında."

Aklı karışmış gibiydi. Dalgalar hafifçe pruvaya çarpıyordu. "Şömine rafı nedir?"

Avustralya, Byron Körfezi, şimdi

Zincir ışıklar ve mutlu sohbetlerin muğlak uğultusuyla kuşatılmış halde, verandada oturuyoruz.

Omai'ı son görüşümde, Avustralya benim için yeni keşfedilmiş bir yerdi. Buna karşın Omai hâlâ o eski Omai. Yüzü biraz kalınlaşmış -kilo almamış, yalnızca yaşla birlikte gelen kalınlaşma yüzüne yansımış- ve göz çevrelerinde gülümsemediği zamanlarda da kaybolmayan birkaç çizgi var ama onu gören her şeyden habersiz biri yaşını en fazla otuz altı tahmin eder bence. Üzerinde Frida Kahlo'nun otoportresi olan, Sydney'deki New South Wales Sanat Galerisi'ndeki Kahlo sergisi için yaptırılmış soluk bir tişört giymiş.

"Uzun zaman oldu," diyor Omai özlem dolu bir sesle. "Seni özledim, birader."

"Ben de seni. Vay vay. Birader diyorsun, ha? Sana yakışıyor."

"Altmışlardan beri. Buralarda zorunlu sayılır. Sörfçü şeyi."

Omai'ın daha önce denediği ve benim de denememi istediği Hindistan cevizi sütlü-biberli Martini'lerimizi içerek havadan sudan sohbet ediyoruz. Oturduğum yerden güdük palmiyelerle uçsuz bucaksız kumsalın ötesinde, yarım ayın ışığında tatlı tatlı parıldayan denizi görebiliyorum.

"Hiç Hindistan cevizli-biberli Martini içmemiştim," diyorum. "Yaşlandıkça, böyle oluyor. Deneyecek yeni şeyler bulmakta zorlanmaya başlıyorsun."

"Ah, bilmem ki," diyor iyimserliğini hâlâ kaybetmemiş Omai. "Hayatımın çoğu okyanuslardan birinin kenarında geçti ve aynı dalgayı iki kez görmüş değilim. *Mana* sayesinde, biliyorsun. *Mana* her yerde. Sürekli hareket halinde. Dünyayı sürekli yeniliyor. Aslında bütün dünya Hindistan cevizli-biberli Martini."

Gülüyorum.

"Sen ne zamandır Sol Davis'sin, bakalım?"

"On yedi yıl falan oldu. Byron'a geldiğimden beridir."

Cuma gecesinin keyfini çıkaran mutlu Avustralyalılara göz gezdiriyorum. Birinin doğum günü kutlanıyor. Üzerine kıvılcımlar saçan üç maytap saplanmış pasta geldiğinde sanki kıyamet kopuyor. Pasta bir alkış sağanağı eşliğinde masanın başında oturan kadının önüne konuyor. Kadının askılı bluzuna kocaman bir rozet takılmış. Kırk yaşına basıyormuş.

"Daha bebek," diyorum.

"Kırk yaş," diyerek dudak büküyor Omai. "Hatırlıyor musun?"

Başımı sallıyorum. "Evet," diyorum hüzünle. "Hatırlıyorum. Sen?"

Omai'ın yüzünde de hüzün var. "Evet, Tahiti'den ayrılmak zorunda kaldığım yıldı."

Geçmişte kalan o zaman ve yer verandanın ötesindeki karanlıkta görülebilecek bir şeymiş gibi, uzaklara bakıyor. "İnsan-tanrıydım. Güneş benim sayemde doğardı. İklim, okyanus, ağaçlardaki meyveler, hepsi bana bağlıydı. Hatırlarsın herhalde, o zamanlar, Avrupalılar gelip bizi Hıristiyanlaştırmadan önce, insan-tanrılara rastlamak çok da zor değildi. Tanrı bulutların üzerindeki bir şey değildi. Yani, bana bir baksana, tanrı olduğuma kim inanmaz ki?"

"Bu Martini'ler çok sertmiş," diyorum.

"Herhalde bunları daha önce de çok söylemişimdir."

"Herhalde. Uzun zaman önce."

"Uzun, uzun, uzun, çok uzun."

Garson kız geliyor. Ben başlangıç olarak balkabaklı salata, ana yemek olarak kızıl levrek ısmarlıyorum; Omai, garsonun deyişiyle "ikisinde de domuz işkembesi olan" iki yemek ısmarlıyor.

Omai, "Biliyorum," diyerek bembeyaz dişlerini gösteriyor. Hâlâ hayatımda gördüğüm en yakışıklı adam.

"Çeşitlendirmek istersiniz diye söyleyeyim dedim."

"Çeşitlendirdim zaten. İkisi de farklı yemekler."

"Peki, efendim."

"Bunlardan da iki tane daha," diyerek bardağını kaldırıyor Omai.

"Anlaşıldı."

Omai garsonun gözlerine bakmaya devam ediyor. Kız da Omai'ın gözlerine bakıyor.

"Sizi tanıyorum," diyor garson. "Şu sörfçü değil misiniz?"

Omai gülüyor. "Byron Körfezi'ndeyiz. Burada herkes sörfçü."

"Hayır. Herkes sizin gibi değil. Siz Sol Davis'siniz, değil mi?"

Omai başını sallayarak süklüm püklüm bana bakıyor. "Günahlarımın bedeli."

"Vay. Buralarda bayağı meşhursun, ha?"

"Yok be."

"Evet, meşhursun. Seni o dalga tüpünün içinden geçerken gördüm. *Müthişti.* İnternette videosu var."

Omai kibarca gülümsüyor ama biraz rahatsız olduğunu hisediyorum. Garson kız gidince, gözlerini sağ eline dikiyor. Parmaklarını denizyıldızı yapar gibi sonuna kadar açıp kapıyor ve yumruğunu sıkıp elini ters çeviriyor. Teni pürüzsüz, karamel rengi, genç görünümlü. Okyanusta korunmuş. Anageria gençliği.

Biraz daha sohbet ediyoruz.

Başlangıçlarımız geliyor.

Omai tıkınmaya başlıyor. İlk lokmayı ağzına atarken gözlerini kapayıp takdir dolu sesler çıkarıyor. Böyle kolayca haz duyabilmesi beni imrendiriyor.

"E," diyor, "sen neler yaptın bakalım?"

Anlatıyorum. Öğretmenlik deneyimimi. Önceki hayatımı. Yakın geçmişi. İzlanda, Kanada. Almanya. Hong Kong. Hindistan. Amerika. Sonra 1891'i anlatıyorum. Hendrich'ten, Albatros Cemiyeti'nden söz ediyorum.

"Bizim gibi insanlar. Çok fazla var. Yani, o kadar da değil aslında."

Cemiyetin faydalarını anlatıyorum. Sekiz yıl kuralını. Albalarla mayıs sineklerini. Omai gözlerini kocaman açmış, afallamış, bana bakıyor.

"Peki, sen ne yapıyorsun?" diye soruyor. "Sen, yani."

"Patronun, Hendrich'in gönderdiği yerlere gidiyorum. *Görevlere.* İnsanları ikna ediyorum. Fena iş sayılmaz. En son Sri Lanka'ya gittim. Rahat bir hayat."

"Rahat" sözcüğü, benim kulağıma bile örtmece gibi geliyor.

Omai gülerken biraz kaygılı. "Neye ikna ediyorsun?"

"Aslında ikna edecek pek bir şey yok. Demek istediğim: İnsanları üye yapıyorum."

"Yapmak derken? Nasıl yani?"

"Dediğim gibi, pek bir şey yapmam gerekmiyor. Cemiyetin onları nasıl koruyacağını, kimlik değişimlerinde yardımcı olacağını anlatıyorum; Hendrich'in *çok sağlam* bağlantıları var. Birlik gibi bir şey. Sigorta gibi. Yalnızca yaşadığımız için bize para veriliyor."

"Tam bir pazarlamacısın. Zamana uyum sağlamayı iyi beceriyorsun, değil mi?"

"Dinle, Omai. Bu iş şakaya gelmez. Bugün de her zamanki kadar tehlike altındayız."

"Evet. Ama hâlâ buradayız. Nefes alıyoruz. Alıyor ve veriyoruz."

"Büyük tehlikeler var. Sen –şu anda– tehlikedesin. Berlin'de bir enstitü var. Seni biliyorlar. Şimdiye kadar çok kişiyi kaçırdılar."

Omai gülüyor. Resmen gülüyor. Ortadan kaybolan, büyük ihtimalle kaçırılmış olan Marion'ı düşünerek öfkeleniyorum. Omai'ın bana meydan okuduğunu hissediyorum; Katolikliğe kafa tutan bir ateist gibi. "Kaçırdılar mı? Vay be."

"Aynen öyle. Ayrıca artık yalnız da değiller. Silikon Vadisi'nde ve başka yerlerde rekabette sonsuza kadar öne geçmek isteyen biyoteknoloji şirketleri var ve buna bizim sayemizde ulaşabilirler. Onların gözünde insan değiliz. Laboratuvar faresiyiz."

Omai gözlerini ovuşturuyor. Aniden yorulmuş gibi görünüyor. Onu yoruyorum.

"Pekâlâ. Peki, sen bu 'korumaya' karşılık ne yapıyorsun? Bu işin ederi nedir?"

"Ederi şu: Bazı zorunlulukların oluyor."

Omai gülerek, sözlerim dağıtılması gereken bir uykuymuş gibi gözlerini ovuşturuyor. "Zorunluluk?"

"Ara sıra Albatros Cemiyeti için bir şeyler yapman gerekiyor."

Omai kahkahaların şiddetini artırıyor. "Şu *isme* bak."

"Evet, biraz antika."

"Ne gibi şeyler yapman gerekiyor?"

"Farklı şeyler. Bunun gibi şeyler. İnsanlarla konuşmak. Bu işe girmelerini sağlamak."

"Nasıl giriliyor? Belge falan mı imzalıyorsun?"

"Hayır, hayır, belge falan yok. Yalnızca iyi niyet. Güven. En eski sözleşme türü." Yine Hendrich gibi konuşmaya başladığımı fark ediyorum. Bunu en son Arizona'da hissetmiştim ve sonu hiç de iyi olmamıştı.

"İnsanlar kabul etmezse ne oluyor peki?"

"Çoğunlukla kabul ediyorlar. Sonuçta iyi bir anlaşma." Gözlerimi kapıyorum. Çölde ateş edişimi hatırlıyorum. "İnan bana, Omai. Güvende değilsin."

"Öyleyse ne yapmam gerekiyor?"

"İşin sırrı, bir yerde fazla uzun kalmamakta. Hendrich sürekli insanlara bağlanmamamız gerektiğini söyler. Sekiz yılda bir yer değiştirmemiz gayet mantıklı bir çözüm. Yeni bir yerde yeni baştan başlamak. Başka biri olarak. Sen burada en az—"

"Yapamam. Buradan gidemem."

Omai çok kararlı görünüyor. Açıksözlü davranmam gerektiğini biliyorum.

"Başka seçeneğin yok. Cemiyetin bütün üyeleri—"

"Ben cemiyete üye olmayı kabul etmedim ki."

"Otomatik üyesin. Yeri belirlenen albalar otomatikman üye olurlar."

"Alba, alba, alba... laf, laf, laf..."

"Varlığını bilen herkes, cemiyetin parçası olur."

"Biraz hayat gibi."

"Galiba öyle."

"Peki, hayır dersem ne olacak? Reddedersem?"

Cevabı uzun zaman geciktiriyorum.

Omai arkasına yaslanıp başını iki yana sallıyor. "Vay anasına, birader. Mafya gibi bir şeymiş bu. Mafya olmuşsun sen."

"Seçim şansım yoktu," diyorum. "Zaten olay da bu. Ama inan bana, böyle olması gerekiyor... Kendini belli eden tek bir alba, *bütün* albaları tehlikeye atar. Zaten gizlenmek gerektiğini biliyorsun. Sen de gizlenmişsin. Demiştin ki..."

Başını iki yana sallıyor. "Otuz yıldır Avustralya'dayım."

Biraz bunu düşünüyorum.

Otuz yıldır Avustralya'dayım.

"Bana yirmi dendi."

Yüzü biraz sertleşiyor. İyiye işaret değil. Hiçbir şey iyiye işaret değil. Gemide, birlikte güldüğümüz günleri düşünüyorum. Sonrasını, Kraliyet Derneği'ni, Omai'ın orada onunla kalmam için ısrar edişini. Ne kadar eğlendiğimizi. Cin içip Samuel Johnson'a ve o günün ünlülerine yalanlar söyleyişimizi. "Söylendi mi? Kim söyledi? İzleniyor muydum?"

"Otuz yıl boyunca kalmayı nasıl başardığını anlayamadım. Oradan oraya dolaştın mı?"

"On üç yıldır Sydney'deydim ama Byron'a geleli on yedi yıl oldu. Biraz sahilde dolaştım. Mavi Dağlar'da yaşadım. Ama çoğu zaman aynı evdeydim."

"Şüphelenen olmadı mı?"

Ters ters bana bakıyor. Nefesinin şiddetiyle burun deliklerinin açılıp kapandığını görebiliyorum.

"İnsanlar genelde görmek istediklerini görür."

"İyi ama internette bile vardı, garson kız bile görmüş. Birileri filmini çekmiş. Çok fazla ilgi çekiyorsun."

"Sen. Sen hâlâ o meşaleyi elinde tuttuğunu sanıyorsun. Bense hâlâ iradene boyun eğdirmek istediğin 'Öteki'yim. Al o ateşini, okyanusa at."

Düzgün dur.

"Sen ne diyorsun, Omai? Ben sana yardım etmeye çalışıyorum. Bu benim isteğim değil. Ben yalnızca aracıyım. Bunlar Hendrich'in istekleri. O her şeyi bilir. Korkunç şeylerin olmasını engelleyebilir ama aynı zamanda," derken korkunç gerçek kafama dank ediyor, "korkunç şeylerin olmasını da sağlayabilir."

"Ne diyeceğim..." Omai cüzdanını çıkarıp içini karıştırarak masanın üstüne birkaç banknot bırakıyor ve ayağa kalkıyor. "Şu anda konuştuğum gerçek sen değilsen kabalık etmiş olmam, değil mi?"

Omai çekip gidiyor ve orada öylece kalıyorum. Yemekler geldiğinde, garsona büyük ihtimalle döneceğini söylüyorum. Ama dönmüyor elbette.

Cidden farklı olacağını sanmıştım. Bunca zaman yaşadıklarımızı anlatırız, bir zamanlar olacağını hayal dahi edemediğimiz bütün iyi ve korkunç şeylerden söz ederiz sanmıştım. Bisikletlerden, arabalardan, uçaklardan bahsederiz sanmıştım. Trenlerden, telefonlardan, fotoğraftan, elektrikli lambalardan, televizyon programlarından, bilgisayarlardan, aya giden roketlerden. Gökdelenlerden. Einstein'dan. Gandhi'den. Napolyon'dan. Hitler'den. İnsan haklarından. Çaykovski'den. Rock'tan. Cazdan. *Kind of Blue*'dan. *Revolver*'dan. "The Boys of Summer"ı sevip sevmediğinden. Hiphop'tan. Suşi barlardan. Picasso'dan. Frida Kahlo'dan. İklim değişikliğinden. İklim değişikliğini inkârdan. *Yıldız Savaşları*'ndan. Küba Füze Krizi'nden. Beyoncé'den. Twitter'dan. Emojilerden. Reality şovlardan. Uydurma haberlerden. Donald Trump'tan. Empatinin süregelen iniş ve çıkışlarından. Savaşlarda yaptıklarımızdan. Yaşamaya devam etme nedenlerimizden.

Ama hayır, bunların hiçbirinden söz edilmedi.

Her şeyi berbat ettim.

Kısacası, tam bir gerizekâlı gibi davrandım ve artık hiç arkadaşım kalmadı.

Sevdiklerimiz asla ölmez.

Omai yıllar önce böyle demişti.

Haklıydı da. Ölmüyorlar. Tamamen değil. Hep içinizde yaşadıkları gibi, zihninizde de yaşamaya devam ediyorlar. Ateşlerini canlı tutuyorsunuz. Onları yeterince iyi hatırlıyorsanız uzun zaman önce sönmüş yıldızların parıltısının bilinmeyen sulardaki gemilere rehberlik edişi misali size yol göstermeye devam ediyorlar. Yaslarını tutmayı bırakıp onları dinlemeye başlarsanız hayatınızı değiştirme gücüne hâlâ sahipler. Kısacası, kurtuluşunuz olabilirler.

Omai şehrin bir ucunda, Broken Head Yolu, 352 numarada oturuyor. Cephesi tahta kaplama, tek katlı bir ev.

Deniz manzaralı. Tabii ki. Mümkün olsa Omai denizde yaşardı.

Kapıyı tıklattıktan sonra birkaç dakika bekliyorum. Başımda hafif bir sızı. İçeriden belli belirsiz sesler geliyor. Kapı hafifçe aralanıyor. Kısa beyaz saçlı, yaşlı bir kadın zincirin arkasından bana bakıyor. Tahminimce, seksenli yaşların sonlarında. Yüzünde harita misali çizgiler. Romatizma ve kemik erimesi yüzünden asimetrik bir duruşu var. Kaygılı, kataraktlı gözler. Fosforlu sarı bir hırka. Elinde elektrikli konserve açacağı var.

"Evet?"

"Ah, affedersiniz. Yanlış adres herhalde. Böyle geç bir saatte rahatsız ettiğim için özür dilerim."

"Sorun değil. Bu aralar pek uyumuyorum zaten."

Kadın kapıyı kapayacak. Çabucak söyleyiveriyorum: "Sol'u arıyordum da. Sol Davis. Burada mı oturuyor? Ben eski arkadaşıyım. Bu gece birlikte yemek yerken onu biraz kızdırdım galiba."

Biraz duraksıyor.

"Tom. Ben, Tom."

Başını sallıyor. Adımı duymuş. "Sörf yapmaya gitti."

"Bu karanlıkta mı?"

"En sevdiği zamandır. Okyanus asla mesaisini bitirip eve gitmez. Hep böyle der."

"Nerede sörf yapıyor?"

Düşünüyor. Orada bir çeşit ipucu varmış gibi evin önündeki çimento yola bakıyor. "Artık kafam iyice gitti... Tallow Plajı."

"Teşekkür ederim. Çok teşekkür ederim."

Kumların üzerine oturup dolunayın aydınlattığı okyanusta Omai'ı izliyorum. Bir dalganın üzerinde yükselen küçük bir gölge. Derken cebimdeki telefonun titreştiğini hissediyorum.

Hendrich.

Açmamam ancak şüphelenmesine yarar.

"Yanında mı?"

"Değil."

"Deniz sesi geliyor."

"Sörf yapıyor."

"Rahat konuşabiliyor musun yani?"

"Fazla zamanım yok. Birazdan buluşacağız."

"İkna oldu mu?"

"Olacak."

"Her şeyi anlattın mı?"

"Her şeyi değil. Daha zamanı var."

"YouTube'daki filmi şu anda dört yüz bin kez tıklanmış. Ortadan kaybolması lazım."

Omai bir dalganın altında kayboluyor. Başı tekrar yükseliyor. Mükemmel bir yaşam şekli. Bir dalganın üzerinde gidip düşmek, tekrar dalgaya çıkmak. Yaşam daha çok *yükselme*, bir şeyleri -geliri, statüyü, gücü- artırma, gökdelen gibi dimdik yukarı çıkma fikri üzerine kurulu sanki. Fakat Omai'ın varoluş şekli okyanus kadar doğal, ufuk kadar geniş ve açık görünüyor. Şimdi yine sörfün üzerinde; karınüstü yatmış, kollarıyla kürek çekerek dalgalanan suda ilerliyor.

"Kaybolacaktır, eminim."

"Ah, bundan ben de eminim. Hepimizin iyiliği için. Bir tek Berlin değil. Pekin'de de bir biyoteknoloji şirketi var ve adamlar—"

Bu lafları bir asırdan fazla zamandır dinliyorum. Özellikle de Marion'ın nerede olduğunu bilmiyorken endişelenmem gerekir ama benim için bunun da duyduğum öteki seslerden bir farkı yok. Dalgaların kumsala vuruşu gibi bir şey.

"Tamam. Artık gitmem gerek, Hendrich. Denizden çıkıyor sanırım."

"Sen A planısın. Başka bir şey değilsin, Tom. Unutma, bir B planı her zaman vardır."

"Anlıyorum."

"Anlasan, iyi olur."

Telefonu kapayıp kumların üzerinde oturmaya devam ediyorum. Dalgaların sesi orada nefes seslerine benziyor. Nefes al. Nefes ver.

Yirmi dakika sonra, Omai denizden çıkıyor.

Beni görüyor ama sörfü elinde, yürümeye devam ediyor.

"Hey!" kumların üzerinde peşine düşüyorum. "Dinle beni, ben senin dostunum. Seni korumaya çalışıyorum."

"Senin korumana ihtiyacım yok."

"O kadın kim, Omai? Evindeki?"

"Seni ilgilendirmez. Evimden uzak dur."

"Omai. Yapma lütfen. Kahretsin. Bu iş çok ciddi."

Kumsalın bitimindeki otların orada duruyor. "Güzel bir hayatım var. Artık saklanmak istemiyorum. Yalnızca kendim olmak istiyorum. Dürüst bir hayat yaşamak istiyorum."

"Dünyanın istediğin yerine taşınabilirsin. Hawaii. Endonezya. Nereye istersen. Sörf yapabileceğin bir sürü yer var. Hepsi de okyanus kenarında. Okyanus her yerde aynı." Düşünmeye çalışıyorum. Ortak geçmişimizde inatçı zihnindeki duvarları yıkacak bir şey bulmaya çalışıyorum. "Seferden döndükten sonraki hafta Doktor Johnson bize ne demişti hatırlıyor musun? Kraliyet Derneği'nde senin için verdikleri yemekte? *Dürüstlük* hakkında?"

Omai omuz silkiyor. "Çok zaman önceydi."

"Hatırlamıyor musun? Keklik yemiştik. Yeni bilgilere her zaman hazır olmamız gerektiğini söylemişti. *Dürüstlük yoksa bilgi tehlikelidir ama bilgi yoksa dürüstlük de yetersiz ve faydasızdır.* Ben sana bilgi vermeye çalışıyorum, sen dürüstlüğü suratıma fırlatıyorsun. Ölümüne neden olacak ve her şeyi tehlikeye atacak bir dürüstlüğü."

"Biraz bilgi ister misin peki, Tom?"

"Olur," der gibi bir hareket yapıyorum.

Omai ayağından bir cam parçası çıkarır gibi gözlerini kapıyor. "Pekâlâ, o zaman sana biraz bilgi vereyim. Ben de senin gibiydim. Oradan oraya dolaştım. Bütün Pasifik'i gezdim. Soru sormayacakları her yere gittim. Samoa. Solomon Adaları. Fiji'deki Lautoka. Sugar City. Yeni Zelanda. Hatta Tahiti. Oradan oraya sıçradım. Gerektiğinde, doğru bağlantıları kurdum. Yeraltına ulaşmanın yollarını buldum. Sahte belgeler edindim. Sürekli yeni başlangıçlar yaptım. On yılda iki kez temiz sayfalar açtım. Derken işler değişmeye başladı."

"Nasıl?"

Soluk bir Quicksilver tişört, kesilip şort yapılmış ve paçaları püsküllenmiş bir kot, parmak arası terlik giymiş, orta yaşlarının sonunda bir adam geçiyor. Elinde bir cigaralık ve kutu kolayla, plaj yolundan kumlara doğru gidiyor. Hüzünlü ama ne olduğunu anlayamadığım bir şarkı mırıldanıyor. Bizimle hiç ilgilenmeyen, barışçı, kayıtsız bir sarhoş. İşitme mesafesinden bayağı bir uzakta, cigarasını içip dalgaları izlemek üzere kendini kumlara bırakıyor.

Islak sörf tahtasını seyrek otların üzerine koyup üzerinde bağdaş kurarak oturuyor Omai. Saniyeler geçerken, öylece oturuyoruz. "Âşık oldum."

Haliyle aklımda birçok soru beliriyor ama şimdilik hepsini kendime saklıyorum.

"Bana aşktan söz edip dururdun ya. Âşık olduğun o kızı anlatırdın. Evlendiğin kızı. Marion'ın annesini. Adı neydi?"

"Rose." Yirmi birinci yüzyılda, Avustralya'daki bir plajda bu ismi söylemek tuhaf ve baş döndürücü bir his veriyor. Zaman ve mekânın uzaklığı duyguların yakınlığıyla iç içe geçiyor. Somut bir şeyi hissetmek istercesine, orada Rose'dan kalan bir şeyler varmış gibi, avuçlarımı kumlarla otların üzerine bastırıyorum.

"İşte, ben de kendi Rose'umu buldum. Çok güzeldi. Adı Hoku'ydu. Bu aralar onu düşündüğüm zaman başıma ağrı giriyor."

Başımı sallıyorum. "Hafıza ağrıları. Son zamanlarda bende de çok oluyor."

Bir an Hoku'nun evde gördüğüm konserve açacaklı kadın olup olmadığını merak ediyorum ama merakım hemen gideriliyor.

"Yalnızca yedi yıl birlikte olabildik. Savaşta öldü..."

Hangi savaş olduğunu merak ediyorum. Nerede ölmüş olabileceğini. İkinci Dünya Savaşı olduğunu tahmin ediyor ve haklı çıkıyorum.

"İşte o zaman Yeni Zelanda'ya gidip sahte belgeler edindim ve askere yazıldım. O günlerde kolayca sahte kimlik bulabiliyordun. İsteyen herkesi orduya alıyorlardı. Fazla kurcalamıyorlardı. Ama pek savaştığımı söyleyemem. Suriye'ye gidip öylece oturduk ve güneşin altında piştik. Oradan Tunus'a gidip biraz daha piştik ama biraz hareket de gördük. Savaştık sayılır. Gerilimliydi. Ya sen? O savaşa gittin mi?"

İç çekiyorum. "İzin yoktu. Hendrich bilim ve ideoloji bileşiminin bizim için en tehlikeli şey olduğunu düşünüyordu. Haklıydı da ama mükemmel ırkı yaratmayı saplantı haline getiren kaçık Naziler vardı zaten. Öjeniye takmış sözde bilim insanları peşimizdeydi. Berlin'deki Deneysel Araştırmalar Enstitüsü'nü ele geçirdiler ve araştırmalarını bizimle, albalarla sürdürmek için kimi bulurlarsa kaçırmaya başladılar... Hendrich o dönem iyice paranoyaklaştı. Savaşla en ufak bir ilgimizin olmasını istemiyordu. Evet, sen medeniyeti kurtarırken, ben Boston'daki miyop ve astımlı bir kütüphaneciydim. Bu yüzden hâlâ kendimden nefret ediyorum. Hendrich savaştan uzak durmamızı söylerken, ben aşktan da uzak durdum sanırım. Daha fazla acı çekmeden hayatta kalmaya çalıştım."

Uzaktan, kumsalın ötesindeki bir yoldan siren sesi geliyor.

Omai eliyle sörf tahtasındaki suları silkiyor. "Yok. Hiç bana göre değil. Aşk, anlamı bulduğun yerdir. Onunla birlikte geçen yedi yıl, ömre bedeldi. Anlıyor musun? Önceki ve sonraki yılların hepsini alıp o yedi yılın karşısındaki kefeye koysan hiç şansları olmazdı. Zaman böyle bir şey, değil mi? Aynı kalmıyor. Bazı günler, bazı yıllar bomboş. Hiçbir anlamları yok. Dalgasız deniz gibiler. Derken bir yıl hatta bir gün, bir öğleden sonra yaşıyorsun. İçinde her şey var. Bir ömre bedel oluyor." Ben Camille'in banka oturmuş

Buruktur Gece'yi okuyuşunu hatırlarken, Omai devam ediyor. "Hayatın anlamını bulmaya çalışıyordum. Eskiden *mana*'ya inanırdım. O günlerde adalardaki herkes inanırdı. Sanırım bir bakıma hâlâ inanıyorum. Dini bir inanç gibi değil, *bir şeyin* sembolü olarak. İçimizdeki bir şeyin. Göklerden, bulutlardan, Cennet'teki bir yerden değil, buradan gelen," -göğsüne vuruyor- "hâlâ açıklanamamış bir şey. Âşık olduktan sonra bizi yöneten, bizden daha büyük bir şey olduğunu düşünmeden edemiyorsun. Tam olarak *biz olmayan*. İçimizde yaşayan, içimize hapsolmuş, bize yardım etmeye ya da canımıza okumaya her an hazır bir şey. Bizler kendimize sırrız. Bunu bilim bile biliyor. Zihnimizin nasıl çalıştığına dair en ufak bir fikrimiz yok."

Biraz susuyoruz.

Sarhoş adam kumlara uzanmış, yıldızlara bakıyor. Cigaralığını kumlara bastırıp söndürüyor.

Bir dakika geçiyor. Belki de iki. Omai ancak o zaman kendini söylemeye hazır hissediyor.

"Bebeğimiz oldu." Sesi deniz gibi usulca dalgalanıyor. "Adını Anna koyduk."

Bunu sindirmeye çalışıyorum. Anlamaya. Marion'ı düşünüyorum. Sonra dank ediyor.

"Oydu, değil mi? Evindeki kadın oydu..."

Belli belirsiz bir baş sallayış.

"O senin kızın gibi değil. Yaşlandı. Öbür insanlar gibi. Evlendi. Ama kocası, damadım, otuz yıl önce kanserden öldü. Kızım o zamandan beri benimle yaşıyor."

"Seni biliyor mu yani?"

Omai gülüyor. Aptalca bir soru olduğunu ben de kabul ediyorum ama bir mayıs sineğinin sevdiği biriyle ilgili böyle bir gerçeği bilmesi ve bunu sorun etmemesi, kendini tehlike altında hissetmemesi fikri bana hâlâ yabancı geliyor. Rose'la annem de beni biliyordu tabii ama bu bilgi herkes için azap oldu ve beni ikisinden de ayırdı. "Biliyor. Biliyor. Kocası da biliyordu."

"Hiç ağızlarından kaçırmadılar mı?"

"Öyle bir şeye kim inanır ki?"

"Bazıları. Tehlikeli insanlar."

Omai o an bana öyle bir bakıyor ki kendimi güçsüz, gülünç biri gibi hissediyorum. Her şeyden kaçan bir korkak gibi.

"Bir dalga seni öldürebilir. Ya da üstünde süzülürsün. Bazen korkup kaçmak daha tehlikelidir. Hayatı korkarak yaşayamazsın, Tom. Sörfünün üstüne çıkıp ayakta durmaya hazırlıklı olmalısın. Burnunun dibinde bir dalga varken korkuyu boş vermek zorundasın. O anın içinde olmak zorundasın. Gözünü kapayıp yapmak zorundasın. Korkuya kapılacak olursan kendini sörften düşmüş, başını kayalara çarparken bulursun. Ben asla korku içinde yaşamayacağım. Bunu sen istiyorsun diye yapamam, Tom. Yapamam. Yeteri kadar kaçtım. Artık kendimi evimde hissediyorum. Seni seviyorum birader, gerçekten; ama Kaptan Furneaux'nun hayaleti şu kumların üzerinden yürüyüp gelse bile umurumda değil. Seninle hiçbir yere gelmiyorum."

Sonra ayağa kalkıp sörfünü alıyor.

"Bu işi düzelteceğim," derken buluyorum kendimi. "*Mutlaka düzelteceğim.*"

Omai başını sallasa da yürümeye devam ediyor, çıplak ayakları şimdi beton yola basıyor ve dönüp plajdaki sarhoşun bana el ettiğini görünce, ben de şöyle bir el sallıyorum. Kumlara uzanıp Omai'ın gittiği, Hendrich'in yüzünden benim gidemediğim savaşı düşünüyorum. Benim için yeniden savaşma zamanının yaklaştığını hissediyorum. Vızıldamaya, kalçamın üstünde canlı bir şey gibi titreşmeye başlayan telefonu duymazdan gelip şimdi ne yapacağımı düşünüyorum.

Plajda uyuyakalıyorum. Uyanıyorum ve sabahın ilk ışıkları gökyüzüne yayılırken otele dönüp bir şeyler yiyor, mesajlarımı kontrol edip Hendrich'in yalnızca bir kez aramış olmasına şaşıyorum. Odama çıktığımda, wi-fi biraz uğraştırsa da sonunda internete bağlanıp Facebook'a giriyor ve Camille'in hiç paylaşım yapmadığını görüyorum. Onunla konuşmak istiyorum. Ona mesaj çekmek istiyorum. Ama yapamayacağımı biliyorum. Onun için tehlikeliyim. Albatros Cemiyeti'ne dâhil olduğum sürece onu korumak istediğim şeyin ta kendisiyim.

Yatağa kıvrılıp sarsılarak ağlıyor ve sinir krizi geçiriyor olabileceğimi düşünüyorum.

"Tanrı senin belanı versin, Hendrich," diye fısıldıyorum tavana doğru. "Tanrı seni kahretsin."

Otelden çıkıp tempolu yürüyerek gözyaşlarımı dindirmeye ve düşünmeye çalışıyorum. Düşünmem lazım. Uçurumun kenarında ve plaj boyunca yürüyorum. Cape Byron fenerine gidip denize bakıyorum.

Cook'un Avustralya'dan daha büyük bir ülke bulmak için çıktığı o açgözlü, aptalca sefere katıldığımda, *Macera*'nın güvertesinden Antarktik Okyanusu'na bakışımı hatırlıyorum.

Hepimizin hayatında buzların ötesinde başka topraklar olmadığını anladığımız bir an vardır. Yalnızca buz olduğunu. Sonra hayat bildiğimiz gibi devam eder.

Bazen gözümüzün önündeki şeylere bakıp burnumuzun dibindeki şeyleri keşfederiz. Sevdiğimiz insanları.

Camille'i düşünüyorum. Camille'in sesini. Başını güneşe doğru kaldırışını. Camille sandalyeden düşerken hissetttiğim o korkuyu.

Aniden aslında bir şey fark etmediğini anlıyorum. Farklı şekillerde yaşlanıyor olmamızın bir önemi yok. Zamanın kanunlarına direnemiyor olmak bir şey ifade etmiyor. Yaşanmamış zamanlar buzun ötesindeki topraklar gibi. Nasıl bir şey olacağını tahmin edebiliriz ama asla emin olamayız. Tek bildiğimiz içinde olduğumuz andır.

Denizden uzaklaşıp bir lagün buluyorum. Derin ve harika bir yeşillikteki suyun etrafı kayalarla ve gür bitkilerle kaplı. O kadar zamandır hayattayım ama çoğu bitkinin adını bilmiyorum. Zaten lagünün adını da bilmiyorum. Bilmediğim bir yerde olmak güzel bir his. Dünya bu kadar bayat ve tanıdık gelirken, yepyeni bir yer görmek. Lagüne dökülen iki küçük şelalenin sesi etraftaki bütün sesleri bastırıyor. Dökülen sulara uzun uzun bakarken, sonunda gözüme gelin duvağı gibi görünmeye başlıyorlar.

Wi-fi bağlantım yok. Telefon çekmiyor. Burası çok sakin. Havada hoş kokular. Su sesleri bile dünyayı susturur gibi. Bir kütüğün üstüne oturuyor ve bir şey fark ediyorum. Başım hiç ağrımıyor.

Emin olduğum bir şey var.

Omai'ı cemiyete sokmam mümkün değil. Onu öldürmem de imkânsız. Çiçek kokularıyla dolu temiz havayı içime çekerek gözlerimi kapıyorum.

Sulardan gelmeyen bir ses duyuyorum.

Arkamdaki dar patikadan gelen bir hışırtı. Belki bir hayvan. Ama hayır, birinin bana doğru geldiğini hissediyorum. Bir insan. Belki bir turist.

Arkama dönüyorum. Elindeki tabancayla bana nişan almış bir kadın görüyorum. Bir şok dalgasıyla sarsılıyorum.

Tabanca yüzünden yaşanan bir şok değil bu.

Kadını gördüğüm için yaşadığım bir şok.

İlk bakışta farklı görünüyor. Saçı maviye boyanmış mesela. Uzun boylu. Olacağını zannettiğimden çok daha uzun boylu. Kollarında dövmeler var. Tişörtü ("İnsanlardan Korkuyorum"), kot pantolonu, dudak küpesi, turuncu plastikten saati ve öfkesiyle, tam yirmi birinci yüzyıla göre bir tip. Ayrıca dört yüz yıl önce veda ettiğim kız gibi değil, otuzlarının sonlarında bir kadın gibi görünüyor. Ama o. Gözler kendi kendilerinin kanıtlarıdır.

"Marion."

"O adı ağzına alma."

"Benim."

"Yüzünü suya çevir."

"Hayır, Marion, çevirmem."

Ayağa kalkıp ona bakmaya devam ediyorum. Yaşadığım şok inanılmaz. Suratımdan birkaç santim uzakta olan tabancayı ve birkaç saniye uzağımda olabilecek ölümü düşünmemeye çalışıyorum. Kızımdan başka bir şeyi görmemeye çalışıyorum.

"Sen benim hâlâ hayatta olma nedenimsin. Annen seni bulmamı söylemişti. Yaşadığını biliyordum. Biliyordum."

"Bizi terk edip gittin."

"Evet, gittim. Sizi terk ettim ve pişmanım. Senin hayatını kurtarmak için gittim. Annenin hayatını kurtarmak için gittim. Gitmemi o istedi. Tek yolu buydu. Londra'dan kaçmıştık ama gerçeklerden kaçamadık. Annemin benim yüzümden *boğularak* ölüşünü izlemiştim. Bunun, bu vicdan azabının nasıl bir şey olduğunu biliyor musun, Marion? Bunu yapmak istemezsin. Beni öldürüp aynı şeyi yaşamak istemezsin. Hendrich yüzünden mi? Bunu yapmanı o mu söyledi? Seni cemiyete mi soktu? Beynini mi yıkadı? Çünkü öyle yapar, Marion, insanların beynini yıkamak. Çok inandırıcı olabilir. Neredeyse iki bin yıldır hayatta. İnsanları kullanmayı iyi bilir."

"Sen beni hiç istemedin. Hendrich'e öyle demişsin. Baba olmayı hiçbir zaman istememişsin."

Şok üstüne bir şok daha. Hendrich, Marion'ı bulmuş ve bana söylememiş. Dünyada en çok bilmek istediğim şeyi –Marion'ın nerede olduğunu– benden gizlemiş. Ne zamandır aynı cemiyetteyiz ve haberim bile yok?

Konuşmam için gerekli nefesi zor zor alabiliyorum.

"Hayır, hayır, öyle bir şey yok. Marion, dinle beni, ben seni bulmaya çalışıyordum. Lütfen. Bu ne zaman… Nasıl başladı?"

Tabanca hâlâ öyle duruyor. Marion'ın kolunu tutup elinden almayı düşünüyorum. Ama o benim kızım, Marion, başından beri yokluğunu hissettiğim şey. Onunla konuşabilirim. Hendrich onu ikna etmeyi başarmışsa ben de başarabilirim.

"Beni bulmak istiyordun çünkü seni tanıyan ve güvenmediğin tek kişi bendim. Umurunda bile değildim, beni asırlar boyunca görmemiştin. Tek istediğin kendini korumaktı ve bu yüzden Albatros Cemiyeti'ne beni bulup ortadan kaldırmalarını söyledin."

"Hayır, hayır, tam tersi..."

"Yıllar önce Hendrich'e yazdığın mektubu gördüm."

"Ne mektubu?"

"Gördüm. Senin el yazınla yazılmış. O zarfı gördüm. Yazdıklarını okudum. Cemiyete katılma koşullarını okudum. İçimde bir şey öldü. Aklımı kaçırdım. Depresyon. Panik ataklar. Psikoz. Hepsini yaşadım çünkü dünyada her şeyden çok sevdiğim babamın, öldürülmemi istediğini öğrenmiştim. Gördüğün gibi, ben de seni bulmaya çalışıyordum. Yaşamaya *devam etmemi* sağlayan şey *sendin.* Yaşama sebebimin beni öldürmek istediğini öğrenmeye dayanamadım. Sana hiçbir bok borçlu değilim, *baba*."

Ağlamaya başlıyor. Yüz ifadesi buz gibi ama ağlıyor ve ben onu öyle çok seviyorum ki gözyaşlarını hiç durmayan şelaleler gibi hissediyor, her şeyi düzeltebilmeyi istiyorum. Her şeyin düzelebileceğini anlamasını istiyorum.

"Hendrich yalan söyler. Rol yapar. Başkalarının da rol yapmasını sağlar. Bu durum bazen işimize yarar, bazen aleyhimize olur. Adamın bağlantıları ve parası var, Marion. Lale ticaretinde dalavere yaparak servet kazanmış ve o serveti hiç kaybetmemiş."

"Agnes da doğruladı. Bana doğru olduğunu söyledi. Benim yüzümden gitmek zorunda kaldığını ve bu yüzden benden nefret ettiğini söyledi. Pislik herif."

"Asla söylemedim öyle bir şey. Agnes ona öyle bağımlı ki artık ne dese yapıyor. Ben seni seviyorum, Marion. Kusursuz biri değilim. Kusursuz bir baba değilim. Ama seni hep sevdim. Hep seni aradım. Seni aramaktan hiç vazgeçmedim, Marion. Öyle harika bir çocuktun ki. Hep seni aradım. Her gün seni özledim."

Günün son ışığını kaçırmayıp *Periler Kraliçesi*'ni okuyabilmek için pencerenin önünde oturuşu geliyor gözümün önüne. Yatağına oturmuş, notaları doğru basmaya kararlı bir şekilde kaval çalışı geliyor.

Marion ağlamaya devam ediyor ama tabancası hâlâ beni hedef alıyor. "Döneceğini söylemiştin. Ama dönmedin."

"Biliyorum, biliyorum. Çünkü asıl tehlike bendim, unuttun mu? Kapıya kazıdıkları o işaretlerle sözleri? Cadı avcısını? Dedikoduları? Sen de her şeyin farkındaydın. Anneme neler olduğunu biliyordun. Sorun bendim. Onun için gitmem gerekiyordu. Senin de gitmek zorunda kaldığın gibi."

Yüzünü yumruk yapar gibi sımsıkı gözlerini kapıyor. "*Pislik herif*," diyor.

O an tabancayı kolayca kapabilirim ama yapmıyorum.

Marion asırlar boyunca tek yaşama nedenimdi. Ama artık cidden yaşamak istediğimi hissediyorum. Yalnızca yaşamak için. Olasılıklar için, gelecekte yeni bir şeyler olabileceği ihtimali için.

"'Under the Greenwood Tree'yi çaldığını hatırlıyorum," diyorum. "O küçük kavalla. Eastcheap pazarından almıştım. Sen de hatırlıyor musun? Sana o şeyi çalmayı öğrettiğimi hatırlıyor musun? İlk başta çok zorlanmıştın. Parmaklarınla delikleri tam kapatamıyordun ama bir gün çalmaya başlayıverdin işte. Annen hiç istemediği halde o kavalı sokaklarda da çalardın... Annen dikkat çekmemizi istemezdi. Nedenlerini artık anlıyorsundur herhalde."

Bir şey demiyor. Dönüp suya, lagünün karşı tarafındaki ağaçlara bakıyorum. Marion'ın nefes alıp verişini duyuyorum.

Elimi cebime sokuyorum.

"Ne yapıyorsun sen?" diye soruyor, suda boğulmuşçasına alçak bir sesle.

Cüzdanımı çıkarıyorum. "Dur biraz." Küçük plastik torbayı çıkarıp havaya tutuyorum. Marion torbanın içindeki ince, kırılgan paraya bakıyor.

"Nedir o?"

"Canterbury'ye indiğimiz o günü hatırlıyor musun? Güneş pırıl pırıldı. Sen kaval çalarken, biri sana bu parayı vermişti. Sen de o son gün bana verip hep seni düşünmemi söylemiştin. İşte bu, bu para, benim umut kaynağım oldu. Beni *hayatta* tuttu. Bir gün onu sana geri vermeyi istedim hep. İşte burada. Al bakalım."

Parayı uzatıyorum. Marion yavaşça boş elini kaldırıyor. Parayı avcuna bırakıyorum. Kararsız bir hareketle tabancayı indiriyor. Parmakları taç yapraklarını kapayan bir lotus çiçeği gibi paranın etrafında kıvrılıyor.

Afallamış görünüyor. Duyamadığım bir şey söyleyerek bana doğru eğiliyor ve birdenbire omzumda sarsılarak ağlamaya başlıyor; ben de bütün o kayıp yüzyılları sıkıp atmak istercesine ona sarılıyorum.

Her şeyi öğrenmek istiyorum. Önümüzdeki dört yüz yılı yaşadıklarını dinleyerek geçirmek istiyorum. Ama Marion geri çekilip gözlerini silerken yüzünde endişe var.

"O da burada," diyor, annesinin yeşil gözleriyle bana bakarak. "Hendrich. Burada."

Marion Avustralya'ya gelirken, Hendrich ona eşlik etmeye karar vermiş. Onunla aynı otelde, Byron Sands'de yer ayırtmış. Bana ilk sorduğu andan itibaren bu Omai işini yapamayacağımdan endişeliymiş. Zaten –ki aslında bunu ben de biliyordum– onu bir süredir endişelendiriyormuşum. Sri Lanka'dan, Londra'ya dönmek istediğime karar verdiğim andan beridir.

Marion'a beni gizlice takip etmesini söylemiş. Beni öldürmesini beklemeyişi avantajımıza bir durum.

"Her şey yoluna girecek, Marion," derken, yine yalan söylüyor olabileceğimi düşünerek buz kesmiştim. "Merak etme. Her şey güzel olacak."

Şimdi akşam oldu. Marion'la Hendrich, Byron Sands'de birlikte yemek yiyorlar.

"Gözünü bile kırpmamalısın," demiştim Marion'a. "Bir saat önce nasılsan yine öyle olmalısın. Onun karşısında benim ölmemi istediğine cidden inanmalısın."

Ben dışarıda kalıyorum. Marion'ın bana ihtiyacı olabilir diye Byron Sands'in oradaki sahil yolunda yürürken, otların ve denizin akşam sakinliği düşüncelerimin yoğunluğuyla tezat oluşturuyor ve sokak lambalarının ötesine, karanlığa geçiyorum.

Telefon elimde. Camille'i arıyorum. Ben o gün parkta sarhoşken, Hendrich onun sesini duymuştu. Nereden bilebilirim, belki de albalardan birini –Agnes'i ya da başka birini– şu an Londra'ya göreve göndermiştir, onu öldürüp cinayete intihar süsü vereceklerdir.

"Aç şunu," diyorum boş yere, havaya doğru. "Aç haydi, aç..."

Ama açmıyor. Mesaj yazıyorum.

"Tavrım için özür dilerim. Anlatmam gereken başka şeyler var. Anlatacağım. Şu an yalnızca kaçman gerektiğini söylemek istedim. Tehlikede olabilirsin. Evden çık. Kalabalık bir yere git."

Mesajı gönderiyorum.

Kalbim deliler gibi çarpıyor.

Hayatım boyunca korkunun beni yönetmesine izin verdiğimi fark ediyorum. Hendrich bu korkulara bir son vermeyi vadetti ama aslında tek yaptığı onları beslemekti. Korkularını kullanarak insanları kontrol altında tuttu. Beni de, Marion'ı da korku sayesinde elinde tuttu. Yalnızca ben söz konusuyken görmesi zordu ama Marion'ı nasıl kullandığını, ona ve bana yalan söylediğini görmek, Albatros Cemiyeti'nin yalanlar sayesinde üyelerini yönlendirerek ayakta kaldığını, yalnızca Hendrich'in dış tehditlere karşı duyduğu paranoyaya hizmet ettiğini fark etmemi sağlamıştı. Hendrich'in en son endişe kaynağı, yaşlanmayı durdurmayı amaçlayan biyoteknoloji şirketleriydi: Birinin adı Gen Kontrol Terapileri, ötekinin adı Zamanı Durdur'du ve bir gün insanlarda yaşlanmayı önleme ihtimali bulunan kök hücre teknolojilerine yatırım yapıyorlardı.

Hendrich Berlin'deki enstitüde çalışan bilim insanlarının katil olduğu fikrine sarılmıştı ve sürekli uğraşacak yeni komplo teorileri üretiyordu. Albalar gerçek anlamda kendileri olmanın zorluğunu bilirlerdi ve çoğu benim gibi korkunç adaletsizliklere dair anılara sahipti. Ama artık William Manning'in uzun gölgesinin nasıl yaşayacağımı dikte etmesine izin veremezdim. Tehdidin ne olduğunu düşündükçe, bizzat Hendrich olduğunu daha net görebiliyorum.

Her şeyi kirleten Hendrich'ti. Marion'la kavuşmamızı bile.

Camille'den mesaj geliyor. Şöyle bir şey: "????"

Bir taksi gelip geçiyor. Yoldaki tek araç o.

Derken telefonum titreşiyor.

Arayan Camille değil, Marion.

"Omai'ı görmeye gidiyor."

"Ne?"

"Lokantadan şimdi çıktı. Gidiyor. Az önce taksiye bindi. On dakika sonra orada olur."

Palmiye ağaçlarının arasından sarı çizgili büyük bir kertenkele seğirtiyor.

"Taksiyi demin gördüm. Ne yapacakmış?"

"Bir şey demedi. Bana beklememi söyledi. Üsteleyemedim. Zaten yeteri kadar şüphelenmişti."

"Silahı var mı, Marion?"

"Bilmiyorum. Ama—"

Marion cümlesini bitirmeden, Broken Head Yolu'na doğru koşmaya başlıyorum.

İngiltere, Canterbury, 1617

"Baba."

Marion yastığının üzerinden bana bakıyordu. Gözlerinde ağır bir kaygı vardı. İçini çekti. Ay'a kaçıp orada, Ay'ın görmediğimiz yüzünde yaşayan kuşları anlatıyordum ona.

"Efendim, Marion?"

"Keşke biz de Ay'a gidebilsek."

"Neden, Marion?"

Marion sertçe kaşlarını çattı. Bir tek onun çatabileceği derinlikte. "Adamın teki anneme tükürdü. Tezgâha gelip karşısına dikildi. Güzel eldivenleri vardı. Ama yüzü iblis gibiydi ve iblisler gibi hiç konuşmadan anneme korkunç gözlerle baktı; sonra dönüp bana da öyle bakınca, annem bundan hiç hoşlanmayıp, 'Çiçek mi istemiştiniz, bayım?' diye sordu. Biraz sert bir sesle sordu galiba ama tedirgin olmuştu."

"Adam da tükürdü mü?"

Marion başını salladı. "Evet. Bir an öylece durup yüzüne tükürüverdi." Marion dişlerini öyle bir sıktı ki yüzündeki kasların hareketini gördüm.

Duyduğum şeyi sindirmeye çalıştım. "Adam başka bir şey demedi mi? Kim olduğunu söylemedi mi?"

Marion alnını kırıştırdı. Yüzündeki keder onu olduğundan daha büyük gösteriyordu. Gelecekte nasıl bir kadın olacağını kolayca hayal edebiliyordum. "Bir şey demedi. Annem yüzünü silerken çekip gitti; pazarcılar ve kasabalılar bize baktı."

"Başkalarına da garip davrandı mı?"

"Hayır. Sadece bize."

Marion'ı alnından öptüm. Battaniyesini boynuna çektim.

"Bazen," dedim, "dünya bizim istediğimiz gibi bir yer olmayabilir. Bazen insanlar bizi hayal kırıklığına uğratır. Birbirlerine korkunç şeyler yapabilirler. Hayatta dikkatli olmalısın. Bildiğin gibi, ben farklıyım. Biliyorsun, değil mi? Dünyada herkes yaşlanırken, ben olduğum yerde sayıyor gibiyim."

Marion'ı yüzü sertleşti. Şiddet yüklü görüntüler dolmuştu zihnine. "Umarım o adam hasta olur. Annemi öyle küçük düşürdüğü için acılar içinde kıvranarak ölür umarım. Onu darağacından sarkarken, bacakları savrulurken, dört parçaya ayrılıp bağırsakları etrafa saçılırken görmek istiyorum. Gözlerini oyup köpeklere atmak istiyorum."

Öylece bakakaldım. Öfkesi, neredeyse dokunabileceğiniz somut bir kuvvetti.

"Marion, sen daha çocuksun. Böyle şeyler düşünmemelisin."

Biraz sakinleşti. "Ama çok korktum."

"Montaigne bize ne öğretmişti? Korku hakkında?"

Montaigne de odada bizimleymiş gibi, yavaşça başını salladı. "Istırap çekmekten korkan kişi zaten korktuğu şeyden mustariptir."

Başımı sallıyorum. "Şimdi beni dinle, Marion. Başına kötü bir şey gelecek olursa bir gün sen de benim gibi olduğunu, farklı olduğunu anlarsan kendi etrafına bir kabuk yaratmayı öğrenmen gerekecek. Ceviz kabuğu kadar sert bir kabuk. Kimsenin göremeyeceği, bir tek senin bildiğin bir kabuk. Demek istediğimi anlıyor musun?"

"Galiba."

"Ceviz gibi ol."

"Ama cevizleri kırıp yerler."

Gülmemek için kendimi zor tuttum. Bazen Marion'a edecek lafım kalmıyordu.

Bir bardak ale'i devirip bize karşı olduğunu bildiğim gelecekten korkarak Rose'un yanına uzandım. Bir gün onlardan ayrılmak zorunda olduğumu bilmek, acı vericiydi. Kaçmak zorunda kalacak ve kalan ömrüm boyunca kaçmaya devam edecektim. Canterbury'den kaçacaktım. Rose'dan. Marion'dan. Kendimden.

Halen yaşadığım şimdiye özlem duymaya başlamıştım bile. Öylece yatıp her şeyin daha güzel olabileceği çok uzak bir geçmişe ulaşmanın bir yolunu bulmaya çalıştım. Hayat çizgimin yön değiştirip beni bir kez daha yuvama ulaştıracağı bir geçmişe.

Byron Körfezi, Avustralya, şimdi

Broken Head Yolu'ndan dalgaların gürültüsü gayet net duyuluyor. Uçurumun dibine vuruşları. Ahşaba dökülen benzinin sesini buna uydurmak çok kolay. Hendrich'in ne yaptığını görmeden önce kokuyu alıyorum.

"Hendrich," diyorum, "yapma!"

Karanlıkta yaşını neredeyse olduğu gibi gösteriyor. Kot pantolonla Hawaii gömlek giymiş bir Giacometti heykeli gibi kambur, sıska ve kara kuru. Kollarından biri aşağıda, çarpık duruyor; beceriksizce, benzin bidonunun ağırlığına direnmeye çalışıyor. Ama hareketlerinde aceleci bir canlılık var.

Bir an durup boş boş bana bakıyor. Yüzünde tebessüm yok. Bunu fark etmemem mümkün değil çünkü Hendrich'i gülümsemiyorken gördüğüm nadirdir.

"Tahiti'deki evini yakmayı beceremediğini sen söylemiştin. Başladığın işi bitirmeyi bir türlü öğrenemedin, değil mi Tom? Neyse ki tarih kendi hatalarını düzeltmeyi bilir."

"Yapma. Omai tehlikeli değil."

"Yaşlandıkça, yalnızca insanları anlama yeteneğin gelişmiyor, Tom; zamana dair bir içgörü de geliştiriyorsun. Herhalde sen daha o noktaya gelemedin ama zamanı iki yönlü görebilecek kadar derin bir anlayışa ulaştığın anlar oluyor. Hem ileriyi hem de geriyi görüyorsun. 'Geleceği anlamak için önce geçmişi anlamak gerek' derken, işin aslını anladıklarını zannetmiyorum, Tom. Aslında gerçeği görebilirsin. Olduğu gibi değil. Bölük pörçük. Parçalar halinde. Tersine işleyen anılar gibi. Anladığım kadarıyla geçmişin bir kısmını unuttuğumuz gibi, geleceğin de bir bölümünü unutuyoruz. Ama ben yeteri kadar gördüm. Artık bir işi sonuna kadar götüreceğine güvenemeyeceğimi biliyordum. Bunu bir süredir seziyordum. Bu işin nereye doğru gittiğini biliyordum."

"Önemli değil ki. Hiçbir şey önemli değil."

"Tabii ki önemli. Kendimizi korumak zorundayız."

"Siktir oradan, Hendrich. Bunların hepsi saçmalık. Sen esas *kendini* korumak istiyorsun. Başından beri tek istediğin buydu. Bu cemiyet tek kişilik. Yapma, Hendrich. Artık bin sekiz yüzlerde değiliz. Marion'ı biliyordun. Bana yalan söyledin."

Hendrich başını iki yana sallıyor. "Ben senin yapmakta zorlandığın bir şeyi yaptım. Verdiğim sözü tuttum. Sana onu bulacağımı söyledim ve buldum. Senin yapamadığın şeyi yaptım. İnsanların güvenliğini sağladım."

"Evlerini ateşe vererek mi?"

"Burnunu tuvale dayıyorsun, Tom. Biraz geri çekil de, bütün resmi gör. Şu an hiç olmadığımız kadar büyük bir tehdit altındayız. Berlin, biyotek, her şey. İşler iyiye gitmiyor. Dünyanın haline bak, Tom. Rezil durumda. Mayıs sinekleri bunu görebilecek kadar uzun yaşamıyor. Doğuyor, büyüyor, tekrar tekrar aynı hataları yapıyorlar. Dönüp duran, her seferinde daha büyük bir yıkım yaratan koca bir döngü bu. Amerika'ya bak. Avrupa'ya bak. İnternete bir bak. Uygarlık hiçbir zaman Roma İmparatorluğu'nun çöküşünü engelleyecek kadar uzun süre dayanamıyor. Boş inançlar geri geldi. Yalanlar geri geldi. Cadı avı geri geldi. Karanlık Çağlar'a geri dönüyoruz, Tom. Zaten hiçbir zaman da çıkmamıştık. Bizim sır kalmamız lazım."

"Ama senin tek yaptığın, boş inançların yerine yenilerini koymak. Sen de yalan söylüyorsun. Kızımı buldun ve beni öldürmesi için üstüme saldın."

"Yalan söyleyen bir tek ben değilim, Tom, ne dersin?"

Cebinden krom bir çakmak çıkarıyor. Onunla ilk tanıştığımızda, Dakota'da kullandığı çakmak. "Sigarayı yıllar önce bıraktım. Los Angeles'ta tek bir sigara içeni linç ediyorlar. Ama bunu hatıra olarak sakladım. Senin şu aptal parayı sakladığın gibi. Ama şu bidonu, benzini satın almak zorunda kaldım."

Çakmağı çakıyor. Hakikat dank ediyor bir anda kafama. Hendrich'in Omai'ı ya da beni öldürmek istemesinde, Marion'ın yerini sır olarak saklamasında şaşılacak bir şey yok aslında. Neler yapabileceğini cemiyete katıldığımdan beridir biliyorum. Şaşırtıcı olan, kendini böyle teşhir etmesi, riske atması, *sıcağa* bu kadar çok yaklaşmış olması.

"Omai!" diye bağırıyorum. "Omai! Omai! Çık evden!"

O anda oluyor.

Kreşendonun doruk noktası. Her şeyin birlikte çağlayışı. Hayatımdaki bütün yolların tek bir noktada kesişmesi.

Hendrich'e doğru koşmaya başlarken, geceyi delen bir ses yankılanıyor: "Dur!"

Marion, elbette.

Hendrich bir an için duruyor ve aniden ormanda kaybolmuş bir çocuk gibi güçsüz ve savunmasız görünüyor. Marion'dan sonra bana, sonra tekrar Marion'a bakıyor. Omai da tam o sırada yaşlı kızını kucağında taşıyarak yalınayak dışarı çıkıyor.

"Şuraya bak. Çok şeker. Baba kız buluşması. İşte sizin zayıf yönünüz bu, anlıyor musun? Beni sizden ayıran şey bu. Onlar gibi olma isteği. Mayıs sinekleri gibi. Bende hiç olmadı. Ben daha ilk servetimi yapmadan, *yıllar* önce ilk lalemi satmadan, özgür kalmanın tek yolunun hayatıma kimseyi sokmamak olduğunu biliyorum."

Bir el ateş ediliyor. Çıkan ses gökyüzünü sarsıyor. Marion'ın yüz ifadesi çok sert –evet, ceviz kadar sert– ama artık gözlerinde yaşlar var ve elleri titriyor.

Hedefi vurmuş. Hendrich'in omzundan koluna siyah çizgiler halinde kanlar süzülüyor. Buna rağmen bidonu kaldırıp eğerek benzini kendi üstüne boca ediyor.

"İkaros *benmişim* demek."

Ateşi göğsüne yaklaştırırken bidonu elinden bırakıyor. Bütün vücudu alev alırken yüzünde küçük bir tebessüm, halinden memnun bir kabullenişi ifade eden hafif bir belirti görür gibi oluyor ya da hayal ediyorum. Yanan vücudu sendeleyerek evden uzaklaşıyor.

Otların üzerinden denize doğru yürümeye devam ediyor. Uçuruma doğru.

Uçurum kenarına doğru giderken, oralarda sıklaşan otları ayaklarıyla itmeye başlıyor. Hafifçe yanarak dumanlar salan otların ucu, yüzlerce minik ateş böceği gibi parlıyor. Hendrich yürümeye devam ediyor; ne bir an duraksayıp düşünüyor ne de acılı bir çığlık atıyor. Sendeleyerek, kesintisiz bir devinimle ilerliyor. Bir kararlılık, son bir kontrol.

"Hendrich?" diyorum. Adının neden soru gibi çıktığını bilmiyorum. Son anlarında bile bir gizemler yumağı olduğu için belki. Uzun bir hayat yaşadım ama hiçbir hayat artık hiçbir şeye şaşırmayacağımız kadar uzun sürmüyor.

Omai, "Of, birader," deyip duruyor. "Of birader, of..."

İyi biri olduğu için, içgüdüsel olarak Hendrich'in yanına gitmek istiyor. Gitmek için kızını otların üzerine bırakıyor.

"Hayır!" diyor Marion. Tabanca hâlâ elinde. O anda Hendrich'in yalnızca beni öldürmesini isteyen adam değil, aynı zamanda annesinin yüzüne tüküren, bağırsaklarının yerlere saçıldığını görmek istediği adam olduğunu hissediyorum. William Manning'den alınan intikam olduğunu. Hendrich o ana kadar ona acı vermiş olan herkesi temsil ediyor ve sayılarının az olmadığını hissediyorum. "Bırak şunu. Pislik herifin teki. Geri çekil. Olduğun yerde kal. Bırak gitsin."

Bırakıyoruz. Etrafta çıt yok. Ne bir araba geçiyor ne bir gören oluyor. Tek görgü tanığı, her zaman olduğu gibi, ağzı beş karış açık bakan ayın bizi gören yüzü. Hendrich dimdik bir alev halinde yürüyor, yürüyor ve artık yürümemeye başlıyor. Gözden kayboluyor. Ateşin verdiği ışıkla parlayarak hareket eden yer ansızın karanlığa gömülüyor. Hendrich uçurumdan aşağı düşüyor. Yürümeye devam ettiği anla gözden kaybolduğu an arasındaki zaman mesafesi algılanamayacak kadar kısa.

Yaşadığı bir dünya ve öldüğü bir dünya var. İkisi arasındaki geçiş, uzaklardaki kayalara vuran dalgaların fısıltısı kadar hafif bir sekmeyle gerçekleşiyor.

•

Ölmek nasıl bir ansa yaşamak da bir an. Gözlerini kapar ve bütün gereksiz korkuların çözülüp gitmesine izin verirsin. Sonra korkudan muaf olan bu yeni varoluş halinde kendine sorarsın: Ben kimim? Şüpheler olmadan yaşayabilseydim neler yapardım? Haksızlığa uğrama korkusu olmadan yaşayabilseydim? Acıdan korkmadan sevebilseydim? Yarın o tadı nasıl özleyeceğimi düşünmeden, bugünün tadını çıkarabilseydim? Zamanın geçişinden ve sevdiklerimi benden çalabileceğinden korkmamış olsaydım? Evet. Ne yapardım? Kimleri umursardım? Ne için savaşırdım? Hangi yollarda yürürdüm? Nelerden haz alırdım? İçimdeki hangi gizemleri çözerdim? Kısacası, nasıl yaşardım?

Londra, şimdi

Marion.

Kızım. Rose'un kızı.

Hâlâ o küçücük kız.

Böyle denir, değil mi? Büyüyen çocuklar için. Ama aslında, Marion için söyleyemem bunu. Marion hâlâ o küçük kız değil.

Evet, derinlik öteden beri vardı. Duyarlılık ve zekâ. Okumaya düşkünlük. Bir zamanlar çocuksu bir hayalden öteye geçmeyen, ona yanlış yapanlardan kanlı intikamlar alma arzusu.

Ama binlerce yeni şey de var.

Sonuçta, doğduğumuz gibi kalmıyoruz. Başka bir şeye de dönüşüyoruz. Hayat bizi değiştiriyor. Dört yüz yıl önce doğan Marion'sa bundan payını fazlasıyla almış, fazlasıyla yaşamış biri.

Mesela, Abraham'dan korkuyor. Artık 'köpeklerle bir şeyi' var. Başından ne geçtiğini soramıyorum.

Abraham onu hemen, köpek otelinden aldığımız andan itibaren sevmiş olsa da Marion ondan bayağı uzak duruyor, arada bir köpeğe tedirgin bakışlar atıyor.

Yaptıklarını anlatma konusunda çekincesi yok.

Londra, Heidelberg ve Los Angeles'tan başka nerelerde yaşadığını biraz anlatıyor. İlk yurtdışına çıkışında Rouen'a gitmiş. Sonra Bordeaux'ya. Fransızca bildiği ve ikisi de Montaigne'le ilgili yerler olduğu için fazla zorlanmamış. Ama daha yakın zamanlarda başka yerlerde de yaşamış: Amsterdam, Vancouver, İskoçya. 1840'larda gittiği İskoçya'da yüz yıl kadar kalmış. Orada da dolaşmış. Highlands. The East Neuk of Fife. Shetland. Edinburgh. Dokumacılık yapmış. Dokuma tezgâhı varmış. "Seyyar dokumacıydım," diyerek gülüyor. Nadiren gülüyor.

Depresyonu için Citalopram kullanıyor. "Kafamı karıştırıyor ama ihtiyacım var." Sürekli tuhaf rüyalar gördüğünü, sık sık panik atak yaşadığını söylüyor. Bazen panik atak yaşayacağım diye panik atak yaşıyormuş. Kısır döngüler. Avustralya'dan dönerken uçakta da bir panik atak yaşadı ama kaskatı kesilmesi dışında, fark etmedim bile.

Avustralya'dan ayrılırken hiç sorun çıkmadı. Oraya Hendrich'le birlikte gelmediği ve Hendrich'in cesedi henüz bulunmadığı için herhangi bir şey soran çıkmadı. Zaten Hendrich Avustralya'ya farklı kimlikle geldiği için yaşamıyor sayılırdı. Kendini o kadar iyi gizlemişti ki Hendrich'le ilgili her şey gibi ölümü de bir sır olarak kalacaktı.

Omai'a veda etmiştim. Bir ara başka bir yere gitmeyi düşünse iyi olacağını söylemiştim, o da düşüneceğini söylemişti, o kadar. Bir yere gideceği yoktu. Kalacaktı ve sonunda ne olacağını zaman gösterecekti.

Bir e-posta yazıyorum. Bitirdikten sonra "Gönder"e tıklamama ramak kalıyor. Yazdığım kişi devletin de finansman desteği sağladığı, hastalık ve yaşlanma kökenli hücre hasarını durdurmanın yollarını araştıran öncü biyoteknoloji şirketinin başındaki Kristen Curial. Hendrich'in paranoya kaynaklarından biri.

Sevgili Kristen,

Ben 439 yaşındayım ve bunu kanıtlayabilirim.

Araştırmalarınızda size yardımım dokunacağını zannediyorum.

Tom

Sonra Ciro's'da çekilen fotoğrafla birlikte kendi çektiğim yeni bir fotoğrafımı ekliyorum. Yara izim ikisinde de açıkça görülüyor. Bir süre e-postaya bakıp ne kadar gülünç göründüğünü fark ederek taslaklara kaydediyorum. Belki sonra.

Marion pek konuşmuyor. Konuştuğu zamansa çok küfür ediyor. Grace teyzesinden miras kaldığını düşündüğüm bu huyundan epey haz alıyor. En sevdiği laf da –bu söz teyzesinin zamanında pek yaygın kullanılmıyordu ama– "pislik". Ona sorarsanız, her şey pislik. Mesela televizyon pislik bir şey. ("Pislik şeyde" izleyecek hiçbir şey yok.) Ayakkabıları pislik şeyler. Amerika başkanı pislik herifin teki. Dokuma tezgâhından geçen ipler pislik. Bertrand Russell'ın *Batı Felsefesi Tarihi* pislik.

Bir de 1963'le 1999 arasında 'kısa bir dönem' ağır uyuşturucularla sorun yaşadığını söylüyor.

"Ya," diyorum, babalık nasıl yapılması gerektiğini çoktan unuttuğum bir şeymiş gibi. "Bu çok... Şey..."

Marion bir süre benimle kalıyor. Şu anda Abraham'dan uzakta, sandalyenin üstünde oturmuş elektronik sigarasını içerek eski bir şarkıyı mırıldanmakla meşgul. Çok eski bir şarkı. John Dowland'ın "Flow My Tears"i. Daha Marion kaval çalmaya başlamadan önce, o küçük bir kızken lavtayla çaldığım bir şarkı. Bu konuda ne o bir şey söylüyor ne de ben. Sesinde bir titreklik var. Bir yumuşaklık. O kabuğun altında hâlâ gevrek bir ceviz var.

"Annemi özlüyor musun?" diye soruyor.

"Her an özlüyorum. Bunca yıl sonra bile. Çok saçma, değil mi?"

Hüzünle gülümseyerek elektronik sigarasından bir nefes çekiyor. "Başka biri oldu mu hiç?"

"Hayır... Pek sayılmaz."

"Pek sayılmaz derken?"

"Yani olmadı. Asırlar boyunca. Ama okulda biri var. Camille. Ondan hoşlanıyorum. Ama sanırım her şeyin içine ettim."

"Hayat tam bir pislik."

İçimi çekiyorum. "Aynen öyle."

"Peşini bırakma bence. Ona her şeyin içine ettiğini söyle. Neden ettiğini anlat. Dürüst ol. Dürüstlük işe yarar. Yani dürüstlük insanı tımarhaneye kapattırır. Ama bazen de işe yarar."

"Dürüstlük tam bir pislik," deyince, Marion gülüyor.

Biraz sessizleşiyor. Derken aklına bir şey geliyor. "Gerçeğin söylemem gerektiği kadarını değil, cüret edebildiğim kadarını söylüyorum ve yaşlandıkça cüretim artıyor."

"Sakın bu..."

"Montaigne'in ta kendisi."

"Vay canına. Hâlâ seviyorsun demek."

"Bazı sözleri bugüne göre biraz fazla dolambaçlı ama evet. Bilge adammış."

"Peki ya sen? Hayatın biri girdi mi hiç?"

"Girdi. Evet. Birkaç kişi oldu. Ama tek başıma daha iyiyim. Daha mutluyum. Sonunda bütün ilişkiler karmaşıklaşıyor. Bu yaşlanma olayı yüzünden, biliyorsun. Genelde erkekler bende hayal kırıklığı yarattı. Montaigne hayatın amacının insanın kendini kendine adaması olduğunu söylemiş. Ben de öyle yapmaya çalışıyorum. Okuyorum, resim yapıyorum, piyano çalıyorum. Dokuz yüz yaşındaki adamları vuruyorum."

"Piyano mu çalıyorsun?"

"Kavaldan daha fazlasını sunuyor bence."

"Bence de." Hoşuma gidiyor. Avustralya'dan sonra ilk gerçek sohbetimizi ediyoruz. "Dudağını ne zaman deldirdin?"

"Otuz yıl falan oldu. O zamanlar herkeste yoktu."

"Acıyor mu?"

"Hayır. Beni yargılıyor musun?"

"Ben senin babanım. Bunun için varım."

"Dövmelerim de var."

"Görüyorum."

"Omzumda da var. Görmek ister misin?" Kazağını sıyırıp omzundaki ağacı gösteriyor. Altında şöyle bir yazı var: "Under the Greenwood Tree." "Seni hatırlatması için yaptırdım. O şarkıyı bana sen öğretmiştin, hatırlarsan."

Gülümsüyorum. "Hatırlıyorum."

Marion uçuş sersemliğini hâlâ tam atamadı. Ben de öyle. Yanımda kalmasını istiyorum ama Marion Londra'da panik ataklarının azdığını, tekrar hastaneye yatmak istemediğini söylüyor. Shetland Adaları'ndan birinde, 1920'lerde yaşadığı Fetlar'da terk edilmiş ve hâlâ yıkılmamış bir ev olduğunu söylüyor. Gidip orada yaşamak istediğini. Biraz parası olduğunu söylüyor. Gelecek hafta sonu –benim okuldaki ilk haftam bittikten sonra– oraya gidecek. Buna üzülsem de anlıyor ve en kısa zamanda onu görmeye gideceğime söz veriyorum.

"Orada zaman hiç ilerlemez," diyor. "Adalarda. Bu durum eskiden kendimi normal biri gibi hissetmemi sağlardı. Hiç değişmeyen bir doğayla çevrili olmak. Şehirler insanı zorluyor. Şehirlerde çok fazla şey oluyor."

Ellerinde hafif bir titreme var. Kim bilir ne korkunç şeyler yaşamış. Neleri bastırmak zorunda kalmış. Gelecekte neler olacağını, artık albaların sırrı açıklanacağına göre, ikimizin de başına neler gelebileceğini düşünüyorum. Artık ya ben ya da Omai, bu sırrı mutlaka açıklayacağız.

Ama şöyle bir sorun var: Geleceği bilemeyiz. Haberlere bakıp korkunç şeyler görürüz ama asla emin olamayız. Gelecek böyle bir şeydir. Bilinemez. Bir noktada bir şey bilmediğinizi kabul etmek zorunda kalırsınız. Sonraki sayfalara göz atmayı bırakıp okuduğunuz sayfaya yoğunlaşmak zorunda kalırsınız.

Abraham divanın üzerinden yere süzülüp mutfağa sıvışıyor. Marion gelip yanıma oturuyor. Bir babanın kızına yapacağı gibi, kolumu omzuna sarmak istiyorum. Onun bunu istediğini sanmıyorum ama sonra hiçbir şey söylemeden başını omzuma koyuveriyor. O gece divanın üzerinde, Marion on yaşındayken, başını omzuma koyuşu geliyor aklıma. O anda bu, dünyanın sonu gibi gelmişti. Şimdiyse yeni bir başlangıç gibi geliyor.

Zaman bazen bizi şaşırtabiliyor.

Bisikletle okula gidiyorum.

Anton'u tek başına okul binasına girerken görüyorum. Kulaklığını takmış kitap okuyor. Kitabın adını göremiyorum ama kitap sonuçta. Birini, özellikle de hiç ummadığım birini ne zaman kitap okurken görsem uygarlığın biraz daha güvende olduğunu hissederim. Anton başını kaldırıyor. Beni görüyor. El sallıyor.

Bu işi seviyorum. Şu an hayatta öğretmenlik yapmaktan daha iyi bir amaç göremiyorum. Öğretmenlik yapmak zamana bekçilik ettiğiniz, şekillendireceğiniz zihinler yoluyla gelecekteki mutluluğu garanti altına aldığınız hissini veriyor. Shakespeare için lavta çalmak ya da Ciro's'da piyano çalmak gibi bir şey değilse de en az onlar kadar iyi bir şey. İyiliğinse kendine has bir uyum hissi var.

Gerçek kimliğimi açıkladıktan sonra öğretmenliğe ne kadar devam edebileceğimi bilemem tabii. Bir hafta, bir ay ya da on yıl sürebilir. Hiç bilmiyorum. Ama önemli değil. Hayatta her şey belirsiz. Yaşadığınızı ancak bu şekilde, belirsizlik sayesinde anlayabiliyorsunuz. Bazen geçmişe dönmeyi de bu yüzden istiyoruz tabii çünkü geçmiş, bildiğimiz ya da bildiğimizi zannetttiğimiz bir şey. Daha önce de duyduğumuz bir şarkı.

Ayrıca geçmişi düşünmek iyi bir şey.

Filozof George Santayana 1905 yılında, geçmişi hatırlayamayanların onu tekrarlamaya mahkûm olduklarını söylemişti. Bu korkunç tekrarları, alınmayan derslerin dehşetini, yirmi birinci yüzyılın da yavaş yavaş yirminci yüzyılın kaba saba bir yorumuna dönüştüğünü görmek için haberleri açmak yeterli.

Ama bakabilseniz bile geçmişe gidemezsiniz. Ormandaki bir ağacın altında oturup annemin şarkısını yeniden dinlemem mümkün değil. Fairfield Yolu'nda yürüyüp Rose'la kardeşini bir kez daha sepetlerindeki meyveleri satarken göremem. Eski Londra Köprüsü'nden geçip Elizabeth dönemindeki Southwark'a giremem. Geçmişe dönüp Chapel Sokağı'ndaki o karanlık evde Rose'u daha fazla avutamam. *Marion'ı bir kez daha küçük bir kız olarak göremem.* Dünya haritasının bilinmediği bir zamana dönemem. Victoria döneminin güzelim sokak lambalarının dizili olduğu karlı sokaklarda yürürken Doktor Hutchinson'ı görmemeye karar veremem. 1891 yılında dönüp Agnes'in peşine takılarak *Etruria*'ya binmemeye karar veremem.

Sarı bir kuş bir süre pencerenin önünde durup havalanıyor. İşte doğa. Bir daha asla ilk kez deneyimleyemeyeceğim şeyler var: aşk, öpüşmek, Çaykovski, Tahiti'de günbatımı, caz, sosisli, Bloody Mary. Hayatın doğası böyle. Tarih tek yönlü bir yol. İleri doğru yürümeye devam etmek zorundayız. Ama her zaman ileri bakmak zorunda değiliz. Bazen de etrafa bakınıp gördüklerimizin keyfini çıkarabiliriz.

Baş ağrılarım geçti. Avustralya'dan beri hiç başım ağrımadı. Buna rağmen hâlâ kaygılıyım.

Öğretmenler odasının penceresinden bana bakan Camille'i görüyorum. Gülümserken beni fark edince, birden üzgün ya da korkmuş görünüyor; tam anlayamıyorum. Öylece durup bekliyorum. Onunla konuşacağım. Her şeyi anlatacağım. Telefonda kiminle konuştuğumu. Hendrich'in kim olduğunu. Marion'ı anlatacağım. Beki de bu yakınlarda yine bir bankta otururuz. Bilmiyorum. Bilemiyorum.

Ama bundan böyle kendimi saklamayacağım. Sırların insanlara acı vermesine artık müsaade etmeyeceğim.

Evet.

Artık zamanı geldi.

Yaşamaya başlamamın zamanı geldi.

Her zamankinden daha temiz gelen doğu Londra havasını içime çekiyor ve yeniyetmelerin arasından geçerek, içimde uzun zamandır unutulmuş tuhaf bir hisle, altmışlarda yapılmış, özelliksiz okul binasına giriyorum.

Kendimi bir şeye başlar gibi hissediyorum.

Sevmeye, incinmeye, risk alıp yaşamaya hazır hissediyorum.

İki dakika sonra karşımda. Camille.

"Selam," diyor. Bir mesai arkadaşı gibi, kibarca.

Gözlerinden bir şeyler söylememi beklediği anlaşılıyor. Zaten söyleyeceğim. Bu anın ardından gelecek olan anda, şimdiye kadar çok zor gelen şeyi yapmayı deneyeceğim.

Kendimi anlatmaya çalışmayı deneyeceğim. Camille'in tam karşısında dururken tuhaf bir his geliyor. Tek bir anın içinde bütün anları görür gibi, mutlak bir anlayış hissi. Yalnızca yaşanan anları değil, yaşanacak olanları da. Bütün evren tek bir kum tanesinde. Yaklaşık bir asır önce, Agnes'in Paris'te söz ettiği şey oluyor. Mary Peters da aynı şeyden söz etmişti. Sonunda zamana dair mutlak bir anlayışı deneyimlediğim o anı yaşıyorum. Olanı, olmuşu, olacağı. Tek bir an ama o anın içinde, Camille'in gözlerine bakarken, sonsuzluğu görür gibi oluyorum.

La Forêt de Pons, Fransa, gelecek

Okul koridorunda yaşanan o andan iki yıl sonra.

Fransa.

Pons yakınındaki orman hâlâ orada. Bir zamanlar gittiğim.

Abraham artık çok yaşlı. Geçen ay böbrek taşı alındı ama durumu hâlâ pek düzelmiş değil. Fakat bugün binlerce yeni kokuyu içine çekmekten mutlu görünüyor.

"Hâlâ korkuyorum," diyorum, Abraham'ı kayın ağaçlarının arasında yürütürken.

"Neden?" diye soruyor Camille.

"Zamandan."

"Ne diye zamandan korkacaksın ki? Sonsuza kadar yaşayacak olan sensin."

"Aynen öyle. Ve bir gün sen yanımda olmayacaksın."

Camille duruyor. "Çok tuhaf."

"Tuhaf olan nedir?"

"Gelecek için bu kadar çok kaygılanıyor olman."

"Neden? Bu hep olan bir şey. Gelecek böyle bir şeydir zaten."

"Evet, hep olan bir şey. Ama her zaman korkunç şeyler olmaz. Bak. Şimdiye bak. Bize bak. Buraya. Bu da bir gelecek."

Bileğimden tutup elimi karnına götürüyor. "Bak. Hissediyor musun?"

Hissediyorum –o tuhaf hareketi hissediyorum– tekmeliyorsun. Sen. Marion'ın kız kardeşi. "Hissediyorum."

"Ben de."

"Bir gün benden daha yaşlı görünebilir."

Camille o anda duruyor. Ağaçların ötesini gösteriyor. Bir geyik var. Dönüp bize baktığında, bir an göz göze geliyoruz ve fırlayıp gidiyor. Abraham hevessizce kayışı çekiştiriyor.

"Ne olacağını bilmiyorum," diyor Camille hayvanın boş bıraktığı yere bakarak. "Belki de akşam olmadan kalp krizi geçiririm. Kim bilebilir ki?"

"Evet. Kim bilebilir?"

Ağaçların arasından geyiğin az önce durduğu yere bakmaya devam ederken bunun doğru olduğunu anlıyorum. Geyik orada değil ama demin orada olduğunu bildiğim için o boşluk yine de farklı. Geyiğin anısı onu farklı kılıyor.

"Artık yalıtılmış değilsin; ama kaynak olup akabilmek için önce hayata dokunman gerekir bence."

"Nedir bu? Birinin sözü mü?" diye soruyorum.

"Fitzgerald."

Yürümeye devam ediyoruz. "Onunla tanışmıştım, biliyorsun."

"Evet, biliyorum."

"Shakespeare'i de tanırdım. Doktor Johson'la da tanışmıştım. Bir seferinde Josephine Baker'ı dans ederken izlemiştim."

"Hava atıp durma."

"Ama doğru."

"İsimlerden söz etmişken," diyor Camille, sözcüklerini de çukurlu patikada attığı adımlar kadar dikkatli seçer gibi. "Düşündüm de. Sen ne dersin, bilemiyorum. Kız olacağını öğrendiğimize göre, bence adını Sophie koymalıyız. Büyükannemin adı. Sophie Rose."

"Rose mu?"

Elimi tutuyor. Sonra hiç çekinmeden konuşuyor: "Bu ismi hep sevmişimdir. Hem çiçeği hem de çağrıştırdığı yükselme hissini...* Artık kendin olmakta özgürsün ya. Evet, biliyorum, insanın çocuğuna böyle birinin adını vermesi tuhaf... Ama dört yüz yıl önce yaşamış birini kıskanmak da hiç normal değil. Üstelik onu seviyorum. Senin sen olmana katkısı olmuş biri. Bence güzel olurdu. Arada böyle bir bağlantı kurmak."

---

* Rose, İngilizcede gülün yanı sıra "kalkmak, yükselmek" anlamına gelen "rise" fiilinin geçmiş zaman kipindeki halidir. (*ç.n.*)

"Göreceğiz."

Öpüşüyoruz. Öylece, ormanın içinde. Onu çok seviyorum. Daha fazla sevemezdim. Kendime onu sevme iznini vermeyişimin dehşeti, onu kaybetme korkusunu bastırmış durumda. Omai haklı. Yaşamayı seçmeliyiz.

"Her şey güzel olacak. Olmasa da bir şeyler olacak işte. Korkacak bir şey yok."

Ne kadar haklı olduğunu şimdi görebiliyorum. Bazen bunun ötesindeki gelecekleri de görebiliyorum. Ben burnunun dibinde dururken bile, Camille'in yüzümü hatırlamaya çalışıp beceremediğini görüyorum. Rose'un hayatının sonunda, bembeyaz ve hasta bir yüzle yatarken yaptığı gibi, elimi tuttuğunu görüyorum. Günün birinde, o gittikten sonra beni ele geçirecek ıstırabın pusunu görebiliyorum. Bunu bildiğimi o da biliyor. Ama artık bundan söz etmemi istemiyor. Haklı. Ne olacaksa olacak. Her an sonsuza kadar sürer. Yaşamaya devam eder. Bir yerlerde. Bir şekilde. Bu yüzden geldiğimiz yoldan geri dönerken, bir bakıma hâlâ orada öpüşüyoruz ve aynı anın içinde ben sınav sonuçları için Anton'u tebrik ediyor, Shetland'daki evinde Marion'la birlikte viski içiyor, top ateşiyle irkiliyor, yağmurun altında Kaptan Furneaux'yla konuşuyor, uğurlu parayı elimde sıkıyor, Rose'la birlikte ahırların oradan geçiyor, aynı ormanda akçaağaç tohumları dönerek düşerken annemin söylediği şarkıyı dinliyorum.

Bir tek şimdiki an var. Dünyadaki bütün nesneler nasıl benzer ve sürekli birbiriyle yer değiştiren atomlar içeriyorsa bütün zaman parçacıkları da birbirlerine ait unsurlar içeriyor.

Evet.

Çok net. Beklenmedik şekilde gelen o anlarda şimdi, sonsuza dek sürüyor ve yaşanacak daha çok an olduğunu biliyorum. Anlıyorum. İnsanın özgür olabileceğini anlıyorum. Zamanı durdurmanın ancak hükmünden kurtulmakla mümkün olabileceğini anlıyorum. Artık ne geçmişimde boğuluyor ne de geleceğimden korkuyorum. Nasıl korkabilirim?

Gelecek sensin.

TEŞEKKÜR

Bu kitabı okuduğunuz için teşekkürler. İlk teşekkürüm bu olacak. Bir kitap ancak okunarak gerçeğe dönüşür ve bu yüzden hayallerimi gerçekleştirdiğiniz için sizlere teşekkür ediyorum. Sizin okurken, benim yazarken zevk alacağımız bir kitap yazmak istedim ve en azından ikincisini başardığımı söyleyebilirim. Kitap yazmaktan bu kadar çok zevk almamıştım. Bu kitabı yazmak, hem zamanda yolculuk ve hem de bir terapi seansıydı ama ne psikiyatriste para verdim ne de DeLorean için masrafa girdim.

Bu kitabı yazma fikri ilk kez başka bir romanı, *İnsanlar*'ı yazarken doğdu. O kitap kısacık ama muhteşem insan yaşamlarımızı evrenin uçsuz bucaksız bağlamına yerleştirebilmekle ilgiliydi. O kitabın bakış açısı mekâna dairken, bu kitaptaki bakış açısının zamana dair olmasını istedim. Zamanın bizi hem avutup hem dehşete düşürebilmesine, hayatlarımızın ölçeğini ve kıymetli dokusunu takdir edebilmemizi sağlayışına.

Bir şeyi yazmak istemekle yazmak aynı şey değil. Bu yüzden yapmaya çalıştığım şeyin özünü anlayabilen ve başarmama yardım eden Francis Bickmore gibi bir editörüm olduğu için şanslıyım. Jamie Byng'e ve Cannongate'teki herkese, bana istediğim kitapları yazma özgürlüğünü sağladıkları ve kitaplarımı bu kadar iyi yayımladıkları için minnettarım. Adlarını anmadan geçemeyeceklerim: Jenny Todd, Jenny Fry, Pete Adlington, Claire Maxwell, Jo Dingley, Neal Price, Andrea Joyce, Caroline Clarke, Jessica Neale, Alice Shortland, Alan Trotter, Rona Williamson ve Megan Reid.

Eklektik karalamalarımı bir çeşit kariyere dönüştürmemi sağlayan, Clare Conville gibi harika bir yayıncı temsilcim olduğu için de çok şanslıyım.

Fransızcamın biraz daha doğal olmasını sağlayan Katherine Boyle, Kirk McElhearn ve Joanne Harris'e; bakış açımı jet hızıyla farklı dönemlere kaydırabilen tarihi bilgilerle dolu e-postaları için Greg Jenner'a da teşekkürler. Romanımdaki film potansiyelini gördükleri için Benedict Cumberbatch'e ve StudioCanal ile SunnyMarch'taki herkese de teşekkür borçluyum tabii.

Herkesten çok bütün yazdıklarımın ilk okuyucusu olan, neyin olup neyin olmadığını bana ilk söyleyen ve gündelik ilham kaynağım olan eşim ve dostum Andrea Semple'a teşekkür etmem gerekir. Zamanı en çok onun için durdurmak isterdim.

Teşekkür ederim.